U0924591

在阅读中展开，人生的可能

好孕进行曲

相非相 著

江苏凤凰文艺出版社
JIANGSU PHOENIX LITERATURE AND ART PUBLISHING, LTD

图书在版编目（CIP）数据

好孕进行曲 / 相非相著. -- 南京：
江苏凤凰文艺出版社, 2018.5
ISBN 978-7-5594-1833-3
Ⅰ. ①好… Ⅱ. ①相… Ⅲ. ①长篇小说－中国－当代
Ⅳ. ①I247.5
中国版本图书馆CIP数据核字(2018)第066143号

书　　名　好孕进行曲

著　　者　相非相
出 版 人　黄小初
特约监制　伊　然
特约编辑　颜嘉仪　梅　子
装帧设计　梧　白
选题策划　盛世肯特
出版统筹　柯利明　林苑中
责任编辑　牟盛洁　李　黎
营销推广　刘　源
责任印制　法成海
出版发行　江苏凤凰文艺出版社
出版社地址　南京市中央路165号，邮编：210009
出版社网址　http://www.jswenyi.com
印　　刷　三河市华东印刷有限公司
开　　本　787mm × 1092mm　1/16
印　　张　23
字　　数　363千
版　　次　2018年7月第1版　2021年7月第2次印刷
标准书号　ISBN 978-7-5594-1833-3
定　　价　69.80元

推荐序

生孩子容易吗？

容易！

孕育下一代是每个生物体基因繁衍的本能。

生孩子真的容易吗？

据统计，我国平均每十对育龄夫妇中，就有一对面临着生育困难，随着二孩政策的放开，更多处于非黄金生育年龄的夫妇加入到了“造人”大军中，他们面临的不孕问题更加突出。

在我五十多年的妇产科工作中，碰到过各式各样的病人，无论是生活在农村还是城市，无论学历高低，无论家庭环境优劣，他们都有许多相似的地方：在中国长期以来“不孝有三，无后为大”的传统思想影响下，很多人认为没孩子的家庭是不完整的、没孩子的人生也是不完整的，甚至是失败的，因此，许多人为了要一个孩子，丢工作、倾家荡产也在所不惜。“造人”不成功，对家庭的影响、对婚姻的影响、对一个人心理的影响都是巨大的。而这些，很难被生育顺利的人们所了解和理解。

助孕产业非常巨大，而且有着更为强大的市场潜力，大大小小的医院纷纷设立“生殖中心”，相关测试、药品、试剂、医疗器械等产业发展迅速。

在国外很多地方，代孕是合法的。对那些患有不孕症而又难以治愈的夫妇，例如某些女性的子宫不具备孕育胚胎的条件，代孕是他们唯一能拥有属于自己的孩子的途径，代孕的现实需求是切实存在的。

由于涉及伦理、道德等复杂社会问题，目前在我国，国家法规明令禁止医疗机构与医务人员实施代孕，而各种代孕中介与从事非法医疗服务的机构，则处在法律法规的监管之外，代孕市场存在着各种隐患，呼唤着健全的法律法规来规范。

长篇小说《造人》（编者按：出版名为《好孕进行曲》）是一部专门讲述不孕不育题材的文学作品，它深度挖掘了不育对各种类型人的心理、夫妻关系的影响，首次揭示了人工助孕过程中种种不为人知的细节，展现了助孕过程中医生与患者五花八门、姿态各异的人生。作者以细腻的文笔，描述了一个个鲜活的形象，通过几对夫妇的情感纠葛等跌宕起伏的故事，展示了不同年龄阶段、不同社会阶层的男女，在结婚、造人、试管婴儿、代孕的过程中经历的种种问题，在泥泞艰难求子路上的绝望和坚持。

相非相是一位在科技领域很杰出的女性，丰富的职业经历为她的小说添加了一抹异彩，很高兴看到这部精彩的小说就要出版了，期待着今后能看到她更多的作品问世，同时更希望有更多的家庭能幸福美满。

郭英英

国务院政府特殊津贴获得者 博士生导师

北京大学第一医院妇科 教授、主任医师

北京家圆医院院长，首席专家

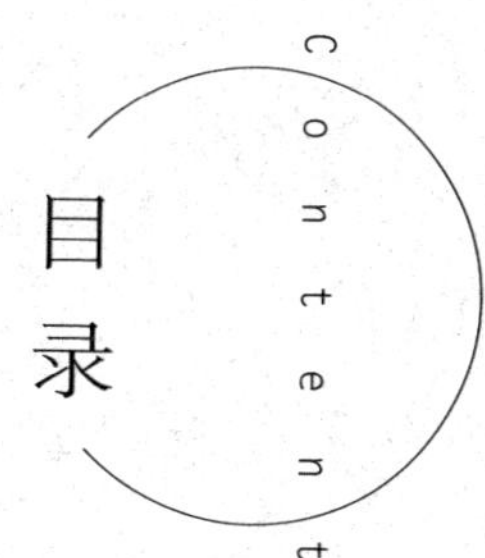
目
录
Content

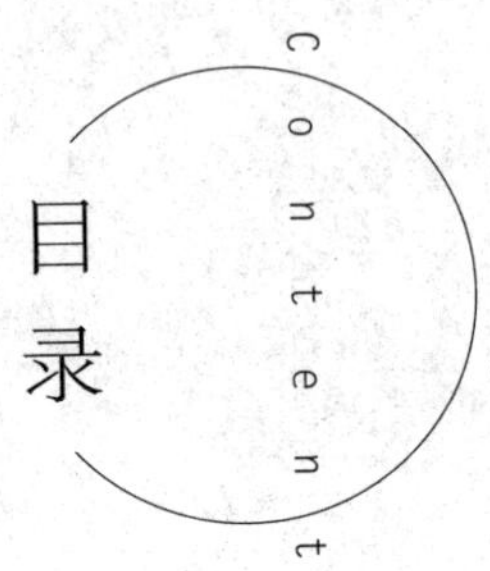
目录
Content

第一章

剩女出嫁

周末的早晨，原本安静的小区突然热闹起来，十多辆车组成的迎亲车队鱼贯行进在小区狭窄的道路上，最后在一栋老旧的灰砖居民楼前停下。头车是辆镶着镀铬条的豪华加长林肯，车身上用透明胶带粘着红玫瑰和红色丝带。一个身材高大的男人从头车下来，他戴着金丝眼镜，西装革履，洗剪吹又喷了发胶的大背头油光发亮，上衣口袋插着只红艳艳的玫瑰。后面清一色的红色小轿车上也陆陆续续下来十来个男人。

早有几张抹得红红白白的女人脸，从五楼窗户往下张望，见男人们聚在一起仰脸看楼上，笑嘻嘻地迅速缩了回去。男人们在楼底听见女人们兴奋地尖叫："来了！来了！！"

满脸青春痘的小个子男人，递给头车下来的男人一支烟，坏笑着说："闻大哥，这楼好像没电梯啊。嫂子身材这么丰满，您扛得住吗？"他帮着点上烟，"要是扛不住，您言语声，我们兄弟可以搭把手。"

被称作闻大哥的闻天鸣正是今天的新郎，听到这话，敲了小个子后脑勺一下，笑道："管好你自己的事儿吧！红包拿好没？"

"我办事，您放心！"小个子掏出一叠红包，道，"按您的要求，五张十块一包，摸着够厚够气派！不过，我说大哥，才五十一包，是不是少点？"

闻天鸣喷口烟，说："红包，红包是什么？你知道吗？！那不是钱，那是心意，是祝福，代表的是美好的愿望，代表的是好运气，纠结钱多钱少，就俗气了不是？"

没放五张两块的就不错了！租车、酒店、宴席、婚纱，哪样不花钱！你当我财主啊？！闻天鸣想。

小个子脑袋上挨了一下，缩缩脖子讪笑说：“您说得是，您结婚，您是老大，今天您说了算！”

闻天鸣在男人们簇拥下上了五楼。经历了敲门、被盘问，并从防盗门的小窗户塞进去十几个红包后，防盗门“哐啷”一声打开了，迎亲的众男人终于得以蜂拥而入。

一屋子的精装版女人，个个画着明媚的妆，娉娉婷婷，衣香鬓影，就连新娘她娘脸上的褶子也被神奇地填平了，仿佛年轻了二十岁。伴娘们水绿色的紧身裙下，洁白的大腿几乎直冲眼而来。面对满屋的女人大腿，男人们不由地都兴奋起来。

在燕瘦环肥、叽叽喳喳的女人堆里，闻天鸣一眼就看见了新娘林丽。

她静静地站在那里，头上顶块蚊帐一样的白纱，侧着头，朝自己微笑，丰腴的身体在雪白的婚纱下凹凸有致，胸口露出来的深沟，让他有些想入非非。她涂得乌黑的眼皮上，粘着一排长得戳人的假睫毛，越发映衬得双眼清澈明亮。

这一刻的美丽形象深深刻进了闻天鸣的脑海，以至于在很多年以后，面对披头散发、歇斯底里的林丽，他拒绝承认那是她的真身。

在林丽之前，他也交往过几个女朋友，有比她漂亮的，也有比她年轻的。比她漂亮的，没她贤惠温柔；比她年轻的，没她知书达理善解人意。除了年纪稍微大点外，她几乎是个完美的女人。她之前的那个女友，刚过二十岁，漂亮是很漂亮，只是还没玩够呢，哪里体会得到他急着想当爹的心情，两个人除了生理上的吸引，别的都说不到一起，只能天天吃喝玩乐。碰上林丽，两个人年纪都老大不小了，一拍即合，趁着你侬我侬、干柴烈火的当儿，就把婚给结了。

吸肚子，微笑，挺胸！

林丽微微扭动腰肢，以六十度角斜对闻天鸣，同时想象自己横咬一只不存在的铅笔，以保持下巴内收、嘴角上扬、不露齿的微笑表情。这个姿势，她在镜子前演练了不下二十次。身体六十度，脸三十度的视角，再加上挺胸收腹，勉勉强强能藏住肚子上的赘肉。今天这样的大日子，每个细节都得完美无缺。

看着闻天鸣高大的身躯穿过喧闹的房间，看见他对花花绿绿的伴娘熟视无睹，一双眼睛只盯着自己，林丽极力压抑放声狂笑的冲动：多年恨嫁的剩女，短短三个月，成功嫁给有车有房、长得还不赖的男人，真是走了狗屎运啊！

至于房子需要一起还贷款，车子就是个小排量的两厢车，这些都没关系。女人到了三十岁，真想赶紧结婚生孩子的话，就不得不放宽选择男人的标准：经济上过得去，人不讨厌就行。就这么简单的条件都不容易找得到，如果那个男人还能点燃女人心里和身体的烈火，那简直就是老天的恩赐了。

闻天鸣走到林丽跟前，握住她的手，双眼睛发直，盯着她丰腴的肩膀和胸前雪白细腻、形状标准的半球。半晌，他才说："手这么冷，怎么不多穿点？"

林丽垂下眼睛，又黑又长的睫毛在粉红脸颊投下一道阴影。

"没法多穿啊，总不能在婚纱外面套毛衣吧？！一会儿要抱我下楼哦，你……"

闻天鸣忍不住伸出一根手指，穿过蚊帐头纱，落在她戴了钻石耳钉的耳垂边，手指经过她的脖子，一直滑到裸露的香肩，触手之处冰凉、细腻如美玉般。她的脸红了。

"别担心，在健身房可不是白练的，一百二三十斤对我根本不在话下。"

林丽抬起小鹿般的眸子看他一眼，但笑不语，心想：一百二三？！你也太小瞧姑奶奶我了！

在窄小的客厅里，伴郎们和花枝招展的伴娘们，把新郎新娘推到中间，摆出各式姿势，照了几张合影，这才热热闹闹地出了门。

闻天鸣交叉双手活动活动手腕，提起西裤活动活动腿脚，又做了几个扩胸运动，这才上前，打横抱起了林丽。林丽两只胳膊死死搂住他脖子，一来尽量减少他手上的压力，二来她可不想万一有个闪失，顺楼梯滚下去。

这伙迎亲的男男女女，喜气洋洋，嘻嘻哈哈，吵吵嚷嚷，簇拥着抱着新娘的新郎，顺着发黄老旧的楼梯往下走。一路上，自有专人在前面"乒乒乓乓"放碎彩纸、"唰唰"喷彩胶，煞是热闹。

才下了两层楼，闻天鸣就发现自己低估了林丽的体重，高估了自己的体力。她蓬松支棱着的婚纱裙摆不但挡视线，拐弯的时候还经常挂住扶手，更增加了前进的难度。刚到三楼，他就腿肚子打战，双手发抖，气喘如牛。在楼梯拐弯的时候，他经常假装等别人整理挂住的婚纱，趁机偷偷把胳膊放在扶手上休息休息，几步一歇，总算挨到了底楼。

楼外的阳光猛烈地打在林丽眼睛上，她眯起了眼睛，眼角瞥见自己的胸部有一小半都暴露在闻天鸣眼皮底下，而此刻他正气喘如牛，饶有兴趣地近距离观赏白晃晃的胸器。

“哎哟。”她反应过来，伸手想挡住裸露的部分。

她的双手一离开闻天鸣的脖子，早已气衰的闻天鸣手一软，差点让她滚到地上。

青春痘伴郎在旁边说风凉话：“大哥，抱不动嫂子，我可以帮忙哦。”

“去去去！还不赶紧开车门！”闻天鸣说道，眼睛却并不挪窝。

林丽一只手吊在他脖子上，一只手捂住他眼睛，嗔道：“不许看！”

闻天鸣双手抱着她丰满的身体，没法摘下她的手，只得左右摆动脑袋，嘴里嘀咕：“你光捂我眼睛，是几个意思啊？别人都可以看，就不让我看，是个什么道理？”

伴郎伴娘门和周围看热闹的人都哄笑起来。慌乱中，林丽突然感觉到一条湿润温热的舌头，从自己的手心舔过。她一哆嗦，被火烫了似地松开了手。闻天鸣“嘿嘿”坏笑着，像倒垃圾一样，把她扔进林肯车后座，然后将拖在地上蚊帐般累赘的裙子，也一股脑塞了进去。

林丽生平第一次坐这么豪华的小轿车，她好奇地东瞧瞧西摸摸。车里紫色的丝绒内饰，顶棚射灯投下的黄色光，把车内气氛装点得十分暧昧；光滑的胡桃木酒柜上，盛满琥珀色液体的水晶瓶子幽幽闪光；地板上的黑色长毛真丝地毯，踩上去像棉花般柔软。

闻天鸣从另一侧车门钻了进来，他掏出西装上口袋的手绢，擦了擦额头上的汗，帮林丽整理头上歪掉的蚊帐网眼白纱，顺便还不忘自吹自擂：“怎么样？你老公够强壮吧？！”

林丽对他颤抖无力的手、在栏杆上偷偷歇气的小伎俩心知肚明，还是娇声夸道：“老公，你太厉害了，真让我刮目相看啊！”

她睁着一双大眼睛，看着这个即将成为她丈夫的男人。而他，一只手握住自己头上的婚纱，也正在看自己。近距离的凝视，让林丽没来由打了个寒战，大脑突然短路。她张口问道：“老公，这车花多少钱租的？”

那边闻天鸣也同时冲口而出："这车够豪华吧？！"

两个人都笑起来，刚才深情对视的尴尬气氛烟消云散。

"两千。"

"啊？"

"半天两千。"

"真不便宜！"林丽咂舌道，"那我们赶快抓紧时间，别浪费了！这瓶子里面装的是威士忌么？"

她把累赘的裙摆推到一边，从托盘上拿起倒扣的水晶杯，杯口很干净，应该没人喝过。她弯腰抓起闪闪发亮的水晶瓶，酌上酒，然后小心翼翼地端着酒杯，准备递给闻天鸣。

而眼前的奇景把她给惊着了：就在她倒酒的当儿，闻天鸣已经蹬掉鞋子，解开皮带，脱掉西裤，露出两条穿着秋裤的腿。

林丽完全忘了要保持温柔贤淑的姿态，尖声道："你这是干啥啊？"

闻天鸣奇怪地看她一眼。这还用问吗？

"你说的要抓紧时间啊！"

此时，浩浩荡荡的迎亲车队已上了主路。走在林肯车前面的是辆吉普车，它的后车门高高掀起，摄影师趴在后座上，尽职尽责地拍摄录像。林肯车后面跟着一长串各式小轿车，一水儿都是喜庆的红色。所有的车都打着双蹦灯，故意减慢速度，沿北市二环路缓缓前进。

"吱……吱！"

加长林肯突然急刹车，林丽猝不及防，手里的酒泼出去了一半。酒洒在地上，被黑色长毛地毯迅速吸收。

司机脸色煞白，刚才他听到后面两个人说得热闹，光忙着看后视镜了，差点撞上前面的吉普车。

闻天鸣笑了，说："嗨，哥们儿，别总盯着后视镜，还得抽空看看路啊。"

司机正襟危坐，双手握方向盘，假装没听见，耳根却红了。闻天鸣按动按钮，在司机了然于胸的眼神中，关上了驾驶室和后车厢间的黑色玻璃。窗外，拥挤的环路上，正值周末取消限行，川流不息的车辆纷纷超过慢吞吞前进的迎亲车队。尽管窗玻璃贴有反光黑膜，但毕竟是在大街上，前后左右全是车，完全没有隐秘可言。

看见闻天鸣褪下秋裤，露出两条汗毛浓重的大腿，林丽简直不敢相信自己的眼睛，“老公！天鸣！闻天鸣！你别这样！”

“这有啥关系？！乖，听话啊，过来！”他“猥琐”地笑着伸出手。

林丽缩在角落里，一手死死抓住婚纱裙摆，一手死抓着车门扶手，宁死不从。要车震也得找个没人的安静地方啊，在车来车往的大街上，前面还坐着看“西洋镜”的司机，算怎么回事啊？

闻天鸣有点不耐烦了：“快点！把秋裤穿上，不然该感冒了！”他真不知道她别扭个什么劲儿，穿个秋裤都不肯，那么大条裙子，穿棉裤也没人看得出来啊！

林丽“哧”一声笑出来，道：“你早说嘛！还以为你要把人家就地‘法办’了呢。”

在后座狭窄的空间里，肚子周围堆一大坨塑料圈支撑的蕾丝布料，想要套上秋裤还真不是件容易的事。

“还是我来吧。”

闻天鸣半跪在地毯上，帮林丽脱掉白色小羊皮高跟鞋，随手搔了搔她脚底，她笑着配合地抬起双腿。深蓝色的男式秋裤和白婚纱配在一起，显得十分滑稽。闻天鸣把一堆裙子推到林丽膝盖上，埋头给光溜溜的腿套上裤管，裤管刚拉到膝盖就停住了，他的手却顺着滑腻的大腿往上摸去。

“啊……”林丽咬着嘴唇道，“你干什么？”

他没回答，搂着她丰满的双腿，闻着她身上发出来的女人香，呼吸急促。那双手在两腿之间轻轻盘旋一阵后，兵分两路，一只突破了她蕾丝内裤的抵挡，另一只则顺着她丰腴的身体北上，抵达她雪白的胸部。

她有些无力地想推开他，却伸出双手搂住了他的脖子。她张嘴想提醒他这是在大街上，舌头却不听指挥地开始和他缠绵。

“外面有车。”混乱中她说。

“看不见。”他喘息着，轻咬她的耳垂……

婚车队停在了北市著名五星级酒店大堂门口，摄影师抢先下车，扛着摄像机找到最佳拍摄位置，做了个手势示意新人可以下车了。旁边，婚庆公司工作人员将早准备好的专用鞭炮“乒乒乓乓”朝天放了十几下，五颜六色的彩纸、花瓣和囍字飞向空中，又飘飘落下，不一会儿地上就铺满了各式彩纸。

林丽面色潮红，喘息未定，强作镇定地整理好婚纱，又帮闻天鸣把歪在一边的领结摆正，正准备开车门，突然发现头纱没了。她四下寻找，车里就巴掌大点地方，座位上没有，地板上也没有。她推开闻天鸣，他屁股底下也没有。

“头纱呢？看到我头纱没有？”

闻天鸣奇道：“你头上顶的那块蚊帐吗？咦，不可能丢啊。”

“还不赶紧帮我找找！”

两个人翻腾一番，闻天鸣终于从层层叠叠的纱裙中，翻出缀满白色花瓣的蚊帐布，帮她戴在头上。

站在五星酒店豪华气派的大堂门口，林丽环视熙熙攘攘围观的人群，在摄像机、相机闪光灯和各式拍照手机的包围中，在男人们惊艳的目光、女人们艳羡嫉妒的眼神下，她觉得自己就是镁光灯下的女明星。她提起婚纱裙摆，踩着大红尖头高跟鞋，头顶飘飘洒洒落下的彩纸屑，款款走进酒店金碧辉煌的大堂。

美好而激动人心的婚礼即将开始，而她没想到的是，新娘第一件要干的活是：站在酒店门口当迎宾员！对着每个来参加婚礼的人鞠躬、握手、微笑、寒暄，指给他们哪里交红包、哪里吃饭、哪里有厕所……

脚上的十二厘米高跟鞋像两把华丽的刀，脚杵在上面完全是在受刑。林丽想起小时候看过的美人鱼故事，为了跟高富帅王子在一起，美人鱼小姑娘天天踩两把刀子走路。安徒生能写出这么深入生活的情节，他铁定偷穿过女人的高跟鞋！

看在红包份儿上，林丽还是坚持着挤出微笑来，向每一个认识的、不认识的，自己的或者是闻天鸣的亲朋好友点头问好，时不时地还寒暄上几句。

“哎哟，林丽，你今天真漂亮啊！”

来者是林丽的高中同学，想当初两个人好得穿一条裙子，上课、吃饭、上厕所都在一起。上大学以后，平日里书信往来频繁得很，一到放假，不是你上我家住两天，就是我上你家住两天。工作以后，还时不时地一起搓个饭、看场电影。自从同学一口气完成了结婚生子后，两个人才渐渐少了往来，同学刚做了新妈妈那阵儿整天焦头烂额，根本没有空闲时间。好容易见一次面，讨论的都是什么牌子的奶粉又好又实惠，宝宝大便干燥怎么办，什么围嘴好清理又能接住掉下来的饭菜……琐碎繁杂，一地鸡毛。还在追求小资的林丽听她说话，就像听天书。没有了共同语言，就像是无源之水，再深厚的友情都渐渐淡了。

“你也很美啊！”林丽亲热地拉住同学的手说。

同学是仔细打扮过的，穿了件蓝色旗袍，肩上搭着块毛茸茸的人造毛披肩，脸上厚厚的粉掩盖不住眼角的皱纹。

“唉，老了。有个小孩多好多事情啊。妞妞，叫林阿姨。”

一个身材窈窕的少女来从她身后转出来，唇红齿白的，叫了声“林阿姨好”。

“哎呀，都长这么高了啊？！妞妞，你快赶上你妈了。”

“可不是嘛，小孩子转眼就长大了，我们也都老了。林丽，你赶紧生啊，不然精力越来越差，身体也恢复不好。”

同学的话本是一番好意，林丽却觉得分外刺耳。当初看着同学在尿布和奶粉堆里忙活的时候，真不明白她为啥要急急吼吼把自己搞成那样，现在人家带着花一样的女儿来打脸了，那居高临下透着亲切的怜悯口气，让她无话可说。

同学带着女儿刚走开，闻天鸣爸妈就笑眯眯地过来了。

“爸妈，你们来啦？先去里面休息，婚礼一会儿才开始。”在二老面前，林丽的嘴从来都很甜。

婆婆从手包里掏出个红色首饰盒，递给林丽。她打开一看，是只金镯子。

“妈，您这是干什么，不是早给过红包了吗？”

婆婆笑道：“这是祖传的，天鸣奶奶给我的，你成了我家儿媳妇，就传给你了。”

公公说：“击鼓传花，你也就过下手。以后你们生了儿子，可以传给孙媳妇；如果生女儿，就算孙女的嫁妆。”

婆婆上下打量林丽，目光定格在她宽宽的臀部，果断地说：“媳妇屁股大，我看多半会生个孙子！”

林丽赔着笑，顿感压力山大，心想：生男生女的“锅”我可不背！得把球踢给闻天鸣！

她巧笑倩兮，开口道："妈，看您说的！好像我还能决定生男孩还是生女孩似的。人家电视上都辟谣了，说生男生女得看男人，我说了不算数啊。我也喜欢要儿子呢，现在就看天鸣的啦！"

公公在一边打圆场："孙女也好，女孩子跟家里亲近些。你看天鸣大学毕业，找个工作离家这么远，想见他还得坐一天的火车。咱们亲家养的丽丽，工作虽然不在同城，但是离家不远，回家也方便。"

婆婆翻个白眼，说："还不是因为你们闻家好几代的单传？总得把香火续下去啊。"

公公好脾气地笑着，不再说话。

林丽继续使出太极推手，道："也是哈，要是生个女孩我也不嫌弃。妈，您多提醒点天鸣，让他好好为生男孩做准备。"

婆婆笑道："你这孩子，生男孩能做什么准备啊？我也就那么一说。真生了孙女，只怕你爸更喜欢。"

林丽哈哈一笑，心想：反正我就贡献块田，生男生女得看你儿子种啥苗子了。

"丽丽你把镯子戴上，我们先进去了。"婆婆说。

"哎！"

这镯子金晃晃的，土得掉渣，跟白婚纱完全不搭，但林丽还是乖巧地戴上了。

"表姐！"一个打扮入时的年轻女人亲热地叫道，她脸上表情古怪，显然是偷听到了林丽和公公婆婆的对话。

林丽高兴地小步上前，说："娜娜，不是说你回不来吗？！晓伦你好！"她跟那年轻女人挽着的一位个子不高的年轻男人打了个招呼。

"本来人家在香港血拼还没过瘾的嘛！但是想到我亲爱的表姐能结束三十岁多年的单身狗生涯把自己嫁出去，真的很不容易，我怎么也得来祝贺一下嘛！"她一双眼睛在林丽肚子上逡巡，凑近她耳朵说，"表姐你闪婚，肚子又这么大，是不是先上车后补票啊？！"

林丽看着这表妹身穿紧身小礼服，手拎大牌包包，倒是显得腰很细且小腹平坦，不禁有些哭笑不得。表妹什么都好，就是嘴巴讨厌，从小就爱跟自己比，小时候比谁长得快长得高，比谁的衣服漂亮，比学习成绩，长大了比男朋友，比谁的包包和化妆品是名牌，比谁先结婚。

“你仔细看看，这可是打娘胎里带出来的正宗陈年老脂肪，是丰满！你这么一说倒是提醒了我，你一九零后的新新人类，怎么大学一毕业就结婚？你才是先上车后补票吧？！”

黄新娜瞟一眼在跟闻天鸣寒暄的老公，“我倒是想，省得婆婆天天催我生。”她打开小牛皮名牌坤包，从里面掏出只红包，说，“表姐，给你包了个大红包。恭喜你现在终于跟我站在同一条起跑线上了，下一步，就看谁先得儿子了！”

林丽劈手夺过红包，它果然奇厚无比，她笑得嘴巴都合不拢了。

“看看你那小身板，再看看我这丰乳肥臀，你趁早认输吧。”

“切！”黄新娜撇嘴翻个白眼，找老公去了。

送走黄新娜夫妇，林丽远远地看见闻天鸣满脸堆笑地带着几个人过来。走在最前面的男人挺着巨大的啤酒肚，肿起来的下眼泡显示此公经常熬夜，蒜头鼻下挂着黑乎乎、修剪整齐的大胡子，他正是闻天鸣的顶头上司万总，私底下闻天鸣管他叫老万。

看闻天鸣笑得近乎谄媚的表情，林丽当下也满脸笑容地伸过手去，握住万总肥厚有汗、滑腻腻的手，娇声道：“万总，谢谢光临哦，更要谢谢您平时关照我家天鸣。他经常跟我说，您是他最佩服的人呢。”

万总对这话受用得很，大力拍打闻天鸣肩膀:“好好好！闻天鸣你小子有福气！娶了这么漂亮、又温柔又会说话的新娘，小伙子有前途！”

闻天鸣咧嘴笑着扛住了万总拍下来的大巴掌，一边没忘了拍马屁：“那还不是全靠万总您栽培！”

林丽暗笑，娶媳妇这种八竿子打不着的事情都归功于万总，闻天鸣这马屁拍得也太明显了。她娇羞地柔声说：“谢谢万总夸奖，一会儿我和天鸣一定单独给您敬酒。”

万总得意地摸摸自己浓黑的长胡子，看着身后几个部下，也就是闻天鸣的同事，说："好，好，好。那个，祝你们新婚快乐，早生贵子！这是给新娘的红包。"

林丽照例假意推让一番，最后伸手接了。红包厚厚的一沓，拿在手里沉甸甸的，平面尺寸也不小，绝对不是闻天鸣用小面额票子蒙事儿的那种。林丽打心里笑开了花，连声说："您里面请，里面请。"

闻天鸣陪着老万一行人进了餐厅，还不忘回头朝林丽递上夸赞的目光。她刚才八面玲珑的表现让他很满意，经过生活历练的大龄剩女处事圆滑，善解人意，自然是二十岁出头的小女孩没法比的。

婚礼终于开始了。

踩着婚礼进行曲的节奏，林丽挽着老爸僵硬的胳膊，款款走过长长的红地毯，和闻天鸣在主席台上相遇。司仪宣布结婚典礼开始，在证婚人宣读结婚证书后，新郎新娘被司仪指挥着，跟提线木偶般一起向证婚人——林丽白发苍苍的老领导行礼，向主婚人——闻天鸣官至副局的叔叔行礼，向双方父母行礼，向嘉宾行礼，两人互相行礼。

四位老人中，最吸引眼球的是林丽妈，老大难女儿终于嫁出去了，她全程都乐得合不拢嘴。在主婚人致辞、介绍人致辞、来宾人致辞后，终于轮到新郎新娘互诉衷情了。林丽早早就准备了份酸文，已背得滚瓜烂熟。

"第一次看见你，我的心就不再属于我自己。"

事实是，经历了几十次的高不成低不就的相亲，眼看着岁数越来越大，相亲对象质量连年下降，早已疲惫不堪的林丽决定不再挑剔，差不多就行。倒是闻天鸣第一次见到她，就被她扑闪的大眼睛俘获。

她深情款款地看着新郎，背诵道："在今天这个神圣的日子里，让高山大海见证我们的爱情。我爱你，海枯石烂，白头偕老，永世不渝，今生今世，都要和你在一起。从今天起，不论贫穷、富有、健康还是疾病，都不能把我们分开。"

最后一句好莱坞电影中的舶来品，尽管逻辑不通，闻天鸣和众多观众还是被感动了，有几个小姑娘当场就红了眼圈。

下面轮到闻天鸣了，自打订婚起，闻天鸣就忙于跟装修工头团结合作、斗智斗勇，跟婚庆公司磋商婚礼每个细节，还陪万总出了好几次差，每天回家都累得倒头便睡，哪有时间静下心来准备婚礼发言。他凝视着林丽美丽的面庞，口干舌燥，大实话脱口而出："老婆，虽然我给不了你荣华富贵，但是只要我有饭吃，就不会饿着你。这辈子，我会好好疼你、爱你、照顾你，宁可苦了我自己，也不会让你受委屈。"

在激荡的婚礼进行曲中，他们深情对视，手臂交缠，在上百位宾客的注视下，喝下了象征百年好合的交杯酒。婚礼进行到这个时候，除了脚疼，所有的细节都跟林丽的想象一样，美好圆满。喝完交杯酒，林丽去更衣室换上大红色旗袍，补了个妆，再换了双旧平跟鞋，脚趾头立马舒服了。

伴娘见状，惊道："你疯啦？结婚穿黑鞋！"

林丽嗤之以鼻："切！迷信了不是？！再穿那双红高跟，今天我就直接残废了！"

万总和几个部下被安排的位子远离主席台，前面还有根大柱子挡住了视线，新人在台上的活动都只闻其声，不见其人。无聊的婚礼前奏结束，服务员终于开始往来穿梭给各桌上凉菜了。跟老万一起来的几个同事都是做销售的，在酒桌上骁勇善战，个个都是喝酒的一把好手，为了对得起贡献出来的红包，大家都没亏待自己的嘴巴，菜下得很快，酒也已经喝了不少。

都吃得差不多了，新郎新娘才转到这桌敬酒。见新郎新娘过来，老万先发制人，"小闻啊，平时要你把小林带到办公室给大伙儿看看，你总是推三阻四，金屋藏娇。"没等闻天鸣回答，他又接着说，"现在生米做成熟饭，你们也是有证的人了，不能再藏着掖着了，今天可得让小林陪我们好好喝一个！"

林丽不愿多喝酒，特意安排伴娘拿了酒瓶跟着，酒瓶里的白酒预先换成了矿泉水，随喝随斟。可这伙儿人都是"酒精考验"的，一眼就看出了酒瓶里的猫腻，坚决要亲自给林丽斟满。她一看躲不过，干脆爽快地说："万总，这杯我敬您！以后我们家天鸣还要多请您关照，干杯！"

林丽一仰头，将手里的白酒一饮而尽，热辣辣的白酒穿过喉咙，顺着食道流进胃里。她今天一起床就忙着化妆做头发穿婚纱，没来得及吃早饭，然后一路马不停蹄地忙，敬酒前才夹了两筷子凉菜，这杯酒一下肚，顿时感觉胃像着火了一样，热辣辣地烧起来。

老万大声说：“好！新娘子的这杯酒，我是一定要干的！”

他也一仰脖，把酒倒进了肚子。

林丽转身让伴娘倒酒，却被老万一手挡开，又亲自给她斟了一杯真酒。林丽只得举起酒杯，向闻天鸣的同事们说：“感谢大家百忙中来参加我们的婚礼，我和天鸣一起敬大家这杯。”

喝完酒刚要走，老万拉住闻天鸣说：“小闻，这就是你的不对了。”他已经舌头打结了，“你敬了大伙儿，可是伙儿还没敬你呢。你要走了，不是给咱们留下终生遗憾嘛，以后，你还可以没完没了地念叨：我结婚，这帮弟兄们连杯酒都不敬我。”

闻天鸣笑道：“咱们是什么关系啊，那是比铁还瓷！兄弟间不用这么客套。小林是真的不能喝酒，下次有机会我单独和大家喝。”

老万不松手，道：“不行，你喝是你喝，不能代表小林，那、那不是一个意思。”

林丽喝的那两杯真酒，已经穿过胃壁，进了血管，她原本画得粉红的脸变成了绯红，连耳朵边沿都像刷了层胭脂。

“万总，看您说的！老公不能代表我，谁能代表我啊？！您多吃点菜！”林丽一面娇声说，一面挽起闻天鸣的胳膊就往外走。

闻天鸣在林丽和老万中间，被人一边拉着一只手，像根抻紧了的拔河绳，动弹不得。老万使了个眼色，销售部的几个同事南征北战，在酒桌上配合得天衣无缝，哪用得了明说，纷纷举起酒杯，要敬新人。闻天鸣只好挺身而出，和同事挨个喝了一遍，又替林丽喝了她的那份。

林丽站在一边，见他被同事们灌得不住抚胸，想起就在上星期，他陪客户喝了个通宵，回来趴在马桶上吐得天昏地暗，连胆汁都吐出来了，心里不由自主涌起对这个男人的心疼，心疼又不由自主转换为愤愤不平，她心想：就是为你姓万的卖命才搞成这样，那次陪客户如果是不得已，现在你还搞自己人，未免也太过分了！

眼看着这桌要喝第二轮了，林丽抓下老万刚举起的杯子，勉强挤出个微笑，说：“万总，您的好酒量领教了，我们甘拜下风。您抽根烟，休息一下。”

老万伸手摸摸大胡子，眼珠一转，说：“那好，小闻你先放下酒杯，我们抽颗烟。”

他从桌上的喜烟盒里抓了根烟叼在嘴上，像是又长又浓的大胡子中间直接长出根小白棍，显得十分滑稽。林丽拿起饭店提供的一次性打火机，打着火凑过去，老万嘴巴开启条小缝，“噗”一声，把火吹灭了。

周围的人哄笑起来，纷纷饶有兴味地看着传统结婚仪式上最好玩的点烟游戏。

林丽好脾气地笑笑，再次把打火机移近，打火，火苗再次被老万吹灭。打火，再吹灭；再打火，再吹灭；再打火，再吹灭……如此反复折腾了十来次。

多次点烟不着，周围的人都看得有点烦了，笑声也不如刚才响亮，有些勉强的意思在里面。老万对此却毫无察觉，仍然乐此不疲。

被老万反复戏弄，林丽似乎一点儿也不生气，始终温柔地微笑着，一次又一次点烟。当初她坚持举办这个价格不菲的盛大婚礼，是想洗刷多年剩女的霉气，向当初嘲笑她的人炫耀一下，让他们看看我“林丽不但能嫁出去，还能找个又帅又有钱的老公”。但是，在自己的婚礼上被人以庸俗而低水平的方式戏弄，绝对不在她的计划中。

林丽眼中闪过一丝狡黠，笑道：“万总，这打火机不好，老点不着您的烟。您别急，我去换个防风打火机来。”

等她扭着腰肢换了打火机回来，一看到老万的模样就傻眼了。该公挺着啤酒肚，正高高站在椅子上，双手叉腰，鼻孔朝天地仰着头，黑胡子边白刺刺地歪了根烟。老万得意地说：“够不着？没关系，让小闻抱你起来啊。不过咱们话得说到前头，如果你这新的打火机还点不着，那就得让小闻再喝一圈儿！”

林丽求助地看着闻天鸣，他却无奈地把手一摊。他不想再喝酒，对老万没完没了地戏弄也感到厌烦，但是老万是他的顶头上司，掌握了他的每一份收入，甚至掌握着他职业生涯的生死，他没法翻脸，连让老万停止闹腾的话也说不出口。

看着得意地故意为难自己的老万和闻天鸣强颜欢笑无力反抗的神情，林丽脸上的笑容冷了下来。

随即，她笑得更灿烂了。

她朝新郎飞个媚眼，说：“老公，万总要你抱抱我，你可不能浪费这个大好的机会哦。”

老万如此捉弄林丽，闻天鸣知道她必然心里不喜，这实在是有格调的浪漫婚礼上的不谐之音。他正害怕她忍受不了扔下打火机掉头而去呢，而今听到她柔媚的声音，大大松了口气。真的是老天开眼啊，给了个这么温柔又识大体的媳妇。

新郎抱举新娘的亲密举动自然吸引了众多宾客的目光，连邻桌的人也纷纷离座围了过来。林丽丰满的身体被闻天鸣抱了起来，她举起白皙的手臂，移向老万嘴里叼着的烟头。火红旗袍包裹的身体挡住了闻天鸣的视线，他看不到林丽手上的动作，只能闻着她的幽香，看着她圆润的下巴、挺立的小鼻头及大大的母鹿般清亮的眼睛；在他们第一次见面的时候，这双又圆又大充满灵性的眼睛满是慌乱，偶遇之后很长时间，这双明亮温柔的眸子都曾反复在他梦中出现。

然而，就在此时此刻，眸子中溢满的温柔刹那间被抽离。

他清清楚楚地看见，她的瞳孔突然收缩，放射出凌厉的寒光。而寒光的目标，正是老万嘴里叼着的香烟。

还来不及探究背后的原因，他就听到了老万的惨叫。那声音高亢沙哑，像是猫被踩住尾巴的炸叫，几乎在同时，周围看客们不约而同地惊呼起来。

林丽在他臂弯中扭动丰腴身体，快速从环抱中滑到地面。没了遮挡，闻天鸣看见了火焰，它吐着鲜红的舌头，从老万胡子上蹿出。老万张开的嘴巴，突然绽开出了一朵无比鲜艳热辣的红花。

紧接着他看到，他的新婚妻子紧靠桌边，涂着红指甲的手飞快地伸向桌面，那只手在白酒杯前戛然停住，似乎过了一个世纪那么长，才艰难地调转方向，伸向盛着白开水的酒瓶。然后那只白皙的手迅速抓起瓶子，把瓶里的水兜头泼向老万。

“哧……”

伴随着一股白烟和浓郁的焦煳味，火焰熄灭了。老万引以为傲、神气活现的大胡子只剩下歪歪斜斜的三分之一，左边眉毛也损失了一大半。

如果林丽的手在白酒杯前没有拐弯，那会是什么后果？

看着老万焦黄的胡子和熏黑的胖脸，闻天鸣不禁打了个寒战。

老万胡子着火的小插曲并没有影响婚礼愉快的进程。酒足饭饱之后，新人和众亲戚朋友们一起来到位于市中心的新房。在踩破气球响亮的“啪啪啪”声中，新郎把新娘抱进了家门。

新房装修成温馨的欧式田园风，鲜花图案散布在房间的每一个角落：白色家具上有手绘的彩色小花，半透明的纱帘上星星点点撒着黄色的菊花，布艺沙发上是深红的玫瑰，就连大理石餐桌上的调味瓶都印着莲花。

两家父母都盼子心切，坚持要婚庆公司安排了“滚床”环节。“滚床”的习俗起源于东北，据说结婚安排了滚床的新婚夫妇，不出一年都能生下大胖小子。

“新娘新郎到，滚床准备开始！”司仪朗声宣布。

滚床主角是闻天鸣表哥的儿子——两岁的小末末，他睁着一双又圆又大的眼睛，咧着小嘴，对着床上散落的花生和糖果嘎嘎傻笑。他早就迫不及待了，一听到开始滚床的命令，两只小手抓住床单，奋力往上爬，无奈人矮腿短力气小，上半身虽然吊挂在床沿，两条肥胖的小腿用劲乱蹬，却怎么也爬不上去。

“哎呀，太可爱了！”

见到这粉嫩的小人儿，林丽蹲下来一把抱住他，在他鼓鼓的小脸蛋上使劲亲了一口。小家伙的皮肤滑嫩得像桑蚕丝，细腻如果冻，还散发着小娃儿特有的奶味，抱住他，就像抱住一床柔软的小棉被，她的心都快被萌化了。

突然被不认识的人抱住不放，小家伙不干了，伸出短小的胳膊推了林丽两下，也没能钻出她的双臂。他只好可怜巴巴地看着妈妈，而他妈妈只是眯眯笑，完全没有上来解救的意思，末末小嘴一扁，眼睛使劲眨巴了几下，就快哭了。

待众人拥进卧室站定，司仪大喊道：“滚床开始！小孩上床。”

末末妈这才从新娘怀里接过泫然欲泣的小人儿，要把他放到床上。好容易脱离林丽魔掌的小家伙用力抓住妈妈衣领，猴儿一样吊在她身上，死活不肯放手。他妈只好硬生生地拉开他的手，把小家伙从自己身上摘下，来放到床上。

司仪煞有介事地清清嗓子，用高亢的声音喊起了滚床词：

“滚床，滚床，地久天长！”

众人兴致勃勃地起哄道：“地久天长！”

“滚床，滚床，儿孙浩荡！”

众人欢快地重复：“儿孙浩荡！”

“好儿生六个，好女生三双！”

众人热烈地重复：“好女生三双！”

不知道谁别出心裁喊了句：“家产都罚光！”

大伙儿都哈哈大笑，末末在众人的欢笑声中，忙着在床上爬来爬去捡东西，小手抓几颗糖，又手脚并用爬向花生，抓住几颗花生，又把糖丢在了一边。

司仪接着喊号，大家拍手重复，欢快的笑意洋溢在每个人脸上。末末似乎知道自己是主角，更是乐不可支，他“嘎嘎”地笑着，一手糖一手花生，四脚朝天，在床上打起滚来。

“滚床滚到中，儿孙个个是富翁！”

大家重复：“是富翁！”

“滚床滚到东，后代个个立大功！”

大家喊：“立大功！”

“滚床滚到南，儿孙个个做高官！”

大家高喊：“做高官！”

“滚床滚到西，后代称王又称帝！”

大家热烈高喊：“又称帝！”

“滚床滚到北，儿孙个个树丰碑！”

大家拍手热烈高喊：“树丰碑！”

众人的兴高采烈的喊声中，新郎闻天鸣搂着新娘的香肩，看着床上撒欢乱爬打滚的小人儿，笑得嘴角都咧到了耳根。

婚礼后的第二天，闻天鸣再次醒来已经是满屋大亮，日上三竿了。新娘美丽的脸贴在他胸口，长长的睫毛盖住眼睛，正自酣睡。阳光透过窗帘洒进房间，看着小碎花的窗帘、身边躺着的丰腴女人、整洁温馨的屋子和柜子上堆着的红包，闻天鸣突然发现，这才是家。他的肚子叽叽咕咕地唱起来。林丽被肚子叫唤声吵醒，闻天鸣感觉到长睫毛轻轻刷过胸口上的皮肤，像是羽毛轻轻挠在心底，微微发痒。

“老公，几点啦？”

闻天鸣抓起手机看一眼，说：“哟，都十一点了。糟了，说好九点前上传婚礼照片的，那帮家伙怕是在论坛上吵翻天了，我赶紧发图去！”

林丽胳膊腿儿齐上缠住他，懒懒地说：“再陪我躺会儿嘛。”

闻天鸣摸摸她脸哄道：“乖，你躺着，我先起来。”

他把她丰腴的胳膊在被窝里放好，爬下床，去书房打开了电脑。

林丽赖在床上，不愿离开温暖的被窝。经过昨天晚上和今天早上的激战，她全身酸软，骨头要散架一般。更加瘫软的是精神——结婚证领了，婚礼办完了，新居也入住了，紧绷得要断掉的神经终于可以放松休息一下了，压着性子装淑女真是要多累有多累！

果不其然，宠物论坛早都闹翻天了，不停有人发帖问版主怎么还没来。

下面是一大堆的胡乱猜测和插科打诨。

“有可能嫂子患上了结婚恐惧症，版主惨遭抛弃。”

“版主婚礼上千杯大醉，此刻还躺在无名臭水沟里呢。”

“版主和伴娘私奔了！”

最不靠谱的猜测是：“版主婚礼上偶遇帅哥，被掰弯了！”

更多的人对闻天鸣的迟到表示了充分的理解：“你们这帮家伙太不人道了，春宵一刻值千金，这么宝贵的时间，能跟你们这帮无聊的屌丝一起过吗！”

有人接着往下推理：“是不是昨天运动太激烈，精力不济，身体不适，起不了床？”

后面有人跟评：“男人，肾好，生活好。”

“版主，要不要兄弟帮忙啊？大家自己人，千万不要客气啊。”

看着从早上五点就开始，直热闹了一上午的论坛，闻天鸣哭笑不得。

宠物论坛是他和林丽最喜欢去的论坛，那里的人不管男女老幼对小动物都充满了爱心。

他用键盘敲道：“女士们，先生们，我回来了！”

见闻天鸣现身，恭喜的、开玩笑的都拥上来，大家你一言我一语，甚是热闹。闻天鸣跟众人闲扯了一阵，发了几幅婚礼照片，才堵住了大家的胡言乱语。

林丽在床上躺得百无聊赖，肚子也饿得不行，便喊道：“老公，帮我把厨房里剩的喜糖和花生拿过来好不好，我全身好酸啊。”

闻天鸣得令，盛了一大盘软糖、巧克力和花生，送到林丽床头。

“谢谢！”她娇声说，伸手挡住了伸向自己胸部的大手，“老公，帮我把书桌上的那本小说也拿过来吧。”

闻天鸣闻言，颠儿颠儿地跑回书房，把小说送到床上。听见QQ上、论坛上的留言提醒声“叮咚”直响，他隔着被子在林丽胸前的两团突起上胡乱摸了两把，回书房给大家回留言去了。

上网的时间总是过得特别快，待闻天鸣下线时时针都指向一点了。“坏了，坏了！”他想，“把老婆都给忘了。”他冲进卧室，发现新娘云鬓散乱，半靠在床上，正捧着小说看得津津有味，没有一点要起床的意思。床头柜和木地板上，胡乱散落着花生壳和五颜六色的糖纸。

如果说结婚前他看到的是精装版的林丽，高雅，优美，充满书卷气，还特别勤快，今天终于见识到了平装版的庐山真面目。他一时间有点转不过弯来，呆呆地看着躺在食物残渣和果皮中的新娘，说：“老婆，你怎么还没有起来啊？”

林丽的回答很精辟：“今天又不上班，起来也是坐着，还不如就直接在床上坐着。”

“可是我们没吃早饭，中饭也没吃啊。要不，我们自己做吧？”看到她这个样子，他没指望她跟婚前一样搞出一桌子菜来，“一人做一个菜就够了。”

林丽早被一堆花生糖果撑满了肚子，想到还得吃就难受，自是百般推脱：“家里连油盐酱醋都没有，也没有米面、蔬菜，冰箱里肉也没有、蛋也没有，拿什么做啊？”

厨房里堆着她花几千块钱买的德国进口小套锅，还有整套128件景泰蓝刀叉勺，精致的水晶葡萄酒杯，原来这些家伙什都是拿来看的，厨房必备的最简单的油盐酱醋，一样都没有。

闻天鸣无奈地说：“那我们去外面吃吧，顺便买点食材回来。”

已经成功捕获优质男人的林丽，像只被放了气的皮球，完全放松下来，以前对闻天鸣言必动、动必有效的殷勤消失了一大半，她终于放下手中厚砖头小说，说：“等我三十分钟。”

家里零食全部被她消灭了，闻天鸣一点也没捞着，此刻饿得前胸贴后背，恨不把饭桌上蜡做的假苹果也啃上两口，哪等得了那么久，他催促道：“穿个衣服洗个脸梳个头就可以了，要那么久吗？我们就到楼底下吃，不走远。”

“二十分钟！不能再少了！”

女人真是麻烦。

“好吧。”他勉强答应，扫描了几眼床头柜上的果皮纸屑，想找个把漏网之鱼暂时填下肚子，但是什么都没找到，所有零食都被林丽消灭得干干净净。他咬咬牙回到书房，无聊地跟网友继续插科打诨一番，应群众的要求，又挑了几张照片发上去。转眼间半小时过去了，闻天鸣关上电脑，直接走到大门边，坐在乳白色的皮质换鞋凳上，边穿鞋边问：“老婆，你好了没有？今天是吃麻辣香锅，还是喝粥啊？”

没有任何反应，家里静悄悄的。闻天鸣走到卧室，看见他“勤快优雅”的新娘，仍然歪坐在床上，身上还是穿着皱巴巴的黑色蕾丝睡衣，手中仍然捧着那本砖头小说，对他的话充耳不闻。

“林丽！”他有点生气了。

她抬起头来，一双小鹿般清澈的眼睛，茫然而无辜地看着他。

没让她做早饭，没要求她做中饭，零食全让她吃了，现在不过是想一起到楼下餐馆吃个饭，她都不理！

闻天鸣气往上涌，口气很冲地说：“你还吃饭吗？！不去你就直说嘛，我等这么半天了，你还躺床上。不去拉倒！我走了。”

从《哈利·波特》绚丽的魔法世界里出来，林丽莫名其妙地看着闻天鸣，他怎么大发脾气了？搞不懂他到底气什么。她茫然地看着闻天鸣转身出了卧室，听到他气呼呼地走到大门边，打开门走出去，又“咣”的一声狠狠地关上了门。

有什么关系呢？今天本来就应该是放松休息的一天啊！见他就这么气鼓鼓地跑掉，林丽也气不打一处来，对着人去屋空的客厅大叫：“你等等我嘛，怎么一个人出去吃独食啊？！昨天还发誓要陪我一辈子的！说话不算数，没良心！”

客厅里一片寂静，只有她的声音在回荡。她越想越生气，抓起床上的枕头扔向客厅，枕头撞在客厅电视柜上，又软绵绵地掉落在地上。客厅里传来粗重的喘息声，她冲出卧室，看见闻天鸣紧贴在大门拐角处，脸憋得通红，嘴角抽筋，看到她冲出来，爆发出一阵大笑。

林丽抓起枕头没头没脑地朝他打去，闻天鸣一边抵御，一边笑道：“赶紧换衣服吃饭去吧，一会儿还得回来收拾去石头镇的东西呢。”

第二章

蜜月绝境

黑暗中，一辆半新 Polo 车亮着雪白的大灯，沿着崎岖狭窄的山路蜿蜒行进。

在石头镇石头乡郁郁葱葱的大山深处，有个农家院，深褐色的木制院门边，挂着两只鲜红的灯笼，纯白的篱笆墙在幽暗中隐隐发光，屋子就地取材，用原木搭就，屋后几棵竹子随风摇曳，显得清静雅致。

闻天鸣把车拐进农家院大门，在宽敞的前院停下来。他用力拉上手刹，舒展双臂伸了个懒腰，顺手搂过坐在副驾驶座的新娘，两人缠绵长吻后，林丽在他怀里按响了喇叭。

一个粗壮的农村汉子带着条大黄狗出现在车前光柱中，黄狗的腿受过伤，一瘸一拐的，但丝毫不影响它欢快地围着车门蹿来蹿去，林丽刚一打开车门，它就兴奋地扑了上来。

“高兴，你又长胖了！小心脂肪肝啊。”

林丽抚摸它毛茸茸的头。那只叫“高兴”的大黄狗真的很高兴，摇着尾巴亲热地在林丽腿上蹭来蹭去。农村汉子帮闻天鸣把两大箱行李搬进了屋，闻天鸣拿出一袋喜糖和一条喜烟来，说：“山哥，星期这星期我们哪儿也不去，就待你这儿了，你给做点好吃的。”

山哥连声道：“没问题！要吃山上跑的还是河里游的？俺们这儿虽然不像城里啥都有，但是全是鲜货，城里就比不上了。”

林丽扛着闻天鸣的鱼竿进了屋，说：“您给准备点野鸡野鸭野兔儿什么的就行，河里游的让天鸣去钓。”

夜晚的空气中浮动着栀子花的幽香，宝石蓝的夜空如天鹅绒般，繁星像随手撒上去的钻石，闪闪发亮。草丛里，蛙鸣声和蟋蟀歌唱声此起彼伏。灵河在不远处拐弯，把河岸切割成了新月形，布满卵石的宽阔河滩上，隐约可闻河水有节律地拍打着河岸。

闻天鸣和林丽坐在后院的椅子上，静静享受着眼前的美景和安宁。林丽窝在闻天鸣怀里，摸着他的扎人的黑胡子，问："还记得那次你撞树的事吗？"

"当然记得。你逗高兴，把骨头扔到马路对面，高兴蹿得那叫一个快，害我急刹车都来不及。"

"你跟老万可真会找地方赛车，有高速公路不去，偏偏找个限速二十公里的乡道！高兴就这样被你们搞成了残废。"

"我反应还是挺快的，看到高兴突然蹿出来，猛打方向盘闪开，谁想到老万直接就撞上去了。"

林丽回想起那巨大的碰撞声和横飞的保险杠，心有余悸地说："你的方向盘打得也太猛了，直接就撞上树了。当时看到你脑门上的血流得比高兴流得还多，真把我吓坏了。"

她摸摸他额头正中淡淡的印子，那是他们相识留下的纪念。闻天鸣趁机握住她的手，笑着说："老万到现在也不承认他当时被吓傻了。"

"他不是吓傻了，是让我给骂傻了。婚礼上烧了他的胡子，也算是给高兴报仇了。是不是，高兴？"

听见林丽叫它，高兴瘸着腿爬上她的膝盖，伸出湿漉漉的舌头舔她的脸。

"所以啊，到咱们第一次认识的地方度蜜月，多有意义啊！风景优美，空气一点儿也不比海南、巴厘岛差！"

林丽似笑非笑地看着闻天鸣。男人总是好面子的，她没有说破：选交通不便的山窝窝度蜜月，纪念初相识是假，为省钱才是真。

如水的夜色中，望着月朗星稀的天空，林丽感慨道："这个地方可真是美啊，空气都是甜的。等我们赚够钱，在这里修栋别墅吧。把屋里装修成华丽的欧式风格，客厅安个大壁炉，卧室房顶装玻璃，躺床上就能看星星！我们可以在家里接待朋友，孩子们可以在院子荡秋千。还可以喂几只牛、一群羊，每天想喝牛奶就喝牛奶，想喝羊奶就喝羊奶，现挤现喝，绝对没有三聚氰胺。”

闻天鸣嘴角上钩：“我好像看到了一栋带大花园的二层小楼，屋子里面金碧辉煌，不管冬天还是夏天，壁炉里面总燃烧着熊熊炭火。一个穿着酒红低胸拖地晚礼服的白发老太太，手提破破烂烂的铁皮桶，蹲在泥巴地里给山羊挤奶。旁边还有个穿燕尾服的老头儿，挽着裤腿在给菜园子浇人造肥料，‘香气’飘出了两里地。”

林丽大笑起来，笑声惊飞了竹林中的鸟儿。

闻天鸣双眼眯缝，色迷迷地，低声说：“房子和山羊容易，秋千上还差两个小朋友，我们得抓紧时间了。”

繁星下，花香中，吻是那么甜蜜，他们相互搂抱着走进了房间……

激情一结束，林丽马上把身体旋转一百八十度，头冲床尾，臀部放上枕头，双腿搭在了墙壁上。

“这是干什么呢？”闻天鸣诧异地问。

“帮小蝌蚪们尽快游进新家啊！这样倒着，他们顺流而下，又快又省力。”

结婚前的林丽，说话细声细气，温柔贤淑，柔顺如水，是只可以随便拿捏的面团。婚后短短几天，闻天鸣就见识了她的泼辣和懒惰。奇怪的是，他似乎更喜欢现在这个满肚子小九九的女人。他很快疲倦地睡熟了。林丽一直坚持着把腿翘了整整两小时，才全身酸疼地放下，她轻轻摆好闻天鸣胳膊的位置，舒舒服服地钻进他的臂弯，也沉沉睡去。

清晨，林丽在“啾啾”水鸟的叫声中醒来的，发现身边已是人去枕空。脑袋底下闻天鸣的胳膊不知何时换成了软绵绵的被子，那个金蝉脱壳的家伙早溜没影儿了。她披上外套出门，山哥正在院子里喂鸡，见林丽出来，朝着灵河方向指了指，说：“天没亮，他就去河边了。”

河滩被淡淡的晨雾笼罩着，河水拍打岸边的声音是浑厚的背景音乐，而水鸟婉转的鸣啼则是清丽的独唱，远处偶尔传来一声悠长的汽笛声，恍若奏起的长笛。一只白色水鸟站在卵石上，“叽叽啾啾”地三两声歌唱罢，整理整理羽毛，又悠闲地飞起，在河面上一高一低地起伏盘旋。

早晨湿润而清新的空气带着丰富的氧离子进入到胸腔，林丽的整个人都清爽起来。她沿着河岸走了几分钟，薄雾里隐隐看见了闻天鸣的身影，他叉开双腿站在一块大石头上，旁边放着一只水桶，他不时把渔竿收回来，又用力挥甩出去，透过白色的T恤，隐约能看到他的肱二头肌。

林丽走过去，轻轻抱住他后背。

闻天鸣头也不回地说："老婆，我钓了好多鱼，一会儿可以煎了当早饭吃。"

林丽不说话，脸贴在他背上，手指感受他抛出鱼竿时紧张突出的胸肌，心里充满了久违的安全感。没一会儿，闻天鸣钓上一条小鲫鱼，他把挣扎着的小鱼丢进脚下的帆布桶里。

"战果丰盛啊！这是什么鱼？"

"这是鲫鱼。"他点一条鱼鳍如小蒲扇般圆润，身上布满白色斑点的青棕色小鱼说，"那个是棒花。"

林丽饶有兴味地看着水桶里游来游去的小鱼，一边点数。鲫鱼有四条，棒花倒有七条，其中一条鳍都还没长好，背上的鳞也都还没长齐。

"看你，这条胳膊腿儿都还没长好，你给钓上来了。"

"谁让它贪吃呢？！"

闻天鸣轻轻把林丽搂到胸前，贪婪地闻着她身上的幽香，在他的热吻下，她的嘴唇是如此的柔软。她抓住他的短发拉向自己，更热烈地回吻他。

"唔，又有鱼咬钩了。"

"别管它。"

她的左腿盘上了他的腰。

"别在这里。"

"没人。"

"石头不怎么干净。"他喘息，还是叽叽歪歪地不肯就范。

"把衬衣脱下来，当床单。"

他管不了那许多了，任凭自己沉浸在欢愉里。迷雾中她的身体皎白而迷人，河水拍打岸边的节奏，呼应着他们的喘息……

雾，在渐渐散去。

林丽从巨大的鹅卵石上坐起来，发现胸前关键部位的几颗扣子被扯掉了，垫在石头上的衬衫完全被露水打湿。

“在这儿等我，我帮你拿件衣服来。”

闻天鸣吻了她一秒钟，转身跳到一块桌面大的石头上，向山哥家飞奔而去，林丽目送他赤裸而魁梧的身形消失在树丛后面。

江面空无一物，连水鸟也不知飞到什么地方去了。林丽拉起鱼竿，一只小鱼在钓钩上拼命挣扎，它深灰色的背上，有一些黄色的斑马纹。林丽的手刚一摸到它的肚子，它就像只气球一样鼓了起来，林丽用手指戳了戳它胀鼓鼓的白肚皮，随手把它扔进了水桶。

早餐很丰盛，有刚摸的鸡蛋，有自己烙的饼，新鲜的棒子面粥，凉拌爽口小黄瓜，当然还有林丽亲自下厨炸的小鱼。那小鱼连骨头都炸得酥脆焦黄，嚼起来那叫一个香，林丽只象征性地吃了两小条，剩下的全让闻天鸣消灭了。

他狼吞虎咽、风卷残云地啃完小鱼后，满意地摸着突起的肚子说：“一会儿我们去爬山吧，这个时候正好杏儿熟了。”

“人家让采么？别跟上次一样被狗追得满山跑。”

“不会！要有狗追，我就上树，绝不跑！”

林丽斜瞟着闻天鸣突出的肚子，脑补了一下他肚子顶着树上、双手费力吊着树干的形象，“扑哧”一声笑出来，说：“你能上树，那母猪都能上树了。”

闻天鸣笑眯眯地看着她，别有用心地说：“真有狗追，我看母猪上树也不是什么难事。”

林丽马上察觉了他的话中话，双手叉腰，鼓起眼睛瞪着他。闻天鸣乐不可支地摇晃身体，哼哼道：“我有一只小母猪，我从来都不骑，有一天它却要爬到树上去……”

林丽抓起桌上的鸡蛋壳扔向他，闻天鸣头一偏，躲了过去，但却被紧随而来的第二只蛋壳击中了额头。

他假装痛苦地捂着额头说：“母猪不但会上树，还会扔手榴弹啊，啊，啊……”

桌子上的一堆蛋壳都变成了手榴弹，左一个右一个飞向他。遭到接二连三的蛋壳袭击，左躲右闪的闻天鸣，突然捂着肚子，脸色发白，额头上冒出了大粒的汗珠。

“脑袋受伤，怎么会肚子疼呢，表演得专业点好不好？！”林丽讥笑道。

“我，我没……”

话没说完，闻天鸣嚯地站起来冲向厕所。林丽端坐在凳子上，笑嘻嘻地听着从厕所里传来剧烈的呕吐声，心想，看他还能玩出什么花样。良久，闻天鸣才从厕所出来，脸色苍白。林丽好奇起来，他用什么东西把脸抹白的？莫不是偷了自己的粉？

闻天鸣脚步踉跄，神情古怪，低声咕哝：“奇怪，我怎么喘不上气呢？我的手，怎么抬不起来了？我……”话音未落，他“轰”的一声倒在桌前。

看他表演得这么卖力，林丽放声大笑起来，她隔着桌子，用脚尖轻轻踢他的肚子。

“哎，地上脏，你该挑个干净点的地方卧倒！”

他没动。

“你可别想我给你做人工呼吸！再不起来，我可要拍脸打耳光了啊。”

他还是没动。

这家伙，骗人还真能下本儿，那么脏的地，一躺就是这么久。林丽笑着站起来，绕过桌子，踢踢他脚后跟，说：“好啦，我相信你被蛋壳打倒了，快起来吧！”

他仍是一动不动。突然，她觉得不对劲——地上怎么会有血？

林丽慌了，蹲下去仔细查看闻天鸣，红色黏稠的液体从黑发里流出来，流过他的脸，一直淌到地上。林丽轻轻抱起他的头，发现他蹭破的头皮正往外渗血。

“傻瓜，逗人也不能把自己摔成这样啊！”

闻天鸣冰冷的手指抓住她，勉强睁开眼睛，虚弱地说：“火吞。”

“什么？”她惊慌地问。

“中毒！河……豚！医院！”他用尽全身力气吐出六个字，便陷入了昏迷。

正在后院打水的山哥，听到林丽凄厉的尖叫：“山哥！！！！”

中午，和煦的阳光暖洋洋地洒下来，初夏的树叶绿油油地泛着光，没有一丝风，万物都懒洋洋地浸泡在温暖的空气中，县医院的二层小楼里，护士和病人都昏昏欲睡。

一连串响亮的喇叭声打破了寂静，一辆白色小汽车拼命按着喇叭，疯狂地冲到门诊楼门口停下，刹车片发出刺耳的尖叫声。林丽刚跳下车，保安就上来阻止道：

"喂，这儿不能停车！这是救护车通道。"

林丽翻个白眼。保安！你需要他们的时候永远都找不到人，不需要的时候，他们就冒出来了。

"我这就是救护车！没看见这儿有急诊病人吗？"林丽嚷嚷道。

闻天鸣的脸色白得像纸一样，眼睛半睁着，眼帘奇怪地耷拉下来。林丽拉起他的手，原本结实的肌肉，此刻软得像棉花。

"天鸣，天鸣！"林丽带着哭腔喊道，"跟我说句话啊！"

刚上车时他还勉强可以耳语几个字，现在已经完全没了反应。林丽拨弄他的眼皮，想把耷得奇怪的眼皮恢复原位，但总是失败。

"老公，你千万别死啊！我不想刚结婚就变成寡妇啊……"

林丽哭哭唧唧的话让闻天鸣发笑，他感觉到她把手伸到自己鼻子底下，测试自己还有没有出气儿。他想告诉她："我还活着！我还有感觉！"但全身没有一块肌肉能动，他调动全身力气，却连睁开眼睛这么简单的动作都做不了。

山哥推着活动病床一阵旋风似的跑出来，后面跟着个满脸青春痘的年轻医生。山哥和林丽合力把闻天鸣搬上了病床，进到急救室，青春痘医生迅速检查了闻天鸣的瞳孔和脉搏，林丽絮絮叨叨地说了他的病情。

"河豚中毒？"年轻医生有点不知所措，搔着头皮说："先洗个胃吧，我去叫主任叫过来。"

他坐下来开单子，林丽不耐烦地看他一笔一画地仔细写医嘱，每个字都端正得不行，简直都比得上印刷体了。林丽突然发现，那些被病人疯狂吐槽写字龙飞凤舞、鬼画桃符的医生是多么的难能可贵啊，他们写字省出来的时间可能就决定了一个病人的生死。

青春痘医生终于签上大名，林丽抢过缴费单就往划价收费处跑，边跑边掏钱包，走廊上的人们自动让出了条路来。林丽突然站住了，出来得太匆忙，把包忘在山哥家里了。她转身奔回急诊室，护士已经开始准备洗胃的器具了。

"山哥，你身上有多少钱？我、我忘带钱包了，手机也没带。"

山哥翻遍裤兜，说："只有八十多。"

"够了，够了。"

县城小医院医疗费便宜，洗胃只要四十几块钱。山哥把身上的毛票、钢镚一股脑都给了她。

洗完胃，闻天鸣并没有如林丽盼望的那样诡诡然醒来。他的手没有渐渐变暖，反而更加冰冷。数他的脉搏，似乎越来越微弱，心跳也越来越慢。林丽抱着他的手臂，几小时前这手臂还温暖地环抱她，而此刻，似乎所有的生命迹象都离它而去，它只是一条苍白无力的摆设。

心里涌出的恐惧几乎要把林丽淹没了，她抱着他的胳膊，语无伦次地说："不，你不要死啊！你给我回来啊！"

"你一直拉着手不放，他可能真会死得快点。"一个声音嘲弄道。

林丽抬起泪眼，看着说话的人——穿着白大褂的中年男医生，他脸上露出讥讽的神情；这大概就是青春痘说的主任了，只见他命令护士："准备导泻、脑电图、起搏器和呼吸机。真搞不懂，河豚就那么好吃？连命都不要了！"

"这是我们主任！"青春痘大夫说。

"主任，您一定要救活我老公啊！"

"只要发作不超过两小时，在我手头还没有因为河豚中毒翘了的。不过如果措施不当，救治不及时，那就难说了。"主任眼也不抬地说。

林丽恨不得给他跪下来，他自信的语气给了林丽莫大的安慰，但同时她不安地想起来：闻天鸣倒在地上已经是三个多小时以前的事了。

主任龙飞凤舞地开出张单子，说："你先交两千块押金吧，省得老跑收费处。"

"两千？"林丽为难道，"我只有四十多。"

"没现金？出门左拐就有提款机，农行的，其他银行的卡也可以取钱，不过要收点手续费。"

"卡也没带。"她全身上下也就钻石结婚戒指值点钱，"能不能先救人，我把戒指押您这儿，我这个是钻石的，买的时候花了五千多呢。"她摘下戒指递给医生。

"我不收戒指，哪个晓得是真的还是假的！"主任没了耐心。

"我……我还有辆车，把车押给您吧。十几万买的，才跑八万多公里，至少能值个好几万。您该怎么救人就怎么救，我马上想办法找现金，行么？"林丽焦急地恳求。

“这是医院，又不是当铺。”主任毫不通融地说，“你有车，赶紧的，回去拿钱吧。”

“来回要五个多小时啊，他还能有救吗？！”林丽调整呼吸，强压住焦虑，软言相求，“我求求您了，主任。你先给他上呼吸机，吃药什么的，别耽误时间，我去拿现金。”

“不行！”医生断然拒绝，“到时候，你不回来怎么办？”

林丽啼笑皆非：“他是我老公，我怎么可能把他扔这儿不管啊。”

主任脸上表情僵硬地说：“老公算个啥？！亲生儿子都有扔医院不管的！”他突然激动起来，挥舞双手大声说：“你们这些病人家属怎么都这样啊！要我们救人的时候，说的比唱的还好听，什么马上交钱，什么信誓旦旦，救完了，人没事了，就是不交钱，钻个空子跑了，烂摊子都甩给医院！”

他嚷嚷的唾沫星子直喷到林丽脸上，林丽厌恶地伸手抹去。她仍然压住性子，恳求道：“主任，我真的不是那种人，请您一定相信我！我绝对会把钱补上的！您行行好吧，您总不能眼睁睁看着他在你面前死掉吧。”

主任冷冷地说：“你还别说死不死的那些话，我只按医院规定看病。你知道我替病人交了多少手术费么？我他妈都要破产了！”

林丽看着主任冷血的样子，恨不得扑上去卡住他的喉咙，强迫他给闻天鸣上呼吸机，她受不了了，不管不顾地嚷嚷起来：“你们医院到底是不是救死扶伤的地方？你就忍心眼睁睁看着病人死掉？你的良心到哪里去了？”

林丽和大夫的嚷嚷声吸引了一大堆看热闹的人。

“这病人病情过于严重，我们医院条件有限，医治不了，你们赶紧转院吧！”主任下了逐客令。

林丽都快要疯了：“这个时候你让我转院？到底你要怎么才能马上救他？”

“交钱！”主任医师丢下这句话，进诊室把门关上了。

林丽看着紧闭的门，愣了几秒钟，崩溃地大哭起来。山哥想上前去安慰林丽，但是安慰有什么用呢？现在救人要紧！他想起自己在县城还有几个认识的人，现在只有厚着脸皮借钱，他跟林丽说：“我去外面公用电话亭打个电话，看能不能借到钱。”

林丽正沉浸在极度愤怒和悲痛中，对山哥的话充耳不闻，山哥叹了口气，快步走出了门诊楼。周围看热闹的人议论纷纷，有指责医院太过分的，也有人说看病不带钱怪不着医生。幽暗简陋的走廊里，闻天鸣面如死灰、毫无生气地躺在移动病床上。婆娑泪眼中，林丽摸摸丈夫的脸，那脸冷得像冰一样，泪珠掉在闻天鸣的脸上，顺着他木然苍白的脸滑下去，滴落在肮脏的人造革床垫上。

是我害死了他！是我亲手杀了我的丈夫！

林丽无助地抚摸他的脸。

他就要死了，他就要死了！

她的心像被掏空了一样，痛得无以复加。她抬起空洞的眼神，看着厚厚的诊室门，难以置信的是，里面居然隐隐传出笑声，悲哀刹那间变成了愤怒，狂怒如暴风瞬间席卷了她。

她恨！恨这唯钱至上、见死不救、毫无怜悯的世界！

她恨！恨这些毫无职业道德的医生！

双眼发红的林丽紧握双拳，胡乱擦掉眼泪，发狠叫道："你们今天见死不救！我……我跟你们拼了！我老公死了，也得拉你们垫背！我也不活了！"

她豁出去了，头发散乱，疯狂地寻找可以进攻的工具。无奈走廊里光溜溜，除了座椅，就是挤在一边看热闹的人群，能上手的什么也没有，她只能把自己的身体当作武器冲向诊室，刚冲到门口，一双黑黝黝满是老茧的手死死拉住了她，让她动弹不得。

"你放手！"林丽疯狂大喊道，"我老公死了，我也不活了！我要跟他们拼命！"

她哭喊着，伸腿踢诊室门。农村女人个子不高，但那双手力气却大得很，她怎么往前挣，却始终踢不到那扇门。

"你到底想干吗？！"她转过头来，双眼通红，瞪着眼前拉住自己的个子不高的农村女人。

"我可以借给你两千块。"那个女人语气出奇地温和。

"什么？"疯狂状态中林丽没有反应过来。

"两千块。"农村女人脸上露出了笑容。

高利贷！这女人真会做生意！眼下火烧眉毛，哪管得了许多，人命关天，再高的利息也得借！

“好！一天多少利？”

“我不要利息。”

“那你要什么？”这个冷漠的世界，绝对没有雷锋这回事！

“能不能把你的车借给我们开一下？”那女人吞吞吐吐地说。

太黑了，两千块钱换辆车！林丽想，紧急关头，也管不了那么多了。

她咬牙说：“行！一手给钱，一手给钥匙！”

农村女人从贴身裤兜掏出个花布包，打开来，仔细地一张张数：“一、二、三、四、五……”。

林丽盯着她手中的钞票，双眼放光，咽下口唾沫。这些钱，是救命钱啊！好容易等她数完，林丽伸手抢过那叠钞票，把车钥匙往她怀里一扔，拿着钱狂奔向收费处，交完押金，林丽冲进诊室，恨不得直接把缴费单摔到肿眼泡主任脸上。

主任不急不忙地仔细看了看缴费单，对年轻医生下了一串指令：“口服硫酸钠导泻、上呼吸机、准备静脉滴注甘露醇加维生素C利尿剂加速排毒、 阿托品两毫克肌注。”

何元盛在厕所仔细洗了手，在镜子前整理好衬衫，又搞了点自来水把头发弄服帖，才回到走廊上。大老远，他就看见一堆人围着个又哭又闹的疯女人看热闹，待他走近，刚好看见那个疯女人从自己老婆手上抢过一叠钱，又扔给她一把钥匙。

陈小兰面露喜色，回头看见自己男人，双眼放光地说：“元盛，你不是一直想开车吗？车就在门口。”

何元盛皱起眉头：“怎么回事，这是？”

听完陈小兰说完事情经过，何元盛气往上冲：“我们一走，那胖女人跑了怎么办？”

“不会的，她老公病得这么严重，她不能跑了。”

“你怎么知道他们是真的生病？！”

陈小兰见男人发怒，声音变小了，但仍然坚持说：“他的病真的不像是装的，而且我们不是还有车吗？”

“这车是你的吗？到时候人家一报案，我们得进监狱。”这女人的脑袋是糨糊做的吗？

“不会的，我们一会儿就把车给还回来。你的检查结果要过一阵才能出来咧。”

她举起车钥匙朝何元盛晃了晃，那是一把黑头银尖的钥匙，闪着淡淡的光芒，钥匙圈上还拴了一只棕色的迷你小皮鞋挂饰。何元盛冷着脸，盯着晃动的钥匙看了几秒钟，终于从她手上拿了过去。

从刚才肾上腺素狂飙的状态中恢复过来，林丽瘫坐在椅子上，看一帮医生护士围着闻天鸣，喂药的喂药，插管的插管，打针的打针。终于，闻天鸣的情况稳定下来。

肿眼泡主任面带嘚瑟地说，“我就说了，只要救得及时，在我手上，河豚中毒没有治不好的。”

林丽白他一眼，倔强地闭着嘴巴，就是不言谢。主任等了一会儿，没享受到家属的千恩万谢，悻悻地说了句“有事叫我”，便转身出了门。林丽这才上前，握住闻天鸣的手贴在自己脸上，泪水忍不住流下来。

她想起自己从河里拉上来的那只气鼓鼓的鱼，想起自己亲手把那条鱼去掉内脏，用油炸得香脆，端给闻天鸣，不禁打了个寒战：他差点死在自己手上。如果没有那个丑女人给的两千块钱，如果再晚上十分钟，她的新婚丈夫就可能会死在医院，她不敢想象失去他生活会是什么样子。

熟睡中的闻天鸣，脸色有了一丝的红润，胸部随着平稳的呼吸微微起伏。林丽听到身后轻轻的脚步声，头也不回地问：“医生，他什么时候能醒过来？”

“是我。”她听到天籁般的声音。

林丽回过头，是那个农村女人，她瘦瘦小小的，相貌普通，肤色黝黑，和站在身边白皙的男人形成了强烈的对比。

“这个钥匙还给你，谢谢你。”

林丽终于把嘴巴合上了，她扔出去车钥匙就没打算再看见自己的车。八成新的小汽车在黑市上很好出手，价格何止两千块。这个农村女人居然如约拿着钥匙回来了！林丽接过钥匙，突然觉得她深棕色的眼里充满了无尽的善良。

她冲林丽一笑，问："没有耽误你们用车吧？"

"没有，完全没有！谢谢你，今天是你救了我老公的命。"林丽激动起来，走上前去，给了农村女人一个拥抱。农村女人大概被她的动作吓到了，身体僵硬，一动也不动。

半晌，林丽才放开她，讪讪地说："还不晓得你叫什么呢？"

"我叫陈小兰。"

"小兰，如果你不着急的话，可不可以等我一会儿。山哥一会就拿钱回来。"

"没事的，我们也不着急走。"农村女人咧嘴露齿笑了。

第三章
男妇科医生的黄病人

江晖永远也忘不了六年前的那个上午，他的人生出乎意料地折转了方向。

他出生在一个贫困的农村家庭，凭借自己的努力考上了医学院，实现了人生的第一个飞跃。大学里，看到同学们纷纷忙着睡懒觉，忙着泡妹子谈恋爱，忙着昏天黑地打游戏，他对这些行为难以理解——辛辛苦苦考上大学，难道就为了在大学混时间吗？他平时不是在图书馆学习，就是打工挣钱，每天只能睡四五小时，家里无力供养他上大学，学费和生活费都得靠自己挣。大学毕业，找工作是场千军万马争过独木桥的战役，他凭借过硬的专业知识、每学期三好生的优秀履历，以笔试第一名的身份成功争取到了市华弘医院胸外科的职位，实现了人生的第二个飞跃。

尽管华弘医院设施老旧，医生工作负担繁重，待遇也低，但外科、血液科和妇产科却长期雄踞全国前五名。尤其胸外科是江晖向往的圣地。想象自己站在无影灯下，挥舞手术刀，切开病人胸腔，割掉长期折磨病人的肿瘤；从其大腿上剥下一根血管，移植到患者心脏，给堵死的心血管搭上新的通路……病人感激的目光、如雪片般飞来的感谢信，一面面锦旗……想想就让人激动！

每天能干自己喜欢的事情已经够带劲儿了，还能拿到工资，从此告别靠体力挣钱的打短工模式。住宿舍都不用花钱，余下来的工资还能帮家里把欠债还了，江辉美得睡着了都能笑醒。

六年前夏天的一个早上，江晖拿着报到通知书，兴冲冲地敲响了人事科的门。

“进来。”有男声招呼道。

江晖推开门，见到一张熟悉的面孔。他记得很清楚，王科长当初面试过自己，而且在面试过程中还相当友善，他满脸笑容地说：“王科长，您好！我是江晖，来报到的。您还记得吗，您还面试过我呢。”

王科长微笑不语。人事科每年要收几百份简历，根据各科室需求从中挑选参加面试的学生，仅仅面试的学生至少就有五十多个，最终能选出十来个幸运儿，哪儿记得住谁是谁啊。他上下打量江晖，见他身着劣质的确良白衬衫，打了条桃红色领带，土黄色棉布裤子看不出形状，斜背一只洗得发白的帆布书包。他努力回忆，还是啥也没想起来，直到从江晖手里接过报到通知书，才隐约记起，这学生好像笔试成绩不错。

不过，那又怎样？

华弘医院从来都只在尖子生中选尖子，毕业生除了拼学习成绩、拼实习成绩，还要拼社会活动能力，而这一切，都抵不过关系。

他公事公办地说：“把学校开的派遣单给我。”

江晖恭恭敬敬地双手奉上派遣单，王科长接过，在大登记册上写下一串潦草的文字，然后把登记册和签字笔推到江晖面前，说：“你签个字。”

江晖认真地签上自己的名字，王科长把一叠表格材料递给江晖，说：“把这些表给填了，贴上照片，三天内给我。这是你的工作证，凭工作证可以到员工食堂办饭卡，每个月的伙食补贴都是打到卡上的。没别的事情你就可以去科室报道了。”

“好的，谢谢您！”江晖按捺住心里的激动，兴奋地翻看崭新的工作证，这可是他人生中的第一本工作证，鲜红封皮正面烫金印着“工作证”三个大字，下面是“华弘医院”，背面则印着工作证号和科室名称。

“妇产科，证号 513。”他无意识地读道，“咦，不对吧，怎么成了妇产科了？王科长，这儿写错了吧，我是外科啊！”

王科长目不斜视地盯着书桌上的签字笔，咬着后牙槽说：“没有错，就是妇产科！”

江晖有点蒙了，说：“可是，我没有应聘妇产科，应聘的是外科啊。”

王科长眼神躲闪地说：“现在只剩妇产科还有编制了。”

“怎么会呢？我记得很清楚，招聘的时候，您说外科正需要我这样的人才啊。”

“招聘的时候，外科的确缺人。”王科长扭头望窗外，“但那是三个多月以前的事了，现在情况不一样了啊。小同志！你怎么就听不懂呢，外科现在已经满员了！”

江晖愣了，如有一盆冷水当头泼下来，从头凉到脚。一家著名的国有大医院，怎么能这样说话不算话，出尔反尔呢？！他又不是非得来华弘医院不可，如果招聘的时候明说不招外科，他完全可以选择其他医院的。大学里那些努力，那些挑灯夜战，那些课堂外一点一点啃出来的拉丁文资料，都是为当胸外科医生做的积累，现在一切都白费了。

一股愤懑在江晖胸中蔓延。他想把文件撕个粉碎，想把工作证扔到王科长那张表情僵硬的脸上，想甩下句“老子不干了”，想从碎纸屑上大踏步踩过去，摔上门，雄赳赳气昂昂地离开这个鬼地方。

这么做真痛快！

然后呢？他得搬到终日不见阳光、没有暖气的地下室，得在各个野鸡诊所间流窜找工作。因为各大正规医院招收应届生的时间已经过了。一旦进入非正规诊所，或者医院外包科室，目标不再是治愈病人，而是榨干病人的每一分钱，专业上就不要有什么奢望了。还有，因为不服从分配，还得给学校交一笔不菲的违约金和改派费，否则连毕业证都甭想拿到。

想起爹在田间劳作佝偻的背，想起娘过早衰老满是皱纹的脸，他们殷殷盼望大儿子有个稳定工作，好帮家里把欠的一屁股债还了；弟妹们盼着哥哥赶快工作，好有点零用钱，偶尔能吃顿肉打打牙祭……好不容易熬到工作了，因着去不了胸外科而丢了工作，怎么对得起辛苦劳作的爹娘？

王科长不动声色地看着江晖的脸色阴晴变换，心里觉得有些对不起这个毛头小伙子。当然，他绝对不会表现出一丁点儿同情来的。

终于，江晖放下身段，挣扎着说：“去不了外科，我认了！我一个大男人，去妇产科会让人笑死的。除了妇产科，其他科我都可以去。”

王科长严肃地看着他，说：“你以为华弘的科室是自由市场的白菜，你想挑哪棵就挑哪棵啊？现在各个科室都满员了，院里要新建一个生殖中心，还缺人。不然进华弘哪这么容易，全国每年多少毕业生挤破脑袋往这儿钻啊。”

他心想，江晖你一没背景，二没博士文凭，不是看你成绩不错，恐怕你连华弘医院的门朝哪边开都摸不到。

“只有妇产科？”

“只有妇产科！”

“以后能不能换到胸外科？”

“那得看情况，我不能给你打包票。”

讨价还价无果，犹豫半晌，江晖只得无奈地说：“好吧！”

江晖抱着一堆要填写的表格材料，咬着腮帮子，阴沉着脸，扭头出了人事处的门。

看着江晖气冲冲走出门去，王科长松了口气。这孩子也是倒霉，外科的位置让最硬关系户顶了，其他科室招的学生，不是有关系的，就是学历比他还高的，权衡之下，只有欺负他这没背景、学历低的了。

“江晖，江晖！”

刚出行政楼，江晖就被人叫住，他怒气冲冲地回头看，是同班同学武平。此公戴副墨镜，穿着短裤 T 恤，吊儿郎当地拿着一只塑料文件袋。

“你小子来得可是够早的啊，我还琢磨我是第一个报到的呢。”武平大大咧咧地说，“怎么了？你脸色不太好啊。”

医院的招聘考试，他的分数比江晖低了一大截，却毫不费力地进了想去的科室，江晖心里一阵苦涩，闷声说：“你快点去报到吧，我先走了。”

“今天晚上一起吃饭吧，我请客。”武平说，“在华弘医院碰到个熟人不容易。”

“好。”

告别武平，江晖郁闷地朝妇产科走去。

上午八点半到九点，是妇产科门诊最忙乱的时候。苏虹站在分诊台后面，恨不得变成八爪章鱼：一只手接电话，一只手给病人刷卡，一只手给问路的病人指方向，一只手在病历上盖日期章，一只手整理病历顺序，一只手取化验结果，一只手偷偷把刚买的煎饼果子塞进嘴巴，再用一只手拦住随随便便想闯进诊疗区的男人。

“喂，男同志到候诊区待着去，没看见牌子啊！”苏虹指着“男士请勿入内”的牌子说。

有些男人不自觉，总是企图偷偷溜进妇产科。那个年轻男人却充耳不闻，不紧不慢地继续往前走，半只脚都踏进了诊疗区走廊。

苏虹大声嚷道：“喂！说你呐，背书包的男同志！你倒是自觉点，这边不许男同志进去。”

在众多女人锥子般的目光下，他脸红了，结结巴巴地说：“我、我是新来的医生。”

“新来的？你怎么是个男的啊？！”苏虹质问道。她上下打量江晖，他个子不高，身板有点宽。前两天听医生们议论，说今年新分来的大学生是医学院的高才生，考试厉害得很。

看着护士眼珠都快瞪出来了，江晖的脸更红了，小声说：“我也不想……”

“你过来，我帮你领了套工作服。”苏虹从后面柜子里拿出一套白大褂和裤子，递给江晖说，“我不晓得来的是男医生，号可能有点小，你先穿下试试，不合适明天我跟总务处换。对了，你不能用医生更衣间，我们这儿全是女医生。你可以去美容科，他们那边人少点。”

“不用，就在洗手间换就行了。”

苏虹看着换了白大褂的江晖，忍不住笑了。衣服紧箍在他身上，扣眼之间都绷得裂开了，露出里面的条纹背心，长裤也成了吊脚七分裤。

“给你腾了个柜子放东西，这是钥匙。”她把钥匙递给江晖，“我让总务处明天给你送大号的衣服来。你照直走，最里面右手边办公室，宋主任正等着你。”

“谢谢！”江晖腼腆地一笑。一路上他低着头，希望尽量少惹人注意，在女病人们怪异的目光和忿忿的表情中，顺着走廊往前走，一路上听到女病人不满的抱怨声。

“男的怎么都进来了？！怎么回事儿啊？”

“就是！”

“太不像话了！”

“一会儿检查别忘了把门关上！”

江晖耳根发烧，恨不得找个地缝钻进去，他疾步走到宋主任办公室门口。宋主任是个头发花白的老太太，精力旺盛，嗓音洪亮，一双眼睛闪着精光，她笑眯眯地看着江晖推开虚掩的门，说：“我是宋励之，欢迎你来妇产科。”

“宋主任您好。”江晖微微鞠了一躬。宋励之是本院妇产科的创始人，在业界大名鼎鼎。

看着江晖的红脸，宋励之鼓励道：“你是我们医院妇产科的第一任‘党代表’，应该感到荣幸啊，怎么还脸红呢？”

“嘿嘿，”江晖尴尬地笑，“我是容光焕发。”

“哈哈哈。”宋励之大笑起来，“好一个容光焕发，好！很多中国人不习惯男妇产科医生，要知道，其实国内好多医院的妇产科都有男大夫，世界顶级的妇产科医生有一大半都是男的，所以，根本没有必要害羞。我们和病人是纯粹的医患关系，在工作上没有性别之差。只有正确处理这个关系，才有可能带动病人相信你。”

“宋主任，我记住了。”江晖知道她这番鼓励的良苦用心。

“从今天起，你有一年的见习期。”宋主任和蔼地看着江晖洗得发白的帆布包说，“你先跟我学习两个月，门诊主要看不孕不育，然后让妇科和产科的其他主任医生带你，后半年主要在手术室和实验室。一年下来，科里的几摊事儿基本上能了解个大概。”

“好的，谢谢您这么周到的安排。我有一个小请求，不知道能不能说？”

“说吧，不用客气。”宋励之心想，要开始谈待遇了，现在的孩子都精得很，不像她刚工作的时候，组织安排是什么就是什么。如果要求合理，还是应该满足的。

她先给江晖打个预防针：“华弘是国有事业单位，基本工资跟着国家的规定走，奖金有一些，数额不多。待遇肯定不如外资医院，甚至比不过好多民营医院。”

江晖脸红了，说：“宋主任，我不是要提待遇的事情。我想尽快熟悉情况，在工作之余可以借阅病案室的资料吗？”

宋励之当下对他刮目相看，高兴道：“当然可以！我给病案室打个招呼，你随时可以去。不过，病案白天可能有用，你只能晚上下班前借出来，第二天一早还回去。”

“没问题！”江晖高兴地说，“我会好好保管的，您放心。”

“好。上午有我的门诊，你今天就开始辅助我。”

“好的。”江晖有一丝兴奋，“宋主任，您对我有什么要求，哪些地方我做得不好，你别客气，直接告诉我。”

时针已指向九点多了，外面的病人早等得不耐烦，不时推门探头探脑地往里面看。江晖拿起病历，开始叫病人进来。

江晖到达“五色粮”餐馆门口时，已经晚上八点多了。餐馆开在一条嘈杂的小街上，门口摆满了白色的沙滩椅和沙滩桌，一串串五颜六色的小灯在头上闪亮。各色凉菜、麻辣小龙虾整齐地码放在大托盘上，烤串的油滴在烧红的焦炭上，不时发出“哧啦”声。

武平先到了，已经点了一盘麻辣小龙虾、几把烤串，看到江晖，他挥挥手。江晖一屁股坐到武平身边的椅子上，抓起武平喝了小半的啤酒瓶，仰脖子就灌。

武平见他郁闷的样子，不由地哈哈大笑道：“妇产科的江医生啊！你小子真是好运气啊！”

“好个鬼！”看着武平笑得快抽筋的脸，江晖恨不得给他一拳。

他越是生气，武平笑得越是开心。笑完，武平说：“记得有天晚上我们在宿舍讨论，大伙儿一致同意妇产科医生是最好的职业！想怎么看就怎么看，想摸哪儿就摸哪儿里，看完了摸完了，还有人付工资，这无本万利的生意，哪儿去找啊！”

江晖一言不发地灌下去小半瓶酒，想起今天白天，都不知道自己是怎么熬过来的。

一大半的病人都是要做检查的，那些女人，不管高的矮的胖的瘦的丑的俊的，一水儿都需要脱掉裤子，躺倒在满是污渍的检查床上，两条大腿叉开，袒露自己的私处。有的病人直接拒绝江晖查看，虽然面子上有点下不来台，但他反而悄悄松了口气。

有一个女病人不停地看他，想反对又没说出口，他就厚着脸皮，待在旁边看宋主任做检查。当宋励之把手伸进病人的私处时，女病人脸红得都快滴出血来了，江晖相信自己的脸色也好不到哪里去，更要命的是起了生理反应，下面硬硬地把紧绷在身上的白大褂撑了起来，他只好拿笔记本挡住前面。女病人检查完，脸色绯红，瘪着嘴都快哭出来了，江晖也只有尴尬地假装没注意到。

当然也有个把豪放的女人，丝毫不在意男医生旁观，江晖也就趁机大胆地仔细看宋励之的检查程序和手法。

衣服底下的小帐篷，一直没有消下去过——他啥时候这么狼狈不堪过？

江晖就着酒瓶喝了口闷酒，说："武平，你了解我，我江晖一腔雄心壮志，要在外科干出点名堂。医生是什么？是悬壶问世，是救死扶伤！村里就出了我一个大学生，爹娘多为我骄傲啊！现在我却混成了个人见人嫌的'流氓'，今天有个病人家属都差点动拳头了。"

他把酒瓶喝了个底朝天，又抓过一瓶，灌了一大口，郁闷地说："你说我一黄花处男，就这么白白被那帮娘们给糟蹋了！我……我找谁说理去啊！"

武平笑道："我送你一句话吧。"

"什么话？"

"如果你没法反抗强奸，不如尽情享受。"

江晖闷头喝了几口，叹口气说："唉，都不晓得怎么跟我爹娘讲啊！"

武平拍拍他后背，安慰道："不好讲就别讲了，你家里人还会到医院来看你干啥不成？"

"还是你行，进了整形科，也没人能把你挤出去。"

"我爸的老关系还是管点用的。当时不是没考虑过胸外科，那地方收入不错，待的年头越长越值钱，就是太辛苦，责任又太大。考虑半天，还是选了整形，好歹也算是半个外科。"

江晖感慨："家里有熟人就是好啊。第一天上班，过得怎么样？"

"没干啥正事，都在帮主任写病历。真搞不懂，为啥这么多长得一点都不难看的人来整容，动完手术，全都肿得跟个猪头似的。不过话又说回来，如果大家都觉得自己长得挺好看了，整形医生就得喝西北风了。"武平拍拍桌子上的牛皮纸袋，"你拿这么大堆病历干什么？"

"回家看哪！刚工作，我得尽快搞明白几件事。"

"什么事？"

"第一个是选什么方向。妇产科分得很细，妇科，产科，马上要成立专治不孕不育的生殖中心，我得趁实习这一年，搞清楚以后主攻哪个方向。"江晖抓起一只小龙虾，边啃边说，"第二个，尽快搞清楚诊疗套路，包括不同类型的病人做什么检查，怎么定用药方案，怎么定手术方案。”

江晖举着小龙虾，隔空指指病历堆说：“给主任医师当助手，一天也就能接触二十来个病人吧，门诊乱哄哄的，哪里静得下来分析病情和诊疗方案啊，还是直接看病历方便。第三个，就是站在巨人的肩膀上，发展自己的看家本领，在某个领域做到最牛！。”

“你小子可以啊！什么事儿都分析得这么清楚。不扯以后的事情了，我问你，今天看了女人有没有流鼻血？”

“没那么夸张，但是正常男人肯定都会有点反应的。”

“哈哈哈，”武平笑道，“你小子不怕看多了以后阳痿啊？！”

“这个应该没有可能，长期过于亢奋倒是有可能。”

“哈哈哈……”武平大笑起来，“能看能摸，就是不能泻火，当心憋出病来，赶紧找个女朋友吧。”

江晖尴尬地用鼻子哼哼了两声，算作回答。

时间过得飞快，实习期很快结束了。这一年，江晖起早贪黑，白天辅助宋励之和其他主任医生出门诊、做手术，晚上猛啃病历，妇产科近五年的病历都被他翻了个遍，作了好几本厚厚的笔记，详细记录了各种病症、不同医生的处理方法。除了动手能力差点，妇产科每个医生的处治习惯和预后结果，他几乎了然于胸。

是独立出诊大干一场的时候了！

早上五点多钟，江晖就醒了。见时间尚早，他爬起来先去离宿舍不远的医大操场跑了五圈，在学生食堂享受了豆浆油条，才回宿舍洗漱。当他夹着厚厚的笔记本踏进办公室时，也才七点钟。他实在抑制不住兴奋，今天是他独立出诊的第一天。

他在办公室里坐立不安，抓耳挠腮，好容易熬到八点才来到候诊区，面对众多女病人诧异的目光，他已经练就了厚着脸皮熟视无睹的本事。穿过拥挤的走廊，站在专属诊室门口，江晖欣赏着门上挂的名牌，上面用黑体加粗字打印着“江晖”两个大字，他掏出手机，先给牌子照了张特写，然后自拍了张和牌子的合影。这可是他人生中重要的一个里程碑！

刚在办公桌后坐定，就听见小心翼翼的敲门声。江晖正正衣冠，清清嗓子，放声说："请进！"

一个年轻女人推开门，探头看见一位穿着白大褂的年轻男医生正襟危坐在房中，红着脸"哎哟"了一声，受惊般猛地关上房门。江晖不禁哑然失笑。

八点半，除了一两个走错房间的病人外，没有其他病人进来。九点，还是没有一个病人。看着女医生诊室门前排起长队的病人，江晖待不住了，他窜到分诊台，问苏虹："苏姐，怎么没病人分到我那边？"

"所有的普通号，我们都优先给病人推荐你，可是……"

看着江晖难以掩饰失望又装作不在意的样子，苏虹心里也有些难过。

"没事，那我正好清闲一下。"江晖胡乱摆摆手，垂头丧气地回到诊室。前一段时间他跟着别的大夫，虽有病人拒绝他做检查，但并不会影响医生的正常诊疗过程，没想到可以独立看病的时候，居然惨到连一个病人都没有。

江晖回到诊室，心浮气躁，继续翻看工作笔记。他眼睛盯在纸面上，耳朵却竖起来，仔细听每一个从自己门口经过的脚步声……眼看上午就快过去了，还没有开张，他叹了口气，盘算着早点儿去食堂点个小炒安慰一下自己。

刚收拾好笔记本站起来，门被"砰"的一声打开了，一个二十多岁的年轻女人风一样地闯了进来，她浓妆艳抹，穿着黑色丝袜、超短裙和红色高跟鞋，身材凹凸有致。她涂得乌炯炯的大眼睛和江晖对视了三秒钟，江晖一直等着她开口说走错房间再退出去。

女人却镇定自若地问："你是江大夫吗？在你这儿看病不用排队吧。"

这下轮到江晖诧异了："我是江晖，你是来看病的吗？"

那个女人大笑起来，一圈嘴唇像刚啃过血咕淋当的生肉一样，红得吓人："多新鲜呀！到医院不看病，来做生意呀？？！"

"如果你不愿意让男大夫看病，可以换一个号。"江晖认真地说。

那个女人饶有兴味地上下打量江晖，看得他心里发毛，脸也红了起来。

"你一个男的，怎么跑妇产科来当医生了？！"女人笑着说，"我才不去女医生那儿排队呢，上午的号早没了，下午的号也挂不上了。喂，你到底看不看病啊？我可是挂了号交了钱的！"

"看看看，当然看！"江晖一迭声回答，又重新坐回办公桌后面。

女人把鲜红的小包扔到桌子上，跷腿坐下，紧盯着江晖红得像猴屁股一样的脸，觉得很有趣。

“黄咪咪，”江晖读出病历上的名字，尽量不去看她白皙的大腿根，“哪里不好？”

那个女人充耳不闻，好奇地看着桌子上摊开的笔记，那上面用签字笔记得密密麻麻的。江晖咳嗽了一声，用圆珠笔敲敲桌子，问：“你是黄咪咪吗？”

女病人回过神来，笑道：“名字不就是一个代号吗？！既然病历上写的黄咪咪，你就叫我黄咪咪好了。反正我不是公费医疗，也没医保，叫什么都无所谓。”

江晖点点头，不少的病人到妇产科看病都不愿意写自己的真名，其实，有谁会有人关心谁来看过病啊。

“哪里不好？”

“最近下面老是出血。”

江晖花了二十分钟，详细地询问了具体出血时间、出血量以及生理周期等情况，反正他的时间多得是。

“初步判断是宫颈炎，但是需要检查才能确认。如果你不愿意让我检查，我可以请其他女医生来。”

黄咪咪耸耸肩道：“无所谓啦，就你帮我检查好了，要检查得仔细一点哦。”

江辉脸红了，假装没有听出话外音。

“好，请退下裙子和内裤，躺到检查床上。”

黄咪咪毫不扭捏，甚至是大张旗鼓地脱掉裙子，里面根本没有穿内裤，她踢掉红高跟鞋，上了床。

护士端着检查器具过来，江晖戴上口罩和橡胶手套，尽可能轻地扩开宫颈口，小心翼翼地避开碰触到发炎的地方，以免引起再次出血，然后，做了一个涂片。

“好了，可以起来了。”江晖摘掉口罩，把一次性手套丢到垃圾箱里面。

护士说：“一会儿还需要我吗？”

“不用了，谢谢你。”江晖说，按医院的规定，男大夫给女病人作检查时，必须有女护士在场。

黄咪咪穿好裙子。这个年轻男医生轻柔的手法，给她留下了很好的印象，他不像某些女医生，跟病人有仇一样，不管不顾，手法粗暴，而迫于医生的威严，病人也只能敢怒不敢言。

“结果怎么样？”黄咪咪问。

江晖一边写病历，一边耐心地跟黄咪咪说：“可以肯定流血是糜烂引起的，已经到三度了。”

看着黄咪咪一头雾水，他更详细地解释道：“就是比较严重了，为了防止感染扩散和癌变，我建议你做物理治疗。”

“只用药不行吗？”黄咪咪可不想耽误生意。

“可以辅助用一些药，但是效果不一定明显，不能保证治好，而且用药的时间也并不比物理疗法短，所以我建议还是物理治疗。”

“物理治疗怎么治啊？”

“现在我们医院能做的主要有两种，一种是冷冻治疗，一种是激光治疗。冷冻治疗是用液氮局部冷冻，使糜烂组织坏死脱落，不会形成疤痕，也很少出血。激光治疗用激光照糜烂面，使糜烂组织炭化结痂，痂皮脱落后可以长出新的鳞状上皮。如果你没有心血管疾病，还是冷冻治疗比较好。”

“那最快什么时候可以做？我想越快越好。”黄咪咪问，这段时间生意这么好，治病就是在挡财神啊！

江晖翻看她的病历，犹豫了一会儿，说：“你需要做的检查都没问题了，这样，你先去吃午饭，下午一点半，我给你做吧。”

“好！”黄咪咪跳起来，抓起自己的包，“下午见，江大夫。”

江晖没有去食堂吃饭，他抓紧中午的时间，把笔记本上的资料复习了一遍。

黄咪咪吃完饭按时来到手术室门口，江晖已经在手术室里等她了。治疗没什么痛苦，小医生手势轻柔，跟她说可能会有些不舒服，如果感觉特别不好可以告诉他。不到一小时，小手术就结束了。江晖唠唠叨叨，叮嘱黄咪咪注意这个注意哪个，并反复告诉她如果哪里感觉不对劲，要及时到医院来检查。

听着这个过于负责、过于热心的小医生唠唠叨叨个没完，黄咪咪打断他问：“江大夫，你一个大男人，为啥来妇产科啊？”

江晖正把注意事项工整地写在病历上，以免黄咪咪忘记了，听到她这么一问，脸又红了："无奈之举，无奈之举。大家对妇产科男医生有点偏见，如果不是你让我看病，我今天就一个病人都没有，所以感谢你的信任！"

听了江大夫的话，大咧咧惯了的黄咪咪反而有点不好意，因为这在她根本不是个事儿。

"所有注意事项我都写在病历上了，最好严格执行，确保创口尽快愈合。有什么问题，随时再到医院来，千万不要拖。"

"好的，谢谢你，江大夫。"

"换好衣服就可以走了。"

"好的。"

当着江晖的面，黄咪咪开始一颗一颗解开纽扣。她很清楚自己的胸对男人的杀伤力，对这个精心治疗过自己最私密部位的小医生，让他看看自己傲人的胸部，算是回报吧。她脱下宽大的病号服，波涛汹涌的乳房傲然挺立。她转过头，却见江大夫兔子般逃进了手术室里间。

"哼。"黄咪咪慢慢穿好上衣和超短裙，悻悻地想，"算你跑得快。"想到江大夫的脸红得要滴出血来，她边穿连裤丝袜边笑起来。

突然门打开了，一位头发花白的医生走了进来，黄咪咪依稀记得她的照片放在门口医生简介的头一个，应该算是妇产科的头牌了，据说找她看病是一号难求，得头天晚上来排队。

宋励之眼神犀利，看着黄咪咪把黑色连裤袜拉到大腿根，用一贯温和的语气问："江大夫还在里面手术吗？"

"手术已经做完了，他还在里面。"黄咪咪朝里面努努嘴。

宋励之敲敲手术室门，说："江晖，你出来一下。"

江晖走出手术室，见黄咪咪还没有走，脸又红了一下，恭敬地说："宋主任好！"

"今天下午的优秀实习生表彰会，你怎么不去领奖？院长和书记都去了。"

江晖红着脸说："因为有病人着急做手术。领导批评我了？"

"那倒没有，我跟他们说你有手术。"

宋励之又瞥了一眼黄咪咪，她正慢腾腾地整理钱包，看她的穿着打扮，就能把她的职业猜个八九不离十。在往常，宋励之对这类所谓的"失足妇女"是有看法的，而今天，她反而帮了江晖大忙。

江晖说："谢谢宋主任了。"

"会后院长找我谈话，说东边两层小楼快封顶了，院里安排给生殖中心专用，男科占半层，我们占一层半，地下室做病房。妇产科要分一部分医生到生殖中心，你到华弘也整整一年了，对妇产科的主要业务有初步了解，你可以选择生殖中心，也可以选择妇科或者产科。生殖中心开始可能会比较艰苦，但是在技术上还是很有发展前景的。你考虑下，自愿报名。"

"好的，宋主任。"

按人事处的说法，其实宋励之当初要自己到妇产科来工作，就是为筹备生殖中心作准备，实习一年，江晖还真没考虑过生殖中心以外的其他专业方向。宋主任肯定是希望自己去生殖中心的，但还是尊重他的选择。

宋励之瞥了一眼在旁边的黄咪咪，转身出了门。

黄咪咪也过来跟江晖告别，江晖把手术后的注意事项又重复了一遍，听得她耳朵都要起茧了。她下到一楼，见门诊区还有不少病人在等着看病，想着江晖诊室门口门可罗雀，黄咪咪很想帮帮他。

第二天上班，江晖远不如第一天那么兴奋，毕竟，黄咪咪那样的病人可遇不可求，他做好了一整天都坐冷板凳的准备。

他慢吞吞地换上白大褂，把扣子从衣襟最下摆一直扣到脖子，再把脱下的衬衣叠得平平展展放进更衣柜，抓了张湿纸巾把皮鞋擦得锃亮，最后把更衣柜里面的所有物品重新摆放整齐，慢吞吞地锁上更衣柜。他在办公室书柜里挑了本6开的重得能把脚趾头砸成瘀血的大部头书，夹在胳膊底下，慢吞吞地低头穿越喧闹的候诊区，来到自己的诊室。

情况跟他预计的一样，除了有两个病人"走错"房间外，还是没病人上门。江晖孤独地坐在清静的房间里，一边尖着耳朵听外面的喧闹声，一边心不在焉地啃着那本大部头书。

随着时间的流逝，他的心情越来越沮丧，莫非自己只有做助手的命，只能在实验室工作？该死的人事科长，如果不是他非要把自己这个大男人分到妇产科，自己也不会坐这么久冷板凳。

上午很快过去了，江晖合上书，打算下午找点别的事情做，与其一个人在诊室坐冷板凳，百爪挠心，还不如干脆在实验室帮忙。

下午病人少多了，门诊区终于显出井然有序的样子，苏虹百无聊赖地把挂号条码整齐，又把病历按姓名字母顺序排列好。干完这些，她抬头看着候诊区的病人，开始每天的私人娱乐项目——猜人。

那个身材微胖穿花外套的女人，正皱着眉头不耐烦地看手表，她的头发烫成大波浪披在背后，脸上画的妆挺精致，再看她背的包——LV 拉链和搭扣闪闪发亮，看样子像是真品，家里应该有点钱；坐在她后面的女孩，清汤挂面的齐耳短发，帆布包，白帆布鞋，双手飞快地在粉红手机上打字，肯定是个学生。

杂乱的高跟鞋声响起，苏虹眼睛一亮，把头转向门口。她最喜欢看时髦女郎了。从转角走过来的女人衣着华丽——红色紧身衣，红色超短裙，黑色亮片短外套，红凉鞋跟高至少十厘米。女人径直走到苏虹面前，把病历和挂号条扔到桌上，说："麻烦，要那个男医生看病，他姓什么来着，江……江大夫。"

苏虹瞪大了眼睛。

"怎么？他不在？"

"江大夫上实验室了，你在 3 号诊室门口等一会儿吧。"

"让他快点过来，后面还有好几个病人呢。"

江晖快步穿过狭窄的走廊，抄近路回到诊室，一路上琢磨是谁会指名道姓要自己看病。

诊室门口坐着七八个燕瘦环肥的女人，身上香气十米外都闻得到，虽然她们打扮不同，风情各异，但味道都像极了黄咪咪；那种味道，确切地说，叫作"风尘味"。

江晖在办公桌后坐定，来不及细想，兴奋地开始叫第一个病人："黄莹莹。"

一个学生打扮的女孩应声而入，她穿着蓝衬衫白裙子，脚下是一双白球鞋，嘴里还嚼着口香糖。

"哪里不好了？"

她把齐耳短发掠到耳后，轻声说："有时候肚子疼，疼得厉害的时候还发低烧，开始以为是肠胃问题，去消化科看过，什么都没查出来。"

江晖仔细询问了她的生理周期和疼痛的部位，说："我给你做个涂片检查，如果情况不好，可能还要做B超。如果你不好意思让男医生检查，我可以帮你安排请其他女大夫。"

黄莹莹睁大眼睛，信任地看着江晖，天真地问："为什么要不好意思啊？"

江晖脸红了，她这么一问，倒显得自己猥琐了。

"好的，我让护士准备一下。你可以脱掉裙子躺到床上。"

看着江晖的脸由红变成绛紫，黄莹莹心里暗笑：这个小医生挺呆萌的。涂片检查结果不妙，经过B超检查证实，黄莹莹小姐被确诊为盆腔炎，听到这个消息，相当脆弱的黄莹莹大眼睛蓄满了泪水。

江晖安慰道："没关系，可以先吃药，不一定需要动手术。"

"动手术？什么意思？要切掉那儿吗？"黄莹莹惊恐地问。

江晖目光低垂，尽量不去看她楚楚可怜的样子，说道："输卵管和卵巢黏连，B超能看到，说明已经很严重了，如果不及时治疗，有可能会急性发作，甚至威胁到生命。"

她无助地绞着双手，问："盆腔炎是不是……嗯……那个多了造成的？"

"造成盆腔炎的原因很多，你有没有得过结核病或者阑尾炎？"

"没有啊。"

"有没有做过腹腔手术？人工流产？戴过环？"

"我戴过环。"

"戴环有可能使细菌感染盆腔。"江晖看着黄莹莹纯洁无辜的脸，不愿意把她想成依靠自己身体某个器官谋生的人，但是，他还是得提醒她，"如果有多个性伴侣或者行房的时候不注意卫生，容易感染病菌造成盆腔炎。平时要注意保护自己。"

黄莹莹都快哭出来了，她心不在焉地想，一定要换个干净的工作，不能再糟践自己了。

江晖同情地看着她，这小女孩才二十出头，有些话他没说出口：盆腔炎可能会造成终生不育。

“放松点，对于盆腔炎，要在战略上藐视它，战术上重视它，不要有精神负担，积极治疗，没准儿很快就好了呢，对不对？”

黄莹莹小声说：“对！”

长时间以来，黄莹莹一直害怕上妇产科看病，那些大夫和护士看自己的眼神，似乎知道自己是干什么的，她实在是不喜欢她们冷冰冰的脸、鄙夷的眼神和夹枪带棒的话语，还从来没有哪个医生像江大夫这样，真正地关心自己。

“谢谢您，江大夫。”黄莹莹咬着粉红的嘴唇说，“我本来是不愿意来的，如果不是欠咪咪的情……现在发现，幸亏来了。”

“咪咪？”江晖诧异地问道，“你是说，黄咪咪让你来的？”

“对啊，不光是我，外面的六个姐姐都是让咪咪姐给逼来的。”黄莹莹捂着嘴偷笑着说，“她昨天回去，把您一顿好夸，说您是雷锋和华佗的杂交种，逼着我们今天都得过来。”

江晖脸又是一红，不知该笑还是该气，这帮女人说话也太大胆了。

“你拿着这张单子去取药吧，过两星期再回来复查一下，我会根据复查结果再定治疗方案。”

“谢谢您。”

看着黄莹莹苗条清纯的背影，江晖失神了一会儿，拿起下一个病人的病历，叫道：“黄薇薇。”

黄咪咪，黄莹莹，黄薇薇！怎么都姓黄？江晖拿起桌上的一叠病历挨个翻过去，都是没有用过的新病历：黄妮妮，黄施施，黄西西，黄莎莎，黄佳佳，黄婷婷……

黄薇薇进了诊室，她穿条黑色发亮紧身裤、黑色背心、15 厘米高跟鞋，身上的香水味把江晖熏得头晕。见江晖挨个儿翻病历上的名字，她笑起来：“我们是黄咪咪的姐妹，都姓黄。”

第四章

两条红线

黄新娜手拎水果篮，敲响了林丽家的门。林丽开门给了她一个大大的拥抱，扔了一双粉色拖鞋到她脚下，说:“我厨房还煮着东西，你姐夫在卧室，我一会儿就来。”

黄新娜是第一次来林丽的新家，她出嫁前黄新娜倒是经常去她租的房子，在她出长差的时候，会帮她给满屋的花花草草浇浇水。把水果篮和营养品大礼包放到茶几上，黄新娜好奇地从客厅看到书房，又看到阳台，连走廊上壁橱的门也打开来瞥了一眼，最后评价道：“房子不错嘛，两个人住还是挺舒服的。”

林丽在厨房忙着洗草莓，听到她的评语，反唇相讥道：“娜娜，你现在嫁了有钱人，越来越不懂我们老百姓的疾苦了。什么叫两个人住着还挺舒服啊？我们还打算在这房子里面生儿育女呢。三个人住不行吗？四个人住就不行啊？”

“姐，看你说的。我怎么就不懂老百姓疾苦了，说得好像我就不是老百姓似的。我说两个人住着挺舒服，这话没毛病啊！我有说不能住四个人吗？这房子楼下就是步行街，干啥都方便。我跟晓伦说要搬到市中心住，他就是不肯。”

林丽从小和黄新娜斗惯了嘴，见她夸房子的位置，反而有点不好意思了。

“你们住的地方虽然稍微远点，但是别墅区，绿化好，空气好，周围也没有烧烤摊啊、KTV 啊这些乱七八糟的。对了，晓伦怎么没跟你一起来？”

“嗨，就别提他了。最近他们公司在找风投，各种投资人来来往往，天天跟走马灯似的，一拨一拨到公司听他们忽悠。今天有人去公司做尽职调查，早上六点不到，他就从家里出来了。”

“你跟晓伦说，过几天，等你姐夫好了，等他没那么忙了，姐和姐夫请你们到家里来做客啊。”

“哎！”黄新娜答应一声，站在到卧室门口，仔细看半躺在床上的闻天鸣，他脸上没有什么血色，神情委顿，显然还没从全身麻痹的状态中恢复过来。

“姐夫，怎么搞的啊？人家度蜜月回来都是精神抖擞，您老怎么半瘫痪了。”

闻天鸣冲牙尖嘴利的小姨子一乐，说：“这事儿你不该问我，该问你姐去！蜜月里就‘谋杀’亲夫，她是咋想的。”

林丽从厨房出来，把盘子递到黄新娜跟前，说：“乡下带回来的草莓，绝对没有激素化肥什么的，你尝尝。”

草莓个儿不大，颜色深红，鲜艳欲滴，黄新娜抓起一颗塞到嘴里，一股清香在口里弥漫开来，果然不错。

“怎么是‘谋杀’呢？！我又没见过河豚是啥样儿，哪儿知道哪条鱼是河豚啊？！我一直以为河豚像海豚那么大，至少也不能比江豚小吧。听说日本人爱吃河豚，那东西挺稀罕的，谁会想到乡下河里随便都能钓上条河豚来啊！关键是，那些酥炸小鱼，我就吃了一条，剩下的全让你姐夫包干儿了，他不中毒谁中毒啊。”

林丽又添油加醋地把没带钱，在医院差点崩溃、幸亏陈小兰借钱救命的事情说了一遍。

“山哥后来跟我说，你姐差点举起垃圾桶，把急诊室的门给砸了。”

“那是，我姐那是响当当的女汉子一条，厉害着呢！姐夫你都不知道，她当初在大学教室……”

林丽冲黄新娜狠狠递了个眼色，她这才收住了话头，抓起颗草莓塞进嘴巴。

“在教室怎么啦？”闻天鸣追问。

“没啥，没啥。老公你尝尝这草莓，可甜了！”

闻天鸣被草莓堵上了嘴，不再追问。

林丽接着说：“对了，娜娜，昨天姨妈专门打电话给我，要我劝劝你，让你辞职专心生小孩。”

黄新娜翻了个白眼，说：“她还真是锲而不舍啊。”

“我看姨妈也是为你好，担心你一边工作一边备孕太累了，身体受不了。”

“我妈自打跟我爸离婚，就特别没安全感。他们那一代，谁不是一边工作一边怀孕生孩子的？为啥到了我，就非得辞职生孩子呢？！她是怕我不赶紧生孩子保不住在婆家的地位，怕没孩子晓伦会生二心找二奶在外面养孩子，回头把我这大奶给休了。在她眼里，男人全都跟我爸一样靠不住。”

“我看你嫁了有钱人，你妈的压力比你还大。”林丽说着，也塞了颗肥嫩多汁的草莓到嘴里。

黄新娜不以为然地说：“又是男人有钱就变坏那套？我爸没钱，也没见得他有多好啊。你怎么回答她的？”

“我跟她说，她当初打两份工供你上大学，好容易把你供毕业了。你一个堂堂大学毕业生，成绩优秀，不去工作岂不是浪费了？她给你交的学费不都打水漂了？再说了，当初孙晓伦追你，难道不是因为你成绩好又聪明，干啥都拿第一？如果当时你跟孙晓伦说以后不工作，让他养你一辈子，他能那么起劲追你？！你妈一听，觉得我讲得有点道理，不说非得让你辞职了，只说跟孙晓伦一比，挣的钱还不够人家塞牙缝，工作就别那么认真了，还是早点生孩子要紧。”

“她怎么晓得我不着急啊？！问题是这事儿急也没用，还得等一个月一次的机会。”

说完这话，黄新娜看一眼在床上昏昏欲睡的闻天鸣，话锋一转，悄声道：“闻大哥这样，不会影响你们造人吧？”

林丽有点拿不准：“应该不会吧。”

看时间已经不早，黄新娜从书包里翻出个试纸盒，说：“我一会儿得走了，先上个洗手间。”

林丽眼尖，发现她手里绿白相间的排卵试纸盒，跟自己用的是同一个牌子。

从林丽家出来，黄新娜给老公孙晓伦打了个电话。

电话那头嘈杂得很。

“喂。”孙晓伦匆匆说。

“老公，你在干吗？忙吗？”

“在开会，忙！”

“晚上啥时候能回家啊？人家今天……”

黄新娜话还没说完，就听到电话那头有女人叫："孙总，这个数据好像有点问题。"

孙晓伦放声说："稍等，我马上来。"又压低嗓门："今天是财务尽职调查，查得特细，把好几年的账本和凭据都翻出来了，还不知道要搞到几点呢。你刚才说今天晚上怎么啦？"

"没什么，你去忙吧。"

"哦，好。他们定了明天一早回去的机票，晚上没准会搞通宵，你先睡，别等我了。有事儿明天再说，啊？"

"嗯，老公，祝你成功！"黄新娜挂了电话，一脚踩下油门，小跑车怒吼着冲上停车场的斜坡。明天再说？等到明天黄花菜都凉了！

黄新娜踩着高跟鞋，风摆杨柳般走进公司大门，前台小姐赶紧站起来，微笑着说："您好，孙总在开会，我去跟他说您来了。"

"不用了，我直接去会议室找他就好。"黄新娜摆摆手道，她三天两头来孙晓伦公司，不少人都认识她。

会议室的百叶窗没关严，透过落地玻璃，黄新娜看见大会议室里坐满了人，房间正中的会议桌上堆着一摞摞资料。孙晓伦身着白衬衫，挽着袖子，对着台笔记本电脑在跟几个人讨论着什么。他周围的几个人中，紧挨着坐在他旁边的白衣女人最为耀眼，她三十来岁，瘦高，厚厚的长发像玉米穗一样堆在脑后，用一只木质发夹别住。她凑得很近，头都快挨到孙晓伦肩膀了，还时不时地撩起头发，风情万种地看着他。

孙晓伦从小是个浑不吝的家伙，欺负同学、考试作弊、打架斗殴、逃学这些不务正业的事情，没一样不精通，而上课专心听讲、回家做作业、复习课本等正事却要抽空才干。平时作业想不起来做，到考试的时候就装可怜，让同桌黄新娜"帮助"他，每到考试前，都使出种种手段讨好。上小学的时候，他送的小女孩们喜欢的粉色铅笔、香喷喷的橡皮。初中他父母做生意发家之后，讨好的手段更是花样百出，黄新娜喜欢的书、音乐CD、包包，都想方设法搜罗来送给她，哄得她高兴，好让他平时抄作业、考试抄卷子。

父母离婚，黄新娜判给了她妈，母女两个靠着母亲微薄的工资生活，经济上并不富裕，能利用自己成绩好的优势换取些喜欢的小东西，也算是充分利用自己的优势资源。只是对孙晓伦这种心思不在学习上、没有上进心的小混混，黄新娜是从来都没啥好感。初中快毕业的时候，孙晓伦父母破产了，他开始懂事，发奋努力，她才转变了看法。

现在小混混摇身变成霸道总裁，身边自是有不少女人往跟前凑的。

孙晓伦转脸看见会议室外的黄新娜，惊奇地扬起了眉毛，跟旁边的几个人说了句什么，推开会议室门出来。

“老婆，你怎么来了？”他并不避人，亲昵地揽住黄新娜，尖起嘴巴，在她额头上啄了一口。

黄新娜怕痒，笑着躲开，说：“别闹，这么多人看着呢！我路过，上来看看你。”

孙晓伦坏笑道：“怎么，几小时不见，想我了？”

黄新娜性格活泼，在公众场所却总装出一本正经的样子。孙晓伦奔放惯了，就喜欢故意在公众场所搞得她左躲右闪，哭笑不得。

“孙总，刚才的财务数据好像……哎哟，对不起，这位是？”白衣女人看见了孙晓伦的亲密举动，有意追出了办公室。

黄新娜趁机一把推开他，尴尬地整理了下裙子，孙晓伦倒是大大方方地介绍道：“这是我家娘子，黄新娜。娜娜，这是林总，她负责这次的财务尽职调查。”

黄新娜这才有机会仔细打量面前的林总。这是位年纪已经不轻了的金领丽人，身上的套裙是香奈儿新款，耳垂上的小钻石耳钉闪闪发亮，离近了能看见保养得很好的眼角已经有了细细的鱼尾纹，

那林总也在上下打量这位孙总夫人。青春，那是一定的，脸上满是胶原蛋白，皮肤光洁细腻，大波浪头发乱糟糟地披在身上，尽管她表情文雅，微笑有礼，却掩饰不住满身散发的活力。她暗戳戳地猜想：她就是用这股压抑的野性征服孙晓伦的吧。

黄新娜很有礼貌地伸出手，说：“林总，您好！”

林总皮笑肉不笑地伸出纤细的手，在黄新娜指尖飞快地握了一下，又飞快地缩了回去，跟被火烫了似的。

“孙总，明天我们就要把报告传给美国总部，您要是没别的重要事，还是接着

把报告要用的数据弄完吧。”

她嘴角在笑，眼睛里却冷冰冰的。她再次迅速地上下打量了一眼黄新娜，转身进了会议室。黄新娜被她转身前的眼神雷到了，看得出来，她不喜欢孙晓伦身边有个她，只怕干扰他们的工作是原因之一，另一方面嘛……

黄新娜顺水推舟地说：“晓伦，你赶紧回去吧，耽误了美国那边要的报告，拿不到投资，我的罪过就大了。”

孙晓伦笑了，说：“我先回去了，明天我陪你买买买，好不？”

“嗯呢，去吧！”黄新娜通情达理地说。

孙晓伦又在她嘴巴上啄了一口，才进了会议室。那女人带着胜利者得意的表情，故意当着黄新娜的面，关上了门。

黄新娜扬起眉毛，长吸了一口气。孙晓伦作为一个年轻有为的企业家，多多少少有些莺莺燕燕在周围，她从来不紧张，也很少吃醋。她老妈倒是经常提醒她，要小心孙晓伦周围那些女人，时刻观察周围有没有小三。她并不以为然，天天围绕男人转，盯着他周围的女人，哪里还有什么开心快乐可言，两个人合则在一起，不合则分呗。只是像林总这么明目张胆表现出敌意的，她还是第一次遇到。

会议室的几个人很快把第一年的数据捋顺了，林总半眯着眼，眼波流转，看着孙晓伦，说：“孙总不愧是人中龙凤啊，这么快就明白了调查意图和重点。孙总，你在大学的时候，数学成绩一定特拔尖吧？”

孙晓伦笑着说：“林总，您大概还没看到尽职调查的管理层人员介绍吧？我从小成绩就不咋地，要不是靠老婆帮我作弊，只怕高中都毕不了业。复读了一年，好不容易考了个三流大学，高等数学还挂过科。不过，您可千万别把这些写到给美国的报告里面去哦！”

想拍马屁却拍上了马腿，林总的脸色白了一下。然而，他哈哈大笑着坦言自己是学渣的模样，荷尔蒙四溢，是个女人看到都会酥了半边的。

这时，孙晓伦手机响了，他接起电话：“喂，贾老板，您好啊！最近有什么好消息？……又拿到笔大生意？恭喜你啊……下次一起吃饭庆贺一下……啊？合作，要我们当供货商……那太好了！要多少，什么时间交货？”

林总眼睛盯在屏幕上，耳朵却竖了起来。那贾老板，不会正巧是业界鼎鼎有名的大佬吧？

“喂，喂……”孙晓伦拿着手机走到窗子边，“我听不太清楚，信号不好。好的，我用固定电话给你打回去。”

孙晓伦放下手机，客气地说：“林总，我去办公室回个电话，你们先看看后面两年的数据。我马上就来。”

孙晓伦推开自己大办公室的门，无暇欣赏窗外成片的绿荫和泛着金光的人工湖水，直接奔向硕大的橡木老板台，刚抓起座机，准备给贾老板回电话，却听见老板台后的椅子上传出一声轻笑。老板椅是专程在意大利定制的，柔软的小牛皮闪着幽光，高大的椅背挡住了坐在椅子上窃笑的人。

孙晓伦面色一沉，他的办公室平时是不许人进的，连保洁打扫卫生，都必须有秘书在场。

他沉声喝道：“谁？”

只见老板椅缓缓转过来，露出一个笑靥如花的女子。不是黄新娜是谁？

“老婆，是你啊！在这儿装神弄鬼的干啥呢？！你等着，我先给老贾回个电话，再来收拾你。”

黄新娜哈哈一笑，压着嗓门说：“小孙，那可是笔大生意啊，利润最少三十个点，你要不要做啊……等等，我听不到你在说什么，你换个座机给我打回来吧。”

她的声音沙哑低沉，像被人卡住了脖子，语音中还夹杂着“丝丝丝”的气流声。正是刚才贾老板在电话里的声音。

孙晓伦天天在社会上摸爬滚打，黄新娜那点小心思，不用点就透。他安抚道：“娜娜，结果是你把我骗出来的啊。你别在意那个林总，她对人就是那个样子，谁都看不起的，你别生气，把自己气坏了不值当。”

黄新娜天真地瞪大眼睛，说：“林总对你不错，为啥我要生气呢？！”

见孙晓伦被噎得翻白眼，她笑了，踢掉脚上的高跟鞋，把短裙拉到大腿根，伸腿爬上了宽大的老板台。孙晓伦正琢磨怎么平息自己老婆的醋意，见她居然爬上了办公桌，便住了嘴，饶有兴致地看她到底要干啥。

黄新娜双眼放射出诱惑的光，缓慢地一步一步地爬向孙晓伦。就这么一个简单的动作，让冷冰冰的办公室瞬间变成了香艳的表演场。看着她丰满上翘的臀部，扭动的纤细腰肢，伸出手臂时波动的乳房，孙晓伦口水都要滴下来了。

猫女般的黄新娜爬到他面前，抓住了他的领带。孙晓伦兴味盎然地看着她的嘴唇，顺着衬衫，沿着他的腹部慢慢上升到胸膛，再上靠近自己的脖子，间或在他身体上留下火热的吻。他完全无法预测到嘴唇会在何处停留，每块肌肉都紧张起来，等待着她甜蜜的袭击。最后，他用自己的嘴唇捕捉到那两片顽皮的嘴唇，把它们包裹起来……

几秒钟过后，衣服们开始一件件飘落在纯羊毛地毯上，先是孙晓伦的领带、衬衫、皮带、长裤，然后是一条丝质连衣裙，房间温度节节攀升，烤化了两个人，他们便没羞没躁地融在了一起。

“咄咄咄……”几声敲门声后，女秘书的声音在门外响起，“孙总，你在吗？林总说数据有点疑问，请您过去看一下。孙总？”

孙晓伦的肌肉一紧，激烈运动着的身体突然僵硬了，他想起刚才进来得匆忙，没有锁门。而此刻黄新娜丰腴的臀部正坐在一堆待签合同上，双腿紧紧盘住他的腰，上身后仰，眼神迷离，媚眼如丝。听到门把手“咔嚓”一声响，孙晓伦赶紧大声说：“你别进来！让林总等一下，我现在有事情不方便，等我把这边的事情处理完了，马上就过去。”

秘书在门外答应一声，走掉了。孙晓伦这才松了口气。

“娜娜，等等我，我去锁门。”

“不嘛！”她双腿缠住他的腰不放。

他只好搂住她娇小的身体，抱着她一起走向门口。她“哧”的一笑，双手抱住他的肩，顺嘴在他脖子上种下一连串“草莓”。锁上门后的二人世界，激情再次洋溢开来，最后两个人同时在大汗淋漓中得到了释放。激情过后，孙晓伦看着黄新娜，发现她眼睛里隐藏着一丝笑意。

“怎么啦？你为什么这么高兴？”

黄新娜索性笑出来：“谢谢你的种子。”

孙晓伦知道自己被利用了，不过这个被利用的经历还挺愉快的。

“排卵期到了？”

“体温今天早上升高的，排卵试纸是两根红杠的‘中队长’，而且排卵检测仪也显示我排了。”

“排卵测试仪？那是什么新装备？”

“这可是高科技产品，话说在上世纪70年代，有位著名的意大利医生研究发现女人的唾液结晶变化与宫颈黏液结晶变化同步。排卵期，宫颈黏液和唾液结晶都出现羊齿状，这个时候嘿咻，最容易怀孕。”

“你都成备孕专家啦。”孙晓伦揶揄道。

门外又响起了秘书怯生生的声音：“孙总，林总……”

“告诉她我马上来。”

孙晓伦以最快速度穿好衣服，扭脸一看，黄新娜也已经整理好了连衣裙，梳好了头发，正对着小镜子涂口红。他过去搂住她，说：“要不要在我办公室里休息会儿？”

“不用了，我还有事儿呢！”

“今天晚上我回不了家吃饭了，让保姆给你做点好吃的吧。”

“我也不回家吃了，跟妈说好了下班去陪她吃饭，你爸又出差了。”她嘴里的妈，就是她的婆婆，孙晓伦的母亲。

夫妻两人携手出来，在会议室门口道别，孙晓伦恋恋不舍地目送黄新娜窈窕的背影离开。回到会议室，林总一眼就看见了孙晓伦衬衫上隐隐约约的口红印，从胸口一直到腹部，还有脖子上的红色吻痕。她心里一阵不舒服。

“好了，我们从哪继续？”

黄新娜在办公室处理了几项日常事务，看看时间已经不早，收拾东西准备下班。想当初保住这份工作也是费了一番口舌的，大学刚毕业她就和孙晓伦结婚了，婚后婆婆要求她辞职在家专心生小孩，被她嬉皮笑脸地拒绝了。

老妈和婆婆都劝她辞职在家做家庭主妇，她却从来没有过坐在家里让男人养活的打算。男人的钱可以花，但女人一定要有养活自己的能力。多年前爸妈离婚后，老妈一个人又要上班，又要带娃，虽然生活得很艰难，但心里不委屈，活得硬气。如果当时老妈没有那份收入微薄的工作，出了社会啥都不会干，老爸在外面找了小三她敢说什么吗？她敢离婚吗？

所以不管孙晓伦他家有多少钱，都不能让她放弃工作；孙晓伦家也有落魄的时候，只是运气好又东山再起了，可见有钱也不一定是一生一世的事，没准儿哪天就一贫如洗了，别人是靠不住的，靠谁都不如靠自己。

黄新娜驾车在林间道路上穿行，路边是一栋栋形状各异的别墅。有装饰复杂的洛可可式，树影花丛中隐隐约约可以看到门廊立柱上肥胖的石雕小天使；也有简洁朴素的美式，白色栅栏后面绿草如茵；还有屋檐飞翘的中式，雕栏画柱，朱红琉璃屋顶下，翠竹丛随风摇曳。

小区里有宽阔的道路和占地巨大的公共绿地，与那些标准化流水线生产出来的别墅区不可同日而语。黄新娜在道路尽头停下车，推开铁门进入院子。树丛后面有座二层小楼，风格难以言表：朱红的屋檐，上面铺着金黄琉璃瓦，门口两只石狮子旁边却摆放着欧式石雕花坛，花园里有不少繁杂的装饰摆件，墨绿的陶瓷花鸭子，欧式小喷泉，几个零星散落在草地上不土不洋的小盆景，充分展现了屋子主人复杂的审美情趣。

房子的女主人，黄新娜的婆婆，就是个复杂的人。她的儿媳妇得是名牌大学高才生，得有个好工作，得有良好的家庭背景，还得结婚后不工作，专心侍奉丈夫和孩子。成长在单亲家庭的黄新娜，有个几乎不怎么来往的不成器的父亲，婆婆对此并不满意。好在黄新娜还算符合她名牌大学毕业、成绩优秀的条件，加上儿子坚决要娶这个女人，她也就接纳了这个儿媳。

黄新娜把在超市买的几样进口水果放到厨房，婆婆见了，说："娜娜，下次别买了，家里的都吃不完。"

"妈，您那些批发的水果吃到后面就不新鲜了，您送人吧，留着肚子吃我孝敬您的啊。"

越有钱的人家越抠门，婆婆总爱让司机开车去批发市场买水果、蔬菜，一买就是一大箱。便宜是便宜，只是经常都吃不完扔掉，怕是浪费得更多。

"娜娜，我今天让厨师专门给你做了几个补身子的菜，你多吃点儿。"

黄新娜苦着脸，看着面前的当归炖乌鸡什么的老三样，心里暗想，不晓得是哪个家伙说这些没味道的东西能补身子，每回来都是这几样，吃得都快吐了。可是嘴上还得说好听的："妈，您别每次来都做给我补身子的，您自己也得吃好啊。"

婆婆说："你和晓伦难得过来，这也是妈的一片心意。哎，对了，上回你和晓伦去那个外国医院检查，结果怎么样？"

"嗨，您就别提了。去了，环境挺好的，就是没什么病人。那外国医生一看我们去了，高兴啊，做个B超要半小时，照来照去，简直就把我们当成实验用的小白鼠嘛。后来晓伦偷偷塞了点小费给护士，她才说了实情，那医院的妇科、产科啊是挺不错的，就是治疗不孕不育才刚开始，到现在一个成功的都还没有呢！人家偷偷劝我们直接去国有正规大医院做检查，说国有医院的医生一个星期看的病人，比老外一年看的还多！"

婆婆大概是被"不孕不育"这几个字刺激到了，说："不孕不育，啊？到底是什么问题？是你有问题，还是晓伦有问题？要好好查清楚。"

结婚前，黄新娜跟孙晓伦怀上过一个孩子，当时两个人在读大学，都还没玩够呢，想都没想就去做了人流，这事儿她自然不会跟婆婆说的。

"是呢。那天护士的一通话，说得我们都没脾气了，正好晓伦公司来电话，他就回去了，还没来得及做检查呢。我倒是做了个B超，一切都是正常的。等晓伦有空，我们换个三甲医院查查看。"

婆婆没再说什么，转移了话题："最近公司事情多，你爸和晓伦都忙，整天都不着家的。不过话又说回来，家里冷冷清清的，他们也没个念想，你们要是早点生娃儿，这家里也还能热闹点。"

黄新娜诺诺答应，心里暗笑。两个男人和她都有工作，每天自己忙自己的，平日在家待着的只有婆婆一个人，只怕还是婆婆自己觉得清冷吧。

"你的老婆不是我。"林丽边刷牙，边含混地说，"你老婆是老万。我算了下，这个月你晚上跟他在一起的时间，比我还多五天。"

闻天鸣心虚地抵赖："哪有啊！"

林丽狐疑地看着他："在外面时间那么多，你是不是又交了个女朋友？"

"一个女朋友哪够啊？有这么多时间，两个女朋友都可以应付了！好歹我还回家睡觉，老万可是经常直接睡办公室。"

"那是因为人家老万办公室有卧室，如果你也不回家，那倒真是有可能去当鸭子了。”

闻天鸣随手在林丽胡思乱想的脑袋上敲了一记，吹牛说：“我这功夫去当鸭子，别人只怕都得下岗。对了，今天终于要签卫生局的合同了，你老公马上就会拿到七万块提成。”

“就是那个跟踪了半年多的项目？哇！老公，你太厉害了！”林丽高兴地叫起来，该拍的马屁还是要拍的，不然他怎么能心甘情愿地帮自己还信用卡呢？！”

其实，林丽很会安排老公不在家的时间，那就是——永无休止地上网、跟网友聊天、上某宝用闻天鸣的信用卡买东西。家里的笔记本电脑现在已经成了替补老公，陪伴她度过一个又一个丈夫缺席的夜晚。闻天鸣也很自觉，怕影响林丽的睡眠，经常会在回来晚了时自觉睡客厅沙发，不过，他更多的是不想让林丽掌握他回家的确切时间。

被林丽控诉过回家晚之后，闻天鸣尽量推掉不必要的应酬，早些回家，争取能睡上大床。平时睡的沙发又窄又短，翻个身都怕掉地上，哪有大床上四平八稳？还是搂着老婆温软的身子睡得舒服啊。睡大床连黑甜乡里做梦都是美的，在梦里，他终于有自己的宝宝了，闻天鸣兴奋地一手搂一个，两个还在吃奶的小家伙趴在他肚子上，肥嘟嘟的小手在他脸上划拉，每经过他的嘴，他都大力凶恶地咬住又白又嫩的小肉胳膊，逗得两个小公主“咯咯咯”地笑，其中一个笑得太用力，结果吐奶了……

“老公，快起来！”

闻天鸣睁开眼睛，小公主们瞬间消失了，只觉得脸上还残留着婴儿嫩滑皮肤的感觉，令他回味。

“老公，老公，你看这儿，是不是有条很淡的红线？”林丽兴奋地举着早早孕试纸问道。

闻天鸣盯着试纸，啥也没看到，揉揉眼睛再看，那试纸条上有一杠明显的红色横线，离这条线半厘米的地方，白板一片，哪有什么很淡红线？！看着林丽兴奋的样子，他不忍心泼冷水。

“好像是有一点点，几乎看不出来。不过才没几天，能测出来？”

“就是因为我们嘿咻了才九天，时间不到，需要仔细看，才看得出来嘛！这是弱、弱、弱、弱阳。”

闻天鸣再次把试纸拿到眼前，都快触到鼻尖了，恍惚中，似乎、好像、隐约，有条很淡很细的粉色线，一眨眼，那条线又消失了。

“过两天再测一次。天还没亮，再躺会儿吧。”闻天鸣揉揉惺忪的睡眼说。

林丽再次钻入他臂弯，她丰腴冰凉的皮肤摸起来格外顺滑。经这么一折腾，闻天鸣却睡意全消，他仔细看怀里的女人：她已经不再年轻，细细的皱纹爬上了眼角，刚结婚时洁白粉嫩的小脸已经不复存在，取而代之的是隐隐的愁苦和微微下撇的嘴角。整整努力了两年也没有怀上孩子，挫折感像翻滚的乌云，笼罩在家庭上方，时刻都有可能会掠起风暴。

闻天鸣回想起在实施造人计划之初，林丽曾经骄傲地向父母和亲朋好友宣布了要生个鸡宝宝的决心，她兴致勃勃地跟她妈说：“妈，我现在要宝宝，正好明年5月生，以后报名上学可以不用耽误，天气好坐月子也舒服。”

她妈当时就反问：“你以为生个孩子跟在超市买鸡蛋一样容易啊？你以为小孩儿都在肚子里头准备好了，你想啥时候要就能要得上啊？”

没想到一语成谶。

但愿这次能够如愿怀上，也算是两年的努力没有白费。

接下来的几天，闻天鸣都自觉推掉了晚上陪客户去KTV唱歌的活动，顶多在外面吃完晚饭就回家。不熬夜，早上也都能按正常时间起床了，这天早上，闻天鸣被手机设定的闹铃吵醒，他没有赖床，一个鹞子翻身起来上厕所。没想到厕所门锁着。

“等一下，老公。”林丽在里面轻轻说。她上厕所从来不关门的，这次有点蹊跷。

闻天鸣敲打着厕所门，故意开玩笑道：“快点啦，不然我就随地大小便了。”

门从里面打开了，林丽穿着睡衣从厕所飘出来，想穿过闻天鸣身边溜走。闻天鸣一把抓住她，问：“说，在里面干什么坏事了？”

她抬起头，闻天鸣看见了她的红眼圈。

“怎么啦，大清早哭兮兮的？做噩梦了？”

“我……大姨妈来了。”林丽哽咽着说，她扑进闻天鸣怀里，脸贴在他胸口，全身颤抖，像只受伤的小兽，泣不成声。闻天鸣的心像落水的铅块，一直往下沉，往下沉，绝望紧紧攥住他心脏，压抑得让他几乎喘不过气来。他抱住林丽，夫妻两人靠在狭窄的卫生间门框上，痛苦地紧紧相拥。

第五章

不下崽儿的女人

冬天的夜晚来得早，还没到五点，天就阴了，风在隘口回旋，有些刺骨。隘口南边的大刺槐掉光了叶子，变成一幅树干剪影，在昏黄的背景下苍凉地矗立。村里各家各户都点亮了白炽灯，为少用点电，多是几瓦十几瓦的小灯泡，昏暗的灯光将窗户映得黄澄澄的，愈发显得温暖。饭菜的香气和父母呼唤儿女回家吃饭的叫声，交织成一幅生动浓艳的生活画。

开饭馆的王老二走进村子北边的那条路。隘口盘旋的风灌进低领毛衣里，他不禁把外套裹得紧紧的。

就在这时，一阵女人的歌声从口外飘进来。

哥哥你就撇头，
妹妹我还是跟你走，
想走到你屋里头，
就怕门口那条狗。

声音从胸腔发出，清亮地划破昏暗夜色，穿透枯败的树林，像风一样在隘口上空回荡。王春云站下了，仔细听这歌。

狗狗它趴上我肩头，
龇牙咧嘴对我吼，

吓得我忙回头，
哎呀，只留下口水在肩头。
哥哥你就趁机溜走，
留下背影在我心头，
在心头，
在心头。

歌声越来越近，最后那句反复吟唱，仿佛是一个顽皮的女子柔媚地抱怨情郎。这抱怨如噎如诉，带着几分爱慕，又带着几分无奈，撩得人心里痒痒的。王老二不禁呆了，心想这是哪家的女子，声音这么好听，在村里住了三十多年，还从来没听过这么风骚的歌声呢。

“我倒要看看唱歌的人到底是谁。”他把外套紧了紧，在寒风里等那个唱歌的女人走近。

远处一个黑乎乎头大脚细的影子出现了，这是个背着柴火的女人，她一瘸一拐走得很慢，好久才走近，见到路边的王老二，抬头对他一笑，露出一口白牙。

王老二本来期待的是个千娇百媚的女子，看到是她，不禁大失所望。只见她半长不短的头发乱糟糟地盖在额头上，眼睛不大，脸上除了一口牙齿外，五官平淡无奇，身材是又小又瘦，背上背了一大担柴火倒是毫不费力。

“小兰，又打柴火去了？”

“嗯呐。”陈小兰友善地冲他笑。

他们闲聊着一起走到岔路口，陈小兰说：“我要赶快回去，还等我做饭呢。”她龇牙一笑，冲王老二挥挥手，快步朝南走去。

看着她远去的背影，王老二摇头暗自叹息。想当初陈小兰男人是村里最帅的小伙子，就算是家境穷一点，怎么也该娶个比这黑货好看点的嘛。正是唐僧肉落进了妖怪嘴，让其他女人看着都不甘心。

陈小兰疾步走进自家院子，把背上的柴火卸到灶间，匆忙洗下手，就走到公婆的房间，说：“我回来了。”

公公正一只脚跷在炕桌上，仰面八叉地躺着看电视，婆婆在边上就着昏暗的灯光补公公的袜子。见媳妇进屋，公公没好气地哼了声，说：“怎么才回来？！六点就要开饭你晓不晓得？！做活儿还不利索点。”

陈小兰好脾气地解释：“今天上山不小心把腿摔了，走得慢些。”

婆婆插嘴：“快去做饭吧，看元盛回来饿肚子咧。”

何元盛就是陈小兰的男人，村里鼎鼎有名的帅哥，总有没结婚的姑娘、结了婚的小媳妇围着他转，好在他倒不是个花心的人，对谁都爱搭不理，包括爹娘和媳妇儿在内。这爱搭不理的态度让一些女子知难而退，但也有个把脸皮厚的、热情如火的，反而贴得更紧。

公婆都没问陈小兰的伤势，只嫌她耽误干活儿。她默默退出公婆房间，一瘸一拐回厨房，把水坐上，把面和上，准备好做面片的葱蒜，这才坐下来，挽起裤腿察看伤势。膝盖上伤口的血已经结痂了，秋裤上也沾满了血迹，她用湿毛巾把血迹擦干，从灶台里抓把灰撒在上面，吹去浮灰，放下裤腿，开始抻面片。做好晚饭，陈小兰把面片端到堂屋，小心翼翼地喊公婆吃饭。她特地给每个碗里都卧了鸡蛋，巴望公婆吃了鸡蛋能消消气。

公公拉长着脸进了堂屋，一屁股坐在他的专用太师椅上，开始稀里呼噜地吃面片。陈小兰小心翼翼地看着公公，英俊男人和漂亮女人一样不经老，公公原本标致的脸庞经过岁月之刀的无情雕刻，老态龙钟又满是皱纹，再加上气哼哼的表情，完全看不出原来英俊的影子了。

婆婆看看已经完全黑了的天，问：“元盛呢？”

“可能又去打麻将了吧，这几天都不怎么着家。”陈小兰说，“等他回来，我再做他的吃食，不然糊了不好吃。”

听到这句话，公公用力把筷子往桌子上一摔，手指陈小兰鼻子，开口骂：“自己没本事把男人拢在身边，看你长得黑不溜秋的样子，男人不回家还不都是你逼的。整天干活磨磨唧唧，打个柴火要半天，做个面片要半天。你说你嫁到我们家都三年了，是个石头鸡嘛都能捂出蛋来，你肚子怎么一点动静都没有呢？！”

陈小兰低下头，偷眼瞟了一下公公的碗，卧底的鸡蛋都吃了，还是没能堵住他的嘴。

陈小兰斜眼看人的样子，让公公更气不打一处来，他高声道："你还敢看我！占着茅坑不拉屎，什么都生不出来，你趁早哪里来回哪里去！！！"

陈小兰本来打定主意公婆说什么都不搭腔，听到公公骂自己爹娘，便克制住回嘴的冲动，转身出了堂屋。

公公看见这让何家绝种断根的女人居然这么嚣张，气往上冲，三两步跳到院子里，冲着陈小兰进厨房的方向，跳脚高声叫骂，不但陈小兰的爹娘无一幸免，连她几百年前的祖宗都没有逃脱干系。婆婆搭在旁边一边拍大腿，一边哭诉自己为什么这么苦命，娶个无德无能的儿媳就算了，这个儿媳居然还让老陈家断了根。

陈小兰在厨房吃着剩下的面片，一边噙着眼泪听门外的叫骂。嫁到何家来，她没过一天好日子，新婚第一天五点就起来给公婆和男人做早饭；每天喂猪、喂鸡、喂鸭；家里四个人的地都是她一个人种，公公和男人只在农忙的时候帮一下；男人很少落屋，到晚上睡觉才回来；她中午要从地里大老远赶回来做午饭，侍候大家吃完，洗好碗以后又要打柴、打猪草，回家做完晚饭还要打扫院子、洗衣服，每天忙得跟陀螺一样。就这样公婆还嫌自己手脚慢，不出活儿。

公婆在家也没啥事，肚子饿了为啥就不能自己做饭？开饭晚了就骂，连爹娘都捎上了。如果不是几年都没生出个小娃子来，觉得自己低人一等，陈小兰哪会沦落到骂不还口的田地？

公公见自己的话全部泥牛入海，被骂的儿媳一点反应也没有，更是火上浇油，当下走进厨房，一把抓住了陈小兰的衣领。陈小兰正沉浸在委屈里，猛然被人抓住衣领，想都没想，就随手挡开了。公公被掀了个趔趄，这下可急红了眼，伸出两手作势便欲打。

陈小兰闪到一旁，擦擦眼角的泪水，声音清脆地反击道："我是没你儿子好看，那又咋样？又不是嫁到你家来才变样的，你儿子结婚前就见过我，愿意结婚，就说明他不嫌弃，我又没有跟你结婚，怎么也轮不到你来说我！"

公公嚷道："反了你了，还敢顶嘴了！"

反正逆来顺受的形象已被打破，陈小兰也豁出去了："种了好几十年的田，你也晓得，不长庄稼和种子不好有关，碰到烂种子，再好的田也长不出芽来。生娃娃又不是我一个人的事，凭什么就敢说是我的问题？"

她吸口气，接着说：“今天我是回来晚了，没来得及做饭，你们有手有脚，又没瘫在床上，为啥就不能自个儿做？”

她这几句话可炸了锅了，公公和婆婆同时开骂起来！

公公骂道：“你个有人教没人养的东西，你算个逑，还敢在这里教训老子……”。

婆婆哭诉：“自己肚子不争气，干点活儿还不愿意！你吃我的，喝我的，住着我的房子都没收你房租，你就做个饭还想怎么的？”

公婆俩同时高分贝地叫骂，都听不清楚到底谁在说什么。公公却越说越生气，恼怒之下，抓起堆在厨房角落里的土豆，使劲朝陈小兰丢过去。

陈小兰壮着胆子顶撞了几句之后，时刻准备着见势不妙逃走。见公公朝自己丢个黑乎乎的东西过来，一瘸一拐地闪开了，土豆击中了她身后的油瓶，油瓶应声而倒，菜油顺着台面迅速流到灶里，刹那间，灶台变成了一条火龙。

陈小兰慌忙冲到水缸面前，想舀水浇火，却发现水缸里面空空如也。明明早上还有小半缸水的，现在已经被公婆用光了，他们从来都只知道用水不知道打水，她只好返身冲回火舌蔓延的灶台前，抓起铁锅，连汤带水浇在火龙上。

火色稍稍暗了暗，旋即又蹿了起起来。

公公和婆婆这才反应过来。公公抽出柴火，奋力抽打着火焰，一边对婆婆吼道：“快！去打井水！”

陈小兰已经提着木桶和扁担，冲向院子外面的水井。婆婆看儿媳出去，心想挑水是个重活，就让她去吧，她转身回屋抱了床厚被子，跑到厨房，把被子盖到灶台的火苗上。这时候，火已经顺着油烧到灶台边，被子一盖上去，灶台上的火倒是熄了，可搭在灶台边的蓬松棉花却被点着了。婆婆一看被子燃了起来，惊叫一声，忙不迭把被子扔了出去，被子带着熊熊烈火掉进了柴火堆。陈小兰精心晒干的柴火迅速燃起来，碗柜脚也开始冒烟……

在“噼噼啪啪”的燃烧声中，婆婆呆了半晌，冲公公狂喊：“快点打呀！”

公公抡圆了胳膊，没命地抽打树枝，然而，熊熊的火焰仍旧四处蔓延。

陈小兰打水回来，看到灶房门里红彤彤的，火焰“噼啪”作响，烟囱冒烟，窗子和门也在往外冒浓烟，灶房里除了灶台上没火，其他地方没一处不在燃烧。她提着水桶冲过去，徒劳地把水泼进火里，“哧啦”一声，火堆里冒出白烟，火苗略矮了矮，马上反扑，蹿得更高了。

婆婆披头散发地冲出去，厉声叫：“失火了，救命啊！都来救火啊！”

等何元盛歪歪斜斜地踩着月光回到家时，邻居们已经散去，刚踏进院门，就看到娘坐在黑乎乎的地上，长一声短一声地哭号：“我上辈子造了什么孽哦？摊上这么个不孝的儿媳妇。”

何元盛把娘从地上拉起来，打着酒嗝问：“呃，娘，怎么了？呃，大晚上你不歇着，坐、呃、坐地上干啥？”

他娘揪住何元盛的胳膊，手背擦了一把鼻涕，控诉道：“你媳妇不回家做饭，我跟你爹就说了她两句，她倒好，不光骂你爹娘，还放火烧我们啊！幸好我们跑得快没让她给烧死，灶房可全让她给烧光了啊！”

何元盛一听这话，刚喝下去的酒全涌上了头。他怒从中来，丢开他娘的手，大步走进厨房，只见地面有半寸深的水，原来满满当当的食物和柴火全都不见了踪影，除了被烤得黑乎乎的水泥灶台外，地上东一堆西一堆全是黑咕隆咚的垃圾。而那个罪魁祸首陈小兰，穿件熏得黑啾啾的棉袄，正拿铲子把看不出原样的焦炭撮到一堆。

看见浑身冒着酒气的男人，陈小兰说：“你回来了？吃过了吧？”

何元盛一言不发，飞起一脚踹在陈小兰腰上，陈小兰“哎哟”一声就蹲到地上了。这臭女人，非好好教训教训她不可！何元盛上去抓住她头发，不管不顾就是几拳，一边打一边吼：“叫你骂人，叫你放火！”

这几拳直打得她鼻血长流，陈小兰用袖子抹掉鼻血，解释道：“我没有骂，是他们骂我，我也没有放火……”

何元盛厌恶地看着她邋遢肮脏的脸，说：“你还狡辩！”他又狠狠踢了她几脚，骂道：“你给我滚出去，我再也不想看见你，滚出我家去。”

陈小兰艰难地扶着墙站起来，问：“这么晚了，你让我去哪里啊？”

何元盛推搡她，说：“我管你去哪儿！你不要在这里祸害人了，快滚！”他拎着陈小兰的领子，把她推出院门，当着她的面把院门插上。

陈小兰回身敲打木门说：“元盛，你让我进去，你听我说嘛。”

婆婆在院子里高声骂道：“快滚吧，你这个不下蛋的鸡，我们家没你这个儿媳妇，你来一次我们见到你就打一次。元盛，休了她，妈明天给你娶个十八岁的媳妇！”

陈小兰无力地坐在地上，由于脱力，粗糙的双手微微发抖，听着院子里骂声不绝于耳，公公婆婆教唆着男人去打离婚，想着自己每日天不亮就起来做饭打猪草，全家的地都是自己在侍弄，风里来雨里去，辛辛苦苦三年，却被婆家说赶出来就赶出来，觉得好没意思。她在黑地里寻思：不管是不是俺的错，反正厨房也烧了，公婆肯定得把这笔账算在自己头上，还不如回娘家住上几天，等公婆气消了再回来。

想到这里，她站起来，掸掸衣服上的土，看看挂在半空的新月，朝东走去。

王老二的餐馆生意不好已经不是一天两天了，今天饭店清清冷冷的，就来几个客人。眼看着年关将近，春节就要跟老婆一起回娘家了。老婆啥都好，就是好个面子，每年回去都要穿新衣服、新鞋子，再戴个不值钱的假金项链，好让亲戚邻居们流口水羡慕，顺便显摆一下自己老公。

王老二好歹是算是做生意的人，给别人说餐馆的收入还养不起老婆孩子，怕是也没人信。所以每到生意不好的时候，他都会到这条国道待几个晚上。

国道两边是小山丘，南边紧挨坟场，本村人埋这里只要五百块一个，要是城里人来买，就涨成十倍的价格。对城里人来说五千块钱也不是个大数，风水好的地方都让他们占走了，村里人对坟场还是有些忌讳的，附近的住家也少，路上往来都是过路的，不然碰到熟人还不好办。

王老二今天出来得晚，出来早了人多，不方便办事。他还是待在老地方——路北一人多高的蒿草丛后面，蹲了没多久，大老远就看到那个女人走过来，她走得很慢很慢，一副有气无力的样子。王老二把烟给掐了，把媳妇的旧破洞袜子套在头上，蹑手蹑脚地挪到路肩边沟里的草丛中。

等女人走近了，他才发现这个女人很有些奇怪，她身上也没背个包，手里也没挽个袋，就这么一个人走在深夜前不着村后不着店的路上。

转眼，女人已经轻飘飘地来到跟前，不容多想，他一个箭步蹿上去，左手勒住她前胸，右手用家伙比着她脖子，压着嗓子说：“拿钱，买路！”

一般人在这种时候无非有两种反应，一种是死命尖叫想招来援兵，一种是手酥脚麻害怕地乖乖把钱交出来。而这个女人却幽幽地叹了口气，从裤袋里掏出一卷黑黑的钞票来。王老二劈手夺过来，凑近一看，感觉这钱和正常人民币有些不一样，上面好像抹了层黑灰。

那女人幽幽地说："你要，就拿去用。这些钱是烧过的，不晓得还用不用得掉。"

王老二听了这话，却寒毛倒竖。

烧的！冥币！

微弱的月光下，他发现那个女人的手不是正常人的肉色，而是灰黑色。他声音发抖："你、你什么意思？"

女人慢吞吞地说："屋子被烧了，钱也没跑掉，连衣服给烧了！"

王老二低头一看，那女人的衣服被火烧得焦黄发黑，下摆的棉花都露出来了。他打了个寒战，"嗖"地把手缩了回来，却见自己手掌发黑，摸起来滑腻腻地，像涂了层碳粉。

月光下，那个女人慢慢转过头来，黑洞洞的两个大眼眶，嘴巴一张，露出白森森的两排牙。

王老二肝胆俱裂，狂喊一声"鬼呀！"丢下菜刀和钱，屁滚尿流，沿着公路飞奔而去。

陈小兰莫名其妙地看着王老二，直到他狂奔得看不见踪影，才慢慢收捡起地上散落的钞票，拾起掉在地上的菜刀，继续往东走去。还要走五小时才能到娘家呢。

陈小兰婆婆对新生活很不适应。原来媳妇在家的时候，可以和老头子一起睡到八点起床，吃完媳妇做的早饭，出去晒晒太阳，跟老太太们说说东家长西家短，然后回家吃午饭，中午再睡一觉，起床后陪老头子去街上打点酒、买个针头线脑啥的，回家就能吃上媳妇做的晚饭了。

现在赶跑了儿媳妇，一天做三顿饭的任务都落到了她身上，早上天不亮就要起来，晚几分钟上早饭老头子还要发脾气。吃完早饭刷完锅碗，没歇上一会儿，又要到后院摘自家种的菜，然后又开始淘菜、切菜、揉面、生火，做下一顿饭。厨房的家伙什儿都烧没了，锅碗瓢盆是跟开饭馆的王老二借的，全家谁也没心思去整个新厨房。

为省事，她中午又做了打卤面端上桌。老头子一看就火了："老婆子，你把我们当猪喂啊？这个星期有几顿不是打卤面？干了一上午活，怎么就给我们吃这个？”

“有卤就不错了，好歹还带点儿肉！过两天家里钱用完了，连卤都吃不上了。”

老头子一摆手，说“那我吃鸡蛋！”他转头看看院子里，问：“这鸡怎么少了两只？”

“不可能，早上都还有九只。”老太太说。

一直不吭气的何元盛打开鸡窝门一看，两只母鸡躺地上一动也不动。

“死了两只了。”何元盛摸摸喂鸡的草，上面还有露水，这是他早上刚打来的，“娘，你是不是草没晒，就直接给鸡吃了？”

“哎呀，我搞忘了。”老太太一拍大腿，叫起来。

何元盛不满地说：“才几年不喂鸡，连这个都忘了？跟你说露水上可能有农药，要晒了才能喂啊。”

老太太给自己找了个台阶下：“事儿一多，我就给忘了，今天晚上可以吃鸡肉了。”

见男人和儿子仍旧不满地瞪着自己，她赶紧扯点其他的转移注意力：“家里没钱了，鸡蛋倒是攒了几十斤，明天你们哪个拿去卖啊？我老太婆要给你们做饭，我没得时间。”

这下轮到何元盛和他爹面面相觑了。以前每到周末，陈小兰都背着竹篓去赶集，把攒下的鸡蛋卖掉，顺便买些油盐酱醋，还经常打瓶好酒给公公、捎个红头巾给婆婆、买几包好烟给男人。陈小兰走了，这活儿还得有人干，不然下星期日子都过不下去了。

“我明天要给果树剪枝，元盛你去吧。”老头子找了个借口。其实家里就这么五六棵果树，剪不剪都没啥关系，他就是拉不下脸去集市卖东西。

何元盛不干了，惦着他爹娘手里的那几个钱，说：“家里不是还存得有钱吗？”

“你个小崽子说得容易！”何元盛娘骂道，“那是我们的棺材本儿！”

“先取出来用一下，隔几天就还给你，有啥关系嘛！”何元盛从没为钱操过心，自然是十二万分不肯去卖鸡蛋。

他娘拍着大腿数落道：“吃根灯草，你说得轻巧！取出来？你拿几百块的利息先把我，我就取！再说了，你拿啥钱来还啊？！”

何元盛两眼瞪着他老娘，说不出话来。他从来没有卖过东西，心里自是一百个不愿意上集市去卖鸡蛋，但是想着让老头儿老太太背着鸡蛋走上几公里去集市好像也不太合适，只好硬着头皮答应下来。

星期六，何元盛睡了个好觉，直睡到日上三竿才起来。把媳妇赶跑了以后，他才打过一次麻将，天天都跟爹下地侍弄庄稼，有时候还要上山打柴火，累得不行。他从脏衣服堆里挑了件稍微干净点的穿上，看看暖瓶里没有热水，将就着胡乱洗了把冷水脸，又想起陈小兰来。平时都是她把温水打好、牙刷上挤好牙膏才叫自己起床的。毛巾两个星期没洗过，都发黑了，他捏着鼻子勉强把脸上的水擦干，小心翼翼绕过地上的一摊鸡屎朝厨房走去。院子也好久没人扫了。

他娘已经把鸡蛋放在背篓里，见儿子进来，说："卖了鸡蛋，你给家里买点菜油、盐、味精，洗衣粉也没有了，牙膏也快用完了，都要买。如果还剩得有钱，买点猪肉，给你爹打点酒。累了两星期，再不给他弄点酒，他不干活了，还不是都得你做。"

她心疼地看看儿子，这两星期干活累得他脸都尖了。

"还有，厨房还得再盖，锅碗瓢盆的也不能一直借王老二的。"

何元盛闷声说："晓得了。"

"哎呀，赶快走得了，十一点就收市了。"看着儿子背上背篓，绕过地上的鸡屎出门远去，何元盛娘才想起来儿子还没有吃早饭。

因为出门晚，何元盛赶到镇上都快收市了，只好贱卖了鸡蛋，买完娘吩咐的调味品、牙膏和洗衣粉后，钱已所剩无几，他对着肉铺里的五花肉、猪蹄膀吞了几口口水，恹恹地直接回村了。还没到村口的大刺槐树下，远远地就听见王老二媳妇喊："元盛，赶紧去看看你爹咧！他从枣树上掉下来了！"

何元盛心里一紧，问道："咋咧？"

王老二媳妇说："你爹给枣树剪枝，不知道咋回事，从树上摔下来了，我家男人跟你娘把他送卫生所去了。"

何元盛一听这话，扭头就往村卫生所跑。赶到村卫生所，看见他爹正躺在病床上，双腿已经打上了夹板，直挺挺地一动也不能动。看见爹满脸皱纹和痛苦的表情，何元盛心疼地叫了声："爹！"。

何元盛爹见到儿子，竟有几分羞涩，缩着身子，说："年岁大了，腿脚没年轻的时候灵活，踩滑了。"

卫生所的周大夫说："晓得自个儿年纪大了，那还爬树！你这两条腿多半是粉碎性骨折，我给打上夹板让它不错位，你们还得去县医院照个片子，也好晓得骨头接得对不对头。"

何元盛娘只关心花钱不花钱，问道："那县医院检查下，只怕是要花好多钱吧？"

周大夫说："腿都断了，不花钱治疗自己会好啊？！我劝你们还是去县医院看看，照个X光片，那里的药也比我儿多，吃了好得快些。"

何元盛娘撇嘴道："伤筋动骨一百天，吃啥药也要一百天才好。俺们不花那个冤枉钱。"

何老爹也表示坚决不上县医院："花那个冤旺钱干啥？！我身子骨硬，养一阵就好了，庄稼人没那么金贵。"

何元盛有心要听周大夫的建议，想把老爹送到县医院去照片子，但一摸裤袋里干瘪的钱包，人穷志短，啥也说不出来，只得顺了爹娘的意思，回家休养。

何元盛一家三口回到家里，他爹腿上的麻药过了劲儿，躺在床上疼得直哼哼，一边咒骂，一边支使他娘拿水给他喝。何元盛站在堂屋里，看着破败的厨房和肮脏不堪的院子，突然发现自打陈小兰走后，他的生活就像地上一摊摊黄黄绿绿的鸡屎，既脏且臭还黏黏糊糊，完全没有了先前的潇洒。

事实证明他的感觉没有错，只是他爹摔了腿之后，生活不再是小一摊，而是迎面扑来的一大堆鸡屎，热烘烘、酸臭地黏住他、淹没他，让他无处可逃。

艰难的一周过去了，在地里累得精疲力竭的何元盛，拖着沉重的脚步回到家里。他熟视无睹地跨过地上已经集结一层的大摊鸡屎，喘着粗气走到堂屋，坐下休息。他娘从屋里出来，见儿子回来了，皱着眉头说："咋这么晚才回？！家里没水了，你赶快去挑一担回来，我还等着做饭。"

何元盛皱着眉，一动不动。

"元盛，娘跟你说话呢，听见没？家里没水了！"

何元盛有气无力地说："知道了，娘。我先歇会儿。"

他娘看他那个疲沓的样子，说："快点去，天都黑了，晚上还想不想吃饭了？"

何元盛不耐烦地说："我再歇会儿！"

他爹在厢房开骂了。自打他腿摔断了后，整天干不了别的事情，除了喝廉价烧酒，就是骂人："狗日的，老子倒了八辈子的霉，碰到你们这两个讨债鬼！都是你们，让老子差点摔死，现在还想把老子渴死、饿死！"

他用鞋底在床头上敲得"邦邦"响，骂声不断。

何元盛和他娘无奈地对视一眼，他娘还嘴道："老不死的你少说几句吧，跟你说了好几次了，家里没水了，没水了！你再叫，我就丢下你，去找个腿脚好的！"

他爹见他娘还敢顶嘴，在厢房爆发出更高声的咒骂。在爹娘激烈的对骂声中，何元盛无奈地站起来，拖着疲惫的身子，挑起水桶出门打水去了。等何元盛挑水回来，他娘蹲在院子里，用柴火烧了一锅水，倒了些给他爹拿去喝，剩下的胡乱下了些面条。何元盛看着干瘦的娘蹲在满是鸡粪的地上死命吹火，好让简陋的破土炉子尽快燃起来，花白的头发凌乱地在风中飘拂，更是让他心烦不已。

一家人在沉闷的气氛中吃完晚饭，已经是晚上九点多钟了。何元盛娘蹲在黑咕隆咚的院子，从水缸里舀水洗碗洗锅，洗完后抱着碗站起来，突然眼前一黑，慌乱中她伸手抓住水缸，手里的碗摔在地上，跌得粉碎。

何元盛爹听到院子里的动静，张嘴就开骂："臭婆娘！洗个碗你都拿不稳，你个败家的婆娘！除了生娃，你说你还会干啥？！你个没用的臭婆娘！"何老爹吃饱了肚子，有了力气，骂人的话更是洋洋洒洒，连绵不绝。

何元盛躺在床上，听到他爹的没完没了的骂声，烦躁地堵上了耳朵。

何元盛娘悠悠醒转，头昏脑涨，见自己摔倒在鸡屎堆中，再听到男人高一声低一声的咒骂，心里悲愤，坐起来哭喊道："你个没用的男人，我服侍你吃、服侍你喝！老娘都摔地上了，你还骂？！我今天不活了，我死了算了！"

何元盛爹见老婆子居然敢回嘴，气往上冲，提高声量，要把老婆子的声音压下去，突见他娘披头散发地闯进来，伸出还沾着干的稀的鸡屎的双手，扑上来就掐住自己的脖子，一边哭号道："我今天不活了，让你也不得好死！你再骂，我和你同归于尽！"

他爹被掐住脖子，说不出话来，急愤之下的何元盛娘手劲大得惊人。何老爹一口气喘不上来，喉头发出“嚯呋”之声，两眼翻白。何元盛娘见他出不了声，心里害怕，腿一软，坐在地上哭起来，号道：“我上辈子是作了什么孽哦，遇上你们这两个讨债鬼……”

“你们两个有完没完？从我回来吵到现在，都闭嘴！”何元盛实在是听不下去了，冲爹娘吼道。

到半夜，何家院子才安静下来。何元盛躺在床上，心想这稀烂的日子啥时候是个头啊，陈小兰那个婆娘，不接她她就还不回来了。

刚睡着，爹娘那边又吵闹起来，只听他爹惊慌地喊：“元盛，元盛！你娘怎么了！这么烫！叫也叫不醒！”

何元盛艰难地从床上爬起来，披上衣服来到爹娘的屋里，见他娘脸色潮红，双眼上翻，全身抽筋，已经昏过去了。何元盛伸手一摸，只觉得他娘的额头热得烫手，没奈何，只好拖着疲惫的身子，再把他娘背到卫生所，又是挂水又是吃药，直折腾到凌晨才回来。

闹腾了这一晚上，三个人都累得不行，第二天睡到日上三竿，何元盛才起来胡乱搞点面糊，服侍躺在床上的爹娘吃下，想着自家的红薯再不收都要烂在地里头了，于是又咬牙扛起锄头出了门。

何元盛前走，后脚一辆拖拉机“突突突”开到了他家门口。拖拉机堵着他家院门停下，车上跳下五六个精壮的男人，吆喝着把木头、砖块卸下来，抬到院子里。听到院子里的嘈杂声，何老爹捅了捅何元盛娘，他娘的脸通红着，烧还没退下去，迷迷糊糊地问：“怎么了？”

“你去看看，外面怎么了，这么吵。”

何元盛娘慢吞吞地披上衣服，趿拉着鞋出来，就看见几个男人拿着大铁锤，正“咣咣”地砸厨房的半截墙呢。她上前拉住一个男人的手，说：“你们、你们干什么？”

旁边一个叼着香烟像是管事儿的男人踱过来，说：“大娘，别担心，我们得把这断墙砸掉，才能砌新的啊。”

何元盛娘愣住了：“砌新的？谁让你们来的？我可没钱给你们！”

“放心吧，你家闺女陈小兰已经预付了材料钱和大部分工钱。你家闺女真是孝敬啊，谁家要是娶了这么一房能干的媳妇，真是有福了。”

“陈小兰她人呐？”

正说着，就见陈小兰怯生生地走进院子，侧着身子对着何元盛娘，低着头，一副随时准备拔脚逃跑的样子。何元盛娘叹口气，说：“去烧点热水吧，给你爹洗个脸，他摔坏了腿，只能在炕上待着。”

陈小兰如获大赦，高兴地去了。何元盛娘心情复杂地看着陈小兰的背影，心想儿媳虽然到现在也没生出个一男半女，但何家缺了她还真转不动了。

地里红薯还没挖到一半，何元盛心里担忧着不能下床的爹还有累病了的娘，看着天色将晚，扛了锄头就往家里跑，在院门口正好碰见一群男人说笑着出来，上了拖拉机，“突突突”开走了。他走进院子，满地的鸡屎已经打扫得干干净净，黑乎乎的残垣断壁不见了，取而代之的是座崭新的厨房，堂屋里传来久违了的红烧肉香味。他快步跨进厨房，蒸气缭绕中，陈小兰转过头来，温柔地在笑：“你回来啦？先洗洗手，菜马上就好。”

何元盛又惊又喜，鸡粪一样的日子过去了，媳妇儿回来了，生活又回到了它原来的轨迹。

回到自己的房间，食饱饭足，刚洗完澡喷喷香的何元盛看着忙着换床单的陈小兰，意味深长地说：“快睡吧。”

伴随着剧烈呼吸的激情过去，陈小兰看着月光中的窗棂，说：“元盛，下星期我们去镇医院瞧瞧吧，看看到底为啥老怀不上小人儿。”

“嗯呢。”

在后来的日子里，陈小兰经常想起遇到林丽那天，觉得都是老天爷的安排。她和何元盛一起有生以来第一回去县医院做检查，就碰上了林丽。男人对她擅自做主借钱的行为很不以为然，总觉得她是哪根神经搭错了，把那么大一笔钱借给素不相识的人。但是陈小兰想，如果下次再碰到哭得声嘶力竭的可怜人，只怕还是会不管不顾掏钱的。

陈小兰记得很清楚，山哥帮林丽还钱给陈小兰后，他们推着闻天鸣去了病房。

何元盛来到取检查结果处，在一堆精液化验单中，翻找到有自己名字那张。上面的字张牙舞爪，看不懂写的是啥，他拿着化验单找到医生，那个医生一边往病历上抄数字，一边用方言解释："精液量 4 毫升，正常；密度不到 1000 万，太少了！正常的得 2000 万以上。液化时间，正常；畸形率、酸碱度，正常。没有炎症，存活率也正常，这个，"他用手指着化验单下部，用签字笔狠狠在化验单上戳了下，"活动力三级以上的只有百分之十！"

何元盛张着嘴巴，茫然地看着他，不知道啥意思。

"正常活的动力三级以上的，至少要达到百分之五十，才能让卵子受精。"

何元盛还是不明白，或者说他不想明白。

"这么跟你说吧，精液里面的精子本来就少，会向前游的更少。这就是你结婚三年也生不出来娃的原因。"

"你说是我有毛病？"何元盛不敢相信自己的耳朵，生娃不是女人的事吗？！

"你绝对是有问题的！不过没做彻底检查前，也不能排除你媳妇儿的可能性。"

晴天响起个霹雳，把何元盛打得目瞪口呆，后面医生说了些什么，他都听不进去了。他实在想不通，怎么是他有毛病，这事儿要让爹娘知道了，要让村里人知道了，脸往哪儿搁啊？

这个突然而来的打击，把他身上的所有力气都抽走了，他扶着墙，慢慢走出诊室。陈小兰等在外面，见男人出来，笑嘻嘻地挥舞手上的化验单："元盛，我的检查结果出来了，啥事儿都没有呢。"

"你小声点行吗？"何元盛恶狠狠地说，在他眼里，她满脸的笑是对自己的无情嘲笑。在他和爹娘自视甚高眼光里，从来都觉得其貌不扬的媳妇儿配不上自己，而如今他成了有身体缺陷的人，在生娃这件人生中最重要的事情上，他远远地被陈小兰甩到了后面。

"咋啦？检查结果正常，不该高兴呢？"陈小兰小心翼翼地看着男人的脸。

何元盛无力地把自己的化验单和病历递给她。

"弱精？"陈小兰费力地读着最终的判断，心底涌起不祥的预感，"啥意思？"

何元盛一言不发，伸手抓住陈小兰的胳膊，把她拖到门诊楼后面无人的角落。她则温顺地任由男人拖着自己，没有挣扎也没说半个字。站在楼后面杂物堆旁，她仰头看着男人刀削般俊美的脸庞、冷冷紧抿的嘴唇和脸上阴沉的表情，有些心疼他。

何元盛突然放手，陈小兰猝不及防，失去重心，差点跌倒。她轻声问："元盛，咋的了？”

何元盛情绪低落到极点，说：“大夫说，弱精，怀不上娃。”

陈小兰伸出粗糙的手抚摸着男人的胳膊，不晓得怎么安慰他才好，何元盛粗暴地甩开了她的手。

“没事，元盛。大夫既然开了药，说明可以医得好的。”

何元盛面色发灰，盯着前面的树丛一言不发。陈小兰看着男人冷得像块石头的俊脸，心里突然一阵轻松。和绝大部分农村女人一样，她为全家生计操劳，在家里却地位最低，每天起早贪黑做活路，却连上桌吃饭的机会都没有。现在男人查出身体有缺陷，生不了娃，而自己是健康的，在生娃这事儿上，无疑是自己占了上风。让男人深受打击的，一面是失却了男人的功能，另一面更多的是一旦说出去，只怕是面子全都丢光了，从此不能再抬头做人。

“没事儿。”她用粗糙的手摸摸男人胸前的衬衣，“回去我们跟爹娘说是我有毛病就成。”

何元盛苦笑了一声，没搭腔。

“元盛，真的没得关系，反正公婆一直不待见我，我都习惯了。”

何元盛心里感激，抓住媳妇儿温热的手，生怕她反悔，赶快说：“那就这么定了。”

陈小兰点点头。何元盛想说谢谢，但是那个词太洋气，很难说出口。

“一会儿去步行街，我给你买套睡衣。”他用这句话表达了感激之情。

第六章

医托

春节刚过，生殖中心开张了。

江晖站在新装修的二层小楼前，感慨万分。这栋不起眼的灰砖楼，花了自己多少心血啊！从房间布局到装修设计，从墙壁颜色到每个房间水龙头的位置，从专用实验室到手术室 B 超显示器的摆放，从取精室里的性趣画报到病床尺寸……看着生殖中心门口的不锈钢牌子，他满怀欣喜，就像一个父亲看着自己刚出生的婴儿。

“江大夫，这么早？！”苏虹在后面打招呼，“怎么，为咱们生殖中心骄傲吧？”

“那是！虽然不能跟欧美发达国家比，但好歹也算国内头牌吧。”他止不住地得意，“你有没觉得，地方太大了点？别的科室一般也就有几间门诊和办公室，咱们才十几个人，就霸占了地上两层地下一层，会不会太奢侈了？”

“不会，不是还给了泌尿科两间办公室么？再说了，独立挂号收费和独立药房，都得用房间的啊。我只见过嫌地方小人多的，还没见过嫌地方大的。江大夫你是不是就怕门诊坐冷板凳啊？”

“坐冷板凳倒没什么，不干活还能照拿工资也挺好，只要不被当成流氓揍就行。”

想起他差点被女病人老公给揍了的事儿，苏虹不禁“扑哧”一声笑出来，说：“挨打是过去时了，江大夫现在是知名专家了！除了几个主任副主任，你的号是挂得最快的，还经常有病人指名道姓要我把病历分给你呢！”

“哪里哪里，过奖了。”江晖谦虚道，“我不过是喜欢唠唠叨叨，跟病人解释前因后果而已，现在都兴个知情权，其实该用啥药、该动啥手术，还是一样的没差别。”

想当初，宋励之把生殖中心设计方案交给刚毕业没多久的小毛孩，遭到了不少人的质疑，时隔两年，江晖不但交出了完满答卷，在专业上的进步也让人刮目相看，说话行事更是隐隐有了几分大师风范。

今天是生殖中心开张第一天，老病人莫不是先跑到老门诊楼，发现那边已经停止挂号，又转到生殖中心来的，少不了要抱怨几句。新门诊楼窗明几净，走廊里味道清新，洗手间也没有形迹可疑的污渍，环境比菜市场般的老门诊楼要好得多，一般抱怨两下也就算了。当天的号很快就挂完了，大部分病人都坐在分诊台前的候诊区，等着苏虹叫号。

门诊开始前，江晖再次楼上楼下检查了一圈。怕苏虹一个人忙不过来，他特意在分诊台帮忙，坐在分诊台后面，江晖扫视眼候诊区的上百个病人，顿感负能量铺天盖地扑面而来。

无论高矮胖瘦，不管来自城市还是农村，二十多岁、三十多岁还是四十多岁，长得漂亮抑或丑陋，脸色红润白皙还是蜡黄……所有病人的眼底深处，都隐藏着愁苦和挫折，那是对无法延续生命最终只能直面真正的死亡的恐惧。在生命里本该如花绽放的时节，不育的阴影却如秃鹫，无情地在天空盘旋。

他以前从来没有注意到，生不了孩子对一个女人的面容会有如此深刻的影响。

不管女人们是有意愿孕育小生命，还是采用种种措施防止不经意的种子在自己体内扎根发芽，孕育下一代是造物主赋予每个女人的权利，成为母亲是再自然不过的事情，当发现自己体内女性象征的部件失灵，那打击是很可怕的。尤其对那些狂热地想让自己和所爱的人生命能延续下去的女人，那些多年不停尝试制造柔弱小生命的女人，那些母性爆发却无处可施的女人，这无疑是最大的打击。在得知自己无法拥有下一代的时候，她们身体的一部分就已经死亡了。

面对一双双麻木愁苦的眼睛，江晖坐不下去了。

“我走了，苏虹。对新楼有意见随时告诉我，我想办法改。”

他穿过门诊区回办公室，一路有面熟的病人打招呼：愁苦的笑容，愁苦的皱纹，愁苦的下撇嘴角……这时，他看到一张瓷白的小脸，干净清新，没一点挫折和愁苦，相反，故意装出来的严肃表情，也压抑不住勃勃生气。

她穿了一件灰色旧棉T恤和洗得发白的萝卜牛仔裤，脚蹬一双微微发黄的白球鞋，正轻声和旁边的女人交谈。见有男人入内，她抬头惊异地看了江晖一眼，又接着聊天去了。江晖没有停留，直接上了手术专用电梯。

唐颖今天特别兴奋，早就听说华弘医院要成立生殖中心，今天来看看，还真是有全国第一中心的气派。她敢大胆预言，用不了多久，这里就会挤满了生不出孩子的男人女人，她好像看见了大把大把人民币在向自己招手。

江晖在宋励之办公室门上轻轻敲了几下，听到宋励之略带苍老的声音高声道："请进。"

宋励之坐在新办公桌后，正翻阅一本老笔记簿。阳光从她身后的大窗户投射进来，晒得整个办公室暖烘烘的。

"宋主任，楼下指示牌不够，我想再加几块，不然总有病人问路。"

宋励之笑眯眯地说："好。小江啊，这些事情你做主就好了。"

"我跟各组都说了，有什么问题，随时汇总到我这里，能改的尽量改。您觉得新办公室怎么样？"

"非常不错！小江，这是我第一次有单独的办公室，六几年研究生毕业，那会儿资深大夫都有独立办公室，我们刚毕业的四五个人一个办公室。后来我从美国回来，评上了主任医师，资历是够了，但是正赶上医院扩招，办公室一下子紧张起来，副院长都没独立的办公室，更别说主任医师了，大办公室那挤得像沙丁鱼罐头一样。"

"好了，不忆苦思甜了。"宋励之亲切地说，"为生殖中心按期开张，最近一段时间你辛苦了。昨天的主任办公会上，大家都一致同意给你额外的奖励，奖金会有一点，另外，给你五天带薪假，好好休息一下。"

江晖有些意外，当下高兴地表态道："太感谢主任们了，其实在这个过程里面我也学了不少东西，得到很多锻炼。宋主任，我有个请求，能不能多给我安排些实验室的工作和手术？"

"我和其他主任商量一下，应该不会有什么问题。"宋励之说。

新楼小毛病不少，一会儿下水道堵，一会儿插座短路，好在还在工程缺陷责任期内，施工方修复这些毛病也还算行动迅速，没有造成大麻烦。

忙碌的一周很快过去了。江晖在门诊走廊里再次看到了她——那个小脸年轻女人，这次她带了顶无檐软帽，半长的头发顽皮地从帽子下钻了出来，脸越发显小了，没化妆皮肤还是瓷白，下眼圈乌黑。大概昨晚熬夜了，江晖想，他不着痕迹地在远处仔细观察她。

这次坐她旁边的是一个戴眼镜的中年知识分子，额头上有深深的抬头纹，灰暗的脸上带着不孕女人特有的标记——受挫和愁苦的表情，小脸女人不停地跟她说话。江晖从旁边经过时，隐约听到他们在讨论病情和治疗方案。

她看上去也就二十多岁的样子。江晖好奇地想，这么年轻就来看病，是想小孩想疯了？还是嫁了个有钱老头，不赶紧生小孩就来不及了？抑或发现患了不孕症，早治疗早好？

待江晖从实验室出来，那张小脸已经不见了踪影，这让他有些怅然若失。

武平来电话，说："你小子忙疯了还是交女朋友了？春节连家都不回，同学聚会也不去。"

"一直忙啊，准备生殖中心开张，装设备，搬家，一堆事情。"

武平坏笑道："你是妇产科唯一的男劳力、'党代表'，不用你用谁啊？！趁着现在是香饽饽，好好利用性别优势，争取上位吧。同学会就你没去，大伙儿都还记着你呢，老冬现在不当医生了，你晓得吧？"

"他家不是养殖业大户么？记得原来在学校的时候，我们都鼓动他改学兽医。"

"他现在回家继承父业了，同学会拉来一大堆新鲜牛肉，每人一份，你那份我给带回来了。"

"我又不做饭，你帮我吃了得了。"

"你啥时候见我自己做过饭啊！"武平笑道，"我那份也给别人了，你的搁科里冰箱里了，你赶紧上来拿吧，护士长早就不高兴了。"

"马上来。"

江晖穿过走廊，出了大门，沿着小路，向整形科所在的门诊楼走去。

整形科是医院效益好的部门之一，理所当然地占据了一整层楼，装修豪华得像四星级酒店，跟它一比，生殖中心就是乡镇企业家盖在自己宅基地上的小土楼。整形科的病人流行戴大墨镜和口罩，愿意把脸示众的人很少。

在候诊区，江晖发现了一个熟悉的身影，纤细、修长。她怎么又跑到这儿来了？

他慢慢走近，从侧后方仔细观察。那张脸不再素面朝天，而是化妆得很精致，眉毛描得黑黑的弯弯的，黑圈圈不见了，双眼又黑又亮，睫毛夸张地扑闪着，丰满的嘴唇红得像樱桃，只有那张脸还是小小的。

也可能是另一个人，长得有点像而已。江晖想。再仔细看，她身上还是那件肥大的棉麻外套，外面加了条黑色宽腰带，勾勒出了窈窕的身材。

武平从冰箱里面抽出一大袋带包装的牛肉。

“有阵儿不见，你小子怎么瘦成这样了，好好补补。”他说。

“我一直以为看整形的都是兔唇、伤疤什么的，怎么病人好像都是正常人啊？”江晖问道。

武平费力地把牛肉塞进纸提袋，说：“真有缺陷的病人不超过百分之三十，剩下那百分之七十都是身体正常，心理不正常的主。”

江晖接过沉甸甸的牛肉，说：“在走廊看到的病人，有几个绝对算得上漂亮的。”

“莫西定律：越是有的，越要给得更多；越是漂亮的，越更想要漂亮。仙女还分三六九等呢，谁都想锦上添花。漂亮女人最舍得在自己身上投资，花起来钱眼睛都不带眨一下的。所以，经常有医托在这边转悠挖人，民营医院做整形挣钱容易。”

江晖脑里灵光一闪，他知道答案了。

春节刚过，病人们从祖国各地奔赴北城，展开了对几个著名医院有限医疗资源的激烈争夺，著名医生挂号条的价格在黑市是节节走高。唐颖的工作也逐渐走上了正轨，每个月的提成除了维持生活还略有结余。生活有了奔头，她也就更积极地跑外勤做业务。

冬去春来，柳树新绿，杨絮飘摇，天气也一天天热起来。又到了领工资的日子，唐颖推开财务室厚重的防盗门，就看见一个大叔正对着财务经理狂吼。大叔穿了件皱巴巴的灰衬衫，裤子高高地扎在腰上，更凸显出了大肚皮，皮鞋上满是灰尘。他台湾腔调的普通话，疾风暴雨般劈头盖脸砸向财务经理：“账款没收回来，怎么不想办法去追去要去堵门，连跟我说一声都忘了！银行贷款你不去跑，该收的货款不催，我看你是不想干了！”

财务经理想张口解释，根本插不进去嘴，欲言又止好几回，最后只有站在那里一声不吭，脸涨得通红。财务经理平时对外勤人员傲气得很，每个月能不能顺利拿到提成，都得他说了算，唐颖对他总还得笑脸相迎。最近一段时间，他经常借口资金周转不灵，拖欠外勤人员提成，唐颖更是不敢得罪他。今天见他被人训得还不了嘴，她只觉得心里舒坦，说不出的解气。

出纳是个胖乎乎的姑娘，头发总是梳得整整齐齐的，她在角落里朝唐颖悄悄招手。唐颖避开咆哮的大叔，贴着办公室墙边绕圈走，溜到出纳桌边，两人一起对了下上月的业绩，出纳开始点钞票，唐颖凑过去耳语道："这位大叔是谁啊？还挺凶的。"

出纳面无表情地小声耳语道："我们大老板。"

就那个种田模样的抠脚大叔，老板？！唐颖嘴巴张得下巴都快脱臼了。

种田大叔目光犀利地看一眼唐颖，不满地指着她们说："你，还有你！嘀嘀咕咕什么？"

小出纳一伸舌头缩缩脖子，不敢再说话了。

"你，来干什么的？"大叔指着唐颖说。

"她是外勤，主要跑女科和整容。"财务经理好容易找到了说话机会。

"光拉病人有个屁用，再这么下去，你，你，还有你，"他轮流指点唐颖、出纳和财务经理，手都快戳到财务经理的鼻子了，"过不了多久都得喝西北风去！"大概因为有外人在场，种田大叔还是降低了声线，跟财务经理说："拿着你的报表，到我办公室来！"

等两人出了门，小出纳抚胸说："哎哟妈呀，吓死我了。"

唐颖啧啧道："有钱人真是低调啊，要是走在大街上，谁会想到这位不起眼的大叔是我们老板啊？街边卖菜的伯伯怕是都比他穿得好。"

"哧哧……"小出纳笑出声，"树大招风啊，你没见过老板原来的样子。"

唐颖最喜欢听八卦，双眼发亮，一迭声催促："什么样子？快说快说。"

"我是没见过，也是听别人说的，说他衣服只穿阿玛尼，有好多辆高档跑车，每次来视察都挎着不一样的小秘，还在电视台花好多钱做广告。"小出纳咽了口口水，"那时候医生和外勤拿的工资和奖金至少比现在多一倍，好多人看了电视广告，都上咱们医院来。可惜啊，咱俩都没赶上好时候。"

“后来怎么就不好了呢？”

“还能为什么？被报纸、电视曝光，工商局、税务局什么的轮流上门检查，停业整顿了一段时间，后来换了医院名字，又换了地方，生意就再没原来火爆了。好日子哪能天天有啊！”

“唉，”唐颖有些担心，“你说医院现在没赚钱，过几天不会发不出钱来，让我们白干吧？”

“哪能呢？现在就指着你们拉人来呢。”小出纳安慰道。

唐颖没搭腔，暗自琢磨是不是该换东家了。

早晨六点，林丽就赶到了医院，把车停到了华弘医院地下车库，刚从电梯出来，她就被眼前蜿蜒嘈杂的人龙给惊到了。队伍从生殖中心的两层小楼门口出发，蜿蜒着穿过小花园，直排到了主门诊楼前。队伍中有打扮时髦的漂亮女郎，也有头发蓬乱的农村妇女，有谢顶腆着肚子的中年白领男人，也有年轻精壮的小伙子，大多数人都哈欠连天，睡眼惺忪，目无表情，面带菜色。

而生殖中心小楼的大门还紧锁着。

林丽想，幸好没听黄新娜那小丫头的话，如果八点到医院，只怕挂号处连点渣渣都不剩了。

七点，前面队伍一阵骚动。两个保安一边整理队伍，把卖早餐和卖水的闲杂人员清理出队伍，一边给正式排队的人发号。走到林丽前两位的时候，手上的号条就发完了。

林丽急了，问：“哎，号怎么不发了？”

保安说：“女科一天只挂一百个号，我们发了一百二十个，后面的排了队也是白排，明天早点来吧！”

林丽蒙了，合着起得这么早来排队，结果连医生的面都见不到。正不知如何是好，闻天鸣打进电话来，听他声音还没睡醒：“老婆，你啥时候走的？我刚醒，发现你都不见了。”

林丽带哭腔道：“七点半挂号，我五点多起来，六点不到就来了。刚才保安发号，我居然都没拿到号。那些人晚上都不睡觉吗？”

“华弘名声在外，是全国第一个做试管婴儿的医院，人肯定少不了。”

“你说现在怎么那么多生不出孩子的啊，黑压压的全是人，还有好多从外地过来的。”

“不行就看看有没有号贩子，买个号吧，反正去都去了。”

“老公，你真大方啊。”

“那是，我不心疼老婆谁心疼啊？！”

挂了电话，林丽又给黄新娜打了个电话，她居然还没开机，她只好拨了孙晓伦的电话。听说林丽天不亮就爬起来，结果连保安维持秩序发的号都没拿到，黄新娜得意地说：“我说了不用起这么早的嘛，你看，没用吧。”

林丽嗔怪道：“你这丫头，你姐我心疼你，让你多睡会儿，姐姐我想帮你们把号给挂上，你只用到点来看病就行了，谁晓得一号难求，这么紧俏啊。”

听到这番话，黄新娜赶紧转口，甜言蜜语道：“还是我姐疼我。没事儿，大不了咱们买号贩子的。丽丽姐，你和姐夫的挂号费我都出了啊。姐你现在就去找号贩子，就怕晚了，连号贩子手上的都卖光了。”

林丽见一个提着无纺布购物袋的年轻男人，从前面一路询问着什么走来，被问的人纷纷摇头。

“这里好像有个号贩子，我先挂了啊。”林丽说。

果然，那个年轻男人一路走，一路压低嗓门问着：“有没有要号的？挂不上不要钱，挂上了再给钱。”林丽向他招招手，那个男人快步趋向前来，低声问：“要号吗？”

“多少钱？”

“三百块，挂不上不要钱，挂上了再给钱。”

“这么贵啊！便宜点。”

“不贵了，姐！我昨晚上八点就来了！现在管得严，一人最多只能挂两个号，我也就赚个辛苦钱。”票贩子诉苦道。

“一晚上挣六百，这生意真不坏赖啊！你手上有几个号？”

“有两个，一个上午的，一个下午的。”

“我出二百一张，两个都要了。”

“二百八十，真的不能再低了。”票贩子也降了点。

“二百五十。”林丽也涨了点。

“姐，二百五十太难听了，您加点吧。”

“二百五十一。”

号贩子哭笑不得，说：“这样吧，姐，我也不跟你多要。这号虽然是个男医生的，但是水平很高，态度特别好，好多人都专门挂他的号呢，二百六您拿走，以后你多照顾点我的生意。”

“成交。”

号贩子把两张保安给的挂号条给了林丽，七点半，林丽顺利挂上了号，想到黄新娜还没起床，就给她选了下午的。

“叮叮叮叮”，清晨微光中，手机上的闹铃清脆地响了起来。唐颖摸索着关掉闹钟，把脑袋蒙在毛巾被下，又继续睡了十多分钟才起床。她摇摇晃晃地走到卫生间洗了把脸，仔细涂上防晒霜，又用棕色眼影粉在脸颊上、眼睛下面涂了几块形状不规则的暗斑，用眉笔在额头和脸颊上胡乱杵了几颗小痣。看看时间已经不早了，她叹了口气，从衣柜里取出用旧衣服和棉花自制的“大肚腩”棉花包。

今天又是一个要命的大晴天，这么热的天，戴这个实在是有点受罪。

唐颖咬着牙，敬业地把“大肚腩”绑在身上，又在外面套上宽大的T恤衫，体恤一上身，立马变得紧绷绷的。她对着镜子调整下“大肚腩”的位置，抓起书包出了门。还没走到车站，远远就看见来了一辆公交车，她迈开长腿，加快脚步，总算赶着挤上了车。

刷完公交卡，唐颖挺着肚子往车厢里面走，周围的男男女女们纷纷自动闪开，好像她怀揣着随时会爆的炸弹似的。售票员是个四十多岁的中年女人，看到唐颖的大肚子，抓起扩音器的话筒说：“哪位乘客，给孕妇让个座？”

一个小伙子站起来招呼道：“你到这儿坐吧。”

唐颖笑着谢了他，挺着肚子坐了下来。售票员看唐颖坐下，松了口气，说：“下回赶不上车，别使劲跑了，赶不上这趟就赶下一趟呗，孩子要紧！”

唐颖笑道：“没事儿。”

“你小姑娘家，不晓得厉害，到时候哭都来不及！”

唐颖摸摸肚子说：“它结实着呢。”

“年轻人，要听过来人的话，还是小心点的好。现在的小孩都金贵，好多人怀孕连班都不上，上班也是打车，你坐公共汽车，还不得当心点！”

唐颖心里有些好笑，还有些感动，嘴上一迭声答应道：“好，好，下次不跑了。”

每天早上的八点，生殖中心护士台前都挤满了领取血液HCG[1]检查结果的病人。领到检测结果的人是几家欢喜几家愁，有人中彩般兴高采烈，小心翼翼地护着肚子而去，而绝大多数人拿到检查结果都面如土色，还总有受不了打击当场飚眼泪的。

唐颖一路狂奔，总算赶上了发验血结果。周围有不少病人看着她的肚子，眼睛都绿了，各种羡慕嫉妒恨，她趁机打着病友的名义，跟几个没怀上的女人互换了手机号和微信号。

江晖上午有门诊，他从楼上办公室下来，在乱哄哄的人群里一眼就看到了小脸女郎，她双手扶腰，突出的肚子相当打眼，跟一个身穿桃红衬衫、衣领保守地扣到下巴的农村女人正起劲套磁呢。只见如果不是上星期在整形科门口亲眼看见过她勒着宽皮带的小蛮腰，江晖可能还会傻乎乎地为又有一个病人成功造人而高兴呢。

唐颖丝毫没有察觉到江晖目光的追随，只是使劲儿忽悠农村女人去莱茵河医院。

江晖回到空无一人的办公室，关上房门，坐在椅子上愣了一会儿神，慢慢地把手伸向桌上的白色座机，拨通了保卫科的电话……

保卫科长刘建民接到电话，亢奋得跟打了鸡血似的，他在办公室地转了几圈，挑了几个保安跟着，以最快的速度来到了生殖中心。

“该死的医托，华弘的就医环境都让他们给搅坏了，今天非抓个现行不可！”

江晖已经等在小花园里，见匆匆赶来的保卫科长，上前低声道：“进门右拐，有个假装怀孕的，白T恤，个子挺高，长头发的就是。”

有号在手的林丽安心地坐在长椅上等候，看着大夫急匆匆出去又急匆匆地回来。

1　所谓HCG，是血清人类绒毛膜促性腺激素的简称，在怀孕早期作为检测是否怀孕的依据。

谁没有个内急的时候呢？

江晖回到诊室，护士就出来开始叫号了。林丽的号靠前，第一拨进了诊室，前面两个病人都是复诊，挨个儿做了B超，男大夫给开了药。在全是莺莺燕燕的生殖中心，有个男医生看病总是显得有些古怪。林丽见那医生虽然只是个五块钱的普通号大夫，但说话做事干练，长相也不是毛头小伙子的模样，略微放心。很快就轮到她了。

林丽上前，坐到大夫桌子侧面的的小圆凳上。

江晖说："说说你的情况。"

"结婚三年，一直想要小孩子，到现在也没怀上。"林丽简短地说。

"今年33岁。原来怀过没有？"

"没有。"

江晖低头在病历上写下：原发不孕。

他从抽屉里拿出一张表，说："我需要先了解一下你的基本情况。"他边问边写，从林丽的出生日期、结婚日期、工作性质、丈夫姓名，到身高体重、月经初潮时间和每个月的周期、妇科病史，一应俱全。填完表，他把笔递给林丽，说："在右下角签个字。"

林丽依言写下自己的名字，问道："大夫，我怀不上的原因是什么？"

江晖一声叹息，不孕的原因各不相同，从来没有怀过孕的病人和怀上过打了胎的女人相比，心情更焦灼。对第一次来就诊的病人，尤其是那些从来都没怀上过的原发不孕患者，他一般都会多花点时间，把问题和治疗过程说得详细些。一来病人解了情况，就不会每次见医生都跟好奇宝宝一样，什么事情都问个不停，二来病人才会配合治疗，对成功率也有一个正确的把握。不孕症治疗费时、费事、费钱，还费感情，先把丑话说在前头，是减少医患纠纷的最好途径，没有之一。

江晖清了清嗓子，开始科普："要怀孕，首先需要卵巢产生卵子，卵子在卵巢发育成熟后，由卵巢排出到腹腔，这个过程叫作排卵，排卵后十二到二十四小时内卵子能受精，过了这个时间卵子就退化了。精子进入输卵管，和卵子相遇完成受精，受精卵靠输卵管壁的蠕动和内表面黏膜上的纤毛摆动，像保龄球一样一边滚动到子宫，一边分裂，一个变两个，两个变四个，四个变八个。

“排卵后遗留在卵巢里面的卵泡壁变成黄体，黄体能分泌大量雌激素和孕激素，子宫内膜在这两种激素的刺激下，为受精卵的植入做好准备。受精三天后，分裂了的受精卵，这个时候叫胚泡，到达子宫继续分裂增生。到六天左右，胚泡在子宫内膜上溶解出一个小洞洞，钻到内膜里面，这就是着床。这个时候整个怀孕的过程才完成。”

林丽听得饶有兴味，说：“这么复杂啊！”

江晖从抽屉里拿出一沓单子，边填写边说：“在这个过程中，任何一个环节出了问题，都不可能成功。所以现在我无法回答你怀不上的原因是什么，需要逐项检查，查出原因，对症治疗。”

“要检查什么项目呢？”

“首先是妇科常规检查，看看生殖系统发育得正常不，有没有宫颈糜烂、炎症啥的；要查生殖内分泌情况，看看各种激素情况；有的人还需要查生殖免疫情况，比如抗精子抗体、抗子宫内膜抗体、抗卵巢抗体、抗人绒毛膜促性腺激素抗体，等等，如果有抗体，也会影响怀孕；要检查卵巢排卵情况，同时检查是否有卵巢囊肿及子宫肌瘤；要检查输卵管，包看看输卵管是不是通畅。你丈夫也需要做检查。”

林丽听得头都大了。

“这些都是最基本的常规检查。看病人情况，有时候还需要做染色体检查、子宫内膜活检。”江晖又补充道。

林丽弱弱地问：“大夫，做完这些检查要多久啊？”

“最短一个月，长的要四五个月。”

江晖把一沓打印好的检查单递给林丽，说：“激素检查要月经的第二天或者第三天来做，检查单上都标出来了。你先去交费，再约下次的B超检查。”

林丽翻看手里的一沓血液检查单，上面全是英文字母，完全不懂，便问：“江大夫，这都查的是什么啊。”

江晖拿起下一个病人的病历，说快速回答：“血常规、血型、梅毒、艾滋病、卵泡刺激素FSH、黄体生成素LH、雌二醇E2、泌乳素PRL、促甲状腺素TSH、睾酮T和孕酮P。下一位，张苹！”

听完他单口相声般说出这段天书，林丽知道再问下去也问不出个所以然来，乖乖站起来，拿着单子准备去缴费。

她屁股刚离开座位，后面的患者就迫不及待地坐下了，还顺势推了她一把。诊室里挤着几个病人，再加大夫和护士，一共七八个人，但也不至于挤到要把前面的人推走才能坐下来看病啊。林丽不满地扭脸看身后的人，一看之下，便觉心里释然：推自己的是个六十来岁的老太太，身着保洁的工作服，依稀记得刚才还在厕所看见她打扫卫生，估计是给家里人咨询事情的，林丽心想。

“这次几项激素基本合格了，就开始进周期吧？再等下去，年纪越大，怕越来越不好。”江晖翻看老太太的激素检查结果说。

“大夫，这回可以多加剂量吗？不然卵泡长不起来。”老太太问道。

“唔，可以比上个周期多一半，也不能无限制的加，不然可能会有其他副作用。”

林丽悄悄问旁边的病人：“怎么，还能帮别人拿药啊？”

“那肯定不行，华弘医院是国有的，管得特严。这个清洁工大妈都做了好几回试管婴儿了，都没成。”

“啊？她自己做？”

“对啊，说是儿子都上大学了，结果突然心脏病没了。然后老两口到北城来，非要做试管再生一个，据说她都绝经了的！不知怎么做了医院的保洁，还专门负责生殖中心，就是为了图个看病方便，她还真挺有毅力的。”

听了这话，林丽惊得下巴都快掉下来了，不由得多看了几眼老太太——也就是一头发花白的普通老太太。

收费口的人很多，林丽耐心排在队伍最后。排在前面的两个女人似乎是病友，其中一个问：“这次你打几瓶果纳芬？”

“三瓶，你呢？

“我卵泡不怎么长，今天大夫又加了一支，一支三百多，一天就是一千多，现在我知道啥叫花钱如流水了。”

“为了要小孩，没办法，再多也得花啊。”

“唉，能要得上，花着也不心疼，就怕全打水漂了。”

林丽在不禁偷偷咂舌，早听说做人工助孕烧钱，没想到光是药就这么死贵。

小花园里，刘建民送走江大夫，甩个眼色，示意保安们保持队形，跟在自己后面。高个子保安面色凝重地点点头，戴上早准备好的墨镜，把黄绿色制服的领子竖起来挡住脸，蹑手蹑脚地跟在后面。刘建民见他这副模样，哭笑不得。

他以为自己是谁？007 哪？就他那欲盖弥彰的墨镜、打眼的保安服，医托只怕二十米外就能看到他了。

刘建民笑骂道："你！把墨镜摘了！你们把保安服都给我脱了。"

两个小保安麻利地脱下黄绿色的外套，露出里面的背心。高个儿保安死活不肯脱，扭捏道："我里面没穿衣服呢。"

"那你在外面等着，"刘建民示意穿背心的两个保安，"你们两个跟我来！"

唐颖盯上了一个坐在专家诊室门口的农村女人，她皮肤黝黑，满脸皱纹，看上去老实本分。她正是唐颖喜欢的类型——刚到大城市，情况都还没有摸清楚，好骗。

唐颖走过去，站在她旁边，并不言语。她知道农村女人的视线一直在自己肚子上打转，然后她假装捕捉到农村女的目光，友好地笑道："今天的号好像特别难挂啊。"

农村女人点点头，咧嘴一笑说："俺昨天半夜两点就来了，挂到 16 号。"

唐颖吊起眉毛做个鬼脸，说："现在连男大夫的号都要抢了！听说以前江大夫的号最好挂的。"

"男、男大夫？江、江大夫是男的？"农村女人结结巴巴地问。

"是呀，你不知道？"

"俺不知道。"要是被男人知道，让另外一个男人堂而皇之地又看又摸私处……农村女打了个冷战，"俺要去换个号！"她坐不住了。

"哎哟，现在你上哪儿去换号啊？都挂完啦！外面号贩子一个号得好几百块呢！"

农村女人拿着挂号的小条，不知如何是好了。

"其实不一定非得在这里看病啊，这边挂号费又贵，人又多。你想啊。每个医生一天得看那么多病人，能仔细么。有时候连病人的话都还没有听完就开药了。"

"都说华弘医院是最好的啊。"

“是，华弘是做试管婴儿最早的，那都是十几年前的事了，现在可算不上最好啰。”

“那你为啥还在这儿做呢？还怀上了。”农村女人再次瞄向她的肚子。

“我不是在这里做的，这儿离家近，我就是在这儿打保胎针，连药都不在这儿拿。”

“你在哪儿做的啊？”

唐颖警觉地左瞄右看一番，凑近她耳语道：“我就跟你一个人说，你不要告诉别人哦。我去的医院成功率太高了，他们怕竞争对手打击报复。”

农村女人低声道：“俺指定保密。是啥医院？有多高成功率？”

“这个医院叫莱茵河医院，最好专家挂号费只要14块，成功率不说多了，最少八成，五个里面至少成功四个！”

“真的有八成？”农村女人不太相信地大声反问。

“嘘！小声点！我这肚子不会骗人吧。开始我也不信，才去了一次就怀上了。八成还真不算高的，那是保底！我们一起做的十几个人，只有一个没有怀上。你算算，其实都九成多了。”

农村女人有点儿动心了，问：“远不远？”

“不远，一趟公交车就到了。正好我这儿有张地图。”

唐颖从大书包里掏出张复印的全市地图，地图的西北角画着个大五角星，旁边标着“莱茵河医院”几个字，下面写着坐多少路公交车到哪站下。

“要不是今天我得打针，我就带你们去了。那边的人不多，随时都可以挂上专家号，专家还都是女的。”

农村女人小心翼翼地收起那张纸，宝贝地放进人造革包，说：“今天幸好遇到你了，不然就浪费一天时间了，我们从外地过来，住一天旅馆得好几十块钱呢！”

“可不是嘛，在这不光浪费时间，还浪费钱呢。姐，咱们有缘分，我也就今天在这儿打针，下回就不来了。你们去莱茵河，就说是姓肖的女病人介绍来的，他们都知道的。您赶紧把号退了，去那边吧，今天上午正好有个著名大夫坐诊，您快去还能赶得上。”

唐颖手扶肚子，目送农村女人和老公去挂号处退号，正好瞥见门外一个保安探头探脑地往里看。看到保安，唐颖心里有一丝不祥的预感，心想不管他是不是冲自己来的，都先避避风头再说。她迅速抓起手袋，朝就诊区女厕所走去，就诊区禁止男士入内，是拦住保安的天然屏障。

在厕所待了十多分钟后，唐颖诡诡才然出来。她没有急着离开，而是站在就诊区走廊里，不动声色地左右观察。一身绿皮的保安不见了，也没有看见其他保卫科的人，在华弘医院拉了这么多笔业务，不少保安的她都认识。

警报解除！

她犹豫了一下，决定从楼西边的小门出去。西边小门在候诊区的反方向，病人一般不走这个门。来来往往穿行的都是医生和护士。

西小门是两扇下半截漆成黄色，上半截是玻璃的弹簧门。唐颖对靠在门上抽烟的中年男人说："借过，请让一下。"

那中年男子没听见似的，没有任何反应。

唐颖提高声音，还是有礼貌地说："麻烦，让一下。"

那个中年男人非但没有让开，反而抬起头，肆无忌惮地上下打量她。

唐颖不耐烦了，提高声音说："请你让开好吗，我要出去。"

"你的病看完了吗？"

什么跟什么啊？神经病。

唐颖翻个白眼，没答话。

"你别拿眼睛翻我。"那男人把手里的烟头一弹，烟头在空中划过一条弧线，掉进了不锈钢垃圾筒，"如果没别的事，就跟我到保卫科走一趟吧！"

坏了！

唐颖迅速转身，打算原路返回，却撞在了另外一个人身上。那人身上穿着绿油油的保安服，大墨镜推在头顶，正咧嘴得意地笑呢。

"你让去我就得去啊？你们就是这么为病人服务的吗？！"唐颖一把推开小保安，说，"再说了，我知道你是谁啊！"

"我是医院保卫科科长，这是我的工作证。"刘建民站直身体，从兜里掏出个小蓝本朝唐颖一晃，"你说你是病人，那请出示你的病历。"

"你有什么权力查我的病历啊？"唐颖不耐烦地说，想拔腿开溜，却被一只脏兮兮的大手抓住了。

"你们想干吗？！"她恼怒地说。

“我建议你自己乖乖跟我们去保卫科。当然，如果你走不动，我们也可以拖你去。一个拖不动，我还可以多叫几个人过来抬你过去。”

唐颖脑袋转得飞快：跟他们在这里闹起来，以后华弘的生意就别想再做了。谅他们也不敢拿自己怎么样。

“放手。”她厌恶地抖掉那只黑手，“我自己走。”

待唐颖小心翼翼坐下，刘建民说：“说吧，你怎么把那对农村夫妇骗到莱茵河医院的？”

唐颖闻言一惊，他们怎么知道莱茵河医院？淡定！淡定！她垂下眼帘，双手轻轻盖在肚子上。

“我不懂你在说什么。”

“莱茵河！”刘建民说，“被你忽悠的那对夫妻已经说了。”

“哦，这个啊？”唐颖看着自己的肚子，轻描淡写地说，“我只是说那边的号比较好挂，医生也都是女的。”

她轻言细语地问：“怎么？这也犯法？”

她有恃无恐的态度激怒了刘建民，他吼道：“你还告诉他们，你也是在莱茵河怀上小孩的吧？”

唐颖抬起无辜的大眼睛，看了他一眼。到底保卫科掌握多少材料？那对夫妇到底说了些什么？他们是不是已经知道被自己忽悠了呢？无数的念头在大脑盘旋。她咬着嘴唇：“是啊，那又怎么样呢？病人之间交流有错吗？”

刘建民被这句话噎得喘不过气来，更让他憋气的是，那对农村夫妇死活不愿意跟自己到保卫科，还生怕耽误了去莱茵河医院的时间。

“你真的是病人吗？请你拿出病历来。”

“我今天没挂上号，也没买病历。”

难堪的沉默。

“你们问完了吗？我可以走了吧！我觉得肚子有点不舒服。”唐颖轻言细语地说。

唐颖脸色平静得不得了，好像每天都有保卫科的人请她一起聊天似的，一丁点儿都看不出来有什么不舒服的。

“问完了。对不起，我们可能误会了。”刘建民温和地道歉，“请问您贵姓？”

“我姓唐。”

“唐小姐，”刘建民去饮水机接了杯水，“您不舒服可以先休息一下，来，喝杯水吧。”

唐颖松了口气，这个新来的保卫科长还不错。她不怕讲道理，反正他们没证据，不能拿自己怎么样。就怕他们不讲道理，一上来就用强，那还真的招架不住。她伸手去接水杯，说：“谢谢。”

她的手指还没碰到杯子，刘建民的手却突然一松，唐颖眼睁睁看着那杯水掉在自己突起的肚子上。

她发出一声尖叫。

湿透的白 T 恤成了全透明，她粉红色的胸罩原形毕露，藕荷色的假肚子和周围皮肤的颜色明显不一样，固定肚腩包的粉红色的系带也凸显了出来，“肚腩”的棉花迅速地把水吸干，变得异常沉重。

“哎呀对不起，唐小姐，我失手了。”刘建民盯着她的肚子，“你肚子的颜色好奇怪啊。”

几个小保安在旁边，更是眼光咸湿地盯着她的胸部。

唐颖被这突如其来、从天而降的凉水浇得浑身湿透，她颤抖着，惊慌地双手抱胸，咬牙努力不让自己哭出来。

刘建民冷冷道：“你是想自己说呢，还是想让我们直接报警呢？唐小姐！”

“我真的什么都没做啊！”她话里带着哭音。

见衣服湿透的唐颖近乎赤裸，再看手下几个小兄弟狼一样地盯着她，刘建民想起医院走廊里人来人往，院领导也就在楼上，若是被其他人看到这个场面，似乎不妥。

“你！”他指着高个子保安说，“把外套脱了！”

“啊？”高个儿保安正不错眼珠地盯着唐颖，没回过神来。

“快点脱！”

刘建民抓起的油腻腻的保安服，扔给唐颖，说：“你先把衣服换了，换完我们再说。”

待刘建民和小保安们走出办公室，唐颖立即反锁死门，拉上窗帘。她呆呆地看着自己的双手，它们一直在抖，她把两只手交叉紧紧抱住自己的双肩。颤抖似乎会传染，双肩也开始抖，抖动的幅度越来越大，然后她听到“咯咯咯”的牙齿打架的声音。

盯着办公桌上的保安制服，黄绿黄绿，散发着异味，让她想起夏天去动物园看狼，隔着两三米就能闻到的骚味儿。她保持那个拥抱自己的姿势很久，才飞快脱掉湿T恤，一把扯下沉重的假肚子。她犹豫了一下，她脱掉胸罩，把水拧干，又迅速穿上。最后着咬牙，直接把臭烘烘的保安服套上了。

就在唐颖换衣服的当儿，刘建民兴奋地给派出所的老李打了个电话。

没等刘建民把情况汇报完，老李就打断了他的话：“那对受骗的夫妇能作证吗？能写证词吗？能准确说出被骗了多少钱吗？”

“这个，他们不怎么配合，好像也还没去莱茵河医院。”

“没证据，我们没法拘人。你就是明明抓到了医托，没有人证物证，就只能放人。”

“可是她伪装成孕妇，已经被我们识破了，这个她总赖不掉吧。”

老李笑起来：“老刘，有哪条法律规定，女人肚子上不能捆个棉花包？”

“那我们怎么办？只有把她放了？”刘建民万分不情愿。

“不但要放人，还得赶紧放。碰到个刁的，可以告你非法拘禁。年前别的医院抓住了医托，人家反过来打电话报警，说保卫科非法拘禁，扬言要告他们，搞不好医院还得吃官司。”

“啊，反过来告我们？还有王法吗？”

“要按正规渠道走的话，你就不能拘人，我们也不能抓人。”

刘建民听出了弦外之音：“那不按正规渠道呢？”

“你可以让她写保证书，可以把她暴露给上过当的病人，他们自然会收拾她。但是，这也就起个威慑作用，有脸皮厚的也不怕这套。”

“我有个好办法，”受李户籍警的提醒，刘建民兴奋地说，“我们把她的照片贴到大门口，提醒病人以后不要上当，对其他医托也起个威慑作用。”

“那可不行！你没证据，人家可以告你诽谤。”

“敌人还真狡猾！她一个小姑娘，我再吓唬吓唬看。”

老李笑起来："行！你新来，有事儿再给我打电话吧。"

唐颖打开办公室门，刘建民领着保安们走进办公室，他掂掂扔在办公桌上还在滴水的棉花包，说："你一个小姑娘家，干什么不好，非得当医托。大夏天肚子上绑个棉花袋，不热啊？就你这么敬业，一个月能挣不少吧，有五千吗？"

这老狐狸，来完硬的来软的。唐颖想。如果不假装配合他一下，不晓得他又会搞出什么幺蛾子来。好女不吃眼前亏！

"我才刚来两天啊。"唐颖红着眼睛说，怕他们录音，她不敢多说，模模糊糊地打起了太极。之所以眼泪汪汪的，还真不是装可怜，身上保安服的味道熏得她头晕，胸前一大片棕黑色性质可疑的污渍更是恶心死人。

刘建民看着唐颖，心想：你骗谁呢，从生殖中心成立，你就常在那儿蹲点。

"那个，我们姑且相信你是初犯。这样吧，你把身份证拿出来我们登个记，你写个保证书，就可以走了。"

"我没带身份证啊。"唐颖说，"不信，你翻我书包。"

"算了，相信你。"刘建民看她言之凿凿的样子，估计她确实没带，"那你写个保证书，就放你走。"

"保证什么啊？"唐颖问。不出所料，他们除了这招外，也不能把自己怎么样，应该是没抓着什么把柄。

"保证今后不在华弘医院从事非法医托活动。"

"我本来就没有啊！"唐颖看刘建民手上满满的一杯滚烫的开水，缩缩脖子，把接下来的话咽回了肚子里。

"好吧，我写给你。"她无奈地说。她慢吞吞地接过纸笔，趴在桌子上，一笔一画，用小孩子一样僵硬的姿势，根据刘建民口授写下：

保证书

我保证今后绝不违反国家及医院规定充当医托、票贩子，否则愿意听从处罚。

然后，她鬼画桃符般地涂了一团乱麻，权作自己的签名。

刘建民指着那团乱麻，极不满意地说："这签的什么名啊？你叫什么？不行，我得看看你的证件！"

他的目光落在唐颖的大书包上。

唐颖眼珠一转，现编的名字还没出口，办公桌上的电话就响了。

刘建民拿起话筒，唐颖隔得老远都能听见话筒里的喊声："头儿，快来，这边的病人和医生打起来了，我们扛不住了，他们人多，都见红了。"

"你，在这儿等着！你们，跟我来！"刘建民带着几个小保安冲出了办公室，在她反应过来之前，"砰"的一声关上了门，并把门给反锁上了。

唐颖张口结舌地面对瞬间空无一人的办公室，半晌才想起来去拉门把手，却发现门被锁的死死的，从里面根本就打不开。她使劲踢门，喊道："喂，开门！你这是非法拘禁。开门！开门！"

门外鸦雀无声，没人搭理她。

她穿着臭烘烘的衣服退回来，走到窗户边，公室在三楼，跳窗户逃走是行不通的。十分钟过去了，没有任何人回来。她翻遍了能打得开的抽屉，也没能找到门钥匙，只找到一张医院办公室联系表。

"喂，总机吗？你们保卫科把我锁在办公室了，他们的人什么时候回来啊？"

"有事请您直接联系保卫科。"

"那你给我保卫科长的手机吧。"

"这个，对不起，我不能告诉您他的私人电话。"

"那谁把我放出去啊！"

"对不起，我们也没办法，您只能等他们回来。"

"我要投诉你们！"

"对不起，我只是总机，不负责投诉的事情。"

"你！我找你们院长！"

"您完全有自由找任何人。不过我可以告诉您，院长现在也不在办公室。"

唐颖气哼哼地挂上电话。

“哼，我就不信这么大个医院，会没人管！”她照着通讯录，打了院长的电话、打了书记电话，打了三个副院长电话，居然没一个人在办公室……

“哼，我就不信能把我一直关在这儿！”她又开始翻箱倒柜。

江晖打开保卫科办公室的门，见唐颖穿着油腻腻的保安服，怒气冲天地瞪着自己的时候，有点憋不住想笑出声来。看见江晖满眼的笑意，她更是气得脸都红了。他脑海里突然名莫名其妙地冒出一句话：“红花还需绿叶配。”那件质地粗糙的保安服，并没有掩盖住她纤细的身材。

唐颖正翻箱倒柜找钥匙，被突然打开办公室门的江晖惊到了，一时间不知该如何应付。他们俩大眼瞪小眼对视了足足十秒钟，唐颖还没来得及说一句话，那个妇产科“流氓”男医生“砰”的一声关上门走掉了。她扑过去，发现自己又晚了一步，该死的房门又被反锁了。

唐颖欲哭无泪。这是什么意思嘛！想起那“流氓”医生眼里隐藏不住的讪笑，他开门就为了来看笑话吗？这人心理变态得不轻！一个男人得色狼到什么程度，才会去做妇科医生？想起他笑嘻嘻上下打量自己的眼光，她恨不得把他眼珠子给抠出来！

今天真是流年不利啊，不知道冒犯了哪路神仙，这样倒霉。唐颖正在自怨自艾，门口又是一阵钥匙响。这次，她以迅雷不及掩耳之势打开了门。

“唐小姐？”他的声音出人意料地浑厚。

“哼。”鼻孔出的声气算是回答。

“我是妇产科的医生。保卫科长因为在派出所处理一些事情，暂时回不来，他让我来给你开门。”他彬彬有礼地说。

“那为啥刚才你进来又走了？”唐颖没好气地说。

他笑着瞟一眼她身上绿油油的保安服，说：“我拿了件干净白大褂给你。”他把味道清新的白大褂放在桌上，“我在外面，你换好衣服叫我。”

换上白大褂，唐颖的脸色终于恢复了正常。

“把保证书留下，你就可以回家了。”

唐颖把故意写得歪歪扭扭的保证书递给江晖，见他目光落在乱麻般的签名上，心里一紧，生怕他节外生枝。他看了一会儿，并未为难她，说："好，衣服是借给你的，记得还给我。"

见这男医生居然放了自己一马，唐颖连声答应："哎！你放心吧，就这么着！我先走了啊。"她挥挥手，迫不及待地逃离了办公室。

第七章
尴尬偶遇

为生娃，林丽做好了长期跑医院的准备。按照上次医生的交代，她第二次又约着黄新娜一起挂号，顺便把闻天鸣和孙晓伦也拉来了，几个人在生殖中心熙熙攘攘的挂号大厅会合。

“人还真不少啊。”看着蜿蜒崎岖的人龙，孙晓伦感慨道。

“华弘可是全国头牌，人不多才怪。”黄新娜说

“现在你们晓得为啥我上次六点钟来都没挂上号了吧！”林丽说，往前走了一步，紧挨队伍前面的人。

“对啊，上回是丽丽姐一个人来排的队，这回该你们两个大男人出点力了。”黄新娜对林丽使了个眼色，林丽心领神会，两个女人把手上的挂号卡往各自老公手里一塞，黄新娜说：“挂完号给我们打电话啊。”

男人们无奈地相视一笑，只得接着排队。见两个女人亲热地挽着手走开，孙晓伦竖起T恤的领子，从前衣襟取下墨镜戴上，又从包里摸出一顶圆顶毡帽，戴在了头上。见他把自己包裹得这么严实，就跟旧社会跟踪地下党的特务似的，闻天鸣知道他怕被熟人认出来，不禁微微一笑，也竖起衣领，戴上了墨镜和棒球帽。孙晓伦心照不宣地笑起来，说：“闻大哥，你也去休息一下吧，我一个人在这儿排着就行了。”

闻天鸣和孙晓伦只在婚礼上见过一面，从林丽口里听说过他和黄新娜的故事，知道他算得上富一点五代，现在看他没有一点儿架子，还主动提出替自己排队，心里不禁生出几分好感。

“没关系，我也没啥事儿。你和娜娜还年轻，怎么这么急着生孩子呢？”

“我其实无所谓，我爸妈有点着急，尤其是我妈，天天在家闲着没事儿，就想拿个小孩儿当活玩具玩儿。娜娜也挺喜欢小孩子的，想趁年轻早点生，身体还能恢复得快点。您和丽丽姐也不算大，其实也不用急啊。”

闻天鸣虽然打心眼里着急要小孩，表面上自然也得表示一下自己无所谓的态度，说：“我们男人好办，早生晚生问题都不大，你丽丽姐着急，怕年纪大了更不好生了。”

“哦，倒也是。”

闲话间，挂号窗口开了，两人很快挂完号，打电话把女人们叫了过来。闻天鸣从蓝色反光墨镜后面瞅着林丽，问：“你还认得出我吗？”

“哪儿来的特务啊？认不出来，认不出了！”林丽笑道，她把病历本塞到闻天鸣手上，“男科分诊台在那边，你们赶紧把病历拿去排队，快去吧！”

四个人兵分两路，各自去了男女科的分诊台。男科病人其实也不少，分诊台的操作流程完全电子化了。

护士刷了闻天鸣的就诊卡，瞟了一眼屏幕，说：“是第一次来吗？”

“对。”

“以前做过精液检查没有？”护士问。

“没做过。”

护士直接打印了张检查单，递给闻天鸣，说：“先做个精液检查，一会儿把检查结果直接给大夫看。”

孙晓伦在一边递过自己的就诊卡，说：“我也是第一次。”

林丽和黄新娜在候诊区好不容易刚找到到空座位，就见两个男人从男科诊区出来，向她们招手。林丽见两个男人手上都拿着检查单，马上明白他们要做什么检查。

“让你们查那个了？”她问。

“是啊。”孙晓伦说，“闻大哥，要不我们别在医院取吧，旁边找个酒店，开两个房间，医院人太多了，条件也不好，没法儿酝酿情绪。”

闻天鸣想着就这点儿事还要去酒店开房有点小题大做了，便说：“没事儿吧，大家不都是在这儿取的嘛。”

孙晓伦面露尴尬，说：“我不行，在人多的地方会有心理障碍。”

黄新娜假装没看见林丽冲自己挤眉弄眼，说：“丽丽姐，那要不这样，你们在这儿取，我们去外面，一会儿再会合吧。”

看着他们俩远去的背影，林丽笑了：“人多的地方有心理障碍，那打野战怎么办啊。”扭头看见闻天鸣手上的化验单，又不放心地叮嘱道：“一会儿记着把手洗干净，当心细菌。”

“要我洗手，为什么啊？”闻天鸣诧异地问。

“不洗手，怎么保证没细菌啊？！”林丽说，他居然问这种问题，这家伙聪明外表下难道隐藏着的一个白痴？

“为啥要‘我’洗手啊？”闻天鸣特意在“我”字上加重了语气。

林丽呆了一下：“什么为什么？”她瞪着他问。

闻天鸣眼睛盯着地面，张张嘴没吐出一个字，又把嘴巴闭紧了。

“不要这么欲言又止，你想说啥嘛？”

闻天鸣用手想挠挠自己板寸短发，结果只挠到了棒球帽，他摸摸下巴，再抠抠后脖子，才期期艾艾地开口：“难道……没有个漂亮的女护士帮忙吗？”

林丽直直地瞪着闻天鸣，表情复杂，眼珠子都快掉出来了。突然，她狂笑起来，笑得前仰后合，笑得花枝乱颤，笑得憋红了脸，笑得喘不过气来，好不容易才停下来，刚说了“你，你……”，还没说出第三个字，就又忍俊不禁地捧腹大笑起来，直笑得引不少路人侧目。闻天鸣只得也尴尬赔笑。

林丽终于止住了狂笑，捏捏老公胳膊说：“你 SM 片子看多了吧？！取精室在楼上，我就不陪你去了。”

闻天鸣目送她往女病人诊室走去，双肩还不时耸动。

有那么好笑吗？

安排取精的护士长得挺漂亮，大眼睛扑闪扑闪的，可惜戴着口罩，看不见表情。她递给闻天鸣一只有盖塑料杯，说：“取精前要先排尿，洗干净手，拿这个先冲洗下身”。她又递给闻天鸣两瓶盐水：“不要洒在杯子外面，采完后一小时内交到我这里。”

闻天鸣在二楼转悠了一圈，都没找到挂着“取精室”的房间，倒是有两个哥们儿拿着和自己一样的杯子和盐水瓶，坐在长椅上等待，旁边的房门上用蓝字写着“男科特检室”。

“这儿是取精室吧？”

“对，就是这儿。”

闻天鸣默默地挨着他们坐下来，旁边个子瘦小的男人说：“等着吧，一共就两个房间，刚进去了一个。”

到华弘生殖中心做检查，闻天鸣最怕遇到熟人。现在坐在人来人往走廊的长椅上，左手拿着装那玩意儿的杯子，右手抱着两瓶生理盐水，他简直恨不得隐形。

偏偏旁边的瘦子哥儿们还是个话痨。

“这事儿急不得，谁愿意老占着房间不出来啊，你说是不？就这人来人往的地方，就这薄墙能隔音？”他敲敲身后的墙，单薄的墙体发出“噗噗”的响声，“取那个的时间，也不是想快就快得了的。”

闻天鸣深有同感，点了点头。

“原来生殖中心小楼还没修起来的时候，还不是都在厕所解决。现在比以前进步多了，多等一会儿，也不算啥。”

闻天鸣想，这就是中国国情，难怪林丽听自己说应该有漂亮女护士帮忙会欢乐成那个样子。

“兄弟，你也是要不上小孩吗？”瘦子问道，等得太无聊了，他有点没话找话。

“是啊，不然没事谁上这里来玩儿啊。”闻天鸣假装埋头看手机，敷衍着回答道，他可没打算在这里交个患难病友。

只听见男科特检室门响，有人从里面出来。

“哎哟，该我了！”瘦子自顾自地说，站起来进了取精室。

走廊上，又来了一个身着白衬衫黑裤子的男人，手拿塑料杯和生理盐水，东张西望地走过来。闻天鸣总觉得这人有点眼熟，一时想不起在哪儿见过，他从墨镜后面上下打量那个新来的瘦高个男人，努力回忆。等等，这不是石头镇吃了河豚那回，在医院的救命恩人的老公吗？叫何什么来着？时隔三年，他倒是显得更精神了。

按闻天鸣做销售平时见面三分熟的一贯风格，肯定是要上去热情打招呼的。可在这种排队等着“打手枪”的地方不期而遇，搞什么久别重逢叙旧的事情，实在有些尴尬，他犹豫了一下，看看手里的塑料小杯子和生理盐水，决定假装不认识。

何元盛踱到稍远的地方，在椅子上坐了下来。终于，排在闻天鸣前面的瘦男人端着装着白色液体的塑料杯出来，得意地朝闻天鸣一笑，说：“哥们儿，咱动作快吧！”

闻天鸣不知道是该夸奖他动作快还是该同情他动作快，含含糊糊地“嗯”了一声，走进取精室。这也就是个六七平方米的小房间，空气中弥漫着难以言表的腥味，进门左手边放着一个立式陶瓷洗手盆，门对面的窗子挂着粉红色窗帘，窗前的桌上摆了两本色情杂志，已经被翻得很陈旧了，桌子旁边有只折叠两用沙发，沙发上铺了条皱皱巴巴的大毛巾，上面污斑的颜色十分可疑。

闻天鸣把塑料杯放到桌上，打开窗户，新鲜空气伴随着嘈杂的汽车喇叭声和小贩叫卖声涌了进来。他翻了翻杂志，定格在有丰乳肥臀白种女人的一页，杂志上的女人扭着身体，乳头在薄纱下若隐若现，粉红丁字裤勾勒出了丰满的臀部曲线。

闻天鸣洗干净双手，用生理盐水仔细冲洗了下体，然后坐到沙发上，打开塑料杯盖子，仔细着避免裸露的皮肤接触到脏兮兮的毛巾，手部开始动作。

他想起很久以前，山哥带着去看过一次种猪取精，从半岁起种猪就开始训练爬假母猪背，每天至少十分钟，等爬跨上去以后，采精人用手帮着取精，最后让种猪形成条件反射。那天，从来没接触过真正母猪的种猪，爬上假母猪背，没过多久就泄了。现在的自己其实还不如那只种猪，至少它还有个假母猪背可以爬，再不济也有个人帮忙，而取精室里，除了杂志上的内衣模特照片，连个充气娃娃都没有。

闻天鸣甩甩头，努力排除和种猪比较待遇的杂念，专心看眼前的杂志，好不容易渐入佳境，就听见外面走廊上一个粗嗓门嚷嚷道：“都等半小时啦，里面的哥们动作也太慢了。”

房门隔音很差，那声音就像在身边响起，他好不容易调动起来的情绪一下子又被这声音搅散了。时间已经过去了二十五分钟，得加快进度了。他关上窗户，把嘈杂的声音隔绝在外，重新翻一页杂志，再次洗了手，他努力沉浸到自己的冥想世界里面，压抑着粗重的呼吸，终于把塑料杯的底层给盖满了。

他颇有成就感地小心翼翼端起杯子，轻松打开房门，差点迎头撞上站在门口的何元盛。两人面对面大眼瞪小眼，都呆住了。糟了，闻天鸣想，着急出来忘戴墨镜了，此时已经无处躲藏，只好硬着头皮打招呼道：“咦，小何？”

何元盛没料到会在这儿碰到熟人，愣愣地看着这个戴眼镜的男人，搜肠刮肚地使劲想他的名字。就这样，两个手端取精杯的男人对视良久。

“还真的是你啊？！”闻天鸣见他蒙圈的模样，心里直后悔，不叫他就好了，反正他也想不起自己是谁。但是事已至此，没法再躲了，只有硬着头皮说：“闻天鸣。想不起来啦？你和你媳妇可是我的救命恩人啊！”

何元盛记起来了，就是那个吃河豚的家伙，上次见他脸色苍白有出气没进气的样子，还真和眼前这人联系不起来，他松了口气，还好不是村里熟人。

“你怎么到也这儿来了？”闻天鸣问。

“媳妇老怀不上，来瞧瞧到底啥问题。”能在这儿碰上，估摸着都是身体有毛病的，何元盛也不隐瞒，“你怎么也过来了？”

“跟你一样的啊。”

两人心照不宣地相视一笑。

“上回多亏你媳妇借钱，不然我这条命就交代了。”闻天鸣说，“你们来也不告诉我们一声，不管怎么说，今天在这儿碰上了就是缘分，晚上一起吃饭吧！。”

“闻大哥，你别这么客气。”

“没有跟你客气，你和小兰是谁？我的救命恩人啊！晚上一定得来！”

为看病，陈小兰把能省的每一分钱都省了下来，天天都吃面条，无肉不欢的何元盛早就馋得不行了，他稍微客气了一下，就答应了闻天鸣。

“你们现在住哪儿啊？”闻天鸣问道。

“这条街往东，有个叫星星大酒店的旅馆。”

闻天鸣今天刚路过那里，记得是个居民楼改的旅馆，都是住的外地来看病的。

“五点半，我们在酒店门口等你们。”

等精液化验结果的时候，闻天鸣趁机给林丽打电话，想问问她的检查结果怎么样，电话没人接，闲着无事，他好几次在女科门诊门口探头探脑往里看，都没看到她的身影。孙晓伦这家伙和黄新娜也一直没回来，拿到检查结果，又等到快到十一点半了，才叫到闻天鸣。

男科医生是个上了年纪的老大夫，鹤发童颜，气色红润，目光犀利，戴着一副无框小眼镜，整个看病的过程，他只管动嘴，旁边有一个三十多岁的助手做记录。看了精液化验结果，检查完闻天鸣私处，跟他说："从检查的情况看，你的各项指标正常，结婚三年都没怀上，可能是你爱人有问题。不过也有百分之十的不育夫妇，双方都没查出问题来。"

闻天鸣松了口气，打趣道："那多半就是八字不合。"

"医学上还有很多需要进一步探索的。这样，给你开点锌，增强下精子活力吧。"

闻天鸣取拿着药方出来，排队交完费取完药，抑制不住兴奋，给林丽打了个电话，这次她倒是接了。

"老婆，我的检查结果出来了，医生说没有什么问题，还给开了点药，增强咱们儿子的活力。"

"哦……可是我查出问题来了。"

"啊？什么问题？"

"我……我长瘤子了。"林丽在电话那头抽抽搭搭地哭起来。

"你在哪儿，我过去找你！"

"外面花坛。"

闻天鸣疾步穿过两边种满灌木的小路，来到小花园里。他看到林丽背朝自己，整个人缩成了一团，像是空气中有看不见的巨大重物压在她背上，她的双肩因抽泣而不停耸动。他放慢脚步，深吸一口气，缓缓走过去。

林丽双眼红肿，看到他，喊了声"老公"，就又泪如雨下。闻天鸣默默无言地揽住她的肩膀，心情很有些沉重。她哭了一阵儿，把头扎进他颈窝，无力地倚靠着他，举起手上的一张纸，抽泣说："我的子宫长瘤子了。"

闻天鸣接过那张纸仔细看，上面是B超图像，乱糟糟黑黑的一坨，也看不出个所以然，下面诊断结论写着：子宫肌瘤。

他长呼出一口气，心里石头落了地，几乎是有点高兴地说："我还怕是恶性肿瘤，结果是肌瘤啊，没事的。"

"什么没事啊？！"林丽抬起脸，头发蓬乱，可怜兮兮地看着他，"医生说就是因为这个才生不出宝宝的。你自己什么事儿都没有，当然轻松了！”

闻天鸣哑然失笑，原来她希望自己也查出点问题，这样两个人就平等了，谁也不会嫌弃谁。他安慰道：“没关系的，我们公司一大姐原来也有子宫肌瘤，动了手术，现在儿子都上大学了。”

“真的？”林丽半信半疑地问。

“真得不能再真了！”他保证道。

“你可不能骗人。”

“骗你是小狗。”闻天鸣指天发誓，伸手要帮她擦眼泪。

林丽却一反常态地闪身避开了，闻天鸣正诧异，只见她拉过身边一个干瘦矮小的女人，说：“看看这是谁？”

闻天鸣朝那个相貌平平、微笑却很温暖的女人点点头，说：“小兰你好，元盛有没有跟你说，今天晚上我们一起吃饭？”

黄新娜和孙晓伦告别林丽，也不敢走远，就在医院对面的快捷酒店开了间房。两人一起进了房间，黄新娜放下手袋，问：“晓伦，要我帮忙吗？”

一向脸皮厚、浑不吝的孙晓伦却有点不好意思地说：“不用了，老婆。在你面前那个，我总觉得有点怪怪的。”

“好吧，那，我到楼下大堂等你？”

“别，别，老婆，你在房间里面看电视吧，我去洗手间。把电视声音开大点。”

黄新娜马上就明白了他的用意，忍着笑说：“了解，你去吧。”她打开电视，调到MTV音乐电视台，荧幕上，三个韩国女孩正随着强劲的音乐节拍翩翩舞蹈。

孙晓伦关上洗手间门，把手上的生理盐水和塑料杯放到洗脸池边的狭窄玻璃架上，先用肥皂洗了手，才开始操作。黄新娜把电视的声音开得很大，走廊里有人拖着行李箱走过，行李箱轮子在铺着瓷砖的走廊上“轰隆隆”地响，门外有年轻男女大声说笑，服务员挨个房间敲门打扫房间……

孙晓伦的注意力怎么也集中不起来，越是着急越是不行，眼看着时间一点点溜走。

黄新娜看了很久电视，见孙晓伦还没出来，走到洗手间门口轻轻问：“老公，你好了吗？”

孙晓伦打开房门，垂头丧气地走了出来，说：“不行啊，我老跑神儿。”

黄新娜看一眼手机，都快十一点了，再晚怕是医生都下班了，她安慰说：“没事儿，老公，今天我就当个脱衣舞娘，让你免费欣赏下肚皮舞好了。”

电视里MTV的音乐声响起，黄新娜一颗一颗解掉自己上衣的口子，扭动着身体，脱下上衣，露出穿着黑色蕾丝文胸的丰满胸部。孙晓伦的眼睛亮了。她随着音乐，慢慢扭动腰肢，把衣服两条袖子系在了腰上，扭动着脱掉长裤，扯下发绳，一头秀发散开来，她瞬间变成了肚皮舞娘。随着音乐节奏加快，她的动作也越来越快，水蛇腰扭动，胯部左右大幅摇摆，胸口起伏，双眼放射出勾人的闪电。她的手指在孙晓伦胸口轻轻拂过，刺激得他的皮肤起了鸡皮疙瘩。她扭动的节奏越来越快……

孙晓伦终于成功取出了要检查的体液，两个人以最快的速度退房，冲到检验科，虽已是中午，好在检验科还有人在值班。黄新娜赶到门诊室，早已不见了林丽的踪影。见到她，护士柳眉倒竖埋怨道：“怎么现在才来？医生不是超人，我们也要吃午饭的，你下午再过来吧！”

她一吐舌头，说：“你们辛苦了，下午见。”

下午的人比上午稍微少了一点儿，江晖匆匆忙忙吃完午饭，赶到诊室，正好一点钟。他吩咐护士：“叫号吧。”

黄新娜排在第一个，她把复印的以前的病历交给了江晖，江晖一边翻看病历，一边摘抄，还一边说：“嗯，已经在别的医院检查过血激素了，B超也查过了，血常规、乙肝也查过了。这样，你做个输卵管碘油造影吧，我看看，周期正好合适，今天就可以做。”

孙晓伦依旧竖着衣领、戴着墨镜和圆顶帽坐在手术室外面的椅子上等黄新娜出来，看着眼前的分诊台和来来去去的护士医生，想起几年前，也是这么一个温暖的下午，大学还没毕业的他，也是坐在妇产科门口等黄新娜。

他记得那天阳光特别灿烂，光线从医院的窗户照进来，随着时间推移，爬过他的脚面，爬过一排排座椅，爬上了对面贴满招贴画的墙，他想着黄新娜肚子里的孩子，那一小团柔嫩的肉，永远也见不到这温暖的阳光了。他还记得那天黄新娜脸色苍白地从门里出来，发丝散乱在脸上，她双眼红肿，嘴角下撇，一看就是刚哭过。在那一刻，他的胸口涌起了对这个为自己受苦的女人最深切的疼惜，他走上前去拥着她，对她许下了一世的誓言："别难过，以后我们还会有孩子的。"

然后，黄新娜大学一毕业，两个人就结婚了。到现在几年过去了，他还没有实现这个诺言。

黄新娜在江大夫的安排下进了手术室，手术台还是那副鬼样子——和诊室里面做B超的床一模一样，只有床的上半截，下半截左右两边各有一只包着人造革的脚蹬子，人躺上去，自然会打开双腿，露出女人最隐秘的部位来。

护士进来在她身上搭了块绿色的布，然后在下面操作着，她什么也看不见，只觉得私处一阵冰凉，大概是在冲洗，然后护士用棉花球擦干了。生殖中心那个唯一的男医生，戴着口罩和一顶绿色的手术帽走了进来。对着男医生，黄新娜并没有觉得羞涩，一心在想那顶绿色的手术帽实在太雷人了。江大夫顶着绿帽子，显得十分泰然自若，他坐下来，开始检查。

黄新娜被绿布挡住了视线，什么也看不见，突然，一阵猛烈的疼痛，她"啊"的一声惨叫出来。

医生从底下抬起头来，说："疼吗？"

"疼！"

"坚持一下，马上就好。"

好像有人用一把钝刀在体内某个部位绞着，黄新娜咬紧牙关，全身大汗淋漓，颤抖地忍受着那说不出来的钝痛。

很快，男医生说："好了。"他迅速撤下各种器械，把注射用的塑料管好支撑用的架子"乒乒乓乓"往边上托盘上一扔，黄新娜眼尖，看见白色塑料管上有血迹。如果身体上的疼痛只是表面的，接下来医生的话，则把她打入了更为痛苦的地狱："黄新娜，输卵管两侧都不通，想要怀孕，只有做试管婴儿了。你回去把消炎药吃上，如果想好了做试管婴儿，过一个月再来。"

黄新娜被这晴天霹雳给直接打懵了，说："我以前都怀过的啊，怎么就不通了呢？！"

江晖叹口气，又碰到这样的病例了，他说：“造成输卵管不通可能有很多原因。流产后并发了感染，使得输卵管粘连而导致不孕的情况，也是常有的。”

黄新娜想着几年前流产后的高烧和腹疼，那是不是就是感染原因呢？当时仗着自己年轻，硬是扛了过去。她心不在焉地下了床，不记得自己是怎么穿上的衣服，也不记得自己是怎么出得手术室，只记得自己在孙晓伦怀里哭成了泪人……

何元盛从闻天鸣的车上下来，抬头看眼前的饭店。他从没见过这么豪华的饭店，在外面看着不过是一个黑石头房子，二层楼高的地方挂着个小牌子，写着饭店名字，一走进大门，他就被金碧辉煌的环境闪瞎了眼睛：油光水滑的大理石地板能当镜子使；无数射灯和水晶吊灯把光的瀑布从天花板上倾泻而下，照得人连影子都没有；正对门口摆着巨大的木雕清明上河图，上面的小人儿像是活的一样；更别说金晃晃的墙壁和罩着贵气的金黄绸布的桌子和椅子了。皇帝住的地方也不过如此。门边站着两个礼仪小姐，个子都跟自己差不多高，贴身的火红旗袍开叉到了大腿根，露出雪白细腻的大腿，她们声音婉转地问：“先生几位？”然后扭着腰肢在前面带路，留下一路香风。跟着礼仪小姐上到二楼，四人进了包间。这包间在何元盛和陈小兰看来，实在是比皇宫还豪华，陈小兰轻轻摸摸包着软布和海绵的墙啧啧：得比家里的床还软和咧。

闻天鸣坐了主座，林丽和何元盛分别坐他的两边，陈小兰坐在了对面。

摆在面前的一大堆餐具让陈小兰眼花缭乱了，光是盘子就有两个，带金边的大盘子放在下面，同样花纹颜色的小盘子放上面，不晓得两个盘子放在一起做什么用。喝水的杯子居然有三个：一个雪白的陶瓷杯，一个晶莹剔透的高脚杯，还有一个上下一般粗的玻璃杯。陈小兰从没见过这种阵势，拘谨地坐在黄绸子面的椅子上不敢动。何元盛却要大胆许多，拿起放筷子和勺子的金属筷子托在研究。

闻天鸣说：“我来点菜吧，元盛、小兰，你们有什么忌口的没？”

陈小兰已经学着林丽，把带暗花纹的餐巾铺到自己面前的桌子上，回答说：“我们什么都吃的，闻大哥您随便点一点就好了，少点些菜，这么高级的地方，指定不便宜。”

“请救命恩人吃饭，当然得上好饭店了！”闻天鸣笑着说，“老婆，你想吃什么？”

自打进了包间，林丽一直没有说话，只是死盯着面前的盘子想自己的心事。

“老婆，”闻天鸣碰碰她的肩问，“想吃点什么。”

“你随便，我没胃口，失陪一下。”她红着眼睛，忍住快要掉下来的眼泪，仓皇地抓起手袋走进包间的卫生间。

剩下的三个人面面相觑。

陈小兰沉重叹了口气，说道：“这事儿不怪丽丽姐难过，放在谁身上都不好受。”

联想到自己的问题，何元盛顿时也郁郁不乐起来，酒店带来的新奇感也瞬间没了。可怜同是天涯沦落人，尽管他和林丽一个是男人一个是女人，尽管跟生活的水平也差得老远，但是受到的打击却一样。何元盛现在特别能理解林丽心痛入骨、万箭穿心的感觉。

闻天鸣三心二意地点完菜，放下菜单，去敲洗手间的门。

林丽在里面闷声说：“谁？”

“老婆，是我，你让我进来。”

林丽打开条门缝，闻天鸣挤了进去。她的眼睛红得像桃子，不停地抽纸巾擦鼻涕。

“叫你跟我去跑步你不去，现在好了吧？”闻天鸣一屁股坐在马桶盖上说。

“什么？”林丽从悲痛中抬起头来，莫名其妙问。

长瘤子和跑步有什么关系？

“本来该长腿上的肉，现在长肚子里面了！”

林丽“扑哧”一下笑出来，用高跟鞋轻踢他的小腿：“去你的！”

看着林丽梨花带雨红着双眼又哭又笑的样子，闻天鸣觉得自己还是更喜欢精力过剩、斗志昂扬、胡搅蛮缠的林丽，逗她说：“有人是又哭又笑，黄狗飚尿！”

林丽又哭又笑地给他一脚：“去你的，狗嘴里吐不出象牙。”

他拉起她的手：“来吧，碰到啥事儿都不能饿着自己，我给你点了锅边鱼。”

鱼热腾腾地端上来了，闻天鸣给众人布了一圈儿菜，最后把鱼头放到林丽盘子里。

“你哭了半天，分泌了这么多眼泪，用眼过度，吃这个补补。”

林丽勉强一笑，开始向鱼眼进攻。何元盛和陈小兰开始还有些拘谨，但经不住闻天鸣这个经常泡饭局的段子手七搞八搞，几个段子之后，气氛就没刚才那么压抑了。

“我刚进公司那年，老板给他媳妇儿买了辆新奥迪车，他媳妇儿老爱开快车，老板心疼媳妇儿，更心疼新车。正好七八月份学校放假，人少，老板总让我去学校里给他磨合车去，我就绕操场外面的那条路兜圈子。有个老兄开辆新宝马，也在那儿磨合新车。按理说，新车都不能开太快，管你是夏利也好，奔驰、宝马也好，磨合期都得压着点速度。可那宝马一上来就跑得飞快，一会儿一圈儿，一会儿一圈，你自己跑得快也就算了，每次超过我的时候，那司机还探出头来，朝我喊‘嗨，哥们儿，你开过宝马吗？’第一圈我没理他，你有个宝马了不起啊？”

闻天鸣给林丽夹了块鱼，接着讲道：“这家伙转一圈回来又喊‘嗨，哥们，你开过宝马吗？’我有点儿生气，还是不理他。没想他第三圈还喊。我这奥迪也不差啊，如果不是磨合车，我非给你追上不可。第四圈，这家伙又喊了一次，我这暴脾气，倒要跟你比比到底谁快。我使劲儿踩脚油门，速度‘噌’就上去。可还是他的车好，怎么也追不上，一溜烟他又跑前面去了。”

何元盛睁大了眼睛，说：“这人也太爱炫耀了。”

闻天鸣接着说：“没一会儿，就听见‘砰’的一声巨响，那宝马撞看台后头了。我下车一看，好家伙，车头全瘪了。那哥们头破血流，还不依不饶地问我：‘哥们儿，你开过宝马吗？刹车在哪儿啊？’”

大家都捧腹大笑，笑得前仰后合，连林丽也丢了苦瓜脸，“扑哧”笑出声来。

首先上来的是山珍乌鸡汤，服务小姐先把它搁到餐桌玻璃转盘上，轻声介绍道:“山珍乌鸡汤。”她推着转盘，把它转了一圈，还没等何元盛动手，又给端下去了。何元盛纳闷了，合着这汤不是拿来吃，是拿来看的吗？但看闻天鸣和林丽并不以为意，尤其是闻天鸣仍旧谈笑风生，便也闭上嘴巴，啥也不说，就怕说了闹笑话。果然，没一会儿，服务员给每人都盛了一盅端了上来。

林丽说：“小兰，这个乌鸡当归可以补血，你多喝点。”。

陈小兰尖着嘴巴，啜了一口，感觉除了有股子当归的怪味外，鸡汤还是很鲜美的。

看着坐在一起的林丽和陈小兰，何元盛心想，城里女人和农村女人的差别咋那么大呢？按年龄，林丽比陈小兰还要大上四五岁，可是脸色红是红、白是白，看起来比干瘦的陈小兰小五岁也不止。城里的男人也会保养，闻天鸣也是满面红光，一双手比女人还要细白。

正揣度间，闻天鸣倾过身体来，低声说："他们补血，我们补肾，上好的炖牛鞭，多吃点，别浪费。"

被闻天鸣几个段子一打岔，林丽心里好受些了，跟陈小兰聊起天来。

"小兰，你们在城里有亲戚朋友什么的吗？"她亲热地问。

"没有呢，在这儿就认识你和闻大哥。丽丽姐，你晓得哪里租房便宜点吗？我们现在住的地下室，屋里就只有一张床，还要五十块钱一天，加吃饭每天至少三十块钱，不看病一天都要花掉百八十块钱，以后看病还不知道要多少呢。我们想搬到偏远点的地方租房子，能省点是一点。"

上午查出来子宫肌瘤，林丽已经觉得自己悲惨到家了，现在发现陈小兰连病都看不起，一时间同情心泛滥，冲动地说："不行就住我家吧，地方虽然不是很大，但给你们找个睡觉的地方还是可以有的。"

听到这话，陈小兰呆了，不是说城里人都老死不相往来吗，这林姐姐不但面相善，人也真是太好了。只是，住别人家里，男人铁定觉得不自在。她想拉住林丽的手表示感谢，可碰了一下又缩了回来，林丽那手肉肉的滑滑的，跟块儿细肥皂一样，只怕自己粗黑锉子般的手唐突了她。

"不了，林丽姐，太麻烦你们了。我们现在除了瞧病，平时没啥事儿干，怪闲的，您看能不能帮我找个活干？我什么苦都能吃的。"

林丽对她碰到自己的手并不以为意，反过来拉拉她的手，说："那是啊，不工作有多少钱都得坐吃山空！我想想什么工作合适。"

面对林丽的友情，陈小兰有点受宠若惊，她有觉得自己对他们有多大的恩情，只不过是借了钱而已，而且还开了他们的车呢。

"老公……"林丽腻声道。

正忙着跟何元盛说话的闻天鸣听到这声音，心里一哆嗦。上回林丽想买一万多的钻石项链用的就是这甜死人的声音，还有央求自己办盛大婚礼的时候也是用的都这腻死人的声音。

他警觉地看着林丽，问："什么，老婆？"

"你上次说，老万家的阿姨回老家给儿子办婚礼去了？"林丽的语调情话般温柔。

"是啊，老万老婆不愿意换其他人，偏要死等她。现在烧饭洗碗擦地都成了老万的活儿了，所以他没事也不回家，经常加班在办公室挖地雷。"

"那你给他推荐个新阿姨呗，就是我们勤劳善良能干吃苦耐劳的陈妹妹。"

闻天鸣有些为难，老万的老婆十分挑剔，用她的话说，"老万你上班两手一甩什么都不管，我天天对着个看不顺眼的人，还让不让我过了？！"老万老婆对阿姨的要求是：要好看又不能太好看，要能干，还得听话。能干的人好找，听话的人也好找，既能干又听话，还要长得周正，这样的人就不好找了。原来的阿姨是千挑万选出来的，现在走了一个月，也没找到合适的人代替她。

闻天鸣看看陈小兰，她正眼神热切地看着自己，生怕被拒绝。

林丽又是娇嗔又是撒泼地说："我不管，这个忙你帮也得帮，不帮也得帮！如果你给陈妹妹安排不到老万那里，那就安排到你们销售部！"

闻天鸣暗暗叫苦，这怎么可能呢？做销售和做家务差别可是大了去了，他们销售部的人，哪个不是大专以上学历、五官端正、衣冠楚楚、能说会道的？陈小兰这模样，当个保洁员还差不多。

"你倒是说你干不干啊？"林丽看他的眼神闪烁游移，恨不得上去揪他的耳朵。

"好好好，夫人的命令哪能不遵从呢。你们先吃，我出去打个电话。"他抓起电话出了包间。

林丽看他出门，招呼何元盛和陈小兰吃菜，笑说："我们吃我们的，我老公办事，你们放心，肯定能搞定。"

陈小兰跟何元盛对了视一眼，埋头吃菜。

闻天鸣出了包房，心想这任务还真是不好完成。他拨通了老万老婆许菲的电话。

"喂。"许菲的声音懒洋洋的。

"我是闻天鸣，我应该叫你老板娘呢，还是老婆的老婆啊？"闻天鸣贫道。

"你老婆？你老婆早变成贤夫良父了，现在正给我洗衣服呢。"许菲在电话那头笑。

闻天鸣想象老万在家勤勤恳恳地服侍老婆的样子，也笑出声来："你家阿姨什么时候回来啊？老万要是再上班逃跑，这个月弟兄们销售量完不成，都得喝西北风去了。"

"没那么严重吧？我还想再奴役他几个月呢，我家阿姨说舍不得孙子，晚几个月回来。"

她家里哪有那么多活非得老万干啊？！班都不上了，只怕他老万是借老婆的名，正好回家偷懒。

"再这么下去，你一个月一次的香港购物得削减了吧？公司这个月没进账只有出账了。"

"哦？真的假的？"

"你说是真的还是假的？！你听老万说过这个月有签单吗？"

许菲握着电话想了半天，啥也没想起来，说："好像还真没有。"

"你晓得，现在国内企业厉害得很。人家采取渗透策略，我们的好多客户都给挖走了。"

许菲哈哈一笑，说："国内产品的质量，哪儿赶得上你们的啊？！"

"质量是没我们的好，但是架不住人家价格便宜啊，有的价格能降到我们的一半，功能还特别多。不说这个了，我帮你们找了个小时工，当然，肯定没你家原来的那个长得端正，但是特别老实，特别让人放心，还特别能干，要不你试试？"

"行啊，你让她过来试用一天吧。"许菲爽快地答应了。

"明天我就把人给你发过去。"闻天鸣没想到这么顺利，高兴地收了线。他回到包厢，桌上的菜都吃得差不多了，林丽面前的鱼头只剩骨头了。很好，她真是做到了化悲痛为食量。

他一进来，包厢里的三个人都眼巴巴地看着他。

"搞定了！明天去老万家报到！"他宣布。

"耶！"林丽举起双手，竖起拇指，"我就知道没有我老公做不到的！"不顾外人在场，她抱住闻天鸣的脸，狠狠地亲了一下。

闻天鸣笑呵呵地擦掉脸上的口水，说："老婆，你注意点影响。"

陈小兰羡慕地笑嘻嘻地看着林丽，城里女人就是大胆！倒是何元盛闹了个大红脸。

“没事，这儿又没有未成年人。”林丽大大咧咧地说。

在反复咨询医生后，林丽决定做腹腔镜手术，把那个越长越大的子宫肌瘤去除。长肌瘤对她来说，是平静生活中的一个晴天霹雳，是平地起波澜，而对于见多识广的医生来说，完全不算个事儿。

江大夫是这么说的：“一般的小肌瘤，我们都建议不用管它，等生孩子的时候一起拿掉就行了。你这个稍微有点大，可能会影响着床，所以建议你还是手术把它去掉更好一些。手术很简单，不用开刀破腹的，直接用微创的宫腔镜手术就行了。手术以后恢复几个月，就可以要小孩了。”

林丽听他说得挺轻巧，和闻天鸣一合计，就定下了手术时间。

苏虹换好衣服，关上铁柜门，快步穿过走廊。接女儿放学又快迟到了。

“苏虹，你帮我看看，哪件衣服好？”冷不防，江晖从男更衣室出来拦住她问。

“我看看。”苏虹抓过他手里的黄色衬衫，放在他下巴下面比画一下，“黄色不适合你，脸黑得像包公。”

她又把蓝衬衫在他面前比画一下：“蓝的好。”

“谢谢。”江晖抓起衣服回到更衣室，脱掉白大褂准备换上衬衫。

苏虹在门口问：“怎么，有约会？”

“不是约会的约会。”

苏虹研究了一下江晖赤裸的后背，不错，似乎还有点肌肉。

“你等下。”她走进更衣室，从包里掏出个瓶子，朝江晖头上一阵猛喷。江晖躲闪不及，后脑勺全被喷湿了，他伸手一摸，黏糊糊的不知道是什么东西，不禁问道：“这是什么？”

苏虹不答话，伸手在他头发上一阵乱抓，江晖吃了一惊，猛地后退一步，铁更衣柜冰得他打了个激灵，他才想起自己半裸着。他想着赶紧把衣服穿上，刚穿进去一只袖子，苏虹的笑声已经在走廊里面回荡了：“我得赶紧去接女儿了，你自己再把头发梳一下。”

江晖打开衣柜门，拿出镜子来一瞧，发现在不到一分钟的时间内自己已经被苏虹成功塑造成了街头潮男，脑袋顶上的几缕头发被她搞成了油亮亮、朝天翘起的“草丛”，配上黝黑的皮肤，像个天天在街上游荡的小混混。

唐颖收起碎花小伞进了餐馆，东张西望地寻找着约她来的人，只见角落里有个“小混混”朝自己挥手，定睛一看，正是妇产科的“流氓医生”，他今天没穿白大褂，都有点认不出来了。江晖看着唐颖迈开长腿走过来，一双美丽的大眼睛不错眼地盯着自己，感觉周围仿佛被抽成了真空，有点喘不过气来。

“你变样了。”唐颖评论道。

“都是因为这个头发，”江晖有点懊恼地抓抓自己额头上的几根硬邦邦的“草”，“是不是看上去怪怪的？”

“没有，还好啦。”

“想吃点什么？”

“随便。”

江晖翻翻菜单，故作认真地说：“好像菜谱上没有‘随便’这道菜。”

“哈哈哈哈。”唐颖笑起来，没想到这姓江的还有点幽默感，她说，“让我看看菜单上有什么好吃的。”

江晖把菜单递给她，她的手指修长白皙，就像她的两条腿一样。她点了个木瓜雪蛤，把菜单还给他，说：“再来一个主食就好了。”

江晖又加了两个热菜和一个凉菜。唐颖从她巨大的书包里掏出个无纺布袋来，放到桌子上，说：“你的工作服，我洗干净了。谢谢你。”

江晖伸出手去拿那个无纺布口袋，无意间碰到她的手指。他分明感觉到了她白玉般手指的柔滑，脑海里突然蹦出某巧克力的广告，一条棕色的绸缎被风吹起，在空中飞舞，旁白是一个低沉的南方口音——如丝般柔滑。他甩了甩头，想甩掉脑袋里这莫名其妙的声音和图像。

“怎么了，江大夫？”唐颖问道。

“我发现你穿白大褂挺好看的，”江晖说，“显得特别纯洁。不对，你现在也很纯洁，咳……”

看见她挑起来的眉毛，江晖脑子已经转不动了。真是错从口出，他的脸涨得通红，眼睛盯着桌子，闭口不说话了。鉴于他皮肤本来就黝黑，脸色其实看不出有啥变化。唐颖等了半分钟，发现这个江大夫严肃地瞪着桌子上某个不存在的图案，眼珠子都没动一下。

她有些着恼地说："我知道你们医院，医生、护士、保卫科，甚至连扫地的，都瞧不起医托，觉得我们是蛀虫，是吸血鬼，是把可怜的病人引入无底深渊的恶魔。但是我告诉你，其实我们没有那么坏，我们不过是推销员而已，市场定位就是那些希望能恢复健康的病人、希望不用排长队的病人、希望不用头天下午就来排队挂号用一天一夜的时间等待只能换到你们这些耀武扬威医生可怜的五分钟的病人。"

她慷慨陈词："我们给了他们希望，给他们上帝的感觉。为啥会有医托呢？你们这些国营正规大医院应该好好反省一下，为什么有人明明将信将疑，最后还是会跟我们走？为什么有人放着你们这些大医院的高级大夫不看，就愿意去寻求民间偏方？如果你们真的是对病人尽心尽力，真的能妙手回春，为什么还会有这么多人愿意跟着医托去私人医院就诊呢？！"

唐颖的这番长篇大论，把江晖逗笑了："看不出来，你的口才还挺好的，我敢打赌，你一定是你们医院的业务骨干。医托的是非问题我们以后再讨论，只是，你一个女孩子，夏天捆个海绵包在身上，也太折磨自己了。况且天天提心吊胆怕保卫处抓，也不是什么光彩的事，为啥不找个正常点的工作做啊？"

唐颖点的木瓜雪蛤上桌了，她拿起不锈钢勺子，向那只巨大的木瓜进军。

"你以为我不想啊？！我爸妈的厂子倒闭了，都下岗了，老爸又有病在身，经济压力很大，还等着我支援他们呢。"唐颖老气横秋地说，"你以为我没有干过正经工作吗，在写字楼里面朝九晚十，没有周末，天天累得要死不说，还经常得提防老板和客户的咸猪手！每个月的工资付完房租连吃个得克萨斯汉堡都要考虑半天，还不如现在的工作呢！"

唐颖一边机关枪似的抱怨着，一边仔细地把木瓜肉挖出来吃。江晖看她用粉红色的舌头舔着勺子，有时候还像只小猫一样眯上眼睛享受，他特想伸手抚摸一下她小巧鼻子上的那些细纹。

"做哪行都不容易！"江晖评论道。

“当医生才好呢，病人都得求着你们，地位高，收入也高。你一个男医生，能分到妇产科，挺不容易的吧？”

江晖听得出她话的讽刺，苦笑道：“经常被病人家属当流氓揍，你说容易吗？唉，生活所迫。”江晖举起自己装着可乐的杯子，碰了下她的杯子，“同是天涯沦落人，干杯！”

“但是，一个男人到妇产科工作，应该还是挺享受的吧。”唐颖这句话不经脑子，冲口而出。

“看来你还挺爱吃木瓜雪蛤的。”江晖并没有回答她的问题，而是转移了话题。

唐颖模模糊糊地回答了一声：“嗯。”

“如果规定你每天必须吃十只，不吃完不能下班，没按时吃完就得加班接着吃，一周五天不许停，你会觉得享受吗？”

唐颖丢下勺子，狠狠地瞪他一眼：“你怎么拿这个做比喻？现在我看见木瓜都觉得恶心了。”

江晖哈哈大笑起来，唐颖则愤愤不平地盯着他可恶的白牙齿。

“保卫科的人已经认识你了，最近要小心点。”

“放心吧，全市三甲医院这么多，挨个儿跑一遍也要三个星期才能跑得完。”唐颖进攻完那只木瓜，满意地一抹嘴，“谢谢你，江医生。我还有事，先走一步了。”

“等我结完账送你回去。”

“不用了，您忙您的，回见。”她抓起手包，迈开长腿，大步走出了饭店。

江晖看着她纤细的背影，掏出钱包结账。

“五百二十八。”女服务员面无表情地说。

江晖拿过菜单一看，长腿女郎点了菜单上最贵的一个菜，单价四百八。他付了饭钱，想着她最后一句话“回见”，不晓得下回啥时候能再见面。

第八章
合谋背叛

昨天晚上接到武平的电话后，江晖就没有睡好觉，他躺在床上翻来覆去，一直琢磨着怎么跟唐颖说。上次吃饭时了解到唐颖的状况，让他心生同情。在他眼里，唐颖就是个落水的姑娘，被社会逼着靠当医托为生。他胸中燃起了莫名的熊熊英雄主义之火，琢磨着要把她从水深火热的环境里解救出来，帮她找份正儿八经的工作，老板还不能是天天色迷迷想要揩油的色鬼。

江晖花时间帮唐颖精心准备了一份简历。在简历上，她被包装成了某医疗公司的业务经理，毕业时间不长，但工作经验丰富，负责多家大医院对口销售工作，而且业绩突出，成绩斐然。

江晖把简历投到十几个公司，有几家医药公司打电话来让去面试，经过他越俎代庖的巧妙询问，发现这几个职位的顶头上司都是男人，这些公司都被他毫不犹豫地 pass 了。正好，武平说他姨妈公司的行政经理回家生孩子了，要招个新的经理，犹豫了半晌后，江晖拨通了唐颖的电话。

“喂？”电话那边的人声音慵懒，睡意蒙眬。

“唐小姐，我是江晖。”他的心跳有点过速。

“谁？”唐颖似乎没反应过来。

“华弘医院，生殖中心，男大夫。”江晖把“男”字说得很重。

“哦，”唐颖想起来了，上次狠狠敲了他一顿，“有事吗？”

“我一个朋友的公司，挺正规的，想招个行政部副经理，不知道你感不感兴趣？”

“什么公司啊？工资有多少？”唐颖问道，反正跟他不熟，也不必客气。

江晖说了公司名字，说："工资要等面试以后跟人力资源部去谈，不过我想既然是招经理，应该也不会太低，而且胜在工作比较稳定。还有，主管是个女的。"

电话那头沉默了，江晖耐心地等她发话，不知为什么，握电话的那只手全是汗水。

自从被华弘保卫科抓过后，唐颖天天宅在家里看碟，整整两星期都没有上班去跑业务。想起上次被抓，她还是有些后怕，万一真被公安局抓住，背上一辈子都洗不掉的污点，怎么面对爸妈啊！另外，看到那些老实巴交求医若渴的病人被自己带到莱茵河医院，不出一个月就会被医院掏空积蓄，她也真的很难做到无动于衷。找个正儿八经的工作，做个朝九晚五的小白领，哪怕赚得少一点，不用整天像惊弓之鸟东躲西藏打游击，也不失为一个好的选择。

"好啊，我怎么跟他们联系呢？"

"我这儿有联系方式，去面试之前，我们最好是再碰一下，有些背景情况电话里不容易说清楚。"江晖的手出汗更多了。

"好吧，今天晚上在你们医院对面的麦当劳碰个头吧。"

江晖的心开始暗暗欢呼。

"六点半？"

"六点半，不见不散。"唐颖挂了电话。

江晖挂了电话，开心不已。

"江大夫，现在可以叫病人了吗？"苏虹探头进来问。

"好的，叫吧。"

江晖打开第一本病历，以为自己看错了，林丽不是今天下午要做手术吗？都已经进病房了，怎么还来看门诊？

林丽穿着病号服大步走进来，解释说："江大夫，我知道，做手术一般都不用再看门诊，可我有好多问题，如果上午不见到你问清楚，怕做手术之前都没时间问了。"

江晖轻声说："没关系，我昨天就说了，有问题你尽管问。"

"第一个，手术会不会留下难看的伤疤？还能穿三点式游泳衣吗？"肚子上有三个丑陋扭曲的伤疤，一定会影响闻天鸣性趣的。

江晖笑了，这就是女人，肚子里面长了瘤子，不想着怎么去除病灶恢复健康，首先想的却是会不会影响形象。身体都不健康，再好看又有何用？

“腹腔镜手术是微创手术，要在肚子上打三个小孔，小孔的直径一般在一厘米以下，留下的疤痕要比直接开腹小得多，创面小，恢复起来也快，过个三五年，一般疤痕就基本上看不出来了。”

苏虹在旁边直撇嘴，等伤口长好，生完小孩，也快四十岁了吧！到时候即使没伤疤，皮肤能好到哪里去啊！

“手术以后怎么护理才能尽快恢复呢？我希望尽快要小孩啊。”

“刚做完手术不能剧烈运动，要让伤口尽快愈合。三个月以后，可以做一些轻微运动，促进子宫机能的恢复，同时补充叶酸。做完手术要半年以后才能怀孕，准备怀孕之前，你再来做个检查。”

苏虹在旁边不耐烦了，说：“后面还有好多病人排队呢，再有问题，你下午手术完了再问吧，反正你是最后一个。”

林丽不满地看了苏虹一眼，说：“最后一句话。江大夫，麻烦您下午做手术一定拿出最好的水平，我下半生的幸福就交给您了。拜托拜托！”

“嗤！”

林丽不用看，也知道那个护士在“嗤”自己。

江晖认真地说：“虽然你的手术不算大手术，但是你放心，我一定会用最好的状态对待的，你完全可以放心。”

“谢谢您，江医生。”林丽站起来，努力克制自己不对旁边的苏虹怒目。不过，她的注意力很快就被后面病人和大夫间的对话吸引了。排在她后面的是个二十多岁的小姑娘，皮肤白皙，满脸都是胶原蛋白，她的第一句话就是：“大夫，我找到供血的人了。”

林丽上下打量她，心想这姑娘不像大出血需要输血的人啊！她闪到一边，好奇地尖着耳朵听他们说什么。

江晖面露喜色，说：“太好了，我马上给你开单子，你和他一起，每两周来一次，我们先从他身上抽血，处理后再注射给你。开始可能会有些过敏反应，到后期应该就没事了。”

“那这段时间，我老公不用来了吧？”病人问。

“不用。过三个月以后做试管婴儿的时候他再来就行了。”江晖翻看着手上的病历说，“做了六次试管婴儿，都没成功。嗯，我们看看这次的免疫治疗能不能起点作用。”

林丽听得直咂舌，看那小姑娘年纪轻轻就做了这么多次试管婴儿，够有毅力的。不过一次也没怀上，她也真够倒霉的。想到这儿，她不禁默念：上帝啊，菩萨啊，保佑保佑，回头让我一次就成功吧！

闻天鸣打开行李箱，发现林丽几乎把家都搬来了：单人床单，被罩，电饭锅，电烧水器，甚至还有一个电炒锅。闻天鸣先把她搽脸用的瓶瓶罐罐拿出来放到卫生间，把带来的塑料洗脸盆塞到床下，又把自带的床单铺上。正忙乎着，林丽回来了。

“丽丽，我们家离医院只有三十分钟的路程，”他举着电炒锅说，“医院门口就有连锁粥店，街对面有麦当劳，周边还有好多的小餐馆，带这个，难不成还要在病房里炒菜吗？太夸张了啊！”

林丽嘿嘿一笑。她没打算告诉他，那是她出差的时候人家送的，在皮箱里面放了一年多忘拿出来了。

她汇报道：“刚才护士已经把我的皮备好了，选择就等着手术室的来叫了。”

闻天鸣好奇地问：“备皮，那是什么？怎么备皮的？是手术后人工培育一块皮吗？”

林丽哭笑不得：“就等你发明人工皮肤了。现在只是把我的毛毛给剃掉了。”

“剃毛？”闻天鸣的眼睛顺着她的眼神往下看，停在一个地方不动了，“喔！我左青龙，我右白虎。”

“要死啊！”林丽笑骂道，扔过一个小袋子来，闻天鸣抓住飞过来的袋子，发现那是一袋泻药。

“去帮我打点开水，我要吃药了。”

吃完泻药，林丽紧张地在病房里走来走去。焦虑是会传染的，闻天鸣抓住从面前经过的林丽，说："你晃得我的头都晕了。"

"我饿死了，昨天好不容易吃顿大餐，回来就给了泻药，早上还不准吃饭。"她献媚地嘿嘿一笑，"老公，去帮我买个巨无霸吧。"

"不行！你不是想故意吐在手术台上吧？"闻天鸣断然拒绝。

"那给我喝点水吧，我都十小时滴水未进了，还上了五次厕所。"林丽乞求道。

"不行！"闻天鸣断然拒绝了。

"可是我饿啊！今天我可是最后一个手术啊，手术还没做，先饿晕了，连麻药都可以省了。"

这话被刚进门的护士听见，笑起来："来，给你打袋葡萄糖就好了。"

林丽乖乖地靠在床头输液。这个白天太难熬了，黄新娜那个小丫头倒好，因为输卵管堵塞，直接做试管婴儿了，早上来医院做B超，顺道看了一下林丽就跑了。

终于，护士推着病床进来。按护士要求，林丽摘下了婚戒、耳环和项链，统统交给闻天鸣。躺在轮床上，她看着天花板上的日光灯向后退去，全身紧张地微微颤抖。闻天鸣帮忙推着轮床，拐弯上了电梯，来到手术室门口，趁护士换鞋的时候，闻天鸣握握林丽的手，在她耳边说："老婆，勇敢点，你是最棒的！"

林丽自己爬到手术台上，护士上来给她盖好绿色的布单。

"是林丽吗？"一个男大夫亲切地问，他露在口罩外的双眼明亮，皮肤光滑，应该挺年轻的。

"我是。"林丽说。

"放松，过几分钟你就不会疼了。"他语调轻松地说。

林丽虽然看不见他的脸，但是想象得到这个年轻麻醉师的职责是把病床上的人麻翻，每天他不停地把麻醉药注射到病人体内，等病人失去知觉后，操刀医生上来，在病人身上打洞切口，把体内出毛病的部位挖出来，再给缝合上。

她的所有想象都是正确的，只除了一点：麻药并不总是注射到病人体内的。麻醉师把氧气面罩一样的东西放到她脸上，然后，她就什么也不知道了……

迷糊中，林丽听到有人在叫自己的名字，还有一只手在轻拍自己的脸。

"好困啊，我还想睡觉啊。"她不耐烦地想，挥手赶开拍打自己脸的手，却发现自己的手根本就举不起来。她艰难地半睁开眼睛，映入眼帘的是正焦急地看着自己的闻天鸣。

“老公，肌瘤切好了没有？”她耳语道。

“都切了，一块儿都没给你剩下。”闻天鸣嘴角上弯，“要不要拿回去炒个宫爆肉丁？很新鲜的。”

“呸！”林丽努力想让自己的声音响亮些，但是无力的声音像是在撒娇。

闻天鸣笑起来，在她额角上轻吻了一下。

“去，帮我买皮蛋粥。”林丽指挥道，只花了两秒钟就又跌回了黑甜乡。

看着她再次闭上眼睛，闻天鸣嘴角在微笑，眼里却充满了深深的忧虑。

江晖用最快的速度脱掉绿色手术衣，套上皱皱巴巴的蓝色T恤和米黄色长裤，抓起黑色公文包，塞进两本病历，“砰”地关上衣柜铁门，冲下了楼梯。他一路健步如飞，奔向医院对面的麦当劳。隔着人来车往的大街，透过麦当劳的大玻璃窗，他看见橙黄温暖的饭店里，唐颖正在低头玩手机。

他放缓脚步，怕惊扰她似的，从容地走到她身边。她穿了一件暗绿色T恤，几根头发柔软地耷拉下来盖住了半边小脸，她飞快地在手机屏幕上打着字，一边用力地把空可乐杯子吸得“吱吱”作响。江晖心里痒痒的，只想伸手帮她把那几缕软发撩到耳朵后面去。

“嗨，久等了。”

唐颖抬起头来，指责道：“你迟到了一小时！”

“对不起，真对不起，有个病人的手术出了点问题，又多花了些时间处理。”

这回江晖头上没抹油，也没穿有折叠痕迹的新衬衫，看上去不像上次那么令人讨厌了，他身上的来苏水味道、眼睛下面睡眠不足的黑眼圈，反而让人生出几分亲切。唐颖注意到，他似乎没有什么真正的歉意，反而小心翼翼地掩饰着高兴，不禁说：“你好像并没有什么歉意嘛！”

听到这话，江晖吃了一惊，心里暗想，这小妞洞察力还真厉害，不好糊弄的。他哈哈一笑道：“你说对了。手术遇到意外，虽然多用了一小时，但是避免了病人再次开腹动手术。手术室不允许带手机我没法通知你，我高兴的是，你一直在这儿等我，没有走掉。”

唐颖翻翻白眼，她之所以还坐在这里，不过是因为她自己也迟到了半小时，到了以后给他打电话又打不通。另外一个原因是，她反正也没其他事情可做，而且又真的很需要一份工作。想到工作，笑容堆上了她的脸：“今天我请你吃饭吧！”

江晖想到上回约她出来要请她吃饭她都不肯赏光，马上决定把这个机会留到下一次。

“好，这次你请客，我出钱。等你应聘成功，上班领了工资，再请我一回吧。”

“说定了。”

“想吃什么？”江晖长呼一口气。

“一个虾堡套餐就好。”

江晖离开座位去点餐，掩盖不住嘴角的笑意。唐颖看着江晖的背影，心想他对自己的心思明显得路人皆知。她对此倒并不反感，有人喜欢，有人追求，还是挺能满足女孩虚荣心的，尤其是在当前这种吃了上顿愁下顿的时候。

上次在华弘医院被可恨的保卫处抓住后，她怎么也提不起精神再去其他医院拉病人。那点可怜的积蓄很快就被坐吃山空了，再不工作都快吃不上饭了，再加上房东天天催房租，更是雪上加霜。白天她就宅在家里，一旦有人敲门，大气都不敢出，生怕是房东来要房租的。

江晖很快端着盘子回来了，唐颖等了半小时，早就饿了，她双手抓起汉堡包，咬了一大口，腮帮子马上被撑得鼓鼓的。看着她忙碌翕动的嘴唇，江晖有些入神了。那两片嘴唇看上去柔软灵巧，品尝起来一定很甜美。

“……在什么地方？”

“你说什么？”江晖猛然意识到唐颖正向自己发问。

“你说的那个公司在哪里啊？”唐颖又问了一遍，这江大夫跑神了。

“就在你家往北一站地，试用期工资是两千五一个月。”

“你说是行政经理？”唐颖睁大了眼睛，她的第一份工作就是行政助理，那个色狼经理专门招年轻漂亮的副经理和行政助理。

“老板是女的，老板的老板也是女的，你完全可以放心。试用期的工资稍微低点，转正以后会有大幅提高。下周一体检，体检通过就可以上班了。”

他们招人难道不面试吗？唐颖惊异地想，有哪个公司会雇一个没见过面、连简历都没看过的人，这“流氓医生”开什么玩笑！

“怎么了，下周不能去？”江晖见她完全没有高兴的神色，还反感地看着自己，不禁怀疑自己自作主张给她找这个工作是不是太冒失了。她不会还想继续做医托吧？

“这是个野鸡公司吧？！随便雇一个都没见过、什么情况都不了解的人？骗人也找个像样点的借口好吧！”唐颖满脸怀疑地看着江晖，这姓江的不仅是个“流氓医生”，还是个骗子，她有点后悔今天出来吃饭，再缺钱也不能把自己给卖了啊。

江晖看着她一双大眼睛警惕地看着自己，一只手抓起手包、长腿伸出卡座时刻准备拔腿就跑的样子，不禁哈哈大笑起来，他愉快地挥手说：“坐下来，你听我慢慢说。”

唐颖收回腿来，仍然警惕地抱着包。大庭广众，谅他也不敢怎么样

“虽然没有直接面试你，但是他们发现你就是他们寻觅了多年的，高素质、巨能干、值得给高工资的人。能雇用你这么高效率、脑子灵光的行政副经理，还真是他们的荣幸。”

江晖从书包里掏出一份材料，丢给唐颖。唐颖抓起材料，仔细一看，发现那居然是自己的简历。简历以当前最流行的格式，介绍了自己上大学以来的主要经历，平淡无奇的工作经历，经过江晖的包装和整理，变成了职场精英成长记。看完简历她才知道，自己大学毕业后第一份行政部门的工作业绩出众，受到部门主管和总经理嘉奖，荣升为总经理助理；由于工作提供的舞台太过狭窄，她主动辞去总经理助理的职务，换了一个更有挑战性的职位——在全国性医疗连锁机构任部门负责人，负责某区域的客户联络及销售服务，在工作中，她积极拓展业务范围，并成为“团队负责人”。

看到这里，唐颖不禁笑出声来。

在江晖眼里，她笑起来的样子很美：小脸向后仰去，露出光洁的脖子，柔软的头发滑到了耳根，小小的耳垂上一粒水钻在闪闪发光。

“上次请你吃饭本来是想问你要简历的，结果你临时有事没来，我就代劳了。可能有些地方写得不好，或者有错误，但大致应该差不多。上班以后如果有人问起，你就解释下，说简历有误什么的。”江晖解释道。

唐颖大笑不止，说："看了简历，我才发现我自己这么优秀啊！"

"所以啊，公司一看到这个简历，二话没说，就录取你了。"江晖露齿而笑，"这是我一个同学家族的企业，是做医疗设备的。"

难怪，唐颖想，不然再牛的简历，也不能人都没见过就去上班的。她突然觉得这个"流氓医生"不那么令人讨厌了。

"对了，上次你快递的木瓜雪蛤当天晚上就到了，谢谢你哦。"

江晖喝了口可乐，轻描淡写地说："你突然说不来吃饭了，点好的木瓜雪蛤又不能退，我对这个也没有特殊的爱好，所以想着干脆快递给你当消夜好了。正好我认识快递公司的，就顺路带给你了。"

当然，他不会告诉她他是那天晚上才认识那个快递员的；他也不会告诉她，为了让快递当天晚上送到，他额外付了一百块小费；他更不会告诉她，他跟着快递员到了她家楼梯口，躲在黑暗中，看她身着睡衣，蓬乱着头发，慵懒地倚在门上，签收了他的一份心意。

唐颖客气道："其实真的没有必要，你自己吃了就好，何必大老远送过来呢。"

江晖摸摸自己的寸头说；"说句实话你别生气，我真的觉得那个东西的口感很特别。"

听到他婉转的外交辞令，唐颖又大笑起来。她其实也一点都没觉得那个东西好吃，点它不过是因为它贵罢了。

闻天鸣上班一直有些心不在焉。纸包不住火，总有一天，林丽会发现自己和江大夫趁她失去知觉时干的事情。他每天都想告诉她事情的真相，可是看到她不是没心没肺地傻乐，就是满怀忧虑心事重重的样子，他都没法开口。反正已经既成事实，晚告诉她一天，她就能多高兴一天。

今天一大早，林丽就美滋滋地到医院复查去了。他时刻准备着承受她急风暴雨般的发作，然而预想的风暴并没有到来，坐卧不安中，他发了个短信试探一下。

"老婆，检查结果怎么样？"

都快到下班时间，他才收到回信："还行。"

晚上老万又喊了几个客户去喝酒，闻天鸣推说家里有事，一下班就坐地铁回家了。楼下等电梯时，看着电梯楼层数字慢腾腾地变化，他神经质地反复戳着上行按钮。

“叔叔，你老按是没用的。”一个童稚的声音说。

他回头一看，只见说话的是个小男孩，身穿着嫩绿色短袖校服，头戴小黄帽，身背硕大的蓝色书包。见闻天鸣回头，他彬彬有礼地解释道：“你按十次，电梯也不会更快的。”

闻天鸣冲他皮笑肉不笑一下，心想：我愿意！

电梯终于到了一楼，门一开，里面的人还没出来完，闻天鸣就挤了上去，搞得走在最后的老太太抱怨：“先下后上，讲点公德好不好。”

下了电梯，闻天鸣在自家门前做了个深呼吸，掏出钥匙开门。越是心急越容易出错，钥匙好几次都没插进孔里，最后还掉在了地上。他定定神，捡起钥匙打开房门。

晚餐十分丰盛，客厅饭桌上已经摆上了几个炒菜和一盘红烧带鱼，林丽在厨房哼着歌，叮叮当当地准备餐具，听到闻天鸣回来，她满面春风地拿着空饭碗出来，说：“老公，去洗手吧，马上开饭了。”

待闻天鸣坐下，林丽先给他夹了几筷蔬菜，又倒了杯汽水放到他面前，说：“从现在起，你不许喝酒了，明天我就告诉老万，你已经封山御林了。”

她端起自己装着白开水的玻璃杯，跟闻天鸣碰了下杯。

“医生说我手术恢复得不错，三个月以后可以准备要宝宝了。”她夹一块鱼给他，又在他的碗里面堆满了海带，“多点吃鱼和海带，说是可以提高精子质量。我有感觉，我很快会怀上的。”

她举着杯子，双眼放光。去掉那个硬邦邦的大肌瘤，小家伙可以很舒服地在肚子里面扎下根来了。闻天鸣看着她无限神往的眼神，心理不禁五味陈杂，问道：“今天医生还说什么了？”

“没说别的了，就说要定期检查。检查报告单我还没来得及认真看呢，你等等，我去拿来读给你听啊。”

“等等，你不用……”闻天鸣话还没说完，她已经丢下筷子，跑进书房，去翻书包了。

“子宫回音正常，”她沾沾自喜地说，“子宫内膜厚度一厘米，左侧卵巢回声未见异常。咦，好像少了点内容啊，右侧卵巢怎么样也该有句话啊，这医生也太马虎了吧。”

林丽把打印着B超图像的检查单翻来覆去地看，背面啥也没有，问道：“老公，你看这检查单是不是少了什么啊？”

闻天鸣不说话，死盯着自己面前的饭碗，好像在看一只贵重的古董瓷器。

“老公，你怎么啦？”她疑惑地看着他，被他僵硬的表情给弄糊涂了。

闻天鸣咬紧牙关，闭着嘴巴，就是不说话。她看看他，再仔细看看B超单打印的图像，觉得很是莫名其妙。良久，她再次抬起头看着闻天鸣，不解的表情慢慢被震惊代替，同时感受被自己最信任的人欺骗后锥心的疼痛。

林丽听到一个女人在尖叫：“不！！！”

她发现，那尖叫声其实是从自己胸腔里发出来的。

林丽眼前一片模糊，心脏像铁锤般一下下打在胸口，疼痛难忍，血肉模糊。双腿的力量瞬间蒸发，她抓住沙发扶手，就像抓住了救命稻草；她欲哭无泪，死死盯着闻天鸣模糊不清的身影，沙哑地问：“你知道的，是不是？你知道他们没有经过我同意，就取掉了我的卵巢，是不是？你……”

她没有力气把话说完。他是自己的丈夫，是这个世界上最信任的人，是最亲密的爱人，却伙同浑蛋医生，密谋了摘取了自己身上最重要的器官，而自己完全被蒙在了鼓里，还傻乎乎、兴高采烈地盼着小宝贝的到来。她的世界瞬间失衡了，混乱了，她还能相信谁？！

当病人把自己的性命交到医生手里的时候，他们却不经同意，就随便割掉了病人的器官。这个世界到底还能相信谁？！

闻天鸣在她身边蹲下来，担心地看着她，说：“我知道你很生气，感觉被欺骗了，但是你能不能听听我的解释，再决定怎么惩罚我？”

她定定地看着闻天鸣，眼神空洞。闻天鸣感觉到她的目光似乎洞穿了自己的身体，聚焦在身后墙上的结婚照上。

“惩罚你？”林丽木然地说，“惩罚你有什么用？惩罚你，能把我的卵巢复原吗？”她的眼泪终于流了下来。突然间，她爆发了，她一边大声哭泣，一边疯了似的用手锤打他，推搡他，揪他头发，踢他小腿，拿高跟鞋踩他的脚。她使出了全身气力，充满仇恨，狂风暴雨地发泄。她一边打一边大喊："你这个骗子！你这个大骗子！我恨你！我恨你！你去死吧！"

闻天鸣闭上眼睛，任由她的拳头胡乱砸在头上、脸上和胸口，他既不抵挡，也不还手。

最后，林丽终于打累了，抬眼看到阳台玻璃门中的自己，衣角掀起，头发蓬乱，简直是个疯子，而泼妇的形象完全拜眼前这个半蹲着、紧闭双眼的臭男人所赐。她不解恨，又狠狠地给了他一脚，这才把散乱的头发掖到耳后，拉拉衣服，一屁股坐回到沙发上，接着号啕大哭。

闻天鸣睁开眼睛，伸手想摸摸她的脸，她一声不吭地躲开了，用受伤的小母鹿般的眸子看着他。

他叹口气，柔声问："为什么不告诉我你有卵巢囊肿？"

更多的眼泪又冲到林丽眼眶里，她努力睁大眼睛，不让眼泪流出来。闻天鸣受不了了，递给她一张纸巾，她接过纸巾，擦完眼泪，又稀里呼噜地擦了把鼻涕，才把纸巾还给他。

"说吧，为什么不告诉我，你有卵巢囊肿？"

"囊肿又没啥影响，我每个月都来大姨妈，照 B 超也都有排卵啊。"

"唉，傻姑娘。"

她打心底不愿意承认自己有严重问题：子宫肌瘤割掉就行，有囊肿反正不影响排卵，在她看来也不是什么重要问题。

"你不知道囊肿已经癌变了？！如果破裂，可能会有生命危险。老婆都没了，谁给我生小孩啊？"

"哪有那么严重？！你跟医生合谋好的吧？趁我不知道偷偷把它给割掉了。"她又生气起来，恨恨地飞起一脚，踢中闻天鸣膝盖。

闻天鸣吃痛，叫道："冤枉啊！我拿你的囊肿来干什么？血咕淋当的，二两都不到，冒充猪肉也卖不了几块钱，割它的手术费就多要了一千多。那块肉又不是唐僧肉，我也没打算自己吃，还不如块真正的巧克力呢。"

林丽"扑哧"一声笑出来，想起自己刚哭了，不到一分钟又开始笑，赶紧板起脸，耍赖道："不管，反正我要你赔我的囊肿，陪我的卵巢！"

见林丽笑了，闻天鸣暗松了口气，说：“我赔你巧克力，德芙巧克力，水润丝滑。”

林丽又给了他膝盖一脚，不过这次是轻轻的一踢。

“没关系的，老婆，少了一个卵巢，咱们还有一个呢。去掉囊肿，小家伙很快就可以在妈妈肚里肥沃的土地上茁壮成长了。”

第九章
男人的温柔

黄新娜接到闻天鸣的电话，很有些诧异，这个姐夫很少主动打电话的。

“娜娜，你姐最近心情不太好，等你有空的时候，劝劝你姐，让她宽宽心，算是帮姐夫个忙，好不好？”

黄新娜知道，他说的是趁着林丽全麻做手术的时候私自同意把她病变的一个卵巢割掉的事情。

“姐夫，你的确也是太过分了，不打招呼就让医生把丽丽姐的卵巢给割了。你拿别人东西还得征得别人的同意不是吗？这么大的事情，没经过丽丽姐的同意，你就敢擅自做决定，我看你是吃了豹子胆！不怪我姐生气，这事儿我站在我姐一边！”

“我不也是为她好嘛，让她少麻醉一次，少动一次手术。她要是清醒着，铁定也会同意我的意见的啊，我完全是一片好心啊。”

“您这是好心干了坏事。好吧，我帮着劝劝她。”

“那姐夫谢谢你了！对了，听你姐说，上次在医院检查，你结果也不太好？”

“嗯呢，其实我比姐还严重呢，输卵管不通。我跟晓伦商量好了，直接做试管婴儿，实在是怀不上，丁克也没关系。好了，不多说了，姐的事情你放心，交给我了，我带她散散心去。”

一大早，黄新娜就开车去接林丽。在楼下等了半天，林大小姐这才诧诧然地下来，她穿了件肥大的 T 恤衫和同样肥大的短裤，脚下趿着一双拖鞋，身上背的布口袋怎么看都像买菜用的。她打开车门，一屁股坐到副驾驶座上。

“丽丽姐，我们今天先去泡温泉，做按摩美容，做头发，然后去奥特莱斯买东西、看电影，晚上电视塔旋转餐厅吃饭，怎么样？”

“随便。”

一路上林丽只扭头看窗外，不愿意说话。见林丽一脸的生无可恋，黄新娜也不管她，打开车上的收音机，转动方向盘驶出了小区。

广播里，一个男播音员正在播报整点新闻：

> 我国已经完成了从高生育率到低生育率的转变，人口增长过快已经不再是主要矛盾，面临人口红利消失、人口老龄化等问题，现全面实行“开放二胎”政策，一对夫妻可以生育两个孩子，预计年内将新增521万左右新生婴儿。

听到这个新闻，黄新娜感叹道：“咱们第一个都还没生出来，人家都生第二个了。这下子好了，那些年纪大了生不出来的，只怕都要来医院，生殖中心只怕更得爆满了。”

两人来到温泉山庄，上午没什么人泡温泉，工作人员也是哈欠连天的。两人换上泳衣，先选了牛奶浴池。

坐在雾气缭绕的温暖的浴池里，黄新娜开始完成闻天鸣交的任务。

“丽丽姐，你还在生姐夫的气呢？

林丽闭着眼睛，把头搁在浴池边沿上，说：“唉，娜娜，你不知道那家伙有多可恶，太自作主张了！我要是这次不给他点教训，只怕以后他就会蹬鼻子上脸，爬到我头上作威作福。”

黄新娜“扑哧”一声笑出来：“合着你生气是假的啊！”

“那也不是假的，谁碰到这种事情也不会高兴的。只是，生气不是用别人的错误来惩罚自己吗？！我只是觉得我怎么就这么倒霉啊，子宫肌瘤和卵巢癌变都让我给赶上了，早知道就早点结婚了，二十几岁生孩子，没准儿就没这么多事儿了。”

“那可不一定，你看我，也是二十多岁就要生孩子，还不是一样的有问题。”

“你，你那是自己作出来的。”林丽撇撇嘴说，“不是我说你，当时你跟晓伦也太大意了，感染了也不上医院去看。”

“输卵管就那么两根小细管子，发炎也没啥感觉，那时候在大学里，我还勤工俭学呢，有点发烧什么的，都是扛一扛就过去了。”

“咱们姐俩现在成了一个坑里的战友了。你还好，还年轻，有大把时间可以慢慢治，我剩下的时间就不多了。”林丽叹口气说。

“姐，瞧你说的，人家六十岁绝经了的人都可以再怀上，你这正是当年呢。”

“你这小嘴儿，就是会说话。你别说，你还记得生殖中心那打扫卫生的大妈吧？五十多岁了，还在做试管婴儿。”

两人泡在温泉池子里，八卦了一阵其他的病人，为病友们近乎疯狂的战斗力感叹。

陈小兰捏着检查单不撒手，她一遍又一遍地看上面的数字，仔细数有多少个零。何元盛满脸得意地看着女人惊喜的样子，大概是因为总在室内干活，晒太阳少的缘故，她的皮肤比原来白了不少。

“你真的已经达到正常的一半了？”她惊喜地说。

何元盛点头，吃了几个月的药，他的精子数量大幅上升，现在已经是千万级的了。

“那今天大夫看了检查结果，怎么说的？”陈小兰问道，她放下检查单，熟练地开始斩排骨。

何元盛半躺在床上，一边打手机游戏，一边心不在焉地说：“大夫让做试管婴儿，说那个的成功率高。”

“试管婴儿得花好多钱吧？”

“大夫说，每个人情况不一样，费用也不同，大概三万到五万。”

“啊？”陈小兰停下了手上的动作，呆呆地看着男人。

在老万家干活的三个月，她每个月的工资都拿得不少，是在乡下时想都不敢想的天文数字，过节的时候，女主人还给了两百块过节费，短短的时间就存了几千块。

而何元盛三个月换了两份工作，没挣到钱，还赔了点进去。他找的第一份工作是保安，因为长得一表人才，个子也还算高，第一次面试就通过了。上班还没领到工资，自己就交了一百五十块钱的制装费，每天要穿着保安公司发的一身绿色制服和帽子，在烈日下站满八小时，上厕所不能超过两分钟，一天不能超过四次。没到一个星期，他就受不了辞了职，那套绿色制服实在太难看，被他压箱底了，打算回乡下时送人。

在家玩了一个多月后，他决定找一份环境好、工作的地方得有空调的活儿。路上经常看到餐馆招工的广告，想到天天在油腻的厨房削土豆、洗带着顾客口水的碗碟，不管陈小兰说啥，他都对餐馆招工的广告一概视而不见。

有一次和陈小兰逛超市，发现超市正好在招理货员。超市有空调、商品琳琅满目的繁华景象，正好符合何元盛的期望，于是他毫不犹豫地交了五百块钱押金。第二天上岗后才发现，其实大部分时间都得待在仓库，要从货车上卸货、拆包、摆到仓库指定地方，在有空调的超市里的时间，一天也就一两个小时。卸货区和仓库的环境比门卫还差，灰尘、热气让人喘不过气来，而扛大包的体力活不是平日游手好闲的他能胜任的，还没到中午就累趴下了。于是他开始偷奸耍滑，尽量待在超市里，外头的活儿能拖就拖。几个女同事有意见了，联合起来去主管那里告状，试用期还没满，他就被炒鱿鱼了。

他又回到无业状态，大部分时间都在街上闲逛。陈小兰每天早上五点起来，给他做好早饭才去上班，他是想睡到几点就睡到几点，中午自己随便对付一顿，晚上等着陈小兰回来做饭吃。

进了城，他还跟以前一样，靠陈小兰养活。

陈小兰翻开床上的褥子，从下面摸出一个红布包。一层层翻开红布包，里面是她和何元盛的所有财产，包括在乡下辛辛苦苦存下的钱和到城里刚挣的。何元盛瞥了一眼她手里的钱，随口说："咱们钱不少啊。"

"可是拢共不到一万块，做试管婴儿还差得远啊。大夫有没有跟你说其他更便宜的治疗办法？"

何元盛努力回忆道："大夫说，好像做那个叫人工……对了，人工授精，五六千块就够了，但是成功率不怎么高。"

陈小兰把红布包仔细放好，盖好褥子，麻利地点燃煤炉，开始做男人最爱吃的排骨稀饭。心想，男人理所当然觉得哪个成功率高就做哪个，其他是什么都不管的。

陈小兰看着暗红的炉火，开始发愁。上哪里去弄这么多钱呢？

服侍男人吃完早饭，洗好锅碗瓢盆，陈小兰就上班去了。何元盛放下手机，看着陈小兰心事重重、匆匆离去的背影，心里有些不是滋味。她自从跟了自己，真没有过什么好日子。一嫁过来，全家的重活儿都是她的，早出晚归，忙完地里的忙家里的活，还替自己担下了生不了娃的罪名，对爹娘的咒骂也不还嘴。到城里以后，更是早出晚归，自己一个大老爷们，都是靠这个弱女人养活。

想到这里，他冲动地喊住她："小兰。"

陈小兰回过头来，见男人急急地追上来。

"你叫我？"她以为自己听错了，他从来都叫自己"喂"，不高兴的时候叫"死女人"，什么时候这么亲热地叫过自己啊。

"小兰，实在不行，就做人工授精吧，没准儿能怀得上呢。"何元盛说。

陈小兰忽然脸红了，站在那里傻笑。男人浓黑的眉毛底下，一双眼睛正望着自己——他很久都没有正眼看过陈小兰了，那双眼睛里还满是关切。何元盛急迫地看着她红彤彤的脸，生怕她的嘴里迸出个"不"来。陈小兰突然走上前来，紧紧抱住男人的腰，脸贴上他的胸膛，头发上飘柔洗发水的香味钻进了男人的鼻子。

"都听你的。"

陈小兰拿着交费单，在生殖中心收费处排队等着交费。做 B 超一次 100 块，已经做了三次了，每次她都会问医生还要做几回，每次医生都回答："要看你卵泡生长的情况，等到卵泡成熟破裂，就可以做人工授精了。"

"一百块看一次，你那里是金子做的吗？！"看到交费单，何元盛感慨地说。

陈小兰天天盼着卵子赶快成熟，不为别的，就为了省钱。卵子晚成熟一天，光是检查费用就得多花一百多块钱，再加上促卵泡的药，加起来一天就得多花五六百块。

交完费，陈小兰回到诊室排队做 B 超。生殖中心的大夫每天要做几十个 B 超，动作很熟练。轮到陈小兰了，她叉开双腿仰面躺在检查床上，盯着天花板上方格形的吊顶，尽量放松，好让棒形的探头顺利进入两腿之间。

做 B 超的医生熟练地转动手柄，一边观察银幕上的图像。"左边卵巢只有小卵泡，右边……恩，不错，已经破了一个，还有一个小的，今天就可以人工授精了。"

她敲击键盘，把B超图像保存在计算机上，然后打印出来。

何元盛赶到医院，拿着杯子和冲洗用的生理盐水进了取精室，轻车熟路地完成了任务。他小心翼翼地端着小杯子，走到处理室，叫了一声护士。护士手头正忙着，抬头看他一眼，示意他把杯子放到门口桌子上的试管架上。

何元盛轻手轻脚地放下杯子，没有马上走开，而是坐到检验科对面的长椅上。他要亲眼看着护士把那个小杯子收进去才安心。

一个穿着衬衫长裤和皮鞋的病友，也把手里的杯子放到了试管架上，转头看见坐在对面的何元盛盯着自己，不自觉地摸摸脸，又低头看看自己的衣服裤子，没发现什么异常，才一步三回头地走开了。那个男人一走开，何元盛立马站起来，取下试管架上自己的小杯子，掏出裤袋里的圆珠笔。

“何元盛”

他把杯子贴纸上自己的名字重新描了一遍。描完觉得还不够显眼，又重重的重新描了一遍。

直到小杯子上，自己的名字又黑又粗，两米之外都能看清楚，他这才小心地把杯子放到杯架的另一个角落。护士终于把杯子收进去了，他才松了口气。

这下自己的杯子不会和别人的搞混了。

陈小兰直接被护士叫进了处置室清洗备皮。她再次仰面躺在床上，任护士忙碌，突然想起在乡下看人家给母猪授精的时候，也会先用水冲洗母猪下身。现在自己躺在这儿，被医生、护士流水线般地操作，跟母猪也没啥根本的区别。

陈小兰出了处置室，坐在过道的椅子上等了一小时，才被叫进人工授精手术室。手术室是两个打通了的房间，每个房间就跟门诊房间一样大小，门口挂着写了“IUI”洋文的牌子。

不用医生吩咐，她自觉脱掉裤子，爬上手术台，叉开双腿，摆好姿势。有护士过来给她的下身盖上层布，看不到医生护士的操作情况，只听到手术盘里器械“叮叮当当”一阵乱响，有人“嚓”地撕开塑料包装，然后自己的身体被插进了扩张器。

“是陈小兰吗？”护士问。

“我是。”陈小兰小声回答。

“你丈夫的名字是？”

“何元盛。”

护士核实完毕，说：“可以了。”

另外一个声音说：“何元盛精子处理后的情况一般。”

听到这话，陈小兰心里“咯噔”一下悬了起来，只觉得嗓子发干，她伸出双手紧紧抓住自己的衣服，双腿不自觉地用力较劲。

大夫察觉到了她的紧张，说：“放松，一会儿把精子注射到子宫里面，很快就完了。不疼，可能有点不舒服，做完以后把你推到隔壁房间，你在床上平躺一小时，就可以走了。别忘了过两个星期，早上过来查血。”

她话还没说完，手术就做完了。护士过来给陈小兰盖好布单，把查血的单子和她的裤子放在床边，推她到了隔壁房间。隔壁房间已经有两个病友，一水儿的仰面朝天，膝盖拱起，一动不动地躺在床上。同病相怜，三个女人马上互相交换了情况，除了陈小兰是第一次做人工授精外，其他两位一个做了两次、一个做了三次。

“这次再不行，我就直接做试管婴儿了。”做第三次的病友说。

“试管婴儿，那得花不少钱吧？”陈小兰第一反应就是钱。

“这人工授精一次几千，一次几千，也怀不上。我做了这几次，一起做的只有一个怀上了，成功的连百分之十不到。一点儿也不省钱，还瞎耽误时间。”

何元盛坐在女病区外面的长椅上，心不在焉的地玩着手机游戏，双眼时不时抬起来瞟一眼女病区的大门。病人们一个个出来了，医生护士们嘻嘻哈哈地拿着饭盆去食堂了，上午热闹拥挤的大厅变得又清静又空旷。

他无聊地架起二郎腿，有节奏地抖动着，弄得长椅也“喀喀喀”地响，这时，一头戴棒球帽的男人猛地在椅子上坐下来。

“兄弟，下午一点半才上班，挂号也得到一点半才开门。”男人操着外地口音说。

何元盛瞥他一眼，冷冷地说：“我等人。”

“做IUI吧？”男人熟稔地说，IUI正是陈小兰进去那个手术室上面挂的牌子。

“嗯。”何元盛后鼻音哼了一声。

“今天王大夫动手术还不错，成功率得有百分之五。”

何元盛扭头看他一眼，说："才百分之五啊，不是百分之十几吗？"

"我和媳妇儿做了两年多人工授精和试管婴儿，哪个医生行哪个医生不行我都清楚。人工授精成功率不到百分之五，试管婴儿也就百分之十。"他朝外面一个女人招招手，"我在这儿。"

他招呼的女人从门口亮光处进来，她扶着腰，慢慢走到后面灰色长椅边坐下。何元盛上下打量她，只见她双手半抱着明显突出的腹部，脸上有大块的黄褐色暗斑，头发散乱着在后脑抓了个鬏，她冲何元盛笑了一下。

一股艳羡之光从何元盛眼中射出，他冷冷的眉眼瞬间消失了，他问道："这是你媳妇儿？她怀上了？"

"怀上了，还是双棒儿，嘿嘿。"那个男人得意地一笑，"我们跟这里混了两年多，光是什么 IUI、IVF 就花了十几万哪！"

"花得值，平均下来也就几万块一个娃。"何元盛瞄着女人突起的肚子，要是陈小兰的肚子长成这样，他只怕是睡着了也会笑醒。

那男人却表情复杂地欲言又止，他左右看看，把棒球帽檐往下拉拉，凑到何元盛耳朵边，低声说："我本来不想说的，兄弟，看你是个实在人，也是真的想要个娃，就告诉你一个人好了，你别外传啊。"

一个护士拿着饭盒快步经过候诊区，他马上闭上了嘴巴。

"什么？"何元盛顺着他的视线，目送那个护士走进女部的走廊，消失在一扇挂着"男士请勿入内"牌子的门后面。

"实话跟你说，兄弟，我在这儿花的两年时间和十几万，全都打水漂了，全白瞎了！"他恨恨地咬着牙，"除了瞎耽误时间，把俺媳妇身体搞得越来越糟糕以外，啥都没有得到。"

何元盛反问道："这儿不是全国最好的医院吗？"

老家县医院的医生，没一个不推荐华弘的，说是早在十年前，华弘就从美国人那里学会了造试管婴儿的技术，在中国，那是头块牌子。

"好不好，看疗效！这年头自我吹嘘，做虚假广告的还少？当然，咱不是说华弘作假，好歹人家也是正规的国营医院。但是老兄，你除了听说这医院用美国技术是全国第一之外，听说过他们做手术的成功率高吗？有看见每天查血的人都高高兴兴的吗？你看到有多少人是挺着大肚子回来的？”

何元盛摇头，想起有天早上看见发验血结果，十几个女人中也就一个怀上了，其余的都是垂头丧气的，他也听到她们的对话，基本上是“运气不好”“怎么这回又不行”“五万块又打水漂了”这种话，只有一个女人高兴地挥舞验血结果：“我中奖了！我中奖了！”。其余的女人都眼神复杂地看着她，也有特别嫉妒地悄声说：“到生出正常小孩，危险还多着呢，你以为试管婴儿跟正常婴儿一样健康啊？”

“怎么样？你看到有几个真怀上了的？兄弟？”

“好像还真不多。”

“也就十几个里面有一个，是吧？”

何元盛点头，说：“还是你们运气好，嫂子怀了几个月了？”

那女人冲何元盛一笑，露出洁白的牙齿，她摸着肚子说：“快五个月了。”

棒球帽把头凑近何元盛，说：“说来话长了，我们想要娃都十来年了。我精子不好，一千万都不到，兄弟，这事儿我一般不跟别人说，尤其在农村，可不能让外人知道，不然咱们这脸往哪儿搁啊，对吧？！兄弟，不瞒你说，我媳妇儿什么都正常，就是我的精子不够多。以前我在家里抬不起头啊，就怕媳妇跟我离，好歹人家还能生是不？我们在华弘搞了两年多都没怀上，后来换了医院，第一个月就怀上了。”

听到那男人一口一个兄弟，再看他跟自己一样的毛病，何元盛对他不禁产生了几分亲近感，他掏出烟来，抽了一支递给棒球帽：“都不容易啊，兄弟你贵姓？后来是在哪儿怀上的？”

“我姓李，属龙的。”棒球帽接过烟，夹在自己耳朵后面，小声说，“这儿不让抽烟。兄弟你贵姓？”

“我姓何，比你小两岁。”

“小何兄弟，听你李哥的，别在这里浪费钱。”棒球帽推心置腹地说，“李哥给你推荐一个好地方，保管你不出一年抱上儿子。”

何元盛眼神发亮。

“什么地方？”

“莱茵河医院，我媳妇就是在那里怀上的。”他看眼自己的媳妇，她正望着外面小花园，手摸着鼓起来的肚子，不知道在想什么。

“莱茵河医院？我怎么没听说过啊。”何元盛想，这么厉害的医院应该全国闻名才对，怎么从来都没听别人提起过呢？

“小兄弟，莱茵河医院可不是一般的医院，那是国际高档连锁医院。为保证医疗质量，他们根本就不愿意接待太多病人，新病人也都得有人介绍才收。”

李哥闭上嘴巴，警惕地看着另一个护士手拿饭盒走进门诊区，等她彻底消失，才又开口：“莱茵河为了保证最好的就医环境，医生半天只看五个病人。哪像这儿把人不当人，病人跟什么一样，脱了裤子检查的时候，谁都可以随便看啊！人家那环境，比这里不晓得要好几倍。病人一去，挂号不用排队，挂完号就一直有医导跟着。医导你晓得吗？就是一直给你服务，从挂号到门诊，连做个检查人家都一直跟着为你一个人服务，帮你拿东西，给你带路，回答你问题的人，当然，专业问题还是得问医生。”

何元盛听得悠然神往，问：“医生水平咋样？”

“水平咋样？！你看我媳妇的肚子就晓得了！全是有经验的老医生，望闻问切，不用女人脱裤子上床检查，只用摸摸脉，看看舌苔，就晓得你生不出娃的原因是什么。这边查血、B超、腹腔镜啥的，检查一个月才出结果，人家那边三分钟就晓得毛病出在啥地方了。你说哪边的水平高？人家找出原因快，媳妇少受痛苦，咱们也少受煎熬。开几服中药，自己拿回家去熬。你李哥我才吃了个把月的中药，媳妇就成大肚子了。”

“那很贵吧？”何元盛现在最关心钱的问题。

“嘿嘿，我跟你说，莱茵河医院服务好，水平高，这还不是最厉害的地方，最关键的是人家便宜！你在这儿做个人工授精，前前后后加检查费，怎么也得五六千吧，我在那里治疗只花了三千！不用仪器检查，就是个望闻问切，那能花多少钱？不动刀子，不做手术那又能少花多少?! 小兄弟，一看你就是个聪明人，不用我说，你自己也能算得出来的。”

何元盛听得动心，热切地问：“李哥，莱茵河医院在哪儿啊？离得远吗？”

“不远，一趟车就到了。我这里正好有张地图，”李哥从口袋里面摸出张纸，指着上面的一个地方说，“这就是莱茵河医院，你坐21路，几站就到了。”

他拿出只笔在纸上写个“李”字。

“到那儿，你就说是李哥介绍来的，买药还可以打折。”他说。

何元盛接过地图，揣进兜里，说：“如果这回怀不上，下次我们试试去。”

“行！”李哥爽快地说。

“你媳妇都怀上了，还上华弘来干什么呢？”何元盛问。

“过几个月媳妇儿要生了，我们过来把原来查的肝功啊、血常规什么的病历印一份，不是可以少抽一次血，少受点罪么。”李哥冲着自个儿媳妇咧嘴笑。

“元盛。”一个柔和清亮的声音响起。

“哟，你媳妇出来了，快去照顾媳妇去吧。”李哥大声说，“小兄弟，咱们后会有期。”

“再见！”何元盛边道别，边快步朝陈小兰走去。

“你怎么走这么快啊，慢点儿。”见陈小兰轻快地走过来，把其他几个病友都甩在了后面，何元盛埋怨道。他接过陈小兰手上的小包，小心翼翼地摸摸她的肚子，“做手术的时候疼不疼？”

陈小兰扭捏了一下，男人从来没有这么殷勤地关心过自己。虽然晓得他是为肚子里面前途未卜的娃，但还是打心里笑了出来。

“一点都不疼，没啥感觉就做完了。大夫让躺一小时才出来，我怕你着急。”

“咋不多躺会儿呢？”何元盛说，“搞不好一走路就掉出来了，你躺椅子上等我一下，我去叫个三轮车来。这几天你也不要上班了，在家里保胎吧。”

他不顾陈小兰的反对，扶她到长椅上躺下，把包塞到她脑袋底下当枕头，跑出去找三轮车了。

苏虹吃完午饭回来，见一女病人仰躺在长椅上，习惯性地制止道：“哎，这里的长椅不是给你睡觉的，有觉回家睡去。”

陈小兰红着脸要坐起来，却见何元盛奔进来，说：“别动，我抱你到外面的车上。”

苏虹问：“你这是干什么哪？你媳妇自己不能走路啊？”

“躺着好，免得一走路，娃就掉出来了。”何元盛轻轻从陈小兰的头下拉出包，背在身上。

“你不是刚做的人工授精吗，哪来的娃娃啊。”苏虹哭笑不得，“做完人工授精躺一小时就足够了，只要不剧烈运动都没关系，躺得太久反而有可能会宫外孕。”

何元盛根本不信苏虹的话，仍然轻轻抱起陈小兰，稳步走到门外，放上铺着一块布毯子的平板三轮车上。陈小兰在大庭广众之下，被男人抱来抱去，羞得脸像一块红布。

苏虹无奈地摇摇头：“想小孩都想疯了，不懂科学！”

陈小兰仰躺在三轮车上，让男人拖着穿过热闹的街道，穿过车流，她从后面看着男人瘦削挺拔的背影和不太熟练的蹬三轮车的动作，心里说不出来地高兴。到了地方，何元盛跳下三轮车，警告道：“你不要坐起来，老老实实给我躺着，我一会儿就回来。”

他的身影消失在通往地下室的楼梯拐角处。陈小兰依言乖乖地躺着仰头看天，今天的天空蓝得像一大块布一样，一点儿云都没有，让她想起了乡下。男人很快就回来了，见他伸手要抱自己，陈小兰说：“元盛，我自己走吧。”

刚才在医院抱着自己走了几步路，他就呼哧带喘的，脸涨得像猪肝一样。这会儿下地下室，更是要远得多，还有老长一段楼梯，陈小兰有些心疼他。

何元盛生气地瞪着自己的媳妇，这蠢女人，关键时刻，就是分不清楚啥事重要。“不行！”他坚决地说，上前抱起她走下楼梯。昏暗中只有何元盛粗重的喘息声。女人的身子看着瘦，其实骨头沉得很，但是不管她有多沉，何元盛是绝对不会放下她的，抱着她，就是抱着自己的儿子，哪怕累断胳膊，也得坚持到底。

何元盛抱着陈小兰穿过地下室的几重大铁门，终于到了他们的房间。房间门锁已经打开，灯也开了，床上被子也掀在了一边。陈小兰暗想：难为他想得这么周到，刚才提前下来都准备好了。何元盛轻轻把她放到床上，给她盖上被子后，一屁股坐在床沿，开始喘粗气。

陈小兰心疼地看着男人，等他气息渐渐平静，才怯怯地说：“元盛，我……我要上厕所。”

“啥？！”何元盛瞪着她，低吼道。

“我憋不住了。”陈小兰低眉顺眼，不敢看男人，声音小得像蚊子。

何元盛怒视着床上的女人，这个时候上厕所，这死女人想整死自己的娃还是怎么的？！

“你就拉床上吧！”

“元盛，在床上我拉不出来啊。”

何元盛无可奈何，只好又把女人抱到公共厕所门口，轻手轻脚地放她下地，命令道：“扶着墙，慢慢进去，动作不能快！我就在这里等你。”

“哦。”陈小兰温顺地答应。

何元盛杵在女厕所门口，一只脚烦躁地搓揉地面，双眼死死地盯着陈小兰，完全没注意到其他女人看他怪异的眼神。陈小兰扶着墙，一步一步慢慢挪动，她知道在自己身后，男人正紧张地看着自己，不禁偷偷地、甜蜜地笑了。

第十章

服务周到的洗劫

黑暗中，何元盛猛地睁开眼睛，周围伸手不见五指。他静静地躺着。眼睛失去了功能，耳朵就变得格外灵敏，他听到了地下室走廊尽头水龙头滴水的声音，隔壁邻居粗重的呼噜声，以及穿过房间细小的脚步声。他抓起枕边杂志朝发声处猛扔过去，门口鞋架“轰隆”倒地，在嘈杂中，他满意地听到老鼠惊慌失措的“吱吱”声，和快速逃走时脚与地面摩擦的“沙沙”声。

这番响动把陈小兰吵醒了，她拉了下系在床头的灯绳，天花板上的白炽灯亮了。

“元盛，才五点，再睡会儿吧。”她轻轻给何元盛掖好被子。

何元盛有些烦躁地推开被子，坐起来，点着了烟，说：“睡不着了，隔壁的呼噜扯得太响了，还有耗子跑来跑去。我跟你说过不要把吃的放屋里，你怎么又放进来了？！”

“没吃完，丢了怪可惜的。”陈小兰爬下床，把倒在地上的简易铁丝鞋架扶起来，又捡起地上的《故事会》，仔细拍掉上面的灰尘，放回床头。

“今天几点取化验单啊？”

“昨天我问了，医生八点半上班，护士台八点就有人了。”

“你觉得这回到底怀不怀得上？”何元盛说到这里，突然想到宣传画上讲的二手烟的危害，赶紧把烟给掐灭了。

“我也不晓得，你上回不是说十个做人工授精的只有个把能怀上吗。”

何元盛沉默了，自己精子质量不过关，矮人一截，说再多也不管用。

陈小兰体贴地说：“你再睡会儿，我去做早饭。”

何元盛仰躺在床上，昏暗的白炽灯照在天花板上，黄色的水渍和翻起的涂料皮，像只大头三条腿的狗。城里人可以花大把钱、大把时间在人工授精上，但是对他们这些背井离乡从农村来的人，两三次人工授精就能让他们倾家荡产，试管婴儿更是个无底洞。

陈小兰做好早饭，两个人慢吞吞地吃完，等陈小兰收拾完碗筷，慢慢走到医院，时间都还没到八点。

就诊大厅里人潮涌动，挂号的、问询的、等待着取化验结果的、买卖高价号的，干什么的都有。自从二胎政策放开以来，生殖中心的病人几乎翻了一番，黑压压地挤满了所有空间。看着面前“嗡嗡嗡”如好几百只苍蝇的各式乌黑脑袋，何元盛只觉得头发晕。他往门边一靠，不想进大厅了。

“我在这儿抽颗烟。”

陈小兰笑笑，在来来往往的病人中，自己的男人很是显眼，一点儿也不比那些城里男人差。

护士台后面，苏虹动作麻利地把化验单分门别类整理好，抓起扩音器，大声说：“现在开始发化验结果，请大家准备好取结果的凭条。”

原本散落在周围的患者，此刻一窝蜂拥向护士台。苏虹看着身边几十个挥舞着手中小纸条的各色女人，叹了口气，心想，下回得跟江晖提，得装个自助打印机。这是个典型的周一早上，积累了周六、周日出的化验结果，再加上周一本来病人就多，这一早上的人流简直堪比春运。

苏虹再次抓起话筒，说：“我们按患者姓的拼音顺序叫号，请序号在G（音哥）以后的患者，自觉离护士台一米远，方便其他患者取结果。姓的首字母在G（音哥）以前的，请往前站。”

有人自觉往后站，而更多的人是被挤到后面去的。苏虹耐心地等着病人们排好队伍，打算等眼前的小小骚乱基本平息下来，才开始念名字，手忙脚乱间瞥见江晖，她大声招呼：“江医生，又去还病案啊？”

苏虹知道江晖喜欢研究病案，而且所有人的病案都爱看，也不管是不是他的病人。

江晖点点头："苏姐，按字母顺序叫人还挺管用。"

"比没有顺序乱叫好点，院里啥时候才能装叫号系统和自助打印机啊？我这一天得浪费多少口水啊！"

江晖笑笑："说是已经在做方案了。"

苏虹瞥一眼化验条上的名字，喊道："陈小兰！"

何元盛踩灭烟屁股，迎面走向陈小兰，从她满脸的难过上，他知道又失败了，但还是不甘心地问："怀上没？"

"没。"陈小兰手里捏着化验单，不敢抬头看男人，好像失败都是她一个人的错似的，"前面后面三十多个查血的，也就两三个怀上了。"

在熙攘往来的人流中，陈小兰低头看着自己的脚尖，而何元盛心里像压了块大石头，见女人开始抹眼泪，心里更是不得劲，粗声道："哭啥哭，有个屁用！"

陈小兰的眼泪流得更凶了。

何元盛拉过女人，用自己的衣袖狠狠用力地给她擦眼泪，两人正拉扯间，突听到一个靓丽的女声说："哎哟，大哥，这么巧啊，又碰到你了。"

透过泪眼，陈小兰模模糊糊地看到一个女人亲热地拉着男人的袖子，那女人身材高挑细长，最突出的是高高鼓起的腹部。

"哎哟，这是嫂子吧？"一股香风围绕上来，那女人亲热地拉住陈小兰的胳膊，笑着说，"怎么了？怀上啦，嫂子高兴得哭了？"

"怀上就好了！"何元盛闷声闷气地说。

那女人见状，口风一转，说："没怀上，大哥你可有一半责任的，你说是不是，嫂子？"

她拉着陈小兰的胳膊摇了一摇，陈小兰一边用手背抹眼泪，一边赶紧点头。

"在这医院，十个里头也就能怀上一个，按那什么概率，要做十回才怀得上一次的。"

看着她与男人自来熟的样子，陈小兰不禁问道："元盛，这是？"

何元盛依稀觉得这张脸有点熟悉，但是这么漂亮个孕妇，他应该不会忘的。

女人见何元盛犹豫，笑道："哎哟，大哥真是贵人多忘事，我是李哥的媳妇，上回我们还聊过天呐。”

何元盛想起来了，那李哥是“一千万”的水平，比自己还少了一二百万，记得他媳妇脸上好多黄褐斑，而眼前女人脸蛋上油光水滑的，难怪一下子没把她认出来。

“何大哥，您想起来了吧？以前我不想吃东西，还老吐酸水，身子不得劲儿，样子也难看死了，让大哥见笑了。最近不怎么吐了，比以前能吃，这回查了B超，怀的是龙凤胎，都说女儿养妈呢。”

陈小兰羡慕地说：“龙凤胎啊？！”

“是啊，嫂子。我做手术的那医院，怀龙凤胎的可多了。”

“哪个医院啊？”

“莱茵河医院啊！人家可是美国连锁的五星级医院，试管婴儿成功率有百分之五十多呢！”

何元盛从外套内口袋里小心翼翼地摸出一张软塌塌的纸条，问道：“是这个医院吗？”

“李哥媳妇”接过纸条，说：“可不就是这个莱茵河医院么！收费便宜，成功率还高。现在国家让放开生二胎，多少三四十岁的女人都得抓紧最后一点时间生小孩。你看这，乌泱乌泱的人，比菜市场还热闹。一下子拥出这么多哭着喊着要生二胎的人，医生也没增加，只能把看病时间打折扣啊。人家莱茵河医院就没这么多人，医生也看得认真。”

何元盛心动了，看着陈小兰：“要不我们换那边去？”

陈小兰瞄瞄女人的大肚子，问：“地方远不远？”

“不远不远，就三站地。”

陈小兰犹豫说：“但是林丽姐说，华弘医生水平才全国最高的。”

“最好的才这么点成功率啊？！”“李哥媳妇”撇嘴说，“咱们不像那些有钱人，不愁钱，又有时间，做个十次八次的没问题，咱们那点钱经不起这么折腾啊。”

陈小兰犹豫地看看男人，又看看“李哥媳妇”，不知该不该相信她的话。

护士台前，苏虹已经发完检查结果，正准备叫号。江晖抱着大叠新病历过来，顺嘴说：“苏姐，结果发完了可以叫病人了，今天人不算多嘛。”

“不多？！”苏虹朝大门外努努嘴，“都好多挂完号去吃早饭了，一会儿就回来，又乌泱乌泱的全是人了。”

江晖朝门外一看，果然好多人在小花园里喝豆浆啃煎饼果子。

“李哥媳妇”跟何元盛夫妇正站在小花园里聊天，只听“李哥媳妇”说：“正好我要去莱茵河拿体检报告，可以带你们一起……”

话没说完，本来站得好好的她，突然矮身一个趔趄跌倒在地，差点把陈小兰也给砸倒。

何元盛和陈小兰两人都吓了一大跳，赶紧抢上前去，胆战心惊地去扶她，只见“李哥媳妇”双手撑地，身体半蹲，姿势古怪，双眼直直地看着前面，半天才说：“还好我躲得快，差点儿……”

她说话前言不搭后语，好像都给吓傻了，陈小兰扶她慢慢站起来，到花坛后面水泥台子上坐下，问：“你没事儿吧？”

“李哥媳妇”回过神来，说：“哎哟，吓死我了！我没事儿。我认识莱茵河医院的人，第一次检查可以免费的。我要走了，你们一起去吗？”

何元盛和陈小兰交换了个眼色，两个人都有些犹豫。

“李哥媳妇”笑着说：“没关系，你们要信不过，就做个免费检查也好，反正去看看也没啥损失。”

何元盛说：“行，我们跟你去。”

三个人一起来到公交车站。不明不白地跟着这个大肚子孕妇换医院，陈小兰总觉得不太踏实，便问道：“我们在华弘医院做过B超和血液检查了，还要需要查啥啊？”

这一问题正中“李哥媳妇”下怀，她亲热地挽住陈小兰的胳膊，说：“姐，这事儿你还真问对了人。”

陈小兰侧后腰被她大肚子顶着，一想到那肚子里住着一对龙凤胎，感觉很奇妙，心里一阵莫名的痒麻。

“B超、查血是最一般的检查，查完了发现毛病的有几个？没查出毛病能怀上的有几个？为啥没查出毛病，还是怀不上？说明只做常规检查，大部分毛病都是查不出来的。你说啥毛病都没查出来，就不停地瞎做人工授精、试管婴儿，除了耽误时间、浪费钱，还有啥用？”

陈小兰被“李哥媳妇”这一连串绕口令似的“毛病”说晕了，只得连连点头，可心里总觉得有些不对劲，便问：“莱茵河医院就能查出来吗？”

“也不能说毛病百分百都能检查出来，毕竟咱们科学发展还没到那一步。但是只要能查出个八九分，成功率就比一般的医院高多了。”

“检查真的是免费的，不要钱？医院不会亏本吗？”

“不要钱是真的，检查这块儿肯定是亏了，但人家是国际性的大医院，有实力，亏得起！”“李哥媳妇”说，看着等车的人越来越多，她有些焦躁起来。该死的公交车没来，而陈小兰的问题越来越难回答，再问下去，只怕回答稍微有闪失，这两个客户就跑了。想到这儿，“李哥媳妇”挽紧了陈小兰的胳膊。

被“李哥媳妇”的大肚子紧靠着，陈小兰只觉得侧腰有些发痒，想到有两个小婴儿在肚子里面，她不禁用胳膊轻轻蹭了蹭那富有弹性的大肚皮。“李哥媳妇”正全神贯注地盯着刚进站的公交车，根本没注意到她的小动作。

车终于来了。“李哥媳妇”放掉陈小兰的胳膊，推开挡在前面的人，争抢着第一个挤上了公共汽车。她的大肚子成了挤开众人的独特武器，好多人一看这么生猛的孕妇，纷纷缩在一边，自觉避让。等陈小兰和何元盛挤上车，“李哥媳妇”已经抢到了最前面的座位。看到何元盛两口子上车，她松了口气，脸上浮起笑容，热心地招呼陈小兰：“姐，我在这儿，你来坐吧。”

陈小兰心惊胆战地瞧着她的大肚子，说：“我不坐！你这么挤车，肚子没事吧？”

“啊？”“李哥媳妇”茫然了一秒钟，迅速反应过来说，“没事，小家伙结实着呢。哎哟，小兔崽子，你还踢我一脚，看我不揍你！”

见她把肚子拍得“砰砰”直响，何元盛羡慕得都快流口水了，想着陈小兰做了人工授精手术后小心翼翼地在床上躺了整整三天，打喷嚏都要憋着，生怕把娃儿给震出来了，真是一个天上一个地下啊

莱茵河医院很快就到了，比起华弘那小里小气的生殖中心，莱茵河医院真的是高端大气上档次，豪华办公楼顶上，“莱茵河医院”几个大字气度非凡一楼大厅装潢得富丽堂皇，水晶吊灯、黑色皮沙发，连护士小姐都个个高挑漂亮。跟它一比，

华弘就像个破破烂烂、臭烘烘、人挤人的大集市。

陈小兰停住脚步，拉住男人的衣服，瑟缩着问：“这么高档的医院，怕是贵得很吧。”

“李哥媳妇”挽住陈小兰的胳膊，把她轻轻往前拉着走，一边说：“一点也不比华弘贵，咱们先做了免费检测再说。如果觉得贵了，不在这儿瞧病就是了，他们还能把咱们捆起来不让走不成？！”

陈小兰被她软软的肚子顶着，半推半就进了大门。

一个护士打扮的漂亮女人迎上来，热情地问“李哥媳妇”：“今天又来取报告啊？”

“是啊，张助理。”“李哥媳妇”把陈小兰的手交到护士手里，说，“我还带了两个朋友来，做免费检查。”

张助理面带难色地说：“免费检查活动上星期就结束了，现在体检都要收费了。”

“李哥媳妇”好不容易拉来了两个客户，那会让他们轻易跑掉，自然不依，说：“我哥我姐听说可以免费检查，才大老远跑过来的，你们怎么能收钱呢？我可是医院的老客户了，这点面子还不给我啊。”

“这个……”张助理为难地说，“不是不给您面子，活动真的已经结束了啊。这个检查用的是美国进口的仪器，医院得赔一千多哪，在本市只有我们家医院有，别家做不了的。”

陈小兰怯怯地说：“这么贵啊，那就算了吧。”

“李哥媳妇”说：“那可不行，不然我也太没面子了！我跟你去找主任去！”

她跟着张助理来到二楼女更衣室，关上房门。张助理笑嘻嘻地伸出手，轻轻摸摸“李哥媳妇”的大肚子，问：“这是真的还是假的？”

“李哥媳妇”翻了个白眼，说：“当然是假的。”

“高仿真的啊！”

“李哥媳妇”没有心思跟她瞎扯，只是追问：“原来不是一直都有免费体检的吗？怎么取消了？”

张助理说：“你多长时间没来过来了？老板嫌来免费体检的人太多，都是光做检查不拿药，就给停了。”

“那可不行，我都答应那两口子了，好不容易把他们拉过来。现在不给人免费，人家肯定就跑了。”

“这两位行不行啊？看着穿得旧垮垮的，能有多少钱？”

“你还别看不起人，手上至少这个数。”“李哥媳妇”伸出一只手来，张开五只手指朝张助理晃晃，“再说了，现在本地的城市人，是穿得好，钱也多，但人家啥都门儿清，人家不去三甲大医院，能上你这儿来？”

看着张助理阴晴不定的脸，李哥媳妇说：“给主任说说，哪怕你们不真检查，比画一下也成。要不然你舍得让到嘴的肥肉飞了？再说了，我都是老员工了，再怎么也得给我一个面子啊。”

张助理被说动了，说：“你等一下，我再请示一下主任。”

“李哥媳妇”似笑非笑地答应了。今天莱茵河医院的回扣她志在必得，想到必须得在月底前筹到三万块，现在还有两万多的缺口时，她开始胃疼。

张助理很快回来了，说：“主任同意了，给你这张回款单。”

“李哥媳妇”伸出五根修长的手指，闪电般地抓过回款单，上面写着病人介绍费 200 元，她扶着肚子，向财务室大步飞奔而去。张助理惊诧地看着她远去的背影，就 200 块钱，都能让这姑娘百米冲刺，她得有多穷啊？！

且说何元盛夫妇在大厅里的沙发坐下，立刻有护士端来茶水和小糖果盘。何元盛无心喝水，在大堂里走了一圈，挨个儿看墙上琳琅满目的图片和锦旗。

不看不知道，一看就开始后悔了。大厅四面墙上挂的一圈，全是大大小小的红色锦旗和照片。像“妙手仁心”“医术精湛”“恩情似天”“大爱无边”“医德高尚”“妙手回春”“医到病除”，这些放之四海皆准的锦旗倒也罢了，更有“技高除顽疾 观音送子来”“医术高尚暖人心 祥云护舍燕投怀”“苦等十年无一子 莱茵河畔喜儿啼”等锦旗。何元盛搞不太清楚这些锦旗说的到底是啥，猜想大概就是说到了莱茵河后生了娃的事情。每面锦旗旁边都配有照片，一律都是夫妇俩抱着一个粉嘟嘟的婴儿，冲着镜头傻笑。有的锦旗旁边还有患者写的感谢信，基本上都是说多年都没怀上娃，到莱茵河医院一次就怀上了双胞胎，后悔早没有来，感谢医生的高超医术之类的。

沙发旁的小电视里，循环放着莱茵河医院的介绍片，什么美国注册的世界性连锁医院，使用世界上最先进的第五代助孕技术，金发碧眼的漂亮女人竖着大拇指，用蹩脚的汉语夸奖莱茵河高超的医术，十来个患者抱着小婴儿在荧幕上现身说法。看了这些，何元盛感觉自己拉着陈小兰算是来对了，如果早点听了李哥的话，在华弘医院打水漂的那几千块钱也能省下来。

还没看完，张助理就回来了，说是今天值班的王主任同意加两个免费体检名额，要何元盛夫妇俩签署知情协议。“李哥媳妇”总算没有丢了面子，大声说：“张助理，你给他们讲讲就行了。别让他们看协议了，好多页呢，耽误时间。”

何元盛两口子不知道助理在医院是个啥职位，算是医生呢还是护士呢？两个人也没好意思问，怕被人笑话。

张助理打开知情协议，边看介绍说：“这次给二位检查，用的都是从美国进口的‘三维彩色超高频振荡检测器’，这种高科技设备全国都没有几台的，可以直接检测出不孕不育的原因。医院总共就给了五十个免费检查名额，上星期已经都用完了。你们今天能申请下来免费名额，真的是很幸运的。”

何元盛和陈小兰相互对视一眼，都忍不住露出了笑意，天上掉馅饼，好运气啊。

“如果你们对免费检测没有没有什么异议的话，在这下面签个字，我们就可以上楼检查了。”

何元盛夫妇俩哪还能有什么异议，忙不迭地签了字。

“李哥媳妇”也高兴，说：“哥、嫂子，我还有别的事儿，就不陪你们上去了。张助理，你好好招待我哥我姐啊！”

张助理带着何元盛夫妇上楼，一边介绍莱茵河医院的情况：“莱茵河医院进入中国时间不长，你们以前都没有听说过吧？其实莱茵河是世界上最著名的连锁医院，美国医学会的杰克教授是全世界顶级的人工助孕专家，他就是我们医院的首席医生。今天给你们做检查的王主任，是国家认定的特级专家，就是专家里的专家，是专门治疗不孕不育的学科带头人，人家光是学生就带了几十个，这些学生毕业了，到国内哪个医院都是顶梁柱啊。”

张助理滔滔不绝继续说道：“我们医院去年被评为中华医疗最诚信单位，还获得了妇产科协会的最佳医术特等奖，没有实打实的高怀孕率，别人能发这些奖给我们吗！”

漂亮张助理嘴里面冒出来的一连串专业术语，把何元盛搞得晕乎乎的，陈小兰也被医院高级的装潢镇住了。

说完医院如何出类拔萃，张助理跟着嘴巴跟抹了蜜一样，亲热地说：“嫂子，你和哥不是本市人吧？”

不知咋的，被这个漂亮女子乖巧地一叫，陈小兰积累了多日的心酸、不甘和失望，一起往外翻滚出来，她把家里公婆怎么不待见，从乡下到城里来看病，怎么找活儿攒钱治病的事情讲了出来，说得张助理也跟着唏嘘不已。

刚讲到在华弘人工授精失败，王主任就进来了，她头发花白，戴着一副金边眼镜，白大褂外面露出个老大的翠绿玉坠。她不苟言笑地用一只看上去很复杂很高级的仪器给陈小兰做了妇科检查。

何元盛则由另外的男护士引导，也做了高科技的超高频仪器的检查。何元盛还没搞清楚怎么回事，检查就结束了。那台闪着蓝光的高科技检查机吐出了张彩色打印纸，男护士拿来起在上面龙飞凤舞地画了几笔，说：“你让王主任看看结果吧。”

王主任皱着眉头看完何元盛的检查结果，又抓起陈小兰的检查结果看了看，面色阴沉，眉毛都拧成两条麻花了。最后，她沉重地放下手里的检测单，低头皱眉沉思了一会儿，才问：“以前你们两个检查过没有？”

何元盛不知道她问这个的目的，但想着“大专家”这么郑重其事地发问，一定有她高深的道理，就把自己精子质量不好，陈小兰没查出什么毛病的情况，一五一十地说了，把做了人工授精没成功的情况也告诉了她。

王主任说：“幸亏你们来做了检查，要不然在外面医院搞十年，花一百万也不管用。”

这一句话如晴天惊雷，把夫妇俩说蒙了。

“你看这儿，还有这儿！”

王主任动作飞快地分别指点着彩图上的几个位置，那张花花绿绿的彩图，何元盛和陈小兰本来就啥也看不懂，王主任指的地方更是看不出个所以然来。

“输卵管通而不畅，子宫内膜变异，卵子根本就不可能受精！这个毛病不先治好，做什么人工授精，完全是浪费患者的钱嘛！庸医，草菅人命啊！”王主任义愤填膺地说。

何元盛莫名其妙地松了口气，因为自己精子质量不达标，他总觉得低陈小兰一等，现在陈小兰也查出了问题，他有些幸灾乐祸。一想到辛辛苦苦挣来的血汗钱就这么白白打了水漂，夫妻两个都气愤起来，跟着一起骂华弘医术太差、太缺德。

出完气，陈小兰才问："大夫，那你看我的病还能治吗？"

王大夫捋捋花白的头发，斩钉截铁地说："不但能治，还得赶快治。你现在一个是输卵管问题，还有更严重的子宫内膜变异问题。"

"子宫内膜变异？"

"跟你这么说吧，受精卵是颗种子，子宫内膜是土地，种子需要从土地吸取营养，才能生根、发芽、成长。种子的基因再好、质量再好，在石头上是发不了芽的。子宫内膜变异，就是土地水分流失，不但没有营养，还变坏了、变烂了，如果不马上手术，情况会越来越严重，到时候无法医治，就只有摘除子宫！"

陈小兰急了，没想到自己有这么多问题，还都这么严重，说话都打磕绊了："医生，不是，王大夫，王主任，您一定要帮帮我们啊。"

当初在华弘做了这么多检查，还做了人工授精，都没有怀上个娃，到王主任这里短短半小时就查出来问题所在，简直是神医啊。想到这里，陈小兰站起来就给王主任跪下了，说："我求求您了，王主任，您一定要帮帮我们！"

"你这是干什么？快起来，快起来！"王主任把陈小兰拉起来，"既然查出了问题，我们就要尽快地积极治疗，治好了才有希望怀上娃。我跟你说，你的这个内膜已经坏得很严重了，不马上做手术，只怕就保不住子宫了。"

王主任看看手表，犹豫了一下，说："今天正好有空，可以安排一个宫腔镜、腹腔镜联合手术。"

张助理插言道："王主任亲自手术的机会可是很难得的，你们身上带够了钱没有？"

何元盛和陈小兰赶紧掏出口袋里的钱，凑一起还不到两百块。

张助理说："两百不够啊，宫腔镜－腹腔镜联合手术要一万二。"

这下轮到何元盛和陈小兰大眼瞪小眼了，没想到做个手术这么贵，他们手里存的钱只够做大半个的。看二人的表情，王主任知道这两个乡下人手头不富裕，便问道："张助理，按医院规定，手术费都需要在手术前收吗？"

王主任的话提醒了张助理，她笑着说："应该也不用，反正做手术当天能平账就行。做手术前病人交没交钱，也就只有您和我知道，我们不说，应该没问题。只是手术当天下班前，这钱必须交到收费处去。"

陈小兰琢磨，等这个月工资到手，加上手头的存款，做手术的费用也就够了。只是做完手术，下个月只能喝西北风了。

张助理见她犹豫，突然想起来，说："哎哟，王主任，您的手术预约都排到三个月以后了，给他们加塞儿，别的病人会不会有意见啊？"

王主任用手扶着金丝眼镜，仔细看了看压在玻璃板下的一张病人名册，说："如果排队，最早要等三个月零八天。但是女方的子宫内膜情况很不好，如果不及时手术，恐怕会有永久病变的危险！"

听到这话，陈小兰只拿眼睛看着自己的男人，何元盛却面色如常，开口轻轻吐出两个字："做吧。"

得到男人的支持，陈小兰带着哭腔说："王主任，你一定要尽快帮我做手术啊。费用的事情，我男人会搞定的。"

这句话一出口，三个女人六只眼睛一起看着何元盛。在女人面前，尤其是在漂亮的张助理面前，何元盛哪能失了面子，他拍着胸部说："没问题，钱的事情交给我了。不就是一万二吗？！"想当初打麻将赌博，从他手指缝流走的钱何止一万二，他何元盛也没眨过眼啊。

王主任展颜道："好！有担当，是好条汉子！那我和张助理也冒点险，趁着中午这会儿有时间，我先不收你的钱，帮你把手术做了，下班前你一定要把一万二交到收费处啊。"

见头发花白的特级专家王主任和漂亮的张助理这么仗义，何元盛顿时豪气万丈，说："你们就一百二十个放心好了，我这就去取钱，我媳妇儿就拜托您了。"

王主任说："我们医院的水平和服务绝对一流，做手术全程都有专门的护士服务，你就放心去吧。"

就这样，走进莱茵河医院大门还不到两小时，陈小兰就被推进了手术室。

陈小兰躺在手术台上，大腿挨了一针麻药，她有些心神不宁，担心着自己的男人，平时在家他就是个甩手掌柜，从来是只管伸手要钱，不问钱从哪里来的。原先在乡下的时候，周围都是认识了几十年的乡里乡亲，跟谁开口借个钱不算难。如今在省城人生地不熟，认识不了几个人，现在要他下午五点前借回五千块钱来，还真的是难为他了。

做完手术，王主任对结果很满意，说："手术做得不错，输卵管已经做通畅了，子宫内膜这块田也给你翻好了。但是能不能变成肥沃的土地，还要看恢复得怎么样。"

张助理把陈小兰推到休息室。华弘的休息室是很多人挤在一个大房间里，而莱茵河的休息室是单人间，环境高下立判。张助理时不时地过来嘘寒问暖，端茶倒水，搀扶着上厕所，服务得很是周到。陈小兰从来都是服侍别人的，在家服侍男人、公婆，在地里服侍庄稼，上班的时候服侍老万和他老婆，啥时候被人这么周到地关心过、服务过？她不习惯，老想挣扎着起来自己做事，每次都被张助理摁了回去。

躺在床上，眼看时钟指针慢慢指向五点，陈小兰不禁焦躁起来，不知道男人到底能不能借到钱，如果借不到，这下子可要连累王主任他们了。正在忧虑时，突听到张助理一声欢呼："何大哥回来了！"

只见何元盛满面得色，挥舞着一沓医院收费单，快步走了进来，说："钱都交完了，要吃的药也拿好了，可以出院了。"

漂亮的张助理也是喜形于色，说："哥、姐，你们先不忙走，我去问下王主任，看看她还有什么要吩咐的。"

不一会儿，王主任一阵风般进来，看了眼收费单，说："好，年轻人说话算话，不枉我和张助理对你们的信任！回去先休息一个星期，把开的药吃了。过一星期，你们再来，我要检查一下手术恢复的情况。要记住，手术成功只是治疗的第一个胜利，后面的恢复更重要！"

陈小兰和何元盛千恩万谢地答应了，张助理执意要把二人送到医院大门口，被陈小兰坚决拦住了。她只好叮嘱道："下次来要做些检查，还是稍微要多带点钱来。"

何元盛问："带多少合适？"

"具体要花多少，得做完检查后才知道。如果大哥不想跟今天这么麻烦，看病中途还要回去拿钱的话，就宁多不少，多带点来，花不完再带回去就是了，不够的话好麻烦的。"

等何元盛夫妇俩出了房门，王主任和张助理两人对视着，会心一笑，王主任说："他们还是挺有潜力的嘛，下个星期再来的时候，要好好给做个高级的方案。"

张助理心领神会，说："没问题，您就放心吧。"

一周后，何元盛夫妇再次如约来到莱茵河医院。刚迈腿进门，漂亮的张助理就迎上来，亲热地说："哥、姐，你们来了？姐，你先在沙发上坐一下。哥，跟我去挂个号。"

何元盛这才想起上次到莱茵河医院，由免费检查开始，检查完，王主任直接就给陈小兰做了手术，从头到尾都没有挂号。装修得豪华的高级医院，比华弘的VIP区还高档，挂号费只怕要好几百吧。

张助理带他到挂号处，说"哥，你还是挂王主任的号吧，给我十四块钱。"

一听挂号费只要十几块钱，何元盛跟在地上捡到宝似的，心里一阵高兴。

王主任今天有不少病人，走廊里坐了一排，当然和华弘菜市场般人挤人相比，还是好得多。张助理见有个患者出来，拉着陈小兰和何元盛插空加个了塞，进了诊疗室。

王主任正忙着写病历，抬眼皮看了进来的几个人一眼说："你们先做几个检查，看看术后恢复的情况。"然后头也不抬，龙飞凤舞写了沓检查的单子，交给张助理，马上挥手叫了下一个病人。

陈小兰本来想问几个这两天琢磨出来的问题，见王主任繁忙的样子，也没来得及开口，只有拿了检查单先去缴费。

"一共是一千八百五十六。"收费窗口里，收费小姐声音很温柔，态度比华弘的护士好一百倍，但是陈小兰和何元盛还是吓了一跳。

"这么贵？"

站在旁边的张助理一听他们嫌贵，马上说："哎呀，大哥、大姐，检查费王主任还给你们打了折扣的呢，没有全部都查，刚才一个做宫腔镜、腹腔镜联合手术的大姐，花了五千多做全套检查呢。"她拉着陈小兰的衣服，却扭头亲热地向何元盛说："哥，是不是咱们钱不够啊？"

被这么一个漂亮的大姑娘叫着"哥"，要是说没钱，这脸往哪儿搁啊？！何元盛马上豪气地说："够！够！"

他从衣服内面口袋掏出个牛皮纸信封，"啪"地吐口唾沫在手上，开始点钱。

张助理心里暗笑，越是穷鬼越要装大方，今天不把他们榨干，就太对不起这么大方的人了。

何元盛交完钱，她亲热地靠近他，说："我就知道大哥是大富大贵之人，哪能没钱给姐治病啊！不过呢，有钱也不能乱花，大哥您今天带了多少钱，待会儿我提前跟王主任说，让她按照您带的钱开药。您也晓得，治同样的病，有时候国产低端药只要几百块钱，外国进口药就得上千，当然，效果肯定还是不一样的。"

漂亮张助理发丝上的幽香，若有似无地钻进何元盛的鼻腔，让他完全失去了警觉，他说："我总共带了七千多，交完检查费就剩六千了。"

张助理通情达理地说："哦，一会儿我跟王主任说说，让她给开点中档药，疗效好还不贵。"

何元盛感激地点头。王主任果然很照顾他们，开了一星期的中药。取完药，何元盛和陈小兰两个人兜里的钱加起来只剩五块了。

王主任严肃地叮嘱道："想要疗效好，尽快怀上娃，至少得吃一个疗程的特效药。这星期吃完药，下个星期再来医院做检查，看效果怎么样，然后根据你们的情况定下个星期的药剂量。"

听说还得再来，陈小兰怯怯地问："主任，一个疗程有多少天啊？"

"一个疗程是一个月。"

陈小兰和何元盛都苦着脸，对视了一眼，上次的手术费是跟闻天鸣借的，还没还上呢；这个星期的药钱也是借的，这个疗程剩下的钱从哪里来？

"你们还别互相使眼色！你们想想，这么多年都怀不上孩子，身体上的毛病可能一个星期就治好吗？！"王主任说。

张助理打圆场道："王主任是这方面的权威，你们听她的没错。主任，下个星期能不能挂上您的号啊，别像今天这样，带他们插队进去，可有病人骂我呢。要不您先给他们开个预约挂号单，省得到时候来了，挂不上您的号就麻烦了。"

王主任笑骂："就你机灵，其他病人哪个不是当天挂的号？"

张助理调皮地吐了吐粉红的小舌头，看得何元盛一阵失神。

一星期后，何元盛两口子再次准时出现在莱茵河医院华丽的大门口。何元盛摸摸内衣口袋，那里贴身放着六千块钱，是陈小兰预支的工资。

张助理照旧热情地接待了他们，领着他们直接进了王主任的办公室。王主任这次没有再上复杂的高科技仪器做检查，而是采用了中医最传统的“望闻问切”，检查完，王主任欣慰地说：“这个星期疗效还是很显著的嘛！活血化瘀效果不错，女方卵巢功能有增强，左边输卵管畅通了三分之一！男方也不错，体质比以前好多了，湿气少了，精子活力就会大大上升。”

何元盛看着王主任花白的头发和代表着渊博知识的老花眼镜，心想：既然她号号脉、看看舌苔就知道疗效，为啥上个星期要做一千多块的检查呢？看着王主任不怒自威的权威样，这个问题他没好意思问出口。

王主任话锋一转，说：“疗效很好，说明上个星期你们都调养得不错，并不代表能生出一个健康的娃来。不做完一个完整的疗程，效果会大打折扣的。今天我给开的一服药，是疗程的最后一服药，也是最重要的一服药，能不能成功怀孕，就看这个关键阶段了。

陈小兰一听这话，对王主任的精湛医术又增加了几分崇拜，她说：“主任，只要能让我们生小孩，干啥我都愿意。”

“不过，”王主任皱着眉头说，“今天的药方，是我们家的祖传秘方，一般我不会轻易给人开的，效果实在是太惊人了，保准吃了以后，一个月都能怀上，只是这药的价格……也不便宜。”

何元盛大声说：“只要能治好我们的病，能怀上娃儿，就是砸锅卖铁我们也甘心！”

王主任说：“说得好！成功怀孕的，都是像你们这样有决心和信心的！那些三心二意、半途而废、畏首畏尾的人，是治不好病的！”

说完，她在病历上龙飞凤舞地写下了药方，说：“拿着这个去药房抓药吧！记着，有好消息，一定要回来给我报喜啊！”

陈小兰千恩万谢地接过药方。张助理也面露喜色，带着何元盛夫妇二人，到一楼收费处交钱。何元盛和陈小兰都未曾细想过：一个来自美国的国际性大医院是如何靠着王主任的祖传秘方治疗好这么多病人的？

“啥，一万八？”何元盛眼珠子都要瞪出来了，“这药是金子做的？！”

张助理说：“哥，看你说的，药哪能是金子做啊？只是这药只怕比金子还金贵！所以说王主任一般不轻易开这方药，别说是哥哥你，我也嫌贵。”

她看着跟前这对面带菜色的夫妇，能不能把他们榨干，就在这最后一锤子了。

“大哥、姐，这药是很贵。但是姐你要是不吃，随便做个试管婴儿，花的怎么也是这药的两倍价吧，而且还不一定能成。试管婴儿那是手术了，得打麻药，得开刀动针，对女人伤害不是更大？大哥，看你那么疼老婆，你是愿意少花钱，大姐还不受罪呢，还是愿意多花钱多受罪啊？”

何元盛脸色阴晴不定，半晌也不发话，只把眼睛看着突然间嘈杂起来的大门口。

陈小兰吞吞吐吐地说：“张助理，我们身上只有六千块钱……”

张助理松了口气，却又皱着眉头说：“这药不吃满一个疗程，只怕前功尽弃，这可怎么办？”

她发愁地看着陈小兰愁夫妇俩无奈的苦脸，突然说：“哎，有了！让王主任把药方换成两个就行了。你先拿六千块的药，过几天再来拿剩下的就行了。你们等着啊，我这就去换方子去。”

未等陈小兰答应，她便“噔噔噔”跑上楼去了。

何元盛目送张助理窈窕俏丽的身影消失，无聊地把目光投向门外。大门外进来一群精神抖擞的汉子，这群人虽然服饰各异，却清一色剃着平头，好几个人腋下夹着一模一样的黑色手包。更加诡异的是，他发现他们穿着一模一样的黑皮鞋，皮鞋上纤尘不染。

何元盛正在暗暗诧异，张助理拿着缴费单跑下楼来，把手里的缴费单塞到何元盛手里，喘着气说：“哥，一张六千的，一张一万二的，去交钱吧。”

何元盛从贴身衣袋摸出牛皮纸信封，把带着体温的六千块钱和缴费单递进收费窗口。那窗口张着贪婪的大嘴，吃进他们的血汗钱，只吐出了一张薄薄的取药单。张助理不露痕迹地松了口气，说：“走，我们去那边取药。”

刚走了没两步，就听见大厅里一声暴喝，如惊雷般炸响。

“所有人都不许动！手抱头！原地蹲下！”

暴喝的男人，正是刚进来的小平头中的一个，此刻他威风凛凛地站在大厅中央，手里拿着只黑黢黢的橡皮棍，目光如炬，看着大厅里的人们。其他的几个小平头沿墙壁分散站开，一起虎视眈眈地盯着大厅中间的几个人，其中有几人的手放在上衣口袋里，口袋前方有明显的突起。

何元盛心里猛地一惊，遇到打劫的了！然后他欣喜地想到，幸好把药费交了，他们总不至于强抢取药单吧。

那小平头环视四周，人人脸上都满是惊惶之色，只有何元盛独自面带微笑。他眉头紧拧，手里的黑棍子直指何元盛，暴喝道："看什么？！蹲下！"

陈小兰拉拉男人的衣裳，和张助理战战兢兢地蹲下了。

这时候，从门口"唰啦啦"跑进两队身穿制服的警察。看到这阵势，张助理的身体开始瑟瑟发抖。站在大厅中央的小平头指挥道："现在，大厅里面所有的人，听我命令，凡是莱茵河医院的职员站到左边，病人和家属站到右边！"

大厅里面一阵忙乱，张助理犹豫了一下，跟着陈小兰走到了右边。待各人站定，小平头说："我宣布，正式查封莱茵河医院！下面我们会挨个调查每个人的情况，请各位配合！现在，所有的人都面对墙壁，手抱头，蹲下！"

陈小兰悄声问："元盛，查封是什么意思？"

何元盛心脏颤抖了一下。查封，就是交了钱，药也别想拿出来了！

他突然站起来，转过身，向收费处急冲而去。还没跑两步，恍惚中听到脑后橡皮棍划破空气的呼啸声，紧接着，一阵剧痛在后背扩散开来，强大的冲击力令他站立不稳，扑倒下来，英俊的脸狠狠地砸在了冰冷华丽的大理石地板上。

第十一章
封山育林

黄昏的时候，闻天鸣和林丽接到陈小兰的电话，他们以最快的速度赶到派出所，领出了陈小兰和左脸摔得乌青的何元盛，把他们送回家。何元盛两口子被莱茵河医院骗光了全部身家，还借了一大笔外债，陈小兰简单说了下情况，而何元盛在车上一直保持着沉默，闻天鸣和林丽只得安慰他们两个一番，闻天鸣说："上回借的钱不用着急还啊，等你们啥时候有钱了再说，不要往心里去。"看何元盛他们这个样子，闻天鸣根本就没打算把钱要回来。

送完何元盛两口子回家，闻天鸣和林丽回到自己家躺下来睡觉时，已经过了零点了。

闻天鸣在半夜里醒来，只见楼外的昏黄的路灯光透过影影绰绰的粉色花朵窗帘投在墙壁上。他望着床头悬挂的结婚照，照片里林丽身着洁白的婚纱，与他深情相偎，而此刻枕边熟睡的林丽却紧皱眉头，一手紧抓着蕾丝睡衣，在睡梦中痛苦地呻吟。

闻天鸣把双手压在脑后，陷入了沉思。结婚后，他才慢慢意识到林丽骨子里的要强。这样要强的女人受到巨大打击，会不会更想不开呢？

灰暗的天花板逐渐明亮起来，清晨特有的清新空气透过窗帘，带着青草的气息，带着楼下老头、老太太晨练时的谈笑声，带着上班族匆匆的脚步声，带着洒水车"叮叮当当"的铃声。闻天鸣蹑手蹑脚地起床，到厨房做早餐。

跟平常一样，林丽醒来时，早已天光大亮了。她伸了个懒腰，只觉得全身酸疼，像被人胖揍了一顿似的。她爬下床，脱掉酒红色蕾丝花边睡衣，只剩下身上的三点式，摇摇晃晃地穿过客厅，收下阳台上晾干了的衣服，她遮遮掩掩以避免对面楼里的人看清自己，同时快速从衣架上猛地扯下一条连衣裙，刚把连衣裙从头上套下来，就听到客厅有人吹了一声口哨。

她慌忙拉下头上的衣服，却见闻天鸣衣着整齐，站在面前笑嘻嘻地看着自己。

“咦，你怎么还没有去上班？”她诧异地问。

“为了看活色生香的美女起床图啊。”他嘴里没个正经。

林丽扭头发现了饭桌上丰富的早餐，这家伙搞得也太丰盛了，煎鸡蛋、烤火腿，牛奶一杯、橙汁一杯，还有一小碗皮蛋瘦肉粥！他不知道橙汁和牛奶一起喝会肚子疼的吗？

“干吗突然做这么多早饭，有人到我们家做客啊？”

闻天鸣哭笑不得地说：“不是，都是给你做的。”

她满脸狐疑地看看他，脑子没转过弯来，他站在饭桌前，就像刚考了一百分的小男孩一样，满脸都是“快点夸奖我”的贱样。

她突然明白了，说：“你是怕我想不开，让我品尝一下美好的早餐，产生对人生的留恋啊？”

闻天鸣被她揭穿了心思，又不愿直接承认，只有尴尬地看着地面。

“放心，这点困难就想把我林丽打倒，那是不可能滴！我会更努力的，我要恢复长跑，不熬夜，不暴饮暴食，规律地生活！”她慷慨激昂地说，“在哪里跌倒，咱们就从哪里爬起来。”

听着这不伦不类的比喻，闻天鸣悬着的一颗心终于放下来了，他捧起她温热的脸，说：“你真勇敢，我爱你。”

“我也爱你，老公。”林丽亲了亲他的唇，“你上班已经迟到了。”

“那我走了，你一定要多吃点我做的爱心早饭啊。”

把闻天鸣送出门，就在防盗门“砰”地关上的瞬间，林丽像泄了气的皮球一样，全身失力，跌坐在了沙发上，双眼无神地盯着桌子上的早餐。

今天怎么打发呢？

早高峰时间总是全城大堵，闻天鸣坐在车里，跟着车流缓慢往前挪动。回想起林丽早上坚强的表现，有些心疼。他知道，从小到大，她都是外公外婆、爸爸妈妈的娇娇女，被家里宠得要风得风要雨得雨，现在经历这么大的磨难，不到两星期就恢复过来了，也真是难为她了。

“她是真的恢复过来了，还是装给我看的？”想到这里，闻天鸣打了个激灵。

他摸出手机，拨通了家里的号码。

“喂？”林丽拖长的、懒洋洋的声音从话筒里面传过来。

“在干吗呢？”

“在琢磨怎么消灭你做的早饭呢。我是爱吃煎鸡蛋，可是你也不需要一次煎六个吧？”

“前面几个形状不标准，第六个才合格的。”

“还有这粥，我使出吃奶的力气，早上也吃，中午也吃，也顶多能消灭一半，剩下的只有等你晚上回来消灭了。你煮粥的时候，是不是也这么追求完美啊？”

“咱们这么完美的人，做什么事都差不了，肯定是尽善尽美。所以在煮粥的时候，我发现米多放了一点点，为了让比例达到完美，就加了点水。然后发现水加得有点多了，还不够完美，就又放了把米。这样，我们全天都可以喝营养丰富的粥了。”

林丽大笑起来，闻天鸣愉快地听到她咳呛的声音。

闻天鸣到公司已经是上午九点多快十点了。刚进办公室，部门副经理就过来汇报说：“万总听说你今天要去多瑙河医院，找你好几次了。”

销售部的人经常都在外面跑，不需要坐班，所以尽管迟到了一小时，闻天鸣一点儿也不紧张。他放下公文包，抓起桌子上的卷宗，到老万的办公室敲门进去。

“万总，您找我？”

“唔，”老万拿个小梳子正在梳他的胡子，“坐！”

他隔着桌子，把一沓剪报递给闻天鸣。剪报的大标题分别写着“手术刀还是宰人刀”“不孕症怎么降临在已经怀孕的妇女身上”“天价医疗费”“××医院被摘牌”，所有文章的焦点都集中在被查处的莱茵河医院。

闻天鸣想起来，火车站广场上就有这家医院的大幅广告，公共汽车厢里也随处可见他们的高科技整形、无痛人流、专治不孕不育的广告，而且宣扬“一站式服务，跟踪治疗，专职医疗助理”。

问题是，这些剪报和他要去的多瑙河医院有什么关系呢？

老万捋了捋黑亮的八字胡，摇晃着二郎腿，自得地看着闻天鸣疑惑的脸。闻天鸣一看老万这副表情，就知道他一定掌握着关键情报。要在平时，闻天鸣会胡乱猜测一番，让老万过足瘾头，才引出正解，但今天没啥心思跟他玩捉迷藏游戏。

“万总，您就别卖关子了，赶紧把答案告诉小的吧！我上午还得再核一遍报价呢。”

老万有点失落，轻轻从胡子里面吐出几个字：“莱茵河医院，就是多瑙河医院的前身。”

“啊？”闻天鸣吃了一惊，瞪着老万，“不会吧？多瑙河医院不是外资企业么，环境条件比莱茵河医院要高好几个档次。”

“你说的是装修档次吧，”老万说，“不管装修得怎么样，外资还是内资，它们的老板其实都是一个人。”

“老板，您的情报准确吗？技术方案和报价，我可都是冲着多瑙河医院的外资身份去的，给的都是最高配置。”

“情报来源就是多瑙河内部的人，肯定准确。”老万说，“你做高配方案也没错，这次莱茵河变多瑙河，还顶着个外资的帽子，属于鸟枪换炮，怎么着也得树个品牌，不整点好的设备也不符合多瑙河的定位。但是，私人的医院的做法经常难以预料，你注意点。”

闻天鸣知道他说的是销售公关那一套。公立医院可以高报设备价格，预算多出来的部分用于医院领导出个国考个察什么的，或者在国内找个山清水秀的好地方培训一下，只要设备报价不是高得离谱，都没问题；而私人医院，尤其是老板直接参与设备谈判的，都会挤尽报价的最后一滴水分，甚至都挤不出来时，还要“干榨”一下，所以私人医院的设备价格一般都要报到最低，然后再想办法从维修和配件挣点小钱。

闻天鸣说：“晓得了，放心吧，我心里有数。一会儿我给再整一套低配置方案，供他们选择。”

老万眯着眼睛说：“去吧，你下午走之前，我让他们弄份完整的莱茵河医院的材料给你，你参考一下。”

“谢谢万总，还是您老高明啊！”闻天鸣顺嘴拍了下马屁，回自己办公室了。

闻天鸣开车来到了多瑙河医院。离跟院方约定的碰头时间还差半小时，他拎着公文包，围着医院转了一圈。医院建在城乡接合部，周边都是新修的道路和小区，绿树成荫，道路宽阔。医院有四层楼，刚新装修过，挂号和缴费大厅用了大量的黑色大理石，整栋楼的外立面也都用了土豪金的黄色条纹大理石，看上去不像医院，倒像个高档洗浴中心。

闻天鸣注意到，偌大的医院却没有几个病人，也可能是因为没到上班时间的缘故。时钟指向下午一点三十，闻天鸣准时来到挂着“院长”牌子的办公室门前，敲响了厚重的木门，里面传来一声“请进”。他推开门进去，办公室装修得很豪华，巨大的圆弧形胡桃木老板桌旁边、大门旁和落地窗边，都摆满了郁郁葱葱的绿色热带植物，一个身着蓝色衬衫、戴着无边眼镜儿的男人，挺着肚子从老板桌后面站起来，皮笑肉不笑地跟闻天鸣握了个手。他的手滑腻腻的，握手的力道很轻。

闻天鸣热情地自我介绍：“施院长，我是小闻，昨天跟您通过电话。”

他双手递上名片，施院长也递给闻天鸣一张自己的名片，上面印着“多瑙河医院施伟院长”。

闻天鸣一进门时就注意到，施院长宽大的红棕色老板桌旁边摆了一只小方桌，方桌后坐着个黑红脸膛的中年人，和闻天鸣一样留着板寸头，鬓角处已经有些白发冒出来。他身穿一件乌红带黑色条纹T恤衫，下身一条水磨蓝的牛仔裤，脚蹬舒适的无带懒人皮鞋，他打扮很随意，和施院长西装革履的风格迥异。他一直埋头看资料，正眼都没有看闻天鸣一眼。和施院长交换完名片以后，闻天鸣也没有漏过他，满脸笑容，双手递上名片，重新自我介绍：“我是闻天鸣，幸会幸会。”

红衫男接过名片，说了句：“您好！”，既没有回递名片，也没有介绍自己，只是仔细把闻天鸣的名片看了一遍。闻天鸣走南闯北，见识过不少人，对他却有点琢磨不透。技术人员大都是不修边幅的，也不爱穿得过于正式。这位红衫的打扮不像正式管理人员，身上鲜艳衫和小麦色的皮肤又不是典型的纯搞技术的形象。

闻天鸣转头对施院长说：“施院长，您看今天这样好不好，我先介绍一下公司的总体情况，再说说我们对这次方案的想法，然后您们再看看技术方案能否满足贵院的需求，有什么意见您只管提出来，我们按您的意见修改。”

施院长说：“好、好、好。”

闻天鸣打开笔记本计算机，放到施伟和红衫男都能看到的地方，拿出激光笔，开始地滔滔不绝介绍公司的情况。他口若悬河，把公司的背景、全世界超过30%的市场占有率、国外总部强大的研发能力、世界各地星罗棋布的公司、中国分公司的实力和产品线的优势等，轮流介绍了一番。

然后他花了十分钟，简单介绍了一下最高配置和最低配置的技术方案，最后谦虚地说：“这只是按照我们预估的需求做出来的初步方案，肯定有不合适和考虑不周的地方，请二位多指教。”

施伟一只手搭在桌子上，转头看看红衫男，说：“我先说说我们的需求，不对的请曲总纠正补充。”

闻天鸣浑身一震，这不起眼的黑肤色男人，就是大名鼎鼎的曲连虎么？

他转眼再看他，曲连虎仍是低调地不说话。

“多瑙河医院的建院目标是‘世界一流的私人医院’！中国的经济高速发展，GDP超过了日本、德国，在世界排行第二。而我们国家的医院呢？大的国有医院人满为患，有个头疼脑热小病的病人和真正需要高水平医疗的大病、疑难病人混杂在一起，顶级的医生至少有一半时间都浪费在小病患者身上，这些小病本来在社区医院就可以解决的。超负荷运转的医疗人员和医疗设施，有没有用到最需要的地方？没有！”

闻天鸣连连点头，作为一个名不见经传的民营医院院长，施伟说出来的这番话，让闻天鸣有点刮目相看。

“我们多瑙河医院定位为‘国际一流’是个什么概念？我们的一切都要是一流的！医院的环境国际一流，医疗服务的周到细致程度国际一流，医院的医生也是国际一流！当然咯，我们的医疗仪器设备也必须是国际一流！”

听施院长说得充满信心，慷慨激昂，闻天鸣心里暗喜，一流的设备对应的是一流的价格，看来这次有希望做成高配置设备的大订单。

施伟从医院的高端定位一直说到医院科室的设置，甚至考虑了医院专用呼叫中心和专业医导。他讲得滔滔不绝，目光却总是不经意地掠过坐在角落的曲连虎。

闻天鸣心想，这个以承包医院性病、皮肤病科室发家的南方人，还真的是有点魄力。前期靠坑蒙拐骗和疯狂掠夺，完成了血腥味十足的原始积累后，还真的能转变思路，做起阳春白雪的高档医院品牌来。现在老百姓口袋里有钱了，这没准还真的是一条不错的路子，可以就此把过去的不良记录洗白。

曲连虎瞪着闻天鸣的资料，脑袋有点儿发蒙。昨天陪市卫生局一个关键人物打牌，处心积虑输了一晚上的牌，凌晨三点多才爬上床。今天上午又开了个医院中层管理人员会，到了这会儿，恨不得爬上床倒头大睡一场。要搁几年以前，他哪有耐心陪关系户打牌啊，直接拎着装钱的密码箱上关键人物家里去就行了。但是上个月莱茵河医院被突然查封，栽了个大跟斗以后，他发现钱不是万能的，用钱砸出来的关系并不那么牢靠，对于几个最关键的人物，除了钱以外，还必须有感情的投资。所以他迅速调整了攻关策略，花了不少时间跟几个关键人物勾兑感情，果然新医院的执照很顺利地批下来了。

施伟的慷慨陈词，曲连虎并不是很赞同。充满野心、意气风发的阶段已经过去了，最近一连串的打击让他明白，树大招风，枪打出头鸟，低调做人才能立得稳。就像热带的榕树，比它高、比它壮的树很多，但它把无数粗壮而不起眼的树根深深扎入土壤中，反而成了最稳固、生命力最强的树。

他最近采取一系列措施，变卖或者关掉名誉不好的医院，为的是砍断那些过高的树枝，再把横须扎进土壤，最终把他曲连虎的产业，由一棵最高的招风树变成一片密实的森林。

见对自己描绘的宏伟蓝图老板的表情有些不以为然，施伟讲到半截就停下来了，他到多瑙河医院才两个月，还没有完全吃准摸透老板的意图，他口风一转，说:“当然了，国际一流是最终理想，不可能一步到位的。”

见曲连虎几乎不可察觉地微微颔首，施伟松了一口气，说：“刚才说得不对的地方，请曲总补充。”

闻天鸣暗想：这句话有点不合文法，说得不全才需要补充，说得不对应该是纠正才对，施伟这么说，显然是不想外人看出他和曲总事先并没有充分沟通，曲连虎的这个“总”不晓得是个什么总，这间办公室里，显然是他说了算。

曲连虎看到闻天鸣给出的方案和报价，报价比国内公司要高出一倍。他从来没有买过国际大公司的产品，报价有多少水分还不清楚，所以他并不急于表态：“施院长谈到的理念是多瑙河的办院理念，我们先拿多瑙河试点，如果成功了，会把多瑙河拷贝到全国各地，形成高服务质量和高医疗水平的全国性私人医院网络。技术人员今天参加另外一个培训去了，回头我把方案转给他们。”

听最大老板说出的这话，闻天鸣有踏空的感觉。他本来期望今天可以初步定下采购意向，或者能首肯下技术方案，没想到曲连虎这么几句话就把自己给打发了，他知道问题一定是出在报价上，主动表态说：“曲总，施院长，今天很荣幸，二位院领导能亲自接见我，也说明医院非常重视这次设备采购。希望下星期能和技术人员作更深入的沟通，在报价方面，我会向总部汇报相关情况，争取给咱们医院一个最优惠的价格。”

其实自始至终，曲连虎和施伟只字未提报价的事情。但是闻天鸣知道，除了产品质量外，报价是最关键的因素之一，对于多瑙河这样的民营医院，尤其对于以前只用低价设备的曲连虎，其他优惠恐怕都不如直接降价有吸引力。

闻天鸣告辞出来，看时间还不到四点，就琢磨去商场给林丽买那件她觊觎已久的连衣裙。

林丽盘腿坐在卧室飘窗柔软的白色羊皮垫上，面前小桌子上的杯子还冒着热气。初冬的傍晚相当寒冷，小区草坪由盛夏的嫩绿变成了枯黄，黄昏时间的小区是最有生活气息的，每家每户的厨房几乎都有忙碌的人影，能听到蔬菜“哗啦”倒进油锅的声音、高压锅“嗤嗤”的喷气声，以及抽油烟机“轰轰”作响的声音。

林丽大口喝下酸甜的橙汁。眼前的生活温馨而美好，她的目光转向小区中间弯弯曲曲的小路，一老一小一前一后地走在回家路上，老人背着沉重而鲜艳的学生双肩包，小朋友一身轻松，跟在后面蹦蹦跳跳。看到他们，林丽突然眼泪盈眶，想到自己残缺不全的卵巢，什么时候才能有一个活泼的小宝贝啊？

她伸手抹了一下湿润的眼睛，对自己说：“我不能放弃！只要有百分之一、千分之一、万分之一的希望，都要尽最大的努力去争取。”想到这里，她一口喝尽杯子里的果汁，跳下窗台，走到客厅阳台上，开始了今天的第三次长跑。

闻天鸣一进家门，就看见饭桌上热气腾腾的三菜一汤。他呆了一下，心虚地想：坏了，我又忘了今天是个纪念日了。他一边换鞋，一边飞快地在脑子里过了一遍纪念日：结婚纪念日、林丽的生日、他们第一次相遇的日子、情人节、第一次打 kiss 的日子、第一次真正亲热的日子，好像都不是今天啊！管它是什么日子呢，今天运气好，误打误撞给林丽买了件连衣裙，纪念日的礼物是有了。

“老公，你回来啦？”林丽跳下跑步机，脸蛋红扑扑的。

“老婆，今天怎么做了这么多好吃的啊？”

“对啊，今天是个重要的纪念日！”

“嗯。”闻天鸣不置可否，等她的下文。

林丽宣布：“我决定：从哪里跌倒，就从哪里爬起来。为了我们宝宝，我要改变不健康的生活方式，保持积极乐观的心态，不急躁，不倦怠，不冒进，不拖拉，有计划、有步骤地，实施我们的造人计划。”

看着林丽充满决心的样子，闻天鸣觉得她都快赶上做传销培训的老师了。人越是缺什么，就越要掩饰和表现出什么，她刚才对未来造人计划的一番豪言壮语，正是她内心软弱的反映。他走上前去，抱住她丰腴的身子，在她汗津津的脑门上响亮地亲了一口。

“老婆，为了庆祝这个纪念日，我要送你一件礼物。”

林丽从大纸袋里掏出花花绿绿的连衣裙，愣了几秒钟，简直不敢相信自己的眼睛，那是她朝思暮想了好久的手绘羊绒连衣裙！上回跟黄新娜一起逛商城专卖店，对这件连衣裙爱不释手，但是看看那个价格，没舍得买，回来还在网上想找件高仿的也没找到。

她蹿起来，在他头发上胡乱亲了一下，说：“老公，你太好了，我去试衣服。”

看着她像个小孩子一样抱着衣服冲进卧室，闻天鸣也不禁微笑。没一会儿，她就换好裙子出来，手扶门框，风情万种地问：“老公，好看吗？”

闻天鸣扭头看一眼，他半个月的工资啊！能说不好看吗？

“漂亮！”

“我穿这条裙子，是不是显得瘦点？”她往下瞄瞄，裙子有坠感，成功遮掩住了肚子上的游泳圈。

“人瘦，穿什么都胖不了！”闻天鸣随口夸奖道，心里琢磨着“卵巢事件”现在应该算是过去了。

孙晓伦难得回家吃一次饭，黄新娜让保姆做了满满一桌子菜，都是他平时所好。孙晓伦在饭桌前刚坐下，又站起来去厨房拿可乐。他平时在家喜欢喝点红酒，自从发现“造人”不顺后，黄新娜要求他要“封山育林”，红酒都让她孝敬了公公婆婆，取而代之的是冰箱门上码得整齐的一排大瓶可乐。

孙晓伦翻遍了整个冰箱，也没看见可乐，便问道:“娜娜，我的可乐放哪儿了？”

“没了！”黄新娜对着手机，便发笑边说。

“怎么没了？昨天还有大半排呢。”

“我把它们送给送快递的了。”黄新娜不经意地说。

“什么，送给……？你没零钱给付递费啊？”

“不是啦。”黄新娜顺手把手机递给他看，屏幕上文章题目赫然：“丹麦医生发现：可乐会杀死精子！”。孙晓伦快速浏览了一下，文章说一个丹麦医生通过统计分析，发现可乐里面的咖啡因会降低精子活力，减少精子数量。

“老婆，”孙晓伦抗议，“这说法有根据吗？谣言吧！”

“人家国外科学家研究了好多年才得出的结论，数据要多准有多准！你就老老实实戒可乐吧。不光要戒可乐，含咖啡因的都要戒啊，什么巧克力啊咖啡啊，都不能吃了。”

“咖啡？”孙晓伦赶快打开冰箱门。

“不用找了，亲爱的，刚买的那罐咖啡也送给快递了。”

“娜娜，你这有点草木皆兵了啊，这也不能吃，那也不能吃。你还把什么给送快递的了？”孙晓伦狐疑地问。

“不算多，也就十来种禁食的。对了，我把大虾和你出差带回来的螃蟹送妈了。”

“螃蟹和虾营养挺好的啊，为什么不能吃？”

“你没听说过吗，人工饲养的螃蟹和虾，都给喂消炎药和避孕药，不然哪有这么多带黄的螃蟹啊。”

吃完晚饭，孙晓伦坐在沙发上摸摸自己鼓起来的肚子，突然想起来，说：“我的雪茄烟，还有地下室那些好酒，是不是也花落别人家了？”

黄新娜见他不甘心的样子，笑起来，说：“酒我还给你留着的，反正不怕长时间存放。烟我打算送给我爸。如果我怀不上，你得一直戒烟。怀上了你也没机会抽，生了宝宝你就更没机会了。反正这辈子你别想在家里抽烟了，我看不如干脆趁机戒掉吧。”

孙晓伦无语凝噎，过了好一会儿才说：“老婆，我又没毛病，不用这么严格吧。”

黄新娜一瞪眼睛说：“我的输卵管堵了，是以前做流产落下的毛病，这你得负一半责任吧？就我一个人做动手术做试管婴儿受苦，你也得意思意思嘛。再说，趁着造人的时候，养成良好的健康饮食习惯，也是一桩好事啊。”

黄新娜的这番话，说得孙晓伦没了言语，他有些内疚地抓住她的手说：“老婆，对不起，以前我不懂事，让你受苦了。”

在医院检查出输卵管堵塞后，黄新娜只忙着安慰林丽、忙着帮孙晓伦做应付风投的尽职调查，根本没时间为自己难过，此时听到孙晓伦的道歉，这才心里难受起来，不由得红了眼圈，掉下了眼泪。

孙晓伦见不得女人流眼泪，心里难过，把她拉到自己怀里，轻轻用手帮她擦掉眼泪。两个人静静地依偎了一会儿，孙晓伦柔声说：“娜娜，别难过，实在生不出来，我们就去领养一个，或者干脆丁克，别哭了……啊……”

听到这话，刚才还在悲悲惨惨切切的黄新娜，好气又好笑地说：“呸呸呸！谁说我就生不出来了？试管婴儿还没开始做呢你咋知道我就不行呢？我偏生一个给你看。好了，不说这个了，我去给你放洗澡水去。”

她推开孙晓伦，上楼进了卧室。孙晓伦哪曾得到过这种待遇啊，从来都只有他帮她放水的份儿。看着黄新娜窈窕的背影，他吞口口水，发出了热情的邀请：“老婆，我们一起洗个鸳鸯浴吧。”

楼上传来黄新娜的笑声，她说：“不了，我喜欢洗澡水热一点。”

黄新娜抿嘴笑着，看着孙晓伦走进和卧室相连的衣帽间，对着大镜子，搔首弄姿地脱掉外衣，赤裸着身体，前后左右照了个遍，才走向浴缸。他姿态优美地跨进浴缸，随即就像掉进开水里的青蛙一样，尖叫一声蹦了起来。

“水怎么这么冷啊！”

“老公，书上说了，睾丸产生精子，需要比正常体温37℃低一度左右的环境才行。男人洗澡用过热的水，会影响精子密度，所以我给你把洗澡水调得稍微凉了一点，保证你的每只小蝌蚪都会欢蹦乱跳的。”黄新娜捂嘴笑着说。

孙晓伦这才理解她说的“喜欢洗澡水热点”是什么意思了，只得又重新坐进凉水里，怪声叫：“娜娜！”

黄新娜听出他的无奈里有一点撒娇的味道。想到六尺高、胡子拉碴的大男人像个小男孩一样撒娇，她硬生生打了个寒战。

“乖！快洗啊。”她关上了洗手间的门。

没一会儿就听见他在里面一边打水一边怪叫：

“哎呀，好凉快啊！

“小蝌蚪们，快冲！

“谁得第一，大大有赏！

不到十分钟，孙晓伦就蹦出浴缸，光着身子出来了，他打开衣橱找睡衣，突然惊讶地问：“娜娜，我的牛仔裤怎么一条都看不到了？洗了晾着呢？”

“哦，忘了跟你说了，我把你的牛仔裤也全收起来了。”

“为什么啊？”孙晓伦只好穿了个内裤，光脚站在地上问，“牛仔裤穿着挺好的啊！”他突然明白过来：“网上又说什么了？”

“你那个牛仔裤都是有点紧的。网上说穿紧身裤造成睾丸温度升高、压力增大，也会减少精子的数量的。”

“啊……”孙晓伦怪叫一声，“酒不让喝，烟不让抽，连可乐都没收了，天天洗冷水澡，牛仔裤也不让穿！老婆，你准备怎么补偿我？！”

黄新娜笑眯眯地说：“都是身外之物，别那么在意嘛。”

“那得看你的补偿到位没！”孙晓伦嬉皮笑脸地凑过来，伸出色狼的爪子，张牙舞爪地一把将尖叫着的黄新娜抓在怀里。

第十二章
不可理喻

门诊工作紧张，一到午休，护士们就抓紧时间凑在一起斗地主。江晖在走廊里，休息室里女人们说笑的声浪，几乎盖过了手机铃响。他掏出手机一看，是唐颖的号码，顿时心跳加速，双手微微颤抖，在屏幕上划了好几次才把接听键打开。

“喂，你好。”他喉咙干涩，几乎快要说不出话来。

电话那头的声音清脆愉快：“喂，江医生，我是唐颖。今天我拿到第一个月的工资了，为了感谢你，想请你吃个饭。今天晚上有时间吗？”

“有时间有时间！”江晖忙不迭地说。

“那六点半，在三岔路口的天桥上面碰头吧。”

“好好好。”

“六点半，不见不散。”唐颖挂了电话。

江晖举着电话站在走廊里发了一会儿呆。

哈哈，不见不散！

五点一下班，江晖就冲回宿舍洗了个澡，因为很多人都不喜欢来苏水味。他把只在重要场合才穿的西装领带拿了出来，在镜子前一比画，只见镜子里杵着一位古铜色皮肤、长得老相的中年大叔。这是去约会，不是做报告，穿得这么正式，一来自己感觉不自在，二来唐颖也未必会喜欢。他还是换上了件带帽套头卫衣、水磨蓝牛仔裤和白球鞋。

江晖六点就赶到了约会点。正值下班高峰期，黄昏的街道上人群汹涌，路边服装店里的大喇叭此起彼伏地放着叫卖声，人行道上有小贩在卖烤白薯和粉肠。他随手买了份当天的晚报，靠在人行天桥栏杆上，等待约会时间的到来。他的一双眼睛不停地往人群里瞟，手中的报纸看半天也不知道讲的是什么。

天渐渐黑了，华灯初上。车水马龙中，一个身材高挑的女孩长发飞扬，大步穿过人流，看到江晖，她愉快地微笑着，黑色明亮的双眸在黄昏中微微闪光。

唐颖大老远就看见江晖结实的身影在高高的天桥上，让她好笑的是，他也穿着蓝色套头衫和牛仔裤。

“江医生，今天倒是挺准时的啊。”

江晖脸红了一下，看着唐颖的套头衫和白球鞋，说：“今天我们穿的都是套头衫和牛仔裤，真是心有灵犀一点通啊。”

唐颖哈哈一笑，打岔说：“饭店离这里不远，走吧。”

她迈开长腿在前面带路，江晖紧随其后。她的秀发被风吹起，有几根发丝飘到了江晖脸上，让他有些恍惚迷醉。饭馆在一个小巷子里，门脸很普通，进了大门之后却曲径通幽，穿过种着竹子的小花园，进了大堂。大堂布置得很有情趣，紫红的卡座，水晶吊灯，环境非常优雅。

两人坐下，唐颖问：“你吃什么，这儿的菜都有一点辣。”

“没问题，我喜欢吃辣的。”

她先点了两个素菜，修长白皙的小手飞快地翻着菜单，歪着头研究了一阵，问：“这里的鱼做得不错，你是吃水煮的呢，还是香锅的？”

江晖的目光一直没有离开过她的秀发，她的几根发丝被空调气流带动，在白嫩的脸蛋上轻轻抚摸着。

“水煮的？”

在水煮鱼蒸气的托举下，那几根发丝和脸蛋又会有什么样的亲密接触呢？

唐颖看着菜单，跟服务员说：“来一个水煮鱼，再加一大碗酒酿。麻烦你先给上一壶菊花茶。”

“请问有什么忌口的吗？”服务生殷勤地问。

“没有。”唐颖和江晖同时迅速回答道。

唐颖轻笑一声，脸侧的发丝被她的气息吹得老远，又轻飘飘地飞回来，慢慢靠在她的脸上。如果自己的手变成那几根头发，在她脸蛋上轻轻触摸，会是什么感觉？

江晖心里想着，没来由地感觉一阵燥热。他卷起衣袖，露出了肌肉结实的棕色手臂。

“对新工作还满意吗？”江晖问。

“还不错，事儿有点杂，难度不高。每天朝九晚五，工作压力比以前要小多了。”说到这里她做个鬼脸，原来当医托，是在保卫处眼皮底下讨生活，压力当然大。

江晖笑问：“发了工资准备怎么花？”

“交房租，再留点生活费，剩下的都寄给父母。我老爸身体不好，医疗费只能报销一小部分。”

“很孝顺嘛。”江晖赞赏道。

“孝顺也得有实力才行，光说甜言蜜语还是差点。所以啊，我得好好谢谢你！”

服务生把一大盆热气腾腾的水煮鱼端上桌子，唐颖抓起漏勺，舀了两块鱼片放到江晖盘子里。

在觥筹交错的店堂里，紫红的灯光、嘈杂的音乐都消失了，江晖听不到，也看不到，所有的感觉都随着蒸腾的热气上升，抚摸她柔软的发丝，轻擦过她精致的下巴，飞过她鲜红的嘴唇，拂过挺拔秀气的鼻头，拥抱如水的双眸，在光洁额头短暂流连，最后飞向天花板，消失在深紫色的水晶灯里。

美味上桌，这妇科男医生不动筷子，却只是一个劲儿地呆望天花板，唐颖也跟着瞄了一眼吊灯，笑说：“这里的装修还不错，那个紫色水晶灯挺有特色。”

江晖回过神来，不再敢抬眼看她，埋头吃盘子里的鱼片。鱼片的味道嫩滑爽口，火候恰到好处。趁他埋头吃东西，唐颖透过雾气仔细上下打量这“流氓医生”；头发很茂密，一张脸黝黑，五官中规中矩，不好看也不难看。肩膀倒还算宽，但是配上不太高的身材，也就那么回事。他身上最突出的就是那双手了，有力而出人意料地灵巧，一只放在桌子上无所事事，另外一只熟练地操纵筷子，把大根的鱼刺剥离出来。

“江大夫，有一点我一直没有弄明白。别人都觉得医托黑了良心，骗人钱财，恨不得把医托赶尽杀绝，你为什么会这么古道热肠，侠肝义胆，愿意帮我找工作呢？”唐颖说完，双手叠放在下巴下面，用充满景仰而又好奇的目光望着他。其实，她心知肚明。

看着唐颖天真的样子，江晖想起刚才变成水蒸气的幻想，脸上发烧。

“就是因为不喜欢医托，所以才要帮你找工作啊。”他掩饰地笑道，“在你当医托的工作过程中，我发现了你非比寻常的聪明才智，一般人还真不可能装孕妇装得那么像。”

唐颖忍不住放声大笑，她自己也一直都觉得自己挺有创意的。气氛一起来，有些话就好说了。

“那江大夫你帮人帮到底，跟你的同学说说，我没奢望升职什么的，赶紧把我转正，下回发正式职工的工资吧。”

“我明天就跟他说，尽可能给你高工资。”

“先谢谢你了，我保证绝对不会给你丢脸！”

“相信你。”江晖举起菊花茶水杯，跟她使劲地碰了一下。

饭毕，江晖打车把唐颖送回家，在她租的居民楼下道别，杂乱的单元门口停满了老掉牙的自行车，以及搭着简易木板当凳子的生锈的三轮车。江晖怅然，美好的一晚这么快就结束了。唐颖轻盈地跳下出租车，从车窗外挥手再见，江晖目送着她蹦蹦跳跳地钻进黑洞洞的单元门。

时间是治愈悲伤的最好良药，想要不难过，就不能给自己留下难过的时间。原来整天猫在家里的林丽，现在搞得自己比谁都忙。

闻天鸣倒是推掉了晚上十点以后的所有活动，每天回家陪老婆。

老万很是郁闷，他经常说：“陪客户吃吃饭、洗洗脚是必需的，感情不联络就生疏了。你不经常在他们眼前晃，以后有采购招标的消息，他会想得起你吗？不投标卖东西，我们全都得去喝西北风！”

这天晚上又有活动，闻天鸣向老万请假：“万总，以后晚上我只陪客户吃饭，后面的K歌洗脚一条龙服务，我就不参加了。”

老万眼睛一瞪：“做销售的，吃饭喝酒陪客户都是分内的事情，你是不想干了啊！”

闻天鸣无奈地说：“我也没有办法，家里那位领导要求我封山育林专心造人，严格执行‘四不’政策：不喝酒、不抽烟、不喝可乐咖啡、不得超过十点回家。”

“啧啧，闻天鸣，你个六尺男人，也太没骨气了，老婆让你往东就不能往西啊？”老万不以为然地说。

“不听不行啊，我老婆的厉害你是晓得的。”闻天鸣有意无意地瞄一眼老万整齐的胡子，“不然，连家门都不让进。”

他这一眼，看得老万后背凉飕飕的。

“万总，以前公司联络客户，哪次肉林酒池，我闻天鸣不是冲在最前面的？经常凌晨两三点才回家，公司连个加班费都没有给过。这年头不让生多，如果生出来个歪瓜裂枣的娃，我媳妇儿不跟我拼命才怪。所以万总，看在我立下的汗马功劳的份儿上，您就准了小的吧！”

老万无可奈何地说：“最后一次，东北经销商一直是你在联络，其他人都不熟，这个你得陪一下。然后你抓紧时间，赶快生，只要怀上了，你的任务就算完成了，晚上就还得出来陪客户。”

“得令，谢谢万总理解。”闻天鸣说完，准备出老万办公室。

“等一下，小闻。你上次介绍的那个小时工，陈小兰，你了解她的情况吗？”

闻天鸣不知道他问这个是啥意思，便答道：“了解一点吧，怎么呢？”

“之前的保姆请假，是回家给儿子办婚礼去了，结果她儿媳妇先上车后补票，肚子里面早就有了，她在老家不回来了，要照顾儿媳妇到生，以后接着带孙子。小陈长得虽然一般点，干活还算麻利，最关键是放在家里我媳妇，还放心，想长期用她。”

“她的人品你是完全可以放心的。”闻天鸣把陈小兰当初借钱给自己看病的事情告诉他。

老万说：“我不知道你们还有这个故事呢，那我跟菲菲说，就长期用她了。”

“既然干得好，可以考虑给她长点工资嘎。”闻天鸣嬉皮笑脸地说。

“我家保姆的工资，从来都比市场平均价要高百分之十到百分之二十。”

“万总英明，就是得这样才留得住人才嘛！所以像我这样的销售高手，都死心塌地地跟着万总您啊。”

闻天鸣顺嘴拍个马屁，又捎带着夸了自己，然后回办公室去了。

下班晚高峰，整个城市的道路网就像一锅沸腾的开水，每条路都塞得满满的，汽车喇叭声是沸水里上升的水泡，时不时地响起。闻天鸣坐在驾驶座，听到后面的车都在不耐烦地按喇叭，他看着没有任何信号的仪表盘，目瞪口呆。就在两秒前，仪表盘上所有的灯都亮了起来，然后跟约好了似的一起疯狂闪烁，然后就全部熄灭了。就在指示灯狂闪的时候，他依稀看见油箱指针掉到了 0 刻度线以下。

他扭动车钥匙重新点火，除了轻微的“擦擦”电流声，仪表盘上没有任何反应。他不甘心地再次扭动钥匙，还是老样子。冷汗当时就流下来了，他只有打开双闪灯。后面的车纷纷从两侧绕过他的车继续前进，抢在绿灯变红之前通过路口，把他孤零零地留在交叉口的正中间。没一会儿，垂直方向的车流像洪水一样冲过来，在他车身侧面自动分裂成两小股车流，绕过他的车，又合成一股粗大的车流，向前方奔去。

闻天鸣正不知如何是好，就看见一个年轻的警察远远地从左前方走来，用手指了一下自己。闻天鸣飞快地在头脑里过了一遍交通规则和罚款规定，交规里好像没说车不能坏在交叉口中间，但如果是因为没油了，倒是有可能吃罚单。警察还没走到跟前，他就主动下车了。

“怎么回事？”警察问。

“车坏了，发动机不工作了。”

“赶紧把车挪到路边，别挡道。”警察皱着眉头道。

“好的，麻烦你帮忙给指挥一下，我马上推走。”

小交警打手势截断了右边的车流，闻天鸣打开驾驶座那边的车门，右手控制方向盘，吃力地把车推到了路边。短短十几米的路，他累出了一身大汗，他跟警察道谢说：“谢谢您嘞。”

年轻警察摆摆手，简明扼要地说：“要拖车可以打 122。”说完，他挥手示意一辆外地货车停车检查。

看着年轻小警察不紧不慢地走向那辆货车，闻天鸣松了一口气，钻进车里，看着面前死气沉沉的仪表盘，压抑不住自己的怒气：这个林丽，早在两天前就提醒过她该去加油了，当时她正忙着上网，哼哼哈哈心不在焉地答应了，其实根本就把这事忘到脑后去了！

闻天鸣生了会儿闷气，想起离着三四公里的路边有个加油站，可以打出租车过去搞点油回来。他拿上钱包，锁上车，走到离路口稍远的地方打车。来来去去的出租车倒是不少，就是没一辆是空的，下班高峰期，在拥挤的街道上打车，无异于大海捞针。

闻天鸣越等越冒火，本来跟林丽约好了六点半在小区门口的快餐店一起吃饭的，这么一耽误，肯定没法按时到家了。如果打不到车，走到加油站再回来，至少得一个半小时！他摸出手机，烦躁地按动电话按钮，想给林丽打个电话，但转念又一想，不告诉她，让她着一下急也好。他关掉了手机，站在街边左顾右盼，只见一个工人模样的人着骑车过来了，他朝那个男人招招手。

工人停了下来，莫名其妙地看着他。

“想不想挣十块钱？把我带到前面的加油站，我打点油再回来，给你十块。”

“二十！”

“十五！”

“上来吧。”

闻天鸣把两大壶汽油灌进油箱，跳进驾驶室，再次转动钥匙。他提心吊胆地侧耳倾听着响动，发动机迟疑了两秒钟，终于欢快地发出了“轰轰轰”的运转声。悬着的心总算放下来了，闻天鸣开车去加油站把油箱加满，才掉头上了回家的路。此时晚高峰基本上过去了，一路畅通，到家楼下都已经快八点了。闻天鸣抬头看自家客厅的灯还亮着，心里有点愧疚，自己不但没有跟林丽说要晚归，还把手机关掉让她找不着自己，虽是她忘了加油，但是自己没有注意检查，也有一定的责任。他打开手机，发现有个林丽的未接电话。

闻天鸣打开家门，从幽暗的玄关进入灯光明亮的客厅，家的温暖扑面而来：门口衣钩上挂着林丽玫瑰红的围巾，地上她粉红色的毛绒拖鞋挤成一团，一只拖鞋半踩在另外一只上面。

“老婆，我回来了。”他一边换鞋一边吸气，“这是什么味道？老婆，你又在薰香了？”

林丽喜欢买香水、精油，浴室的柜子里放着她二十多种不同香味的精油，玫瑰味、茉莉花什么的味道闻天鸣还能接受，有的味道就实在无力接受了。这次的客厅里弥漫着油烧焦了的味道。

“老婆！”闻天鸣又喊了声，没人回答他。

卧室没人。书房也没人。他打开洗手间的门，还是没人。最后，他走进厨房，只见燃气灶上烧着一壶水，厨房窗玻璃上布满了细小的水珠，原本看得很清楚的对面楼房，现在是一片模糊。闻天鸣随手在窗玻璃上抹了一下，整根指头都是水。奇怪！窗户上怎会有这么多水？

突然，"嘭"的一声，身后传来一声巨响，吓得他惊跳转身，迅速四处查看——暖瓶好好地在角落里毫发无伤，天然气灶上的水壶底部烧得通红。正惊惶之际，又是发出了更大的一声"嘭"！闻天鸣愣了两秒钟，这才反应过来，冲过去关掉天然气灶。只见原本银白色的水壶已经烤成了黄色，壶底像张开的嘴巴，裂了条大缝。

如果没有及时关掉天然气，已经烧干了水壶会不会引发一场火灾？

想到这里，闻天鸣打了个寒战，他把水壶用力扔进垃圾桶，愤怒替代了对林丽隐约的愧疚。

林丽在健身房跳完肚皮舞，洗完澡，背起大红色的双肩包，愉快地哼着小曲，诡诡然回家了。

"老公，我回来了。"她穿过客厅，把脏衣服扔到阳台上的洗衣机里。

闻天鸣脸色铁青坐在沙发上，面前放着一只空方便面桶。

"今天我上了肚皮舞健身课，要不要一会儿表演给你看？"林丽哼着曲子从卫生间出来，边梳着头发边问。

闻天鸣拉长着脸，保持石化的姿势，不接话茬。

林丽奇怪地看他一眼，说："怎么了，谁惹你了？跟我说说，我帮你出气！"她走过去，胡乱地揉揉他的头发。闻天鸣不耐烦地挥开了她的手。

"怎么啦？你生谁的气啊？"

"就生你的气！"闻天鸣从牙缝里面挤出几个字。

"啊？我怎么啦？"林丽问道，用她的小母鹿眸子无辜地看着闻天鸣。

闻天鸣大吼道："你还记不记得说好了六点半一起吃饭的？你跑哪里去了？"闻天鸣愤怒地指着墙上的挂钟，"现在都八点多了！你知不知道汽车是要烧汽油的，没油了就得加油？！你知不知道今天我抛锚在半路上，跑了几公里才打了点油回来？！你知不知道水烧开了要关煤气？！幸亏我回来得及时，不然家都被你烧光了！你的脑袋到底在想些什么！”

他突如其来的指责，把林丽搞蒙了，一时间说不出话来。她站在那里努力回忆，好像早上是跟他约过晚上一起吃饭的，六点多看他没回来，打电话又不通，就去健身房了。

“我等你到六点半你还没回来，手机你又不接嘛。”林丽委屈地反驳道。

她的反抗更激怒了闻天鸣：“那是因为车没油了？！在十字路口正中间开不动了！我只有把车推到路边，还差点让警察给罚了款！”

林丽想起来，好像确实是两天前油箱指针已经到0附近了，自己本想着要去加油的，一忙就给忘了。她说：“对不起啊，老公，我忘加油了。不是你说油箱指针到0，还可以再开五十公里吗，所以我想晚点加也没关系。但是，你也没有看油表？”

闻天鸣恼羞成怒，抓起沙发上的靠垫使劲摔倒地上，垫子“噗”的一声闷响，在地板上滚得老远。

“你不加油，还是我的错了啊？！”

他真的发飙了，林丽暗想。平时跟闻天鸣在一起，虽然自己总是咋咋呼呼，经常指示他干这个干那个，现在看到他真的被激怒了，她识趣地闭上了嘴。

“还有，你烧上水就不管了？水都烧干了！水壶都烧裂了！”

闻天鸣“噌”地从沙发上站起来，林丽吓了一跳，防卫地后退一步，眼睛瞄着茶几上的玻璃杯，随时准备抓起水杯，把剩下的半杯水泼在他脸上，帮他清醒清醒。闻天鸣撞开她，冲到厨房，从垃圾箱里面抓出一个黑乎乎的东西，“咣当”一声扔到林丽面前：“你看看，你干的好事！”

林丽捡起水壶翻过来，看见了底部裂开的大口子。

“我回来的时候水已经烧干了，要是再晚回来几分钟，只怕家也都烧光了！”闻天鸣吼道。

林丽打了个寒战，知道自己差点闯了大祸，她上前抱住闻天鸣的胳膊，轻轻摇晃，柔声说：“对不起嘛，老公，我又不是故意纵火的，你就大人不计女人过嘛。”

闻天鸣绷着脸不理她，她抱紧了他的胳膊，全身都贴了上去。

“老公，”她娇声哀求道，“你就别生气了，我下次一定注意，怎么也得剩一格油给你的，老公！”

她一撒娇，闻天鸣就拿她没办法了，不饶了她，难道还打她一顿不成？被她抱着胳膊一阵乱摇，气也消了不少，只得说："你倒是自己一个人吃饱了，我肚子还饿着呢！"

林丽憋着笑，马上说："那我给你叫外卖，好不好？"

清晨的阳光洒在小花纱帘上，这是一个舒适惬意的早上。闻天鸣在洗手间用电动剃须刀剃胡子的声音把林丽吵醒了，她惬意地享受着早晨清醒的空气。

见林丽醒了，闻天鸣漫不经心地说："你还是要把家里收拾一下啊，门口的鞋子都堆成山了，昨天吃的猪蹄，碗还在桌子上。家里乱成这样的，你好歹收拾下啊。"

在林丽听来，他的这番话完全是美好的早晨里的不和谐音符，她不高兴地说："又不是我一个人的家，你看不惯可以自己收啊！再说，我昨天还洗了两锅衣服呢，你是不是以为把脏衣服丢进洗衣机，衣服就会自动变干净啊？！"

闻天鸣心想，她的反驳完全站不住脚嘛，洗了衣服就不能收拾家了啊？！

"收拾房间本来就是女人分内的事，每天也花不了你多少时间。你只需要把上网的十分之一，不对，二十分之一的时间拿出来就够了。"

"凭什么啊？"这句话彻底激发了林丽的女权主义，想起他昨天半夜两点多才回来，她就更加生气了，"我也要上班挣钱，每天工作的时间也不比你少，凭什么回家后我得干所有的家务，你就可以出去喝酒啊？！"

"那你出去喝酒试试，你以为我喜欢出去啊？我都已经跟老万说了，昨天是最后一顿了。"闻天鸣有些生气了，这女人说她还不听了，他大声说，"你看你，你家务事不做，天天上网，一点都不像个女人！

这句话把林丽彻底激怒了，她从床上蹦起来，披头散发地冲到闻天鸣跟前，质问道："我哪儿不像女人了？你说，我哪儿不像女人了？"

闻天鸣看一眼她愤怒扭曲着浮肿的脸，丢给她一句："你自己照照镜子就知道了。"说完挤开林丽，抓起公文包，"咣当"一声甩上门，上班去了。

林丽走到浴室镜子前，看着镜子里面的女人，肥胖，头发像乱鸡窝一样，脸上的表情怨毒。生不出孩子，长期的焦虑彻底改变了嘴角的轮廓，原来甜美上翘变成了下垂的苦相。脖子上不知何时爬上了皱纹，右脸上还残留着枕头褶皱的印子。客观地说，此时镜子里面的人并不像男人，但绝对是个标准的黄脸婆。

闻天鸣目不斜视地走进办公室，早上和林丽拌嘴令他一路都心情不爽。他把公文包丢到格子间的桌子上，抓起水杯到茶水间接开水，正好有几个技术部门的男同事在聊天，隐约听到什么“男朋友”之类的话。

闻天鸣把隔夜茶倒掉，一边接开水，一边问：“刚才你们说谁的男朋友，怎么啦？”

技术部一个刚进公司不久的小伙子，挤挤眼睛说：“我们公司来了个如假包换的美女，我问问有谁知道她有没有男朋友。”

闻天鸣笑着说：“兄弟，你要是能把泡妞的一半精力去挖零配件供货商，年终业绩绝对涨一倍。”

“如果供货商有这等美女，我肯定是挖了又挖。”

看他荷尔蒙爆棚的样子，闻天鸣想着自己早过了那阶段了，便笑着回到自己的格子间，打开电脑，开始整理客户资料。

老万打电话过来，说：“小闻，你来一下。”

闻天鸣走进了老万充满烟味的办公室，在办公桌前的椅子上坐下。

老万皱着眉头看着计算机屏幕，痛心疾首地说：“小闻啊，上个月的销售业绩比上上个月下滑了百分之五十啊！你家的造人计划进行得怎么样了？还没怀上啊？！封山育林封山育林，你这是只封山不育林啊。晚上不陪客户，只怕事业的森林也要枯萎了，这么下去很危险啊。”

闻天鸣苦笑道：“造个人真像种树育林这么简单就好了！树种子是看见的，种子种进土里，从土里长出来的小树苗是正是斜、有没有长虫，都一目了然。造人，那完全都是暗箱操作啊。”

“这倒是真的。不想造人的，经常无心插柳柳成荫，要不街上怎么铺天盖地都是无痛人流广告呢？！有的人，造半天人也不见有成效。小闻啊，造人不顺利可以找人帮忙，没准别人随便丢颗种子就发芽了。”老万别有用心地笑着说。

闻天鸣这时哪有心思开玩笑，只是冷眼看着奸笑的老万。

见自己的玩笑话没有引起共鸣，老万咳嗽一声，正了正表情，说：“我是说要去医院找专业人士帮忙。好了，闲话少说，多瑙河医院采购的事情进行得怎么样了？这单生意可能是我们今年最大的单子了，机会难得，要抓紧。”

“我一直在密切跟踪这个单子，前两天他们董事会通过了采购计划，现在正在走相关手续，估计马上要开始招标了。”

“这医院不是曲连虎说了算吗？董事会批准就是走个过场，怎么还用了两个月时间？”

“我专门了解了下他们的股权结构，曲连虎的确是公司最大的股东，但是股份没有超过百分之五十，另外三个股东的份额加起来，还比他多个百分之几。”

“哦，”老万点头，“我们的竞争对手都有什么公司？”

“据我了解，没什么正规大公司，都是一帮国内的小企业。”

“不要小看这些小企业，给回扣没有制度限制，手段比我们外企要灵活得多。小闻，这个大单一定不能放过了，该出来跟客户联络感情还是必要的，不要因为封山育林把自己的大好前程断送了，到时候狼没打着，孩子也丢了。”

闻天鸣被老万这乌鸦嘴说得郁闷非常，闷闷地说：“知道了，没事我先出去了。”

他刚回到座位上，就有陌生人电话打进来。

“你是4138的车主吗？”一个带东北口音的人问。

“我是。”

“你的车堵在小区门口，你过来挪一下吧。”

“什么？”闻天鸣懵了，“你哪位啊？”

“我是小区的保安队长，刚才在物业查到您是4138的车主，所以给您打电话。今天一个女的开着4138，没有停车卡，非要进小区地下停车场不可。地下停车场的车位全都是业主交钱租的，没有临时停车位，没卡的车进去，肯定是要占别人的车位。我们的保安坚持不让她进，那女的就是不走，跟保安大吵大闹，后面都堵了七八辆车。最后那女的说：‘是你们自己不让进的啊，那可怪不着我了。’下车把车一锁就走了，现在所有的车都进不了地下车库，好多业主都投诉我们了。”

闻天鸣听到话，一个头变成两个大，只得说：“你别着急，我马上打电话让她把车挪开。”

“那麻烦你了。如果半小时内还没有把车挪走，我们就只能叫拖车了。”

闻天鸣憋着气，哼了一声，按了挂机键，马上给家里的座机打电话。按林丽平时的作息时间，一般上午十点前她是不会出发去上班的。家里的电话没有人接，他又拨林丽的手机，听到的是“您所拨打的用户已关机，请稍后再拨”。

闻天鸣终于品尝到惹恼老婆大人的苦果了。他不得不在上班时间请假，忍受老万便秘一样的表情，打车回家，拿上备用钥匙，跟小区保安说上一堆道歉的话，并且拍着胸脯保证不会再有下一次，把自家的车给开走。

待他回到公司，已经过了中午十二点了，办公室里的人都出去吃饭了，偌大的办公室里鬼影都没有一个。他从书桌下的小柜子里拿出一碗方便面，心想中午就随便对付一下好了，在茶水间泡好面，就听到自己的手机响，中午这个时间，一般只有林丽会打电话。

他端着泡面慢慢往回走，哼，今天得好好说说她！他不紧不慢地把泡面放到桌上，拿起电话，才发现并不是林丽打来的，而是多瑙河医院的施伟。

“喂，施院长，您好，我是小闻。”

“小闻啊，可能你听说了，医院董事会已经批准了采购计划，过几天就要发招标书了。你们好好准备，继续完善一下技术方案，价格呢，打个最低的折扣，到时候估计会有好多家公司参与投标的。”

“施院长，您就放心好了！论技术，放眼全世界，我们产品的质量都是最好的，而且世界第一的市场占有率可不是吹的。至于价格嘛，您也知道，一分钱一分货，便宜的设备用个两年，出了保修期就三天两头坏，把您买设备省的钱全都在维修费上找补回来了，还费事，又闹心，真算下来也并不便宜。在我们投标设备的价格方面，我肯定帮您争取最低的折扣。”

“好好好！”施伟压低声音道，“给你透个底，上次曲总对你们公司的实力还是很满意的，后天上午你过来一趟，把详细的方案带过来，千万别掉链子。”

“好勒，放心，现在我都不骑自行车了，想掉链子都没法掉。”

挂了电话，闻天鸣听到身后有轻笑声。他回头一看，一个陌生女孩站在身后，见他看自己，甩甩长发，笑盈盈地说：“我是新来的白晓玲，您就是咱们公司的销售冠军吧。”

看来这就是早上那帮小子们议论的那位了。闻天鸣仔细看看她，长相也就是个中等偏上，因为年轻，皮肤光洁，面色红润，马马虎虎能归到美女堆里。

“闻天鸣。欢迎成为我的同事。”闻天鸣站起来跟她握握手，转身坐下，开始吃泡面。

白晓玲看着他的背暗自发笑，一个破方便面还唏里呼噜地吃得这么香。今天她第一天上班，从早上一到公司一直到中午，不知道为啥身边总有几个人跟着，介绍这介绍那，跟块牛皮糖一样，走到哪儿黏到哪儿；又似几只苍蝇，一直在身边“嗡嗡嗡嗡”，赶不走，又不能一巴掌拍死，烦得人不行。碰到闻天鸣这样少言寡语，反而觉得轻松自在。

老万食饱饭足，摸着大肚子刚进办公室，闻天鸣跟着就窜了进去，汇报道：“万总，您吃好了？我跟多瑙河医院的施院长勾兑了一下，打听到内部消息，跟您汇报一下。”

“哦？”老万馁馁牙花子，兴致上来了，“你说。”

“多瑙河医院的施院长和曲连虎对我们的印象都挺好，施院长专门打电话过来提醒我，说医院马上要招标，还有好多家国内同行在竞争，要我们好好做技术标。”

“技术？国内我们有对手吗？”老万自满地说，“不过他提醒得对，凡事都不能掉以轻心。”

“我就怕招标书整体要求不高，我们的技术优势体现不出来。说到价格，不是我灭自己的志气长别人的威风，我敢说所有国内厂商的报价都会比我们低，就怕到时候光有技术优势没用啊。再说多瑙河医院是个私人企业，买设备的每一分钱都从利润里面来，肯定不像国有医院这么舍得的。”

老万面色凝重地说：“你说得有道理，有什么要求，直接提吧。”

“一个是这笔订单给个最低折扣。另外，在投标阶段，上海总部派最好的技术支持过来，把那帮家伙忽悠昏。如果有可能的话，让中国区大老板过来溜达一趟，见见曲连虎，这事情基本上就没跑了。”

“好，最低折扣没问题，我说了就算数！技术支持要跟总公司申请，你赶快打个报告，我下午就给你签字。还有，你多带带新来的那个白晓玲，我看几个技术部的小伙子没事老围着她转，班都不好好上了。你带她多跑跑外，省得大家心思不在工作上！”

"好的。"

老万想了一下，又说："有个小问题就是，平时都只有中国区大老板召见我们的份儿，不是想请就能请得动的，"

"万总，曲老板旗下的医院可不是只有一家多瑙河，全国三十几个省城，除了台湾、香港，基本上都有他的医院。再说了，除了生殖中心，他还会买其他设备呐，这么大条肥鱼，你说值不值得大老板来一趟？！就算大老板不肯为一个具体的单子过来，但是如果是和曲老板签战略合作协议呢？"

闻天鸣这番话说得老万双眼放光，道："小闻啊，你鬼点子还真不少。活动大老板的事情交给我了，你给我盯好曲老板那边。"

闻天鸣连声答应，回自己的座位，屁股刚挨到椅子，白晓玲就过来了，说："闻经理，万总说让我当您的助手，有没什么需要我干的事情？哦，对了，您手机一直在响。"

"那个，小白，你先草拟个要总部派技术支持的申请吧，一会儿我把申请书的模板发给你。"

白晓玲脆生生地应了一声，走开了。

闻天鸣打开手机，发现就在跟老万说话的短短不到十分钟的时间里，手机就收到了六七条信用卡副卡消费刷卡的信息。他突然觉得脑仁疼，今天一大早得罪了林丽，说她什么不好，千不该万不该说她不像女人。现在，她的报复如潮水一样涌来——不到半小时，她就刷掉了三万多块钱。

闻天鸣双手抱头呻吟一声，她以为自己老公是大款？为了点提成，求爷爷告奶奶的容易吗？再说了，马上还要做试管婴儿，这都得花钱啊！信用卡限额六万，以她花钱的速度，也就是个把小时的事情。闻天鸣抓起电话，迅速拨打了信用卡用户服务热线。

一个甜美而训练有素的女声问："闻先生您好，请问有什么可以帮你的吗？"

"你好，我的信用卡副卡丢了，麻烦尽快给我挂失。"

"好的，您稍等，我需要核实一下您的身份信息。"

闻天鸣飞快地报出自己的身份证号、联系电话、住址和担保人姓名，非常讽刺地是：他信用卡的担保人正是林丽。

“您的信息已经核对无误，请问您是要马上挂失吗？”

“没错，赶紧吧！现在卡上的欠费有多少？”

“您稍等，我先给您操作挂失，再帮您查欠费。”

电话听筒里传来竹筒倒豆子般的“噼噼啪啪”敲击键盘的声音，然后那个女声说：“挂失已经做好了，我帮您查下欠费的金额。”

闻天鸣神经质地用手敲击桌子，一面等。

“闻先生，您的信用卡现在欠费是五万八千六百元整。最后一笔是五分钟以前，转账到支付宝的，两万元。”

林丽瞥了一眼手机短信，银行通知：由于副卡丢失，她所持的信用卡已经停止服务。她冷笑，果然不出所料，花钱花得他肉疼了。

林丽看着镜子里面那个披着新烫的玉米穗长发、穿着吊牌还没拆的大花连衣裙以及火红意大利小牛皮靴的女人，尽管腰粗了点，脸上的粉厚了点，后背上肉多了点，但是胜在屁股大、胸大，任谁也不能否认，这是个完完全全的女人啊！

“您真会搭配，这条连衣裙我们卖得特别好，穿起来特有女人味，又有气质！”女售货员在旁边赞不绝口，猛给林丽灌蜜。

林丽扭扭腰肢，对着镜子左看右右，心想：你闻天鸣狗眼看人低，没个眼力价儿，说老娘不像女人，老娘就女人下给你看看。

“这件我要了，你给开个票。”

“好的。”售货女眉开眼笑，说，“我帮您把标签拆了，您就穿这套走吧。”

疯狂血拼之后的林丽，全身上下一水儿的崭新名牌服饰和鞋子，物质的满足暂时填补了内心甚至身体上的空洞，想着闻天鸣接到信用卡消费提醒，肯定鼻子都气歪了，心里更是涌起报复的快感。

买了相当于全家小半年收入的衣服、裤子、裙子和鞋子，郁积在林丽胸口的闷气稍微散去了一点。她踩着十厘米细跟的意大利小牛皮靴，两手满满都是大型华丽纸质购物袋，站在购物中心铺着光滑大理石的长廊上，轻松而有些茫然。

家，她还是不想回去。闻天鸣冷冰冰的陌生眼神、嘲讽的话语，使原本温暖舒适的家变成了冰窟。商场里通明的灯火、穿梭如织的人流，才能稍稍温暖她。天色已经暗下来，透过购物中心大堂巨大的玻璃顶，可以隐约看见旁边高耸的酒店，酒店顶楼是个旋转餐厅。

闻天鸣说了不下十次要带她一起去旋转餐厅吃自助餐，每到成行前，她总是改变主意。旋转餐厅一顿的饭钱，可以在楼下小餐馆吃二十次了。林丽想，管它的呢，今天我豁出去了，反正钱已经花爆了，也不在乎多出来的几百块。

旋转餐厅比她预想的还要好，地上铺着海蓝色条纹厚地毯和黑色大理石，光取餐区就有四个，分别是西式、中式、日式和凉菜区；奶酪焗蜗牛、象拔蚌刺身、大龙虾这些稀有品种随便吃；更别提蛋糕了，至少有二十多种，摆满了一只长条桌；更让她惊喜的是：哈根达斯冰激凌随便客人自取。

价格不菲，食客自然不会很多，林丽选了一个靠窗的位置，把手头购物袋一股脑堆在对面座位上，然后取了堆尖的一盘菜回来。极目远眺，灯光如繁星闪亮，地面车水马龙。面对豪华的餐厅，诱人的菜式，和窗外的美景，林丽却突然失去了胃口。

窗外华灯齐放，每个人都匆忙赶回温暖的家，城市之大，却没有一处能给她林丽温暖；想天下世人无数，却没有一个属于她的温暖怀抱。林丽一个人孤零零地坐在豪华的餐厅里，对着对面本该属于她丈夫的座位，此刻却冷冰冰地堆着价值不菲、没有生命的衣物。

忍了一天的眼泪，终于不争气地流下来。

闻天鸣回到家里，暮色已经降临。家里空空荡荡，冷锅冷灶，没一丝温暖。估计林丽还在气头上，他也没打算给她打电话，自己在厨房找到一袋快过期的方便面泡了，边吃边看电视。家里没人也好，自由自在，可以随心所欲看球赛。吃完方便面，他肚子还不是很饱，顺便把林丽存在冰箱里的牛肉条和话梅给消灭了。

林丽拎着大包小包的东西回到家，已经是晚上十点半了。进门看见闻天鸣歪躺在沙发上对着电视机打盹，嘴角还挂了一丝清亮的口水，她心里厌烦，径直穿过客厅去到卧室，简单梳洗了一下就上床了。

第十三章
物是人非

第二天是周六，林丽早上醒来，发现闻天鸣已经睡到了大床上，他双手做成环状，一只手放在自己头顶，另一只手搂自己的身体，把自己像小婴儿般圈在怀里，睡得正香。她依稀记得昨天半夜，他不顾自己的拳打脚踢，拼命挤上了大床，死皮赖脸地说：“老婆，你就别生气了，你已经把我搞破产了，我也只能赖着你了。”

林丽正在胡思乱想间，闻天鸣放在床柜上的手机响了，把他给吵醒了，他吻了吻林丽的头发，才接起了电话。老万在电话那头兴奋地咋呼：“小闻，我丈母娘来了，她喜欢打麻将，这边三缺一，你过来吗？”

闻天鸣回答：“哎呀，万总，我还真的挺想赢你钱的。可惜啊，我现在正在出城的路上，今天去白虎涧玩。”

“白虎涧那地方有什么好玩的？！你回来吧，上我家来打麻将，带着林丽一起。”

“我们都快到了，您还是找别的人吧。多赢点，拜拜。”

闻天鸣挂了电话，林丽冷冷地说：“老万也真是的！工作日加班没加班费，周末也不得安生，你又不是卖给公司了，凭什么啊！”

闻天鸣看着她气鼓鼓的样子，笑起来，说：“人家是老板，我们家吃的穿的用的，全都是从他那里挣来的，再怎么样也不能跟他翻脸啊。”

这男人，被人剥削，还自鸣得意。林丽撇嘴道：“瞧你那没出息的样子！我还真不信了，就你干得这么卖力，到别的公司，没准儿比现在还挣得多。”

闻天鸣被她这话噎得无话可说。她既批评了他不思上进，又夸奖了他的工作成绩，还指出了他光辉的未来，让他既得意又惭愧。他把胳膊从林丽脖子下面穿过去，捏了捏她丰满白净的胳膊，说：“别管老万了，我陪你出去玩吧，散散心。好久没去山哥那儿了，上次他打电话说高兴生了一堆小家伙，要不我们今天去看看吧？”

“好啊。我问问小兰要不要搭顺风车。我的手机哪儿去了？”

就在林丽找手机的当儿，昏暗的地下室里，何元盛正对着陈小兰手里带血迹的大花短裤发愣，陈小兰也快要哭出来了，两个人相对无言。最后，何元盛叹息一声，哑着嗓子说：“唉，你这一摊血，几万块钱全部打水漂了。”

这半个月，他对陈小兰是含在嘴里怕化了、捧在手里怕丢了，满心憧憬，小心翼翼地照顾着她。平时油瓶倒了都不扶的男人，开始笨拙地操持起家务来，做起了煮饭、洗衣这些鸡毛蒜皮的琐事。像城里人一样的，他每天都坚持陪着陈小兰散一次步。原来从来都是一个人吃饱全家都不管的人，现在坚持要看着陈小兰吃完饭以后，自己才“稀里呼噜”地把剩下的饭菜一扫而光。

陈小兰从来没有这么幸福过，每天都晕乎乎的，像飘在云端，有种不真实的感觉。直到今天早上，发现自己的月事来了，幸福，像个巨大的肥皂泡捅破了，就只剩下一地残酷现实的丑陋脏水。

何元盛双手握拳，狠命敲打自己的头说：“都怪我，都怪我！我真是太没用了！”

陈小兰急忙抓住他的手，心疼地安慰道：“元盛，没关系的。大夫说了，人工授精成功率不高，怀不上也很正常。”她哭起来：“元盛，你不要打自己了，我们还年轻，我们有的是机会啊！”

“有啥机会？就你我挣那点钱，不吃不喝两三年才够做一次试管婴儿，有人做了五次都没怀上，等我们做完五次，都四十几岁快五十了，哪还生得出来啊！”他又用双手捶打自己的头，“我就是个断子绝孙的命啊。”

“元盛，”陈小兰哭着握住他的手，“你不要泄气，就是断子绝孙我也陪着你！只要有机会，试一次算一次，说不定老天爷看我们可怜，送我们一个小娃儿也不一定。如果不去试，就什么机会都没有了。咱们还有点存定期的钱，再借一点，够做一次试管婴儿的了，试管婴儿的成功率比人工授精要高两倍呢。”

何元盛咬着牙说：“那我们回乡下去借钱，加上你存的定期，下个月就回华弘做试管婴儿！”

何元盛夫妇把两个巨大的黑色行李包放到后备厢里，满怀心事地爬上了后座。

林丽知道陈小兰在乡下老家几乎包揽了所有的家务活，生怕她回去再跟以前一样拼命，心想，得给何元盛打个预防针。她大声道："小兰，回老家不要把自己搞得太累了。元盛兄弟，多照顾点你媳妇儿，她肚子里可能有你儿子了哦，别让你媳妇儿干重活儿啊。"

何元盛沉着脸，和陈小兰对视一眼，正欲张嘴，陈小兰伸手握住男人的手，轻轻摇摇头。

林丽没听到何元盛的回答，扭头一看，见他们夫妻手牵着手，不禁笑了起来，说："哎哟，元盛，知道你疼媳妇儿，但是也不用在车上秀恩爱啊。"

陈小兰红着脸放开了男人的手。

看到这光景，林丽以为陈小兰只怕真的怀上了，替她高兴之余，又暗自神伤，为自己感到凄惶，遥遥无期的备孕长路啥时候是个头啊！周围朋友同事接二连三都有孩子了，连病友陈小兰都摆脱了断子绝孙没后代的命。羡慕之余，她心里却空落落的，说不出地难受。

闻天鸣对林丽此时的想法一无所知，正琢磨着去河边哪个地方钓鱼，他说："今天的天气真不错，昨天晚上刮了一夜的风，也差不多都停了。老婆，下午我们去回水湾钓鱼吧。"

看看满地萧瑟的落叶，林丽翻了翻白眼。满地的灰尘和黄叶，这也能算是好天气？！她从鼻子里"嗤"了一声，说："就您那判断力，只要没有沙尘暴，都算是好天气吧？"

听到林丽尖酸的话，何元盛在后座上握紧了拳头：要是自己的媳妇儿敢这么跟自己说话，一定会揍得她晓得啥叫"夫纲"！正在开车的闻天鸣不但没有挥舞拳头，连句像样的反驳话都没说，默认了自己判断力差。这城里的女人，真是骑到男人头上作威作福啊！别看闻大哥看上去像个男人，其实就是个老婆奴。

林丽地看着前面的人行道，心里堵得喘不上气来，心想：你闻天鸣把我弄得女人不像女人，自己倒屁事没有，还有心思钓鱼！只怕你就是想把我拖到老得生不出来，你就可以名正言顺换个年轻漂亮的老婆跟你传宗接代了！

她斜眼看正在开车的闻天鸣，越看越不顺眼。

“停车！停车！”

林丽歇斯底里的尖叫把全车人都吓了一跳，闻天鸣猛的一脚把刹车踩死，后面的车也响起一阵刺耳的刹车声。陈小兰没系安全带，也没有防备，一脸撞上了前面座椅的头枕。车停下了，全车人都紧张地看着林丽，不知到底出了啥事。

林丽朝闻天鸣吼叫道：“没看见人行横道已经变灯了吗？！还不刹车，你想撞死那个小女孩啊？”

车前的小女孩嘟着个粉红色的小脸，两条穿着粉红色紧身裤的小腿快速交替着，从人行横道上跑过，她离着车至少还有三米的距离。

“我开得不快啊，到跟前肯定能刹住。”闻天鸣解释说。

“你还说不快，你一刹车，为啥人家小兰把脸都撞了？！要是她有个好歹，你赔得起吗？”

陈小兰赶紧说：“没关系，我没事。”

闻天鸣苦笑道：“我踩刹车，还不是因为你喊我刹的嘛。”

“你不刹车能行吗？眼看着小女孩都走到路中间了！每次叫你开慢点开慢点，你就是不听，把汽车当火箭开，早晚要出事！”

面对林丽的无端指责，闻天鸣苦笑着不再反驳。何元盛同情地看着他，林丽是个抱不出小鸡的母鸡，还这么猖狂，唉，闻大哥也真可怜。

在林丽的咒骂声中，闻天鸣启动车子，继续前行。一路上四个人各怀心思，车厢里的气氛相当沉闷。

到何元盛家门口，闻天鸣打开车的后备厢，把黑色旅行袋拎下来，跟何元盛说：“明天下午过来接你们，我们从住处出发的时候，给你打电话。”

“谢谢。”何元盛瞟瞟坐在车里伸个脑袋正跟陈小兰说话的林丽，说：“你也保重。”

闻天鸣知道他指的是什么，点点头。

何元盛娘正在院子里喂鸡，听到门口汽车响，站起来往外望，有些不敢相信自己的眼睛，她把满是皱纹的手在衣服上擦擦，揉了揉眼睛，定睛一看，不是元盛是谁？

“老头子，老头子！快出来，”她一迭声喊道，声音都高兴得变调了，“元盛回来了，元盛坐小汽车回来了。”

她把“小汽车”几个字喊得尤为大声，恨不得让全村人都听到。

何元盛拎着黑包进了院子，元盛娘迎上去，用粗糙而多皱纹的手摸摸儿子胸口，高兴地责怪道：“怎么回来也不提前说一声，家里可啥都没准备。”

何元盛也是好久没见到娘了，高兴地叫声：“娘！”

自己不在家的这半年，娘老了好多，脸色蜡黄，眼角全是皱纹，背也比原来驼得厉害了。

闻天鸣拎着一只黑行李袋进了院子，也礼貌地叫了声：“阿姨。”

“哎哟，元盛，这是你城里的朋友？”

“娘，他就是上次小兰救下的那个吃河豚的家伙。”

“喔，”何元盛娘一听，咱们家是他的救命恩人，马上得意地活泛起来，“谢谢你们专门送元盛回来，进来坐会儿，吃了饭再走吧。”

“不了，阿姨，我们还得赶路呢。”

闻天鸣和林丽上了车，与站在院门口的一行人挥手道别。何元盛爹刚出来，正好看见闻天鸣开着车绝尘而去，他满意地拍拍儿子的肩膀，说：“不错啊，没白混，在城里交了有钱有势的朋友，还送你们回家，有出息！”

明明是陈小兰救的人，现在被公婆拿去猛往自己儿子脸上贴金，陈小兰也不生气，在旁边好脾气地笑。公公转过头来，一双眼睛往陈小兰腰上瞄，见她穿了件又长又大的黑棉袄，完全看不出腰身来。他推搡着何元盛娘往屋里走，说：“走，进屋去，外面冷，屋里暖和。”

几个人进了门，公公说：“小兰，把棉袄脱了吧，屋里暖和得很，棉袄穿不住。”

陈小兰见公公自己身上都穿着棉袄，不晓得为啥偏偏要自己把外套脱了，但她还是温顺地答应了一声，把棉袄脱下来搭在椅背上。棉袄里面是件紫红色毛衣，是老万老婆许菲淘汰下来送给她的，毛衣领子开得很大，直接露出了锁骨和小半截胸部，腰肢处收得恰到好处，充分暴露了腹部的曲线。

陈小兰发现公公的眼光在自己腰腹一带巡视，脸“唰”地红了。

见儿媳妇肚子仍旧平坦，公公闷哼了一声，脸马上拉了下来，一甩手掀开门帘，气哼哼地走到院子里去了。

何元盛莫名其妙，看着他娘，说：“爹又发那股子神经了？”

他娘唉声叹气道：“你爹想孙子都想魔怔了，每星期都要到镇上观音庙里拜观音求孙子，半夜醒了都在说。要是你带个孙子回家，那他还不高兴疯了。元盛，你们在城里治疗，到底管不管用呢？”

“当然管用了，我……不，小兰坚持吃药，基本上都正常了。”何元盛想着得给娘打打气，不然怎么能借到钱呢。

娘高兴地笑了，皱纹里都挤满了高兴。

“人家城里医院的技术很高级，可以做人工授精，更最高级的，是直接做试管婴儿。”

“人工授精”对何元盛娘来说并不陌生，配种站里面的猪啊、牛啊，经常搞人工授精，但是试管婴儿她倒是第一次听说，不禁问道：“试管婴儿？那试管里做出来的小孩儿，还能有我们何家的骨血吗？”

“娘，试管婴儿是把父母的精子和卵子放在一起，让它们在试管里面结合，然后再放到女人肚子里面，跟自己怀孕是一样的。”

“啊，这么先进啊！”娘喜笑颜开，说，“元盛，你们赶快做吧，你爹和我就想活着能看到孙子啊。”

“我和小兰打算下个月就做，”何元盛说，“只是，手头还差点儿钱。”

“要多少钱，娘帮你出！”何元盛娘说，为了抱孙子，就是砸锅卖铁她也愿意，“两千块够不够？”看见儿子不吭声，她咬咬牙：“五千？”那已经够全家大半年的生活了。

“娘，做一次试管婴儿，光是吃药手术费就要三四万，还不算吃饭住宿啥的。”

“啥？”这天文数字把何元盛娘给吓傻了，三四万！全家人十一二十年不吃不喝才凑得齐这么多钱。她绝望地哭道：“我造了什么孽哦！别个抱孙子一分钱不用花，我抱个孙子要倾家荡产啊。”

何元盛不耐烦地说：“娘，你先别哭，哭能把钱哭来啊？”

陈小兰也安慰道：“娘，您别着急。我在城里做工，一个月能赚几千块，虽然城里花销大，一个月也可以存一千多呢。”

何元盛娘听到这里，哭诉戛然而止，嘴巴张得老大，半天合不拢，说：“那你和元盛的工资加起来，只消得一年就能存三万啊！”

听到这话，陈小兰欲言又止，怕说出何元盛根本没有工作的事情来，伤了男人的面子。

何元盛见他爹娘艳羡的表情，怕爹娘觉得他和陈小兰有钱，不肯借钱，便道：“城里的工作都不太适合我，那帮人太势利眼了。”

何元盛娘不晓得适合的工作和势利眼有啥关系，但是儿子在家衣来伸手饭来张口，油瓶倒了都不会不扶，在城里恐怕也不爱干活。这时，在门外尖着耳朵偷听多时的何元盛爹掀开门帘走进来，说：“老婆子，把家里存折全部拿来。”

闻天鸣驾车继续向五十里外山哥的小农庄前进。和来度蜜月时不同，深秋的景色有几分肃杀，乡间小路两旁的树掉光了叶子，剩下光秃秃的树干，昨晚刚下过雨，湿滑的地面都是泥浆。

三嫂早就做好了五菜一汤，等闻天鸣和林丽安顿好，端上热气腾腾的饭菜。

“丽丽，多喝点鸡汤，这是刚杀的母鸡，下午还在院坝里跑来跑去呢。这么新鲜的鸡子，你们在城里可吃不到。现在城里人都可怜啊，吃那些喂得有生长激素的速成鸡，鸡子都冻得硬邦邦地卖。”三嫂啧啧啧感叹道，“那鸡肉做出来，哪有鲜味啊。”

“可不是嘛。”林丽把手上的鸡骨头扔到跟前堆得像小山一样的骨头堆里，赞同地说，“现在养鸡场的鸡龄都超不过五十天，比跑地鸡的味道差远了。”

闻天鸣说：“嫂子，你不晓得，城里人的一天都是这么过的：早上起来先喝杯三聚氰胺牛奶，到路边吃根地沟油炸的洗衣粉油条，啃个添加了漂白粉和吊白块的大馒头，外加一个苏丹红咸蛋。上午饿了想吃果冻，就舔舔自己的皮鞋，反正果冻用的胶是旧皮鞋熬的。中午在餐馆点一盘地沟油炒的喂了避孕药的黄鳝，再加一碟喷过敌敌畏的白菜，盛两碗陈米煮的毒米饭。下午想喝老酸奶了，再舔一下皮鞋。晚上炒一盘瘦肉精养大的死猪肉片，蘸上点毛发勾兑的毒酱油，夹两片大粪水浸泡的臭豆腐，再来喝一杯富含甲醇的白酒。”

这段子把大家都逗笑了，山哥拿起一个陶瓷坛子，给闻天鸣倒了杯葡萄酒，说：

“咱们乡下虽然环境差点，吃的东西都是自己养自己种的，肯定干净。这葡萄酒就是我自己种的葡萄酿的，绝对保证质量。”

林丽用筷子在鸡汤盆里划拉几下，又捞出来一小块鸡肉放到嘴里，说：“就是这样，搞得大家啥也不敢吃。”她接着用筷子点着在院子里趾高气扬踱步的一只红公鸡，“三嫂，明天把这个家伙也给做了。”

“好啊！”三嫂答应道。

林丽突然想起来了，问道：“高兴呢？怎么没看见高兴？”

它是最爱啃骨头了，尤其喜欢林丽故意留下点肉的骨头。

“下午还在呢，”三嫂说，“肯定又溜到它老婆那儿去了，最近看到它老婆，好像肚子又大啦。”三嫂有意无意瞟一眼林丽的肚子：“丽丽，你们年纪也不小了，是该考虑要个小孩儿了。”

林丽和闻天鸣对视一眼，强作欢笑说：“还不是他天天喝酒，现在要，怕生下来就是个小酒鬼。”

“男人喝点酒不碍事，我们村儿哪家男人晚饭不喝点酒，生出来的小孩儿也没见谁有毛病。”三嫂本来还想热心地再劝，看林丽和闻天鸣表情尴尬，心想这两人恐怕是还没玩够，再说怕要招人烦了，便知趣地闭了嘴。

饭后，林丽要帮着三嫂洗碗，却被她赶出了厨房，她说：“哪能让你客人洗碗啊，去院子里面坐会儿，风停了，外面都还暖和。”

林丽洗了个手出来。闻天鸣在藤椅上坐着跟山哥聊天，看到林丽出来，山哥笑嘻嘻地打声招呼，把自己的藤椅让出来，转身回屋里去了。林丽挨着闻天鸣坐下来，一起看着天。深蓝的天空很高，下午的风吹散了聚集的云层，星星半遮半掩地露出来，月亮躲在掉光了树叶的小树林后，周围安静得没有一丝虫鸣，隐约能听到远处河水流淌的声音。

天高地阔，明月半挂，本是两个人促膝谈心、情话绵绵的好时候，而闻天鸣和林丽两个人却都沉默着。

半晌，林丽打破了沉默，说：“老公，你是不是觉得我特没用啊？连高兴都生第二胎了，我肚子还没有一点动静。”

闻天鸣没有马上回答，心想，生不生孩子倒还在其次，就怕还没等她把孩子生下来，她经常性的心不在焉和不可理喻的歇斯底里，早就把人给逼疯了。

见闻天鸣没有回应，林丽知道他是默认了，否则按他平时的脾气，定会第一时间跳出来反驳。她接着说："我也自己觉得自己很没用。每个人出生的时候，上帝都给配了一套生小孩的器官，为啥他就不能好好检查一下呢？我为啥就这么倒霉呢，分到一套次品，太不公平了！"

生不出孩子的事情都把林丽给整神经了！

闻天鸣闷声说："你别胡思乱想。"

一阵晚风吹来，林丽打了个寒战。他的语气是多么敷衍和不耐烦啊，她脱掉鞋子，蜷起身体，抱着自己的双膝，把下巴放到膝盖上，轻声说："如果做试管婴儿也不行，那我们就离婚吧。你们闻家不能断后，我放你自由，你可以找个更年轻的女人给你传宗接代。放心，我绝对不会拖着你不放的。"

林丽的这番话并不是她的真心话。几年前，就在这个院子里，他们一起度过了甜美的蜜月时光，那些山盟海誓像就在昨天，林丽真的相信不管发生什么事她和闻天鸣都会白头到老，有没有孩子对她自己来说并不是那么重要。刚才的这些话，不过是试探闻天鸣的反应而已。

闻天鸣的想法显然和她大相径庭，他并没有像她希望的那样，握住她的手宽慰她也没有说"没关系，只要你在身边就好，孩子可以领养"。此刻，他只是呆呆地望着天空，不发一言。是默认了她的说法？是在仔细考虑离婚的可行性？还是在憧憬结第二次婚的兴奋？林丽不得而知。

看着丈夫的侧影，林丽心脏突然紧缩，疼得说不出话来。

过了很久，闻天鸣生气且极不耐烦地说："你瞎说八道什么啊？！"

林丽不知道他指的哪一句是瞎说八道，是生不出小孩呢，还是离婚呢，还是再找一个年轻女人呢？但她不愿意再开口追问。一想到这大概是他们最后一次在农庄一起看星星，林丽只感觉撕心裂肺，痛得喘不上气来。

两人沉默地在院子里面坐了不知道多久，直到月亮爬上了树梢，又爬上了半空，三嫂出来叫道："天鸣，丽丽，进来了，一会儿该下霜了。"两个人才起身。这时闻天鸣的手机刺耳地响起来，他拿着手机，走到栅栏边，捂着话筒轻声说话。林丽看在眼里，满腹怀疑，她站在原地等了一会儿，甩甩头，便自己进屋洗洗睡了。

电话是老万打来的，他说：“闻天鸣，多瑙河医院那个大标你没盯住啊，今天已经签采购合同了！”

“啊？”闻天鸣吃惊道，“怎么一点儿风声都没漏啊？我跟曲连虎约好了，周一还跟他谈呢。”

“你让人给涮了，他故意拖延时间，那边合同都签了。”

闻天鸣不相信：“不会吧？！你从哪里得到的消息？”

老万气冲冲地说：“就在这里，KTV，我正请人喝酒呢。”

电话那头，一个女人嗲声嗲气地说：“万总，你快点来嘛，人家一个人唱，没有意思嘛。”

“来了，你没男人陪不行啊。”老万扬声说道，又压低声音说：“小闻，你核实一下，看看是哪个环节出了问题。”说完他挂了电话。

闻天鸣马上给施院长打电话，电话响了几声，就被对方挂掉了。再拨，对方已经关机。

闻天鸣对着夜空发出句国骂，看来老万的情报是真的。

闻天鸣洗漱完毕，回到卧室。见林丽背对着门躺在床上，他爬上床，把手放在她腰上，能感觉到她原本放松的身体突然绷紧。闻天鸣很想和她一起回忆蜜月中在这间屋子里发生的事，那时候她热情如火，他们一起快乐似神仙；他想跟她说，不要那么紧张孩子的事情，车到山前必有路；他想跟她聊聊飞了的供货合同，想听听她怒骂又让奖金泡汤的甲方。

但是，她一直保持那个僵硬的姿势，一动不动，假装睡着了。

他长叹一口气，把手抽回来，翻身背对林丽，很快睡着了。

听到闻天鸣的鼾声响起，林丽睁着一双大眼睛，看着窗帘上摇摆不定的树影。她已经完全习惯了稳定的婚姻生活，真不敢想离婚后自己一个人该怎么过。首先，肯定不能再上班三天打鱼两天晒网了，她那点死工资，不吃不喝也就刚够养车的。车是铁定不能开了，想到每天朝九晚五都得挤臭不可闻的公交车，忍受从阴暗角落里伸出来的咸猪手，每天向上司献媚拍马屁，下班回家要一个人面对清冷的房间……林丽像烙饼般的在床上翻腾，直到半夜三点钟疲倦得撑不住了才昏昏睡去。

一只母鸡“叽叽咕咕”地叫着，偷偷摸摸地进来找吃的，林丽醒了，睁开眼睛，发现床上已经人去床空，只剩一堆被子。想着昨晚和闻天鸣各怀心事，无趣又悲哀的对白，她心不在焉地穿上衣服，推开房门。院子里阳光灿烂，闻天鸣和山哥坐在院子里，一边喝山哥的自制葡萄酒，一边吃着下酒菜聊天。

三嫂在厨房忙碌，见林丽出来，招呼她到厨房吃早饭：一大碗卧了两个鸡蛋的汤圆。林丽端着碗，先把底下的鸡蛋夹出来吃掉。

三嫂说：“下次过来多住几天，让山哥带你们上山打点野味。这次来得匆忙，什么都没有准备。”

“有土鸡吃就很好了，再搞野味怕是又要长胖了，还得花钱运动减肥。”

三嫂好奇：“花钱减肥，怎么个减法？”

“城里地方小，跑步要到健身房，在跑步机上跑。还有运动器械，就是些铁砣砣，举来举去的，有专门的教练带着。”

“啧啧啧，”三嫂咂舌，“上班不走路，偏偏坐车，然后还要花时间、花钱到健身房跑步，为什么不能直接跑着上班呢？省时间，还省钱。”

林丽笑起来，说：“我原来也这么想过，试过一次跑步上班。大街上车来车往，到处都有红绿灯和行人，根本没法跑，在路边走路都得吸一肚子的灰和汽车尾气。”

她说着，把眼光投向院子里谈笑的两个男人。几年没见，山哥还是和原来一样精壮黝黑，闻天鸣肚子明显突出，可能是因为两天都没刮胡子，看上去有些颓废落魄，邋遢地穿着一条起了球的运动裤，一只手抓着油腻腻的炸小鱼，正往嘴里塞。

突然，所有的血液冲向大脑，林丽清楚地看到，那条鱼身上有纵向的黑色条纹，形状像个充满气的小皮球。她尖叫一声，把饭碗往三嫂怀里一塞，跳过厨房门槛，狂喊着“不要不要”，冲向闻天鸣。

闻天鸣和山哥被这个吱哇乱叫的像子弹一样射过来的女人吓了一大跳了，两个人都停止了动作，呆呆地看着她。林丽劈手夺下已经到闻天鸣嘴边的油炸小鱼，像扔手榴弹一样，奋力向远处扔去。那条香喷喷、炸得焦黄的小鱼，在空中划出一条优雅的抛物线，消失在院墙的另一边。

已经到了嘴边的美味被林丽无端扔了，闻天鸣有点恼怒，说：“你干什么？为什么把鱼扔掉？”

“河豚，那是条河豚，吃了你会死的！”林丽喘不上气来，声音嘶哑地喊。

闻天鸣和山哥面面相觑，半晌，山哥才说：“那只是条鲫鱼。”

“不可能，我认识河豚！上次他中毒以后，我专门搜了河豚的图片，我认得出来的。”

山哥沉默地看了林丽两秒钟，起身走出院子，几秒钟后，他手里拎着滚上了灰尘的小鱼回来了。

“高兴，过来。”他唤道，声音里有些怒气，好好的一条鱼被林丽浪费掉，太可惜了。

高兴摇着尾巴，慢慢走过来。

“接着！”山哥把小鱼扔出去，高兴一个鹞子翻身，在空中叼住小鱼，跑到他的老窝去享受美食了。

林丽在后面追喊：“高兴，别吃，有毒！”

有人抢，高兴更是吃得狼吞虎咽，转眼小鱼下肚了。

“高兴！”林丽惨叫一声，“你等着，我去拿洗涤剂，这就给你灌肠！”

闻天鸣抓住她，说：“老婆，老婆！”

“什么？”林丽狂躁地回头，她小母鹿一样的眼睛，此刻惊恐地睁得大大的，胸部剧烈起伏，闻天鸣看到她的眼里全是恐惧。

他紧紧抱住她。

“放开我，高兴马上要死了，我要送它上医院，它还有一窝孩子呢，它们不能没有爸爸。”林丽奋力反抗，抓住闻天鸣的手指使劲往外掰，尖叫道，“放手。”

突然，她眼泪四射。

闻天鸣忍住剧痛，拒绝放手，说：“老婆，丽丽，冷静！冷静！”

林丽在他怀里拳打脚踢，有几次她都冲动地想咬闻天鸣的双手，它们像铁箍一样，紧紧地抓住自己不放开。终于，她踢累了，虚脱地慢慢坐到地上。闻天鸣也陪她坐在地上，双手毫不放松地环抱着她。

“老婆，山哥是老渔民了，他为什么要把高兴毒死？”他很有逻辑地问。

“因为，因为……”林丽说不出所以然。

“因为他和我都很清楚，你抢的那条鱼不是河豚。”

“可是，它明明有河豚的条纹，我看得清清楚楚。”

闻天鸣叹了口气，没有再跟她理论。林丽最近的反常行为，已经严重到了干扰正常生活的地步，他不明白是什么东西把那个开朗、乐观、爱笑的妻子，变成了眼前这个恍惚、心不在焉“说话尖刻”神经紧绷得随时会爆炸的陌生女人。

初冬的早晨，月亮把暗淡的光辉洒在灯火阑珊的街道上，而东边的天空，阳光已经把厚厚的黑云染得灰白。江晖身着运动衣裤，从南门跑进医学院的操场。跑道上都是默默锻炼的学生，缭绕的雾气中，只有此起彼伏单调的脚步声。

医院挨着学校还是很方便的，可以用学校运动场，可以在学校食堂解决早饭和晚饭，每到周末还可以买到十块钱两场的电影票。

清晨的空气湿润清新，饱含着负氧离子。江晖一直很享受挥汗如雨的跑步时间，在跑步的时候，可以什么都不想，只把意念集中于协调呼吸和脚步的节律就好。没跑两圈，就已经全身发热，挥汗如雨，他脱掉棉外套和抓绒衣，只剩下一件贴身的速干衣。

在这个只有“噼噼啪啪”脚步声的操场，江晖的手机不合时宜地响起来了。他从裤袋里掏出手机，上面显示的是个陌生号码。

“江大夫，您好！很抱歉这么早打搅您。”一个压低的男声说，“我是闻天鸣，您可能记不得我是谁了，我是……”

“我记得，”江晖打断他说，“你给我打电话，是因为林丽吗？”

“啊？”闻天鸣对着电话失神了两秒钟，没想到都过了几个月了，大夫居然还记得自己，“是的啊，您的记性真是太好了！”

江晖微微一笑，抓着手机快步跑出跑道。

“我记得林丽手术后做B超检查，好像恢复得还不错。”

“是的，是的。”闻天鸣顾不上再次表示对江晖记忆力的敬仰之情，抓紧时间说重点，“我一直没有把切除卵巢的事情告诉她，上次去医院做B超，被她发现了，跟我大闹了一场。”

江晖皱起眉头：“当时做完手术，我本来是要亲自告诉她的，记得你说让我暂时不要告诉她，说等回家后，你再直接跟她说的。”

“是是是，”闻天鸣压着嗓子说，“我本来是要告诉她的。可是后来我出差了，再后来总觉得张不了口，让她多高兴几天也好，哪想到她会自己发现。”

“病人自己发现就更不好了，她会觉得受到了欺骗，虽然你说的是善意的谎言，但当事人心理上很难接受的。”

“是啊，完全是我的失误。江大夫您还提醒过我，等情况稳定后要尽快告诉她。”

“是啊。”

“她刚发现的时候，的确特别生气，后来平静下来一想，也觉得没有比这更好的办法了。现在至少表面上是平静下来了。她今天又要去医院复诊，如果碰到您，有可能会发泄一些不满，估计也不会闹得很过分。如果她说什么不好听的话，您多担待点，别跟她一般见识。我今天会陪她去看病的，但是我进不了女病区，您有什么事可以随时给我打电话，”

“好的，我知道了。我们手术是严格按照医院的规定来的，并没有什么违规的地方，这个我倒是不担心。你要多辅导她，要对手术有正确的认识，不要留下心理阴影。”

“好的，好的，我尽力。江大夫，自从上次手术过后，感觉林丽的脾气变坏了，还经常丢三落四，心不在焉的，会不会是打麻药的原因？”

“不排除这个可能，也有可能是因为切除了一个卵巢，体内激素发生变化，有的病人会变得易怒，注意力分散，就是你说的丢三落四。你密切观察，如果变严重了，要及时到医院来就医。”

闻天鸣谢了江大夫，挂上电话，坐在马桶盖上又出了一会儿神，然后按下了冲水按钮。他蹑手蹑脚地走进卧室，挨着林丽轻轻躺下。

挂断电话，江晖从无杂念、轻松愉快的晨练，直接坠入了沉重的凡世间。他并不害怕那个叫林丽的女病人到医院来闹，从手术的程序到手术的结果来说，自己都没有什么过错，甚至可以说这个手术做得还相当成功。在生殖中心工作以来，他做过的各种切除手术，包括卵巢切除、输卵管切除、甚至子宫切除手术数都数不过来。对一个医生来说都是小手术，做完就忘了。

但是，对于每个做手术的病人，尤其是造人没成功还没有孩子的人来说，打击往往是毁灭性的，这些人本来就在艰辛的求子路上苦苦挣扎着，奋斗了很多年都没有结果，切掉生殖系统某个关键零件，怀上孩子的可能性就更小了，病人往往会因此陷入更深的绝望中。

经过学校食堂，江晖也没有胃口吃早饭。他质问自己，在当时的情况下，是不是真的必须割掉林丽的卵巢，有没有其他更好的办法？能不能通过治疗解决问题，而不是简单的一割了之？当然，按照医院的治疗手段和常规治疗方法，医生们可能都会做出和自己一样的选择。但是，是不是真的就没有其他办法了呢？江晖不甘心地想，他决定直接回办公室，查阅相关资料。

他直接奔向生殖中心小楼，时间还不到七点，等待挂号的人照例已经排起了长队，歪歪扭扭的队伍一直蜿蜒到门口的小花园。

江晖大步跑上二楼，走廊里面静悄悄的，只有走廊尽头办公室门上的玻璃小窗透出光线来，那正是宋励之的办公室。

江晖敲门进去打招呼："宋主任，您这么早？"

宋励之抬起花白的头，从眼镜儿上面笑眯眯地看着江晖，脸上的皱纹让江晖想起了妈妈。

"人老了，经常睡不着觉，早上还算清静，可以干点自己的事情。"宋励之给江晖接了杯温开水，"运动完要多补充水分。"

江晖也不客气，道声谢，一口气把杯子里的水喝光了。

宋励之欣赏地看着充满生气的江晖，说："还不错嘛，能坚持锻炼身体，医院工作强度大，没有个强健的体魄还真的不行。等到年纪大了，身体素质好的人，生活质量都要高一些。对了，小江，下周的国际不孕不育高峰论坛，我是会议特邀代表，会上有我的发言，但是不巧，这个会正好和另外一个重要的会冲突了，我已经跟主办方商量好，你替我去论坛发言。"

江晖说："好的，宋主任，我前天收到您转发的邮件了，感谢您对我的信任。我就怕讲不好，砸了您的牌子。"

宋励之说："年轻人需要多锻炼才能成长，锻炼是多方位的。你还可以多跟业界大师们接触接触，华弘在治疗不孕不育领域的地位，不能靠我一个人，需要有良好的团队作支撑。”

“我明白了。您对发言内容有什么想法吗？”江晖问。

“去年的论坛你也参加了，如果让你自由选择，你准备讲什么呢？”宋励之没有回答他的问题，把球踢了回来。

“宋主任，发言内容我有一些考虑，非常不成熟，有可能完全走偏了，说得不好您直接批评指正。”

“你说。”宋励之简短地说。

“我们在技术上赶不过美国、欧洲。我在想，咱们的常规武器不行，是不是可以剑走偏锋，从另外一个角度去看不孕不育的问题。”江晖停顿一下，这个想法他早在几年前就开始琢磨，也积累了一些资料，“我想把发言题目初定为：不孕不育——现代医学发展的必然结果。”

“啥？！”

宋励之看着江晖，这孩子脑袋被驴踢了吧？！

第十四章
报复性抢劫

科学和现代医学明明成功解决了部分人类的不孕不育问题，让他们在人工助孕技术的帮助下繁衍后代，怎么把生不出孩子的责任硬套在现代医学头上呢？危言耸听，逻辑不通！

宋励之往椅背上一靠，看江晖怎么解释。

“达尔文和华莱士提出进化论，当然还不够完善，现代人在此基础上提出了现代进化论，不管怎么样，进化论在现代生物学中还是被大部分生物学家所认同的。按进化论的观点，生物普遍具有很强的繁殖能力，繁殖的数量比活下来的要多得多，绝大后代都在残酷的生存斗争中被淘汰了。

“纵观整个世界，除了非洲等贫穷国家外，大部分发达国家和发展中国家，人口繁殖能力都在不断减弱。就拿中国来说，二十年前不孕不育的比例只有 3%，而现在已经到了 15%，发达国家基本保持在 15% 到 20% 之间，人类的精子数量在五十年内减少了 50%。有人认为，生不出孩子，是因为我们所处的环境遭到破坏造成的，比如臭氧层的破坏让我们受到太阳辐射，还有手机辐射和空气污染，农药、化肥污染了粮食、蔬菜，也有人提出是高压力、穿紧身裤、双腿交叉坐姿、抽烟、喝酒这些不良生活习惯造成的。那么，这些原因下面更深层次的原因是什么呢？”

江晖提出的这个问题，也这几年他在反复问自己的。

“现代科学给了人类带来了创造世界、改造世界的利器，您想想，几千年来，食物不足是人类死亡的主要原因，为了争夺食物，人类爆发了无数战争。近几十年，食物问题基本上解决了。现在人类的竞争，已经不再是你死我活的竞争，最底层的人也能活下去，现代医疗技术的发展，使得很多疾病的后果不再是死亡。人类中那些体质弱的个体、有生理缺陷的个体、衰老的个体，如果没有现代医学，他们本来会被自然淘汰的。因为淘汰掉弱小的、不适环境的个体，留下最强壮的个体，让他们的基因得以延续，这是大自然保证物种能够长时间存在的基本法则。”

听到这里，原来放松地靠在椅背上宋励之，不由得双手对握，身体前倾，专注地听他下面要说什么。

“现代医学对本来应该被淘汰的人怎么做的呢？修理好损坏的器官，延长他们的寿命，彻底改变了优胜劣汰的规则！”江晖说得激动起来，“改变规则的直接后果是本应被淘汰的人，加入了繁殖后代的大军。注意，自然选择的规律最终是要起作用的！大自然不能让这些有缺陷的人延续下去，以保证整个人类的健康发展。自然选择不是不再起作用，而是时间推迟了。”

江晖停下来，看着陷入沉思的宋励之，等待她的提问与反驳。

果然，不到一分钟，宋励之抬起她花白的头，反问：“按照你的理论，生不出孩子其实是自然选择，而我们人工助孕则违反了自然规律？”

“人工辅助造人，让本来生不出孩子的人能繁衍下一代，对于个人来说，可能会让他们的生命更有意义。但是，从整个自然界发展的角度看，本该淘汰的人却出生了、长大了，并且开始繁衍自己的下一代，更多地消耗自然界原本有限的资源，从这个角度看，可以说是违反了自然规律。”

宋励之重新审视着江晖，他除了在业务上有很强的动手能力外，在理论创新方面居然也有自己独到的见解，今后的发展不可估量。

“你的理论非常新颖，但是需要注意两个方面：一是这个理论会给治疗不孕不育的生殖医学研究带来什么影响？按这个理论，是不是我们现在作人工助孕，其实是错的？”宋励之问。

“宋主任，我的想法正好相反，自然选择的问题给生殖医学研究提出了更高的要求和需求，它推动我们去进一步探索，比如，什么样的人被自然界确定为不能繁衍的？人工助孕技术能不能发展为防治不孕不育技术？人工助孕技术怎么体选择更加优秀的种子？等等。”

“嗯，你说得有道理，有自己的思考。其实我们遇到任何难题，都可以成为医学研究下一步的重点攻克的方向。要注意的另外一个方面，是支撑这个理论的事实依据是否充分。”

江晖点点头。这是理论的关键，这也是他最头疼的问题。

“您说得很对，目前医院没有条件做相关的试验，这几年我只能收集相关的数据和资料。另外，我自己也做了几个数学模型，但是数据采集是短板。这部分内容我整理一下，再发邮件给您。”

“好！”宋励之简短地说，“小江，看样子，你的理论并不是专门这个会议准备的，是不是已经考虑很久了？”

“是啊，完全是个人兴趣，还没有想过写成论文发表呢。”

“小江啊，你有没有想过花些时间来专门研究这个问题？”

“我是想过，但是现在工作任务已经很繁重了，基本上抽不出时间去做工作以外的事情。”

“你有没有兴趣读我的博士？学校的研究条件比医院要好很多的。”

江晖惊喜地看着宋励之，她已经好几年不招学生了。

“那太好了，太求之不得了。”江晖激动地说。

江晖西装革履，皮鞋锃亮，风度翩翩地从会议室走到走廊上。脖子上的领带勒得他喉咙发干，他走到茶歇长条桌边，倒了一杯咖啡，没有加糖加奶的咖啡喝起来苦得很。

“Mr.Jiang, may I give you my business card? Your presentation is very interesting.[2]”一位美国专家从会议室里追出来问道。

江晖和这位来自美国的麦克教授交换了名片，麦克激动地说了一大堆话。江晖在大学学的英语基本上都还给老师了，在老外极快的语速中，只模模糊糊地抓到“新颖”“革命”几个词，看他的表情，大概是在夸奖自己的发言吧。江晖仔细看看他的名片，他还兼着一个医学杂志的编辑，他鼓励江晖写一篇文章，投给他的杂志，江晖答应了，向他保证说在两个月内把文章发给他。

---

2 译文：江先生，可以交换名片吗？你的演讲很有趣。

唠叨的老外终于走开了，江晖端着咖啡杯，从走廊一侧巨大的玻璃窗看出去。室内温暖如春，室外则是落叶乱舞。会议室紧邻医学院附属医院的住院部，不时有人从旁边的林荫道经过，都裹紧了外衣，缩着脖子，快步走过。

透过大玻璃窗，江晖远远看见一位个子高挑的女郎，优雅地慢慢走过来，她手拎黄色公文包，头戴一顶俏皮的红呢帽，身上的红色长大衣不时被风掀起衣角。他的心脏突然莫名狂跳，那个身影看起来太熟悉了，定睛再看时，果然正是唐颖。

她越走越近，江晖转身踱到窗帘后面，贪婪地盯着她的倩影摇曳生姿地经过。她平时不是都坐办公室吗，怎么今天出来跑外勤了？莫非岗位变了？武平这家伙没有说起过啊。她越走越远，江晖把咖啡杯往桌上一放，推开玻璃门，尾随在后面。寒气透过薄薄的西装和衬衫，直接袭击了他全身。但是江晖完全没有注意到，只是紧盯着前方的红色身影。她一定是去药房或者设备科，武平这家伙，给唐颖调了部门也不说一声，外业是很辛苦的，但是如果干得好，奖金加工资倒是比内勤人员高些。

唐颖掀开门诊楼厚厚的棉门帘，眼光扫视一圈。快到中午了，保安基本上都吃饭去了，大部分挂号窗口都关着，护士也基本上都撤了，一楼就诊大厅只有稀稀落落几个病人在看下午出诊的医生名单。

唐颖慢慢走过去，从容地打开公文包，拿出一沓资料，分别放到几个挂号窗口前的柜台上，然后优雅而镇定自若地迅速撤离。

医院下午一点半开始挂号，病人们会在一点左右陆陆续续到挂号窗口排队。如果她推断得没错，哪些资料会在下午两点左右被保安发现并清除。在被清除前，至少有好几十个病人会看到印刷的广告，只要有三五个遵循广告的指导换医院，今天的任务就能超额完成。

她推开棉被般沉重的门帘，快步走出了门诊楼。

江晖进门时，差点撞上掀门帘出来的唐颖，他紧张地迅速把脸扭到一边。好在只有保安才能引起唐颖的注意，她正想着要自然而迅速地撤离此地，完全没有注意到江晖。江晖进了大厅，短短的几步路，却像经过了长途跋涉一样，他喘气不止，脸和脖子都热辣辣地发红，只嗅到伊人留下的清香。

他转身推开门帘，目送唐颖离去，她的脚步不像来时那么从容，急匆匆的，好像有人在后面追赶一样。江晖感觉很蹊跷，她进门不到五分钟就又出去了，在这短短几分钟里，她到底干了些什么？

办公室的人总算都走光了。唐颖端着水杯，挨个巡视同事们的格子间，有的整洁、有的凌乱，还有的桌子上放着敞口摊开的吃剩零食，她好心地在拿本书压在食品袋封口处，以防止“小强”爬进去。最后，她看看经理的玻璃格子间，也是人去屋空。

一个人的生活很好，就是到下班后有点无聊。办公室的人下班一般分成三拨。第一拨是当妈妈的，五点不到，一个个就悄声没息，偷偷溜去接小孩了；第二拨是当爸爸的和大部分有对象没小孩的，他们下班一般都是大张旗鼓的，互相说笑着，约着老公老婆男朋友女朋友，一起消磨晚饭时间；最后一拨是像唐颖这样回家也是一个人待着的单身狗们，在办公室流连不去，有的吃完晚饭后又回办公室，反正回家也是看碟、上网，还不如留在办公室，用着公司的电、上着公司的百兆网，被经理看到没准还以为是在努力工作加班呢。

好，可以开始干活了。唐颖回到自己的格子间，调出早已编辑好的文档，把打印份数设成“100”，然后按下鼠标键，打印。她守在打印机前，看它把一张张白纸吸进去，然后又吐出来。她想起了江晖，原以为他给自己介绍了工作，会以此为契机，猴急地约自己吃饭看电影送花，就像遇到的其他男人一样。但实际情况却是：自从上次为感谢他请他吃过饭后，她就再没有见过他。他花了那么多心思，帮着做了份牛得不行的简历，并且找同学帮忙找了份好工作，好像就只是真心地想帮帮忙，没有其他目的似的。

但是他看自己的眼神，唐颖觉得自己没有搞错，至少他是喜欢自己的。他有时候也会打个电话问候一下，聊聊工作上的事情，但从没主动约唐颖出去过。电话里的他就像最后一次见面时他的形象：干脆、热情而保持着距离，每次接完电话，唐颖心里都空落落的若有所失。

唐颖把厚厚的一沓打好的纸放进档案袋，又把档案袋塞进书包，然后拎起书包，关掉办公室所有的灯，坐电梯下楼，出了旋转门。傍晚的寒风吹得“呜呜”直响，她竖起衣领，把下巴缩到大围巾里，想着自己从空空荡荡的办公室，要回到空空荡荡的小窝，唐颖不禁哼唱道：“寂寞难耐，我寂寞难耐……”

就听见身后有青年男人的轻笑。笑什么笑！她索性更大声哼哼“寂寞难耐，我寂寞难耐……”一边迈开长腿，朝公交车站奔去。停在站台的48路车售票员靠着窗口，面无表情地看着她，尽管她边跑边挥手，售票员还是视若不见，关上了车门，公共汽车一溜烟开走了。

唐颖暗骂一声，慢慢下了脚步，听见有人在后面喊自己的名字，她回过头来，只见江晖西装笔挺，双眼发亮地看着自己。

“江晖，江大夫！你怎么在这儿？”

“我在医学院开会，刚结束。”

“哦，开会也不管你们晚饭啊？”

江晖咧嘴道：“是啊，国际会议，不管晚饭是国际惯例。”

“我敢说，参会的领导肯定有晚饭吃！”唐颖冲口而出，“只怕是还有洗脚、泡澡、K歌之类的活动。”

江晖的嘴咧得更大了：“那是一定的！”

寒风中，她没有戴帽子，小脸冻得红彤彤的。

“工作很忙吗？怎么这么晚才下班？”

“还好啦，今天事情稍微多一点。”唐颖小心翼翼地说。

“捡日子不如撞日子，要不晚上我请你吃饭吧？”

“好，我们去喝粥吧。”她毫不扭捏，大大方方地建议道，“这附近有家粥店，他家的西葫芦饼做得很地道。”

上了粥店的二楼，殷勤的店小二把两人带到靠窗的桌子。江晖翻看着只有正反两面的菜谱，问：“想喝什么粥？”

“甜的就行。”唐颖把死沉的书包丢到座位上，顺手脱下了外套。

“那给你来个薏米南瓜百合粥吧，女孩子喝这个养胃。”其实江晖哪知道什么养胃什么不养胃，不过是听科里那帮小护士这么说罢了。他点了几个口味清淡的蔬菜。

“怎么样，你的工作？还是在原来的职位上？”

唐颖就知道他一定会问工作的事情，说：“还在原来的职位啊，现在情况熟悉些了。”

“嗯，武平跟我说，你在那边干挺得不错的。”

“那是！只要看看我的简历，就晓得我在哪儿都能干得很好！”唐颖吹牛道。

江晖知道她在说自己帮她做简历的事情，不由得笑起来，唐颖更是给点阳光就灿烂：“既然我干得不错，能不能跟老板说说，给我涨点工资啊？现在 CPI 都破五了。”

“那我跟武平说说。”江晖认真地回应道，“你是不是缺钱？不行先在我这里拿点。”

唐颖犹豫了一下，说：“算了，还是自己赚的比较踏实。”

“没有关系的，反正我平时也不怎么花钱。你现在的工资可能比原来挣得要少一点，但那是合法合规的劳动所得。你不会因为钱不够用，又去干老本行吧？与其这样，不如我借给你，没准还能挽救一个失足青年。”

唐颖有些受创，合着你江晖把医托看成是失足人士啊？！但她还是笑嘻嘻地说：“哪能又干老本行呢？！现在的工作又体面又合法，还有五险一金，关键是还有免费中饭，太难得了！不就是工资低一点点嘛，瑕不掩瑜，瑕不掩瑜！”

听她这么说，江晖哭笑不得，也没法死皮赖脸非得借钱给她，只得闷头喝粥。

唐颖见江晖不答话，低头努力喝粥，为打嘴仗的小小胜利得意了一下；又总感觉今天这个妇产科大夫有哪儿不对劲，具体是哪儿有问题，又说不上来。

吃完饭，服务小姐把收费单送上来，江晖主动接过单子，把钞票递给服务小姐。

“您稍等，我去找零钱给您。”服务小姐说。

“请问，洗手间在什么地方？”唐颖问。

“在那边。”江晖和服务小姐同时指着左边的圆形拱门说。看着唐颖纤细优雅的身姿消失不见，江晖的目光落在了她的大公文包上………

城市的夜晚寒凉，唐颖和江晖出了粥店，天已经完全黑透，霓虹灯和汽车灯光照耀着夜空。江晖沉默地走在前面，唐颖在后面偷偷上下打量这个男人，虽然个子不高，身材还是挺拔结实的，不张扬的打扮给人踏实感，头发整齐干净，似乎都能闻到清新的香波味。正胡思乱想间，江晖回过头来问：“你怎么回去？”

他表情严肃，眉毛拧在了一起，看她的眼光很是陌生。

“坐地铁啊。”唐颖轻松地说，“过天桥就有个地铁站。”

“我送你到地铁站口。”他几乎是咬牙切齿地挤出这句话，说完就迈开大步，头也不回地踏上了人行天桥的楼梯。

唐颖紧跟在后面。天桥上有不少小摊贩，有卖手套鞋垫的，有卖鲜花的，还有专给手机贴膜的，过往的行人就在小贩的吆喝声中穿行。江晖大步走在人群中，完全不看身后的唐颖。唐颖费劲地拎着沉重的大包跟在后面，一路小跑才能跟上他。

他这样子哪像送人啊？！唐颖寻思道。突然想起今天吃饭时他的样子很蹊跷，几乎一直低头吃饭，要不就是看窗子外面，始终不肯直视自己，和前几次一起吃饭时眼神炯炯地看自己的样子完全不一样。唐颖回忆吃饭的时候和他的对话，没有得罪过他啊！现在，他像个生气的家长一样，疾步走在前面，而自己像个拎书包的小学生，屁颠屁颠跟在后面。

凭什么啊？！

江晖走到地铁站口，才发现唐颖落在后面很远，她拎着大包，慢吞吞地走近。江晖铁青着脸站在地铁站口，背对黄色温暖的光，面对着黑暗中的唐颖。

“江大夫，”唐颖挖苦地说，“谢谢您送我到地铁站，不好意思，我走得慢，拖您后腿，耽误您的时间了。”

江晖冷冷地注视她，这个女人美丽的外表下藏着怎样一颗心啊？！

“不客气。”他反唇相讥，“拿着这么重的包还能走路，真是难为你了。”

唐颖也冷冷地：“那得谢谢您没有帮忙，给我一个锻炼身体的机会。”

江晖气往上冲，说道：“我很愿意帮任何一个人拿东西，但就是不愿意帮医托拿资料！”

“你……你居然偷看我的包？！”唐颖声音尖厉地说。她看着眼前这个男人，由于背光，他的表情隐藏在黑暗里。

江晖没搭腔，心想，如果不是我找到证据，那你还不是想怎么蒙我就怎么蒙我！

“我是医托，那又怎么样？！您的人格太高尚，我不配您给找工作，回去告诉你同学，工作我不要了，我辞职！再见！”

唐颖恼羞成怒地抓紧包，狠狠地撞开江晖，冲进了熙熙攘攘的人流。

何元盛脚步漂浮地从地下室上来。夜晚的街道非常宁静，和地下室缭绕的烟雾和鼎沸的人声形成强烈反差。他睁着红得像兔子般充血的双眼，看着街对面一个苗条的高个女人。她拎着大公文包，身姿笔挺，高筒牛皮靴在灯下发出微光。她拐进了临街的一栋居民楼，没一会儿，二楼东头房间的灯亮了，那个女人的影子出现在窗口，她靠窗待了一会儿，把窗帘拉上了。

何元盛掏出口袋里仅存的一支烟，用打火机抖抖索索地点上，两天两夜没有合眼了，手有些不听使唤。那个女人看上去挺有钱的，但不知为啥，他总觉得眼熟。他抽了口烟，脑子里浮现出一个穿着白T恤、脸上都是黄褐斑的大肚子女人，她们两个长得好像。

他抽着烟，力图使自己的大脑清醒点，努力合计着一共赊了多少账，每次算出来的数都不太一样，不算了！反正赌场上机会均等，人不可能一直走霉运，开始输得越多，后面赢的次数就越多，半途而废才会只输不赢。前期损失得越多，翻本的可能性就越大。他在21点和轮盘赌之间犹豫了一会儿扔掉烟头，决定一直把轮盘玩下去。

唐颖从抽屉里拿出厚厚的一沓汇款单，全是寄回家里的。最早的一张在四个月以前，一万五千块，是她当时所有的积蓄。后面的数量就不固定了，有六百的，也有八千的，零零碎碎加起来有十来张，不用算她也知道，四个月内她一共给家里寄了四万多块钱。

她双手撑头，烦恼地闭上了眼睛。这几个月她没买过新衣服，没自己花钱下过餐馆，一切都省到了不能再省。现在，她必须要在周三之前搞到一万块，今天跟江晖吃的这顿饭，断送了她的工作以及随之而来的每月三千块钱的收入，还有公司提供的价值每月三百多块钱的午餐。想到这里，她莫名其妙地流下了眼泪。她从来没有因为做医托而懊悔过，只是江晖，那个曾经真心帮助自己的医生，今后是不会再信任自己了。

何元盛攥紧拳头，血红的双眼紧盯着旋转的轮盘和上面飞奔的骰子，丝毫没有注意到他把自己的手心掐出了很深的指甲印。这次他押的是12，数字是他挖空心思才算出来的，骰子掉入第十二格的概率高达百分之九十五，他把所有筹码都押上去了，翻本儿的机会就在这一注了！

骰子渐渐慢了下来。

“12，12！ 12！！！”何元盛在心里狂喊。

骰子像听到了他的命令似的，真的掉入了，何元盛狂喜，所有的人都嫉妒地看着庄家把一大堆筹码全部推到他跟前。

成功了！是概率论的胜利，是科学的胜利！

他掏出口袋里皱巴巴的计算本，根据概率论计算，下一个应该押5。

何元盛再次从地下室出来的时候，已经凌晨四点了。他抱着胳膊，身上只穿了件衬衣，他脑袋里乱糟糟的，按概率论的计算，他连着赢了好几把，不知道怎么搞的，突然全部又都输了出去。为了翻本儿，他当机立断，把刚到城里时花了五百多块钱买的羊毛混纺呢大衣卖给了赌友，换了五十块钱，又赌了一把，这回离胜利很近，差一个数就赢了。

今天晚上，他有强烈的预感——他已经抓住了轮盘的规律，有一段时间十次下注，七次都押中了。趁轮盘赌的规律没变之前，他要尽快搞到钱回赌场，把刚才没焐热就溜出口袋的筹码全部赢回来，把呢大衣也赎回来。当然，他没有忘记，赢钱的最终目的是为了凑够试管婴儿的手术费。

何元盛布满红丝的眼睛看着对面居民楼，不管昨天晚上看到的女人是谁，她肯定和吃人不吐骨头的莱茵河医院有着千丝万缕的联系，如果不是被莱茵河骗走了血汗钱，他也不会跟爹娘要钱，更不会把爹娘的棺材本都输在了地下赌场。他得想办法捞回来！

他上下打量刚粉刷了外墙的居民楼，这楼设计得真好啊，楼梯间的窗子开着，离刚才那红衣女人房间的窗户很近，一伸手就能够到，而且街上连个鬼影都没有。现在，他只需要找根绳子就行了。

唐颖睡得很不踏实，整个晚上都在做奇怪的梦：在冰雪覆盖的旷野里，她在齐膝深的雪地里艰难前行，爸爸在远处喊：“小颖，快点，你都追不上我了！”她用从雪中拔出腿来，费力地往前走了一步，一边大喊：“爸爸，爸爸，等等我。”。

爸爸回过头来，她顿时肝胆俱裂，他的脸变成了骷髅，他扬起只剩森森白骨的手，把一只巨大的雪球扔了过来，雪球击中了唐颖的脸，冷得刺骨。

“啊！！”唐颖骇叫道，从梦中醒来，剧烈地喘息着。紧接着，她感觉后背发凉，毫毛竖起，第六感告诉她，屋里有人！整个房间都充满了浓重的人体臭味和烟味。

“谁？”她惊恐地问，伸手去摸台灯开关。她的手在半路被人抓住了，那只手冰凉坚硬，恶狠狠地把她的手压在床头柜上，另有一只手掐住了她的脖子，一个臭烘烘、沉重的身体压在了她身上。

“敢喊！”男人沙哑的声音说，“钱在哪儿？”

“在……在包里。”唐颖颤抖着说，一想到爸爸的救命钱就要落入这恶徒手里，就像要挖她身上的肉一样。

何元盛抓起枕巾塞进唐颖嘴里，然后用绳子粗鲁地把她的双手反剪着绑了起来。

“老实点，在床上趴着，不许翻身！不然我对你不客气！”

唐颖听到该死的抢劫犯走到门边，拉开包拉链，乱翻一阵，先是打印材料掉在地板上的声音，然后是小化妆镜响亮地摔在地上玻璃裂成了碎片的声音。自然，她在心里问候了这死贼的祖宗无数遍。

何元盛把包里七零八碎的东西随手丢到地上，终于找到了钱包，他急切地翻开钱包，简直不敢相信自己的眼睛，里面一共才五十多块钱，信用卡倒是有一张，其他的全是打折券。他回头看一眼背朝上趴在床上的女人，她身上穿的衣服、手上提的包都显得很高档，身上带的钱却还不如个捡破烂的多。

他扑到床上，把捆成粽子般的唐颖翻了过来，借着昏暗的街灯灯光，仔细看她，除了脸上没有黄褐斑、腹部平坦以外，这女人和李哥的媳妇儿几乎是一个模子里刻出来的。唐颖躺在床上，见眼前这个蓬头垢面、身上散发着臭味的男人，目光不善地紧盯着自己，心里害怕，他一开口，她更是绝望得两眼一黑。

何元盛掏出唐颖嘴里的枕巾，压低声音问：“莱茵河医院给了你多少好处费？”

唐颖的惊慌不是装出来的，她结结巴巴地说：“什么？”

“就是你们这些医托，害得我倾家荡产！说，你拿了多少好处费？”

“大、大哥，你认错人了。我不晓得什么、什么、河、医院。”

这女人居然还跟自己装！何元盛顺手给了她一个耳光，说：“你还装！”

唐颖躺在床上，见他黑黢黢的一只大手飞来，躲闪不及，被打得脑袋嗡嗡直响，见这个男人满是血丝的眼睛红得要喷出火来，说话的样子状若疯狂，心里害怕极了。她隐隐想起他来，还记得他貌不惊人的老婆总是一副温顺的样子。她惊恐地想，在这个月黑风高的夜晚，要是让这个男人把愤怒撒在自己身上，不定会干出什么来，挨打，强奸，碎尸，都有可能，相比较之下，抢钱只怕是最好的结果了。

想到这里，她"哇"的一声哭出来，大声说："大哥，我真的不晓得什么'英来河'医院啊！我天天在办公室加班，每天到很晚才回家，就是为了多赚点加班费给我爸看病啊。大哥，你要是要钱，就把我要寄给我爸住院化疗的救命钱先拿去吧！就在门口大衣柜里面。你都拿去吧，大哥！"

她一把鼻涕一把泪地说着，还好心地提醒道："大哥，我没钱租好房子，这个楼旧，隔音不好。你拿了钱赶快走，算是我给你的！我也保证不喊人，好不好，大哥？！"

头昏脑涨的何元盛听说柜子里面还有钱，顺手塞了个被子角在唐颖嘴里，转身走到门边拉开衣柜，就着从窗口照进来的昏暗灯光往里看。那衣柜不是一般的凌乱，挂衣服的铁杆上密密麻麻挤满了衣架，每个衣架都套了不下三件衣服，尽管灯光昏暗，还是能看得出来，挂衣服的铁杆不堪重负都已经弯了。就在那层层衣服的下方，有一个抽屉，何元盛两眼放光，用力拉开抽屉。

一个肥肥胖胖的牛皮纸信封躺在抽屉里，他捏住信封两侧，往里一看，全是百元大钞，厚厚的一大沓。何元盛满意地把信封揣进衣袋，看一眼床上的唐颖，她正一边哭一边想挣脱绳索的束缚。算了，这女人还算配合，今天就不跟她啰嗦了，赶紧去赌场回本要紧。

何元盛爬上窗台，准备原路返回，刚伸了一只脚出窗户，他就停了下来，坐在窗子上"嘿嘿嘿"地笑起来。看到钱高兴糊涂了，都进来了还爬什么窗子啊，直接开门出去就行了啊！

唐颖看着这个臭烘烘的男人从窗子上爬下来，笑嘻嘻地穿过房间，打开门锁保险栓，带着她的钱就要走出房门。一旦他出了房间，她就再也没法拿回父亲的救命钱了。此刻，她躺在床上，啥也做不了，只能眼巴巴地看着可恶的盗贼大摇大摆地走出房间。唐颖绝望地闭上了眼睛，在眼里停留了许久的热泪，终于顺着脸颊流了下来。

何元盛打开房门的瞬间，没想到会看到一张男人的脸，那张脸很憔悴，眼睛却在黑暗里熠熠生辉。他一时没有反应过来，只听到“呜”的风声，头上突然剧痛，他站立不稳，摔倒在水泥地上，在晕过去的最后一刻，只记得眼前是一双结实的翻毛皮鞋。

唐颖没有听到那盗贼的脚步声逐渐远去，一阵奇怪的响动之后，倒听到他脚步急促地走到床边，感到一阵温热的气息喷在自己脸上。她心里一阵惊慌，那臭烘烘的盗贼抢完钱还不够，难道又回来劫色了？！

她慌乱地睁开眼睛，透过模糊的泪眼，看见一张端正的脸正紧张地注视着自己。这张脸在几个小时前还充满了愤怒，而现在看上去只有担心，看到这张脸，她就像看到了天使。

“你没事吧？”江晖担心得不得了，上下快速扫描了一遍唐颖的身体，没发现有外伤，这才解开她捆着的手。唐颖的手一自由，她赶紧从自己嘴里扯出了被子。

“你没事儿吧？”江晖又问。

唐颖再也控制不住，“哇”的一声大哭起来，江晖一把将她搂进怀里，左手轻轻安慰地拍打她的背，右手顺便拿起她的手腕逐个来检查。粗糙的绳子勒破了几处皮肤，没有什么大碍。他放下心来。轻声安慰道：“没事了，我在这儿，没事了。”

他的安慰越发刺激了唐颖的委屈，她哭得更厉害了。江晖紧紧搂住这个女人，尽管她把自己的一片心意当作垃圾一样在践踏在脚下，他还是无法放手，哪怕是此时的片刻拥抱，也如花蜜吸引蜜蜂一样，让他无力自拔。

他抬起她泪眼婆娑的小脸，眼前的她不是屡教不改谋财害命的医托，而只是一个吓坏了的小姑娘，她的嘴唇微微张开，红得像怒放的玫瑰，引诱他去品尝它们的甜蜜。

江晖注视这两片红唇良久，狠狠地把自己的嘴唇压了上去。唐颖挣扎着要躲开，但他强壮有力的手托着她的后脑勺，让她无处闪躲。她的嘴唇比想象的还要柔软，还要甜蜜，他反复地、一遍又一遍地品尝那玫瑰的清香，清香里还有眼泪的咸味，但似乎正是这咸咸的味道，令她的双唇更加甜美……

良久，江晖才恋恋不舍地把嘴唇移开。

唐颖已经停止了哭泣，双眼闪亮地看着自己。江晖有点心虚。

“我这不是趁火打劫啊，我想控制，但是控制不住。”他语无伦次地解释，“你别乱想啊，我真的不是落井下石啊。”

他住嘴了，都什么跟什么啊！此地无银三百两，越解释越乱。

唐颖还是红着眼睛，不发一言看着他。他的心悬在半空，担心地看着她的脸，生怕她再次爆发出哭声。

唐颖说：“你不是跟我绝交了吗？怎么又跑来了？这次总不会是顺便路过吧？”

“我跟着你坐了五圈地铁，然后待在走廊里想了一会儿心事。那个男人爬窗子进来的时候，我还以为他是你男朋友呢。”江晖看一眼地上的男人，他蜷缩着身体，一动也不动。

“神经病，要真是我男朋友，用得着爬窗子吗？！”

“万一有人……就有这个爱好呢。”武平就喜欢爬他女友的窗子，为躲他女朋友的爸爸，还爬过阳台。

“我一直在走廊里等着，最后才发现不对劲。他爬了一半窗子，坐在窗台上说的那句话，我才明白不是你男朋友，就摸了根笤帚在门口等他。”看见唐颖的眼睛瞪得那么大，江晖又开始胡乱解释，“我不是故意想跟踪你的，就是晚上没处去，瞎溜达。”

他又开始胡说八道了。唐颖叹了口气，把自己的嘴唇堵了上去。

江晖心脏狂跳，狂喜如潮水排山倒海地淹没了他。她的嘴唇冰凉、柔软，有花香味，他任由自己的唇在她的唇齿间辗转碾压，周围凌乱的房间、半开的衣柜、昏暗的街灯光似乎突然被黑洞吸走了，他也掉入了一个黑暗的隧道，头晕目眩，全身乏力，所有神经的触角都在探索那双柔软的唇……

突然，房间的顶灯大放光明，一个威严的声音大声问：“是谁报的警？”

唐颖从江晖怀里钻出来，整理下衣服，指着江晖说：“他！”

江晖虚弱地靠在床头，一句话也说不出来。唐颖笑了起来，几分钟前他还孔武有力地把盗贼打倒在地，现在自己小小的一个吻，却把他搞得全身瘫软了。

第十五章
造人竞赛

自打林丽刷爆了闻天鸣的信用卡，两个人的冷战就一直持续着。每天晚上林丽只做自己的饭菜，闻天鸣拿着空碗揭开锅盖，里面只剩下几粒儿没舀干净的饭粒了。除了不给他吃，她还拒绝给他洗衣服，她从洗衣机里把闻天鸣的衣服裤子挑出来，只洗自己的。闻天鸣很快就发现衣柜里不再有干净衬衣、阳台上也没有晾晒着的自己的衣物，他四处寻找，最后才在阳台上的一个废纸箱里发现了自己的脏衣服脏裤子臭袜子，它们挤在一起，默默地散发着臭味，都快长毛了。到晚上，他的被子和枕头会自动出现在沙发上。

闻天鸣当然不会坐以待毙，又开始积极约客户出来吃饭、K 歌、泡脚，不陪客户的时候，就在办公室订外卖，晚上要打一阵游戏才回家，到家洗完脸直接睡觉。老万为此大加赞赏，在员工会上不点名地表扬了他。白晓玲是知道底细的，每天早晨上班，都会问他游戏又添了什么厉害装备。

尽管两人表面上一副老死不相往来的样子，闻天鸣还是知道林丽并没有放弃生孩子的念想。她时常把自己锁在厕所里，偷偷测尿，经常出现在垃圾筐里的尿杯、排卵试纸袋和纤细的白色试纸条就是证据。

林丽的和好显得有点莫名其妙。头天，闻天鸣玩游戏冲关，搞到凌晨两点钟才到家，洗完脸踢掉鞋子躺在沙发上，直接就昏睡过去了。迷迷糊糊中，他被从卧室里出来的林丽弄醒，她不发一言地掀开被子，脱掉他的底裤，“强奸”了半梦半醒的闻天鸣。

迷糊中，他喘着气，问：“你不生气了？”

林丽双腿夹紧他的腰，脸色潮红，媚眼如丝，眼神却冷冷的，说：“你以为这么容易就放过你啊？我今天排卵，唔……”

闻天鸣恍然大悟，抓住林丽的手，翻身把她紧压在沙发上，说：“你把我当成啥了？！招之即来挥之即去的精子库啊？！”

林丽压抑着，不让自己呻吟出声，仍然冷冷地说：“不但当你精子库，还当你提款机，只是你这提款机不怎么经用啊！”

闻天鸣恼怒地死死压住她，开始奋力冲刺，在越来越激烈的喘息声中，两个人同时达到了顶峰。闻天鸣好久都没有这么畅快地做过爱了，自打有了造人计划以来，林丽制定了严格的交欢时间表。任何有趣的事情，一旦变成必须完成的任务，就不会再有什么乐趣可言了。

闻天鸣喘息着从林丽身上翻下来，动作猛了点，后背落空时才想起，刚才的激烈缠斗是在沙发上。情急中，他挥舞双手，想要抓住任何能固定住自己的东西，结果沙发上的被子跟着他一起轱辘到了地上，发出了惊天动地的响声。

在短暂难堪的沉默中，林丽和闻天鸣相互对视，看着闻天鸣赤身露体、双手紧抱着枕头、一只腿勾着被子躺在地上的狼狈样，林丽忍不住大笑起来。闻天鸣讪讪地从地上爬起来，也跟着笑起来。

一笑泯恩仇，冷战结束了。

林丽、黄新娜和陈小兰三个女人，虽然各有各的原因，却不约而同都决定在华弘医院做试管婴儿，难得的是，今天三个人碰巧都到医院做B超。

已经临近中午，生殖中心的走廊里还乌泱乌泱的全是人。

林丽坐在椅子上，紧闭眼睛，双手放在大腿上捏了个诀，嘴里念念有词：“南无阿弥陀佛。伏以观音大士，誓愿洪深，法界有情，等蒙摄受。善根未种未熟未脱者，令其即种即熟即脱。应以何身得度者……”

“喂，这儿有人吗？”一个刺耳的声音问。

林丽被打断，不愉快地掀开眼皮，瞄了一眼声音的主人，只见她：头发烫成大波浪，蓬松地披在肩上；耳朵上两只钻石耳环“卜哘卜哘”闪闪发光；手挎着叫人眼红的爱马仕限量版包包，那是林丽在刷爆闻天鸣信用卡时也没舍得买的；贴身穿的连衣裙林丽没有看出门道来，只知道她的外套是香奈儿最新款。

那女人站在那儿，浑身上下仿佛都在说：老娘我有钱！我很有钱！

“这儿有人。”林丽说，闭上眼睛，继续念她的《观世音菩萨求子疏》：“故得慈起无缘，悲运同体。如皜月之普印千江，若阳春之遍育万卉……”

“这是你的包包吗？”刺耳的声音又响起来了。

林丽不得已睁开眼睛，没回答她的问题，只说：“一会儿人就来了。”

“等人来了再说。”贵妇人把包包拨到一边，一屁股坐下来。

看着一万多块的包包被挤得七倒八歪，林丽心里一哆嗦，肉疼地伸手把贵妇人推开，尖声道：“你这人怎么这样，都跟你说了，这儿有人！”

她抓过包包，怜爱地审视包包上的一条划痕。

贵妇人也是个不肯吃亏的主儿，立马回嘴道：“我都说了，等人来了我再让就行了，你是病多挂了两个号还是怎么着？自己坐个座位，包包还占个座位！”

林丽完全忘记了《求子疏》中“视邻邦如手足，以天下为一家，互相维持，不相侵暴”的教导，跳起来，嚷嚷道：“你这人嘴巴放干净点，什么叫病多？你没病到医院来干什么？！”

贵妇人反唇相讥：“我没把个破基本款包包当人贡着的病！”

咦，今天碰到个厉害角色。林丽排了一上午的队，到现在还没见着大夫一根头发，心里本来就不痛快，全靠《求子疏》压着，被贵妇人两句讥讽撩起火来，说：“就你有钱，有钱你去和睦家啊！到这里来挤什么？有钱，你雇个胖子给你当沙发啊，坐塑料椅子干什么？！”

“我爱上哪看病、爱坐哪儿是我的自由，你管得着么你？！”

两个人正唇枪舌剑间，陈小兰回来了。林丽抓住陈小兰的手，控诉道：“小兰，我本来给你占了个座，结果被这不开眼的给抢走了。你的手怎么这么凉啊？何元盛找到没？警察都说什么了？”

没等陈小兰回答，林丽一扭头，对贵妇人说：“现在人来了，赶紧让开吧。”

那贵妇人往后背一靠，跷起二郎腿，说：“这椅子上写着她的名字啊？你叫它一声，看椅子答应不？”

“你！”林丽这下是真生气了，把《求子疏》里“诸恶莫做，众善奉行”的教诲全忘到脑后，跳起来用手指着贵妇人。

贵妇人见林丽的手指头都快要戳到脸上来，而且对方有两个人，心想这下子恐怕要吃亏了，正准备出手招架，陈小兰却拉住林丽说："丽丽姐，算了。我不累，就让她坐吧。"

贵妇人心里暗自松了一口气。看着林丽倒是一个时髦的都市女人，这么护着一个农村女人，不知二人是什么关系，心里啧啧称奇。

"凭什么啊，你不晓得她仗着有钱刚才怎么说我。"林丽忿忿地说。

正闹腾间，诊疗室门打开了，出来个小护士，夹在口罩和帽子间的一双眼睛，狠狠地瞪着门口几个人，说："你们，声音小点！要吵架到外头去吵去！"

现官不如现管，众人马上都噤若寒蝉。

林丽眼尖，从门缝里看见诊室里只有一个病人，就是每次来都见到的扫地老太太，她坐在大夫面前的椅子上，双手小心翼翼地护住肚子，满是皱纹的脸笑得开了花，宋主任也笑得合不拢嘴，在病历上写着什么。那贵妇人也看到了门里的景象，惊异地挑起了眉毛。没一会儿，老太太拿着处方单出来，笑得眼睛都眯成一条缝了。

林丽问："怀上了？"

她点点头，说："怀上了！终于怀上了！"说罢含笑而去。

旁边的病友艳羡地看着她响喽的背影，和满头的白发，说："真不容易，她做了十几次，把家里的房子都卖了，56岁啊！"

林丽一阵唏嘘，为老太太高兴的同时，心里有了莫名的信心，那扫地大妈比自己整整大了20岁，她都能怀上，自个儿身体条件比她可是好多了。看来只要下定决心，不怕困难，就一定能争取到胜利！

护士开门出来，翻着手头的病历，说："下面我叫到名字的人答应一声啊，陈小兰、林丽、黄新娜、焦云……"

大家挨个儿答应，林丽和贵妇人相互斜目而视，都暗自记住了对方名字。

护士说："今天上午大夫来不及给你们的看病了，你们先去吃饭，十二点四十之前回来，不要迟到了。"

众人抱怨着各自收拾东西，准备外出觅食。

"焦云！"林丽记住了贵妇人的名字，她咬牙切齿地说，"你等着！"

“林丽！”贵妇人回应道，看来她记忆力也不差，“你尽管放马过来，我还怕了你不成？！”

两个人斗鸡似的对视着，陈小兰见势不妙，拖着林丽往外走，生怕一放手她就冲了过去。林丽被陈小兰大力拉出门外，哭笑不得地挣开，说：“你拉我干什么？她要是敢动手，今天让她讨不了好去。光我一个人就可以秒杀她，更别说咱们有两个了。”

陈小兰劝道：“丽丽姐，为了一个座位，不值得。没有关系，我坐不坐都行。”

林丽知道她素来性格温和，与世无争，只得作罢，说：“你就是太软了。算了，我请你吃比萨吧，你得给我讲讲你家元盛到底怎么了。”

两个人找了家附近的比萨饼店，陈小兰一五一十地把何元盛如何发现上回骗他们去莱茵河医院的医托、如何入室抢东西报复、如何被警察抓，以及自己去看守所看他的情况说了。

听完这离奇经历，林丽深感意外。在她印象里，何元盛是个靠脸吃饭的男人，来城里后就没有正经工作过，仗着自己有几分男色，全靠陈小兰打工养活。虽然赌钱不是个好事，但这么个吃软饭的男人，能干出有点血性的事情，让她感到很意外，不由得称赞几句道：“没想到元盛这么有血性！是条真汉子！”看着陈小兰，她又犯愁了：“不过，为了个臭医托骗子判个几年也太不合算了。对了，他出不来你怎么做试管婴儿啊？”

陈小兰低下头，说：“我今天去找了看守所所长。”

“他同意放元盛出来吗？”

陈小兰摇头：“他不肯答应。”

“那你还不赶紧把做试管婴儿停掉！这几天花钱像流水一样，光是打针一天就得小一千啊！”

陈小兰固执地说：“俺知道，俺不想停。等元盛服满刑出来，说不定要好几年，越老越怀不上！他老寻思着再去找那个医托，怕是又会干出傻事来，有个孩子多点挂记也好。”

陈小兰一直性格温和，现在却犟得跟头驴一样。林丽知道，她其实是个很有主意的女人，不然当初也不会不顾一切借钱给自己，而这次，倔强可没啥好处。

林丽真着急了："不行啊，你这样太冒险了！且不说如果看守所不放人，你一个人做个屁的试管婴儿啊，前期吃药打针的钱全都得打水漂。就算万一你真怀上了，一个人生孩子拉扯宝宝也不行啊。"

"俺想过了，俺天天去磨所长，人心都是肉长的，他应该能答应元盛出来做试管的吧。"

"他要是就不同意呢？"

陈小兰低下了头，轻声说："我还是不想放弃机会。"

林丽掰开了揉碎了地劝说，唾沫都说干了，陈小兰就是不改主意。

林丽只得长叹一声，心想何元盛这小子上辈子是修了什么福啊，得了这么个贤惠媳妇。正在长吁短叹间，只听见后面一个熟悉的声音说："丽丽姐，小兰，你们都在这儿啊？"

林丽不用回头就知道是黄新娜这个小妮子来了，她说："你怎么不早点来帮我吵架啊！你这是来得早不如来得巧，今天我和小兰一直等到中午都没看上，医生让下午再去，你来了正好赶上。"

黄新娜惊问怎么啦，林丽一五一十地把和焦云争位子的事情说了，黄新娜笑起来，说："丽丽姐，你最近脾气见长啊，为个位子还跟人争执，有啥好争的。"她停顿一下，说："是我，就一屁股坐在她身上。"

几个女人大笑起来，黄新娜说："可惜我今天来晚了，丽丽姐，今天我那消失了N年的老爸出现了。"

林丽诧异地挑起了眉毛，黄新娜小时候父母就离婚了，她一直和妈相依为命，童年过得很苦，跟孙晓伦结婚后，经济状况才有了翻天覆地的变化。

"我刚要从办公室出门，我那老爸带着他的姘头来了，哦，不，现在是小三转正，我应该叫她后妈吧。他们不晓得在哪儿打听到我上班的地方，招呼也不打就来了，两个人上门就算了吧，还带着他们的两个娃，说是让我认认弟弟。想当初他跟扔破抹布一样，把我妈和我丢下，还把家里值钱的东西偷出去送给那个小三，我妈给我买的靠垫那么大的毛绒红心玩具，上面写着德语的'我爱你'那个，你还记得吧？他连那个都偷，拿去送给那个女人表忠心。"

林丽是第一次听她说起这事，依稀还记得那个毛绒红心经常摆在她家沙发上，不禁道：“这么恶心的事情都干得出来，啧啧啧！”

“所以我妈坚决跟他离婚了，我也气不过，不认想认他们。当然他们两个也不在乎，老爸带着小三跑到外地去做生意了。那小三，不，后妈，处处显示自己是他的正牌老婆，还带了点水果什么的给我，一脸假笑，说些八竿子打不着的亲热话，表现得要多善良有多善良。我当时就在心里呵呵了，我爸跟我妈闹离婚的时候，她扬言要杀我们全家的事情，我还记得清清楚楚，再披一百层羊皮，她还是只狼！”

林丽说：“你爸这么多年都没来看过你，这下突然上门，只怕是有所图吧？！”

黄新娜一拍她的手，说道：“可不是嘛！我爷爷死后，不是把他住的小平房留给我了嘛，现在那片儿要拆迁，我爸在外面生意做得没啥起色，又拖着两个娃儿，经济上捉襟见肘，现在回来想让我把房子分给两个弟弟。当然，第一次来，他们不好意思直接说房子的事情，啰啰唆唆东拉西扯半天，我要走，还拉着不放，所以来晚了。”

林丽对那个小三有点模模糊糊的印象，在老家的时候见过她，虽然手粗脚大，却打扮入时，脸上的一双三角眼是败笔，她大概自己也知道，所以总戴着一副墨镜。

“你倒是好脾气，还跟他们敷衍，是我只怕是直接不理人了。”

黄新娜苦笑：“那么多年都过去了，毕竟他还是我爸，又带着东西上门，说一堆假得要命的好话给我听，我也不好直接甩脸子。”

三个女人吃完午饭，回到了医院。

宋励之看着桌子上堆积如小山一样的病历，摇摇头。随着二胎政策的落地以及华弘医院生殖中心的名气越来越大，医生的负荷也越来越重，原来半天 20 个病人的任务量，现在涨到了 30 个，再加上她不忍心拒绝的以各种理由加号的，一个上午要看 35 个病人。

乱哄哄的上午过去了，她只觉得口干舌燥，嗓子冒烟，腰酸腿疼，虽然杂事让助手和护士都承担了，还是紧张得跟打仗一样。

“叫下一拨病人吧。”她吩咐护士。

“林丽、黄新娜、陈小兰、焦云。”护士叫道。已在门外等候的众人答应着，鱼贯进入诊室。

宋励之翻看着病历说："陈小兰，今天做B超脱裤子上床检查吧。"。

陈小兰顺从地脱下裤子，爬上B超床，双腿紧夹，有点难为情地看向一边。虽然她已不是第一次在众目睽睽之下展开自己最隐秘的部位，但以前做B超时谁也不认识谁，倒也无所谓，今天跟林丽和黄新娜一起，而且林丽似乎还饶有兴致地参观着自己的裸露部位，让她不禁面红耳赤。

宋励之抓起B超手柄，耐心地说："来，把腿尽量分开。"

陈小兰扭扭捏捏地打开了双腿，肌肉紧张得都快发抖了。

宋励之轻声安慰说："放松，放松，你越是放松，就越不会感觉难受。"

B超探头慢慢进入陈小兰的体内，她咬着嘴唇，羞赧地死盯着旁边的窗帘，尽力忍受着探头在体内左冲右突，寻找可见的卵泡。看着显示屏上的超声图像，宋励之熟练地用滚球鼠标测量影像大小，断断续续地说："子宫大小3.0乘4.0，左卵巢2.5乘1.6，右卵巢2.5乘1.5，左侧只有一个小卵泡，右侧……"

助理手上的笔飞快地在表格上记录着。陈小兰感觉探头像条蛇一样，蛇头极力往右边钻，似乎要找一条缝进到腹腔里面去。她拱拱肚子，又不敢乱动，难受地深吸一口气。

"右侧看不见卵泡。"宋励之失望地抽出探头，把上面的一次性塑料手套拉下来，扔进了垃圾箱。

助理翻出下一本病历，叫道："林丽脱裤子准备上床。"

宋励之皱着眉头说："对促排卵药不敏感。陈小兰，你可以有两个选择：一个是放弃，卵泡少成功的可能性也小。"

陈小兰停下了穿裤子的动作，呆望着宋励之，半晌才问："还有一个选择呢？"

"如果不想放弃，要加大一倍药量，你先用三天，然后再来看结果。"

现在已经是每天小一千的药费了，再加一倍，陈小兰心里一沉。

"吭吭吭……"林丽挤眉弄眼地使劲咳嗽，这个傻妞，就一个卵泡还做什么试管婴儿啊！出师不利，回头是岸才是明智的选择。

但是陈小兰就是不抬起头来看她一眼，一根筋地说："大夫，我还是想继续做。"

看看陈小兰傻傻地就这么让医生开药，把林丽急得不行："那个，小兰，你老公能出来吗？"

宋励之抬起头，从老花镜上方看着陈小兰，说：“爱人必须配合才行。”

“大夫，没事的，您开药吧。”陈小兰说。

林丽翻着白眼在心里骂铁了心的陈小兰，这女子不心疼自己，不心疼钱，非要冒险，她也只好干瞪眼。

轮到林丽做B超，她大大方方地脱了裤子，全无忸怩地上了床。贵妇人焦云故意在旁边，有意无意地在林丽腿间瞄来瞄去。林丽恨得咬牙切齿，又不好说什么，暗自忖量着不能吃亏，一会儿都得看回来。

陈小兰也躲躲闪闪地瞄了林丽下身一眼。看着林丽似笑非笑地看自己，她不好意思地转过头去，脸发起烧来，像是做了什么见不得人的事情一样。

“左卵巢13个极小卵泡。嗯，长势还不错，继续吃药吧。”

“耶！”林丽心里一声欢呼，面带得色地提起裤子下床。拿了大夫开的药方，却不走，就是要等着焦云上床，把春光给看回来。

林丽脸上不怀好意的笑被焦云看在眼里，她自然是满心不愿意，说：“房间里面怎么这么挤啊？看完了的病人是不是可以出去了？”

林丽皮笑肉不笑地说：“待会儿，我还有事问大夫。”

焦云只好求助地望着助理，希望她能帮着轰人。小助理正忙着整理单据，压根儿没空理她。无奈之下焦云磨磨蹭蹭地上了B超床，双腿始终不肯爽爽快快地打开来。宋励之提醒了两次，她才只好双眼一闭，心一横，心想：看就看吧，反正我也看了你的，不吃亏！

“左边4个小卵泡，右边6个，内膜厚度中等。起来吧。”宋励之说。

林丽哪肯放过挖苦的机会，有意小声自言自语：“看来有钱也不管事啊，卵泡照样不长，有本事你拿钱多砸出几个来啊。”

焦云哪肯示弱，撇嘴说：“10个卵泡是不多，就是一个卵泡的十倍而已。”

“你！”林丽语塞。

焦云挑衅地看着林丽，两个人再次斗鸡一样相互敌视。陈小兰见两人剑拔弩张，轻轻拉着林丽的胳膊，说：“没关系，我只有一个，确实是不如10个的好，我们走吧。”

看到这堆中年女人为谁卵泡多一个而互相瞧不起，黄新娜觉得十分好玩，说：“你们别吵了，看我的！”

宋励之转动手上的B超手柄，抬头看着屏幕上闪烁的图像，说：“左边19个，右边15个，内膜状态很好！黄新娜，很不错，下来吧，继续用药。”

34个卵泡！这一干大龄病人羡慕得口水都快滴下来了。年轻就是好啊！林丽想着自己年轻那会儿，不着急结婚，更不着急生孩子，只觉得养小孩是天大的负担，白白浪费了无数质量优秀的卵子。

事实证明：进入试管婴儿周期的人，完全不适合上班。

每天八点半，林丽赶到医院，那里早已是人山人海，大家排队打针，要在空气污浊的走廊里等上一个多小时，才能有幸被召集进入注射室，肚子上挨一针，胳膊上挨一针，屁股上再挨一针，等赶到办公室，正好吃中饭。

陈小兰在老万家上班，离医院更远，在医院注射过几次后，心灵手巧的她已经学会了护士的那几招，开启了打针DIY模式，摸索着自己注射。

黄新娜在家附近的社区医院花钱找了个护士，每天护士上门给她打针。

为了制造个健康的小家伙，林丽毫无怨言地戒掉了很多好吃的：小龙虾、麻辣烫、各式海鲜、什锦果脯、方便面甚至泡菜。早晨起来，她坐在餐桌前，假装没注意到闻天鸣胃口大开地就着臭豆腐喝稀饭啃油条，而是动作优雅地仔细给切片面包抹上草莓酱，咬了一小口。

见坐在桌子对面的闻天鸣歪着嘴，脸上挂着坏笑看自己，她很自觉地抹抹嘴唇，低头左右检查自己的衣服。一切正常啊。

“怎么啦？你笑啥？”她问。

闻天鸣微笑不答，一双眼睛只在她身上扫来扫去。

林丽被看得发毛，问：“我脸上有果酱？”

闻天鸣眯着眼睛说：“你的胸好像变大了，催卵泡是不是也可以催乳房啊？”

男人！林丽翻着白眼想，当你在拼命为造出下一代而节食、运动和改掉各种不健康生活方式的时候，他们只关心你的胸部有没有长大！

闻天鸣伸手丈量林丽前胸大小，色迷迷地问道：“今天是不是可以那个了？”

“我算算。”林丽掰着手指头算了一下，“今天是第六天，她们说最好是提前七天。今天或者明天，等我照完B超看情况吧。”

当做爱变成任务，需要严格按照医生的指示，一丝不苟地执行计划时，爱的感觉似乎已经渐行渐远了。已然性起的闻天鸣突然觉得索然无味，“唔”了一声，推开盘子，抓起公文包上班去了。林丽满脑子想的都是怎么让卵泡长得又多又健康，对闻天鸣表现出来的不满完全不在意，甚至根本就没注意到。

今天又是做B超的日子，林丽刚到医院门口，就看见陈小兰神色紧张地迎上来说：“上次那个宋大夫今天停诊了，只有七块钱的专家号和五块的普通号了。”

林丽：“那当然要专家号了。”

“只剩男专家的了。”陈小兰咬着嘴唇说，“今天还有B超。”

“那有啥关系？我跟你说，普通号的小大夫从学校毕业没两年，啥都不懂。男大夫据说水平很高的，看你几眼又不少块肉！”

陈小兰吞吞吐吐地说：“元盛，他……他不让我看男大夫。”

“咦，他又不在，我们不说，他怎么会晓得？！做一次周期要好几万块钱哪！稍微出点差错，几万块就打水漂了。”

看陈小兰还犹豫不决，林丽趁机劝说：“要不这个周期你别做了，等元盛出来再说？”

陈小兰自然不肯，别扭着还是挂了江晖的号。

林丽见黄新娜还没到，给她电话也不接，估计正在开车来医院的路上，于是自作主张帮她也挂了一样的号。刚要排队进B超室，黄新娜风风火火地赶到了。

“我老爸又来了，送了一堆盒装水果，花花绿绿的还印着外文，外面看着挺不错，打开一看，苹果都蔫儿了，火龙果也都快长霉了，我直接送办公室打扫卫生的清洁工了。那个，孙晓伦今天从加拿大回来，我一会儿去机场接他，就不跟你们一起回家了。我先做B超啊。”

她急急忙忙爬上床，一查发现卵泡数量又增加了几个，都快四十个了。怕卵泡过多取卵的时候引起腹水，江晖给她减了半支药。

黄新娜下来，说："丽丽姐，那个老跟你PK的女人呢？给她看看咱们的卵泡长得有多好！"

林丽笑道："今天好像没见到她。你一个年轻人，当然厉害啦，不能跟我们中老年人比。"

黄新娜吐舌头顽皮一笑，拿着医生开的单子，一溜烟跑了。

下一个轮到林丽做B超，凭良心说，男医生的手法反而比女医生轻柔多了。

"内膜0.7A，左侧最大卵泡1.0乘1.1，13个极小卵泡。"江晖说，助理在旁边迅速记录。

林丽边穿裤子边问："大夫，卵泡大的大小的小，会不会大的长好了，小的还来不及长大啊？"

江晖说："不能排除有这种可能。现在才刚开始促排卵，情况会怎么样还很难说，也有可能小卵泡长得快。"

"大夫，"一个声音在旁边阴阳怪气地说，"是不是也有可能只有一个成熟卵泡啊？"

林丽才发现，焦云不知道什么时候进了诊室，插嘴讥讽。仇人相见，分外眼红，尤其是发现焦云又换了一款限量版包包，林丽更是气不顺。

江晖诧异地看了一眼插话的焦云，不知道她和林丽间有什么过节。精神放松是做试管婴儿成功的重要因素，他有责任让病人平静且充满希望："以我的经验，周期开始的时候募集的卵泡，百分之八十以上都可以长大，而且几乎同时成熟，所以不要过于担心，要有信心。"

"江大夫，您说得太有道理了。"林丽大声说给焦云听。

焦云皮笑肉不笑地附和道："是啊，后面的事情谁也说不准。我上次B超，只有十个小卵泡，这次就长到了15个，比某些人还多两个。"说完，焦云得意扬扬地用眼角蔑视林丽和陈小兰一眼，扭着屁股出了诊室，扬长而去。

林丽在后面干瞪眼，咬着后槽牙说："江大夫，这次能不能给我多开点促卵泡的药啊？"

她绝不能输给那个贱人！

江晖心里一动。唐颖爸爸住院了，江晖工作几年辛辛苦苦攒下来的那点钱都借给了唐颖，身上已经所剩无几，每多开一支药，就可以多拿点回扣。大部分病人都巴不得医生少开药省点钱，而林丽居然主动要求多开药，机会倒是难得。

江晖犹豫了一下，还拒绝了："你的卵泡情况还不错，现在的药量比较合适。如果一味追求卵泡数量，吃过量的药，可能会过度刺激的。"

陈小兰略微忸怩了下，还是上了 B 超床。她的情况仍然很不妙，除了左边那只稍微像样的卵泡外，其他卵泡还是没有发育。江晖皱起了眉头，已经加大了促卵泡药的剂量，还是看不到什么效果。见大夫沉思不语，陈小兰心里自然是忐忑不安。

"这样吧，我再给你稍微再加大一点药量，看看能不能再刺激其他卵泡长大，但是药量不能无限制增加。"

"大夫，我的身体很好的，没关系的，只要能怀上小人儿，其他怎么样都没关系。"陈小兰急切地说。

"身体不好，也生不出健康小孩，要达到一个平衡才行。"开完药，江晖心下高兴，又多了一点进账。积少成多，集腋成裘，在医院的主业能多拿点奖金，下班搞副业就不用那么辛苦，没准还能有点时间陪陪唐颖。

林丽和陈小兰拿着药方下楼，来到收费处。林丽知道何元盛把他家所有的钱都赔光了，陈小兰现在做试管婴儿的费用都是从嘴边抠下来的，她连晚饭都不吃，就靠中午在老万家的那顿免费午餐扛着。刚才医生又加了药，只怕她更是承担不起。想到这个，她便抓过陈小兰的药方，一起把钱交了。陈小兰每天是一千五，自己的每天是一千，一共三天的药，小一万块没了。

陈小兰仔细折叠好收据，小心翼翼地放进书包，充满感激地说："丽姐，谢谢你，我会尽快还你的。"

知道她每个月就那点工资，所以林丽并不把她的话当真，说："没关系，也就半件衣服钱。等你家小人儿长大了，我就跟他说，你阿姨用一件衣服就把你给换回家了，那是啥感觉！"

陈小兰笑起来，说："闻大哥还不知道你把衣服鞋子都退了吧？他也真是好人，要是我拿那么多钱买衣服鞋子，元盛还不得打死我。"

林丽撇嘴道："那是他欠我的，谁让他自作主张同意拿掉我身上器官的，这次算是便宜他了。哎，一会儿你陪我去药店吧，焦云的卵泡居然长得比我还多了，说什么咱们也不能认输，听说维生素B和一种进口的DHEA可以帮着长卵泡，到时候咱们一人再搞一套吃。”

“D什么？”这洋名把陈小兰搞得七荤八素。

“DHEA，说是美国进口的，全天然的山药提取物。”

“很贵吧？我就不用了，多买几斤山药来吃就行了。”

“那哪能一样啊，你吃一斤山药，也就半片的药量。”林丽其实并不清楚山药和进口药的换算关系，只是随口乱说，她卵泡不肯长，林丽比她还着急，“你一天几斤山药下肚，不老跑厕所才怪呢。”她逼着陈小兰一起去了药店，买完药，两个女人分了，各自回家。

焦云挎着花花绿绿的新款包包，婷婷袅袅地走在挤满了患者的走廊里。包上粗大光滑、闪闪发亮的玫瑰金包扣，显示它和山寨便宜货有着本质的不同。每过几天就换个新款包包确实有点费钱，但一想到林丽看着那些新包包时发绿的眼睛，她就觉得这钱花得值。

大老远，焦云就看见林丽坐在诊室门口，左边依然是那个农村女人，右边是个二十多岁的年轻女人，三个人正聊得热火朝天。林丽故意无视焦云晃来晃去的新包包，只顾与陈小兰和黄新娜聊天，倒是陈小兰朝焦云露齿示意。

黄新娜见林丽的眼光只瞟着焦云手上的包，也仔细看了一眼。她平时不喜欢花钱买名牌包，过生日的时候孙晓伦倒是送过两个，她虽没有林丽对这些奢侈品牌门儿清，也还算是识货，她咬着林丽耳朵说：“我有两个在价格上能PK掉她的，下回给你拿过来。”

林丽也咬着她耳朵说：“把你最贵的那个拿来，哼哼，咱们要全方位碾压她！”

焦云见新包被故意视而不见，心想：哼，一会上了B超床，再压你一头也不迟。

“焦云，左边7个，右边8个，可以打促排卵针了。”

“黄新娜，左边19个，右边16个，可以打促排卵针了。”

“陈小兰，左边一个1.8乘1.9，右边……右边一个1.8乘1.8，可以打促排卵针了。”

“林丽，左边15个，可以打促排卵针了。”

林丽见旁边的焦云面色一变，心里是得意地笑。看来美国进口的山药精挺管用，陈小兰多长了一个卵泡，而自己则多长了两个，和爱臭显摆的焦云打成了平手。

焦云本来稳操胜券，准备在B超上大获全胜，没想到林丽的卵泡数量这么快就跟自己一样多了，而且总体上还比自己的大，心里自然不服气。

陈小兰羡慕地看着有好多卵泡的另外三个女人，心想现在是万事俱备只欠东风了。

李军难得按时回家，他脱下制服，换上夹克衫，瘫坐在沙发上，翻开当天的晚报。

“爸，那个女的又来了。”女儿从房里出来，咬着铅笔头说。

李军走到窗边，往下张望。可不是嘛！从二楼窗子看得很清楚，那个瘦瘦的女人坐在马路沿上，就着矿泉水啃白面包，一只京巴狗走到她旁边，她掰下一小块面包递过去，那狗早已吃惯大鱼大肉，对普通面包压根儿瞧不上眼，凑近嗅了嗅，不感兴趣地走开了。

李军开始头疼起来，这女人是牛皮糖做的吗？

他打开房门。

“爸，你上哪儿去？”后面女儿追着叫。

“爸出去一会儿，马上回来。”

女儿趴在窗台上，饶有兴趣地看着爸爸走向那个女人。女人站起来，双手紧张地扯扯衣服，和爸爸在说什么。隐隐约约听到爸爸不耐烦地说：“……不行……规定……负责任……”

那个女人双手把衣服下摆拧得跟麻花一样，低着头，声音很小，女儿在二楼听不清楚。一会儿，那女人大概是哭了，不停地用手背擦眼睛，爸爸还在说话，激动地挥舞着胳膊。

“乖宝贝，看什么呢？你爸呢？”

“妈，你回来啦？”女儿伸出小手指指点点说，“那个女的每天在楼底下坐着，爸正跟她讲话呢。”

妈妈在窗口张望一眼，催促道：“快回屋写作业吧，写完我们去外公家吃饭。”

“外公怎么总跟老爸的上司一起吃饭打桥牌啊？！还老喝酒！”女儿嘟哝着说。

“你小孩子家家知道什么，赶紧做作业去。”

春风携着花香飘进房间，也带来那个女人断断续续的话：“……求求你了……孩子……没有机会了。”

女儿自然没有注意到，她妈妈的脸沉了下来，脸上乌云密布。

李军的话也断断续续：“……孩子……不要了……跟我……没关系……”

不远处，那个女人“扑通”一声跪在地上，爸爸伸手想把她拉起来，那女人死犟在地上，就是不起来，两个人拉扯半天。

“哎哟，妈，你干吗掐我啊？！疼死我了。”女儿大声叫起来。

和陈小兰拉扯间，李军看见媳妇儿从远处走来，拧在一起的眉毛，拉得老长的脸，心想，哎哟，不好！他脸上堆笑，迎上去说：“媳妇儿，你怎么今天这么早就回来了？”

“哼，我早回来碍你事儿了？！这位是谁？”

没想到他居然好这口，李军媳妇儿冷眼看着眼前的女人，瘦瘦小小的，眼角有几条很深的鱼尾纹，头发凌乱，裤子上全是灰，要相貌没相貌，要身材没身材，不晓得李军看上她哪一点了。

“这是我们拘留所一个嫌犯的老婆，她想做试管婴儿，非得让她老公出去取精。”李军赔着笑脸说，知道媳妇儿想歪了。

“是吗？”李军媳妇半信半疑。

“当然是了，媳妇儿你还信不过我吗？！”李军嬉皮笑脸地说，陈小兰，你说是不是要你老公去做试管婴儿？”

在看守所不可一世的李军在媳妇面前，就跟小绵羊一样，陈小兰觉得很新鲜。

见陈小兰久不作答，李军心里焦急，厉声说：“陈小兰，你实话实说，你说是不是要你老公去做试管婴儿！”

陈小兰心想，我求你这么久，从来都没给过好脸，经常话都不让我说完，现在还像审犯人一样，她心里有气，见李军媳妇眼神锋利地盯着自己，就是不肯开口。

李军急了：“你平时不是话挺多的吗？说句话啊！”

“哼！”李军媳妇儿冷冷地哼了一声，目光来回在李军和陈小兰身上逡巡。

“媳妇儿，你不会以为我和她有什么事吧？她长成那样，我怎么可能？！”李军急了，媳妇儿的脸色越来越阴沉，马上就要雷霆交加了。

“李所长，您哪能这么讲话呢？！”陈小兰终于慢条斯理地开口了，声音细软而又有磁性，非常动听，“我晓得我长得一般，可能还有人觉得俺长得丑，但是也有人偏偏就喜欢俺这种有特色的。”

妈的，死女人！李军心里骂，别瞧这女人看上去傻呵呵的，关键时刻还真不是省油的灯。看着媳妇儿越来越冷的脸色，他的额头开始冒汗。

“李所长，如果您放我男人一天假，那我们就是去做试管婴儿；如果您不放假，那我们就不是做试管婴儿了，对吗？”

这话从逻辑上说没有错，但是李军却听出了弦外之音。那意思说，如果你放我男人出来，我就承认来找你是公事，如果你不放，我就不承认。

“你男人现在还没定罪，只要交齐保证金，就可以出去做试管婴儿啊。”李军说。

“到底怎么回事？”李军媳妇受不了听不懂的话，这事儿非得问个明白不可。

陈小兰露齿一笑，说：“大姐，是这样的，我和男人一直怀不上娃，都进了做试管婴儿的周期了，结果他被拘留了。还是李所长好，同意我男人出来供精子。”

李所长媳妇听陈小兰一口一个精子，撇嘴说：“什么乱七八糟的！”她略微放下心来，跟李军说：“一会儿上我爸家打牌啊。”说完自己回家了。

李所长目送媳妇儿走远，才压低声音，咬牙切齿地说：“你别以为能将我一军，到那天我就不放人，你又能怎么着？”

看他变脸比翻书还快，陈小兰愣然了，结结巴巴地说：“我、我、我当然也没有办法，只有把您昨天和大前天晚上，哦，对了，还有上星期三中午去乐平园2号17楼过夜，过、过、睡中午觉的事情告诉大姐。”

李军呆住了，心里猛地一惊，我堂堂一个警察，居然没发现被人跟踪。

“你居然跟踪我？！”

他还没来得及反应，陈小兰就大叫：“喂，李所长夫人……大姐……”

李军媳妇儿回过头来，狐疑地看着陈小兰。

李军惊惶失色，心惊肉跳，直冒冷汗，恨不得跳上去捂住陈小兰的嘴巴。

“好，我答应你，放你男人出来。”他咬牙切齿地低声说。

李军媳妇儿脸色阴沉，正等着陈小兰的下一句话。听到李军的保证，陈小兰脸上绽开了一个大大的笑容，扬声说：“你长得真好看！”

李军媳妇儿嘴角扯了扯，回身继续朝楼门口走去。李军觉得自己就像坐着过山车，从山顶上呼啸而下，眼看着要冲出轨道车毁人亡的瞬间，车又死死地刹住了，只剩下一背冷汗。

目送着李军媳妇儿远去的身影，陈小兰掩盖不住笑意：“谢谢李所长，明天我就去所里办手续。”

李军咬着后槽牙，哼了一声，转身追媳妇儿去了。

第十六章
试管婴儿

闻天鸣跳下自家的汽车，从后备厢取出沉重的巨大行李箱，墩放在地上，又取出一个洗得发白的旧布包，放在行李箱顶上。

“你就带这么点东西啊？”林丽看着小布包问。

“嗯。”陈小兰回答，把布包背在肩上。

“把包放箱子上吧，我一起拖着。”闻天鸣关上后备厢盖说。

“不用了，闻大哥。不重，我自己背就行。”陈小兰有点受宠若惊地说。

“我说，你用得着带这么多东西吗？”闻天鸣拖着沉重的箱子，跟林丽说，“你看人家小兰，一个布包就搞定了。”

“这里面的东西我都要用的啊！当然咯，我也可以少拿点，没带的到时候你帮我送？”

闻天鸣话锋立转，嬉皮笑脸地说：“哎，老婆，你怎么不多带点东西呢？够不够两天用啊？”

“德行！”林丽笑骂道，挽起陈小兰的胳膊，向住院大楼走去。

陈小兰在一边暗自咂嘴：这就是城里男人，把女人当成啥也不会的小孩儿哄着，难怪城里女人都爬到他们头上作威作福。而自家男人何元盛尽管装扮像城里人、讲话像城里人，骨子里却永远觉得自己高女人一级，是要女人服侍的。

黄新娜已经在住院部门口等着了，四人一行到了住院部的护士台处，林丽想着黄新娜来了肯定要住单间病房的，自己和陈小兰一间也好互相有个照应，便上前询问道：“大夫，有单人间和双人间病房没有？”

护士翻着白眼：她以为这里是五星级酒店啊？！

“有四人间。”

“三人间呢？”林丽不甘心地问。

“你再晚点，连四人间病床都没有。”

“啊？那怎么办？睡走廊啊？”

“走廊我们都不让睡！半夜来打针，打完针回自己家。”

三个女人只得一起要了四人间。黄新娜家离得近，晚上不愿意住医院，留个床铺也就是为了白天能休息一下，她跟着林丽和陈小兰一起到病房看了一眼，扔下一句“我晚上打针的时候再过来”就直接回家了，

医院的病房都是一个模子印出来的：一进门，边上是厕所，散发着消毒水和臭气的混合味；往里走，拥挤地并列摆着四张铁架子病床，每张床边配一只脏兮兮的床头柜；走到底是一个巨大的窗户，窗户上挂着只能挡视线，挡不了光线的简陋窗帘；床上统一铺着满是小破洞的绿色床单，床单散发出一种古怪的味道。病房里还有比他们来得更早的——靠窗的床上放着个塑料袋，显示已经有人占领了。

林丽指挥闻天鸣打开箱子，把洗漱用品拿出来放在床头柜里，再把从家里带来的床单铺上，连枕头也套上了自家的粉红小花枕头罩。陈小兰看闻天鸣被林丽指挥得团团转，不禁有点黯然，何元盛现在还在看守所，还不知道明天他能不能出来呢。

林丽和闻天鸣正忙碌间，一个穿蓝工作服的男人在门口粗声大气地问：“56床在这间吗？”

闻天鸣看看床头牌，靠窗病床的编号就是56，答道：“靠窗子的就是。”

那男人消失了，闻天鸣等正诧异间，却听见走廊上杂沓的脚步声，以及几个男人粗重的呼吸声，由远而近，直到病房门口，一个男人的声音说：“拐弯的时候小心点，别蹭到墙了。”

转眼一个庞然大物出现在门口，三个男人呼哧呼哧抬着进来。

“哟，医院给我们换床垫啊？”林丽高兴地问。

刚才门口问话的男人拿出张皱皱巴巴的单子，核对了下床号，说：“没错，56床，就是这里。”

几个工人把床垫放到病床上，呼啦啦就往外撤。林丽看那床垫厚实，质量做工都很不错，比原本脏兮兮的棉垫子强多了。

“哎！”她叫住一个穿工作服的男人问道，“我们几个的床垫什么时候换？”

工作服男莫名其妙地看着她，脑袋有点转不过弯来。

林丽干脆挑明了：“56床换了床垫，我们57、58床也赶紧换呗。”

住院一共就两天，晚了就来不及享受新床垫了。

工作服男笑道：“要换床垫？好啊！我们都有现货，一千五一个。如果你们要，我给老板说说，算团购，给你打九折。我们还要赶着送下一家，你要货就打这个电话！”

这下轮到林丽拿着名片发呆了。

闻天鸣憋着笑说：“好，到时候一定给您电话！”

目送工作服男出门，闻天鸣哈哈大笑起来，陈小兰也忍俊不禁地笑起来。林丽叉着腰，看着笑得合不拢嘴的两个家伙，说：“你们还说我带的东西多，这下子见识了什么叫真正的东西多了吧。”

才住两天院，林丽就带了被单、被子、三套睡衣和一大堆瓶瓶罐罐化妆品，她已经是闻天鸣见过的最作的女人了，今天才发现真是天外有天、人外有人。

林丽看陈小兰也收拾得差不多了，说：“医院对面新开了一家水煮鱼，我们去尝尝吧。”

这时候，门口一声惊叫：“这帮懒蛋，怎么直接把床垫放这儿了？怎么也不把下面的脏垫子先给取了？！”

一个四十多岁的女人提着个大塑料袋走进来。只见她上身穿件粉红色的衬衫，下身裹着条翠绿的九分长裤，把肥胖的屁股勒得紧邦邦的，里面红色内裤的轮廓暴露无遗。她身后跟着个二十多岁的姑娘，拎着巨大的旅行包，脸上两坨红晕显得非常健康。

林丽心里暗暗纳闷儿，不知这两人谁是56床的正主。

红衣绿裤女人指挥着年轻姑娘放下东西，把新垫子下医院配的床垫、枕头和被子拉扯出来。两个女人气力不够，闻天鸣还上去搭了把手。两人把肮脏的原配床垫等物卷起来塞到病床下，这才打开旅行包，掏出一堆钢管，开始叮叮当当装配起来，没一会儿组装成了不锈钢管架子。两人在上面挂上粉红色的蚊帐，这才开始一丝不苟地铺床单。

闻天鸣有心想留下来看热闹，但被林丽催着，只好一起出去吃饭了。食饱饭足回来，护士台的护士一本正经地挡住闻天鸣，说探视时间已过，男士禁止入内，闻天鸣只好把手头的水果和零食交给林丽，告别准备回家。

“天鸣，一个人在家，别上网搞得太晚，要注意你的质量。”

闻天鸣见林丽一双桃花眼轻飘飘地瞥向自己下身，当即心领神会，说：“放心吧，保证个个生龙活虎。”

“德行！”林丽笑骂道，和陈小兰一起回病房。

进了房间，56床的布置瞬间亮瞎了她们的双眼：粉红色的花边蚊帐低垂，朝门这边的蚊帐外面挂了一层金光闪闪窗帘似的布，可以完全挡住其他人的视线，保证女主人的隐私；床上粉红色真丝的床单和被子闪闪发光；床下居然还铺了一层厚厚的泡沫垫，把灰扑扑的水泥地面隔离开来。最让人瞠目结舌的是，整个床头柜被白底粉花的简易贴纸完全包裹起来，上面还放了盏水晶吊坠台灯。

女主人被金晃晃的自制床帘挡住上半身，只看得见两条丰腴雪白的腿，腿边摆了一只小巧精致的LV包。

看到那只限量版的包包，林丽脸色一变。

那“作女”听见响声探出头来，果不其然，不是焦云是谁？看到林丽和陈小兰，她似笑非笑地勉强点个头，算是打招呼。

陈小兰倒是心无芥蒂，夸奖说：“你的床布置得真漂亮！”

焦云娇声说：“谢谢。我本来要单间的，医院硬是说没有了。在家里睡惯了软床，换了硬床就睡不着。”

她有意无意瞥了眼林丽铺着自家床单的硬床。跟改造后富丽堂皇的56床相比，林丽的病床显得十分寒酸。

林丽酸溜溜地说：“是吗？不晓得你在外面的马桶上，拉不拉得出来？怎么不把马桶也给换了？”

焦云见招拆招，说：“我倒是想，就是医院死活不同意啊！只有自己带个坐便凳，虽然没有家里的马桶舒服，但是还算软和。唉，医院只有这点条件，委屈两天算了。”

林丽撇撇嘴说：“哟，干吗要委屈自己啊？这种医院太不符合你的身份了！干吗不去和睦家呢？”

焦云似笑非笑地说：“我倒是想去，就是我老公不同意啊，说国有医院更靠谱。既然老公这么疼我，我也只好将就他一次了。”

林丽翻个白眼，出了病房，径直来到护士台，跟值班护士说：“大夫，我们病房那56床，自己装了蚊帐、床垫，还把医院的床垫被褥都堆在地上，你们是不是应该管一下啊？”

老护士头也不抬地问：“她有没有妨碍到你们？”

林丽一愣，说：“对我们倒没啥妨碍。但是病人这么搞特殊化，有点不合适吧？”

“既然没有妨碍其他病人，也不影响医生查房，那是病人的个人行为，我们也管不着。”

“但是，如果大家都这么特殊化，那还有个医院的样子吗？”

老护士不耐烦地说：“那用不着您操心。没事了吧？没事儿就回病房吧，我这儿还忙着呢。”

林丽悻悻然回到病房，心想，焦云敢在医院这么放肆，不是买通了医生护士，就是认识医院的头头脑脑。看着离自己不到半米的金碧辉煌的蚊帐，她心里堵得慌，早早地就睡了。

深夜十二点半，陈小兰迷迷糊糊地被护士叫到处置室，屁股上挨了一针，又迷迷糊糊回床上躺下，没几秒钟便睡着了。

林丽却惊醒了，望着走廊射进来的昏黄灯光，想着不知道何元盛明天能不能按时到医院，又想着明天取卵能不能顺利。走廊里不时响起脚步声，想来都是去打夜针的，隔壁床的焦云也是窸窸窣窣地发出声响，估计也是兴奋紧张得睡不着。辗转反侧到一点半，被护士叫到处置室也挨了一针后，直到下半夜三点多钟，林丽才迷迷糊糊睡去。

清晨六点，病房扩音器猛然响起了护士有点沙哑的叫声：“所有做试管婴儿的人，请到处置室埋针管！请到处置室埋针管！”

林丽眼睁开睡眼惺忪的眼睛，发现陈小兰已经穿戴整齐，正坐在床边梳头。陈小兰等着林丽去洗手间换好病号服，一起来到处置室。

处置室外面已经排起了队，黄新娜也在，见到林丽她们，亲热地打招呼说："我也刚来，怎么样，在医院休息得好吗？"

林丽翻个白眼，说："休息得好才怪！"

护士娴熟地消毒、拍打手背找血管、扎针、装导管、贴胶布，动作一气呵成，让林丽想起了装配线上的工人。病人就是他们的产品，医生和护士这些流水线上的工人，训练有素，配合默契，尽可能在最短时间内完成更多的工作量，装配工只想着少出差错多干活，自然是没工夫关心产品的喜怒哀乐和爱恨情仇的。

刚从处置室出来，黄新娜眼尖，看见在外探头探脑的闻天鸣，叫声："姐夫来了。"

闻天鸣招招手，在门口递过来一个大塑料袋，说："我给你们买了顺丰包子、皮蛋粥还有豆浆，趁热吃吧。"

林丽拿过塑料袋，探头看一眼，深深地吸了口气，说："可惜啊！要动手术，我们从昨天晚上起就不能吃东西了，连水都不能喝。"

闻天鸣说："啊？那我帮你们放着，等做完手术再吃。"

陈小兰跟在后面，心里满是羡慕林丽有这么一个巴心巴肠的男人对她好，一边担心看守所是不是会顺利放何元盛出来。

小病房里面挤得满满的，除了林丽和闻天鸣、陈小兰，还有焦云和保姆，她老公不知为何始终没在病房露面。黄新娜和孙晓伦也没处去，都挤在狭小的病房里，孙晓伦手机不停地响起，老有电话打进来。

等待手术的时间难熬得很，林丽在窄小的病房里坐也不是站也不是，一会儿掏出手机上上网，一会儿抓起杂志看两眼，眼睛盯着书，心却不知飞到哪里去了。

陈小兰躺在活动病床上终于被护工送了回来。从活动病床抱到自己床上的事情，都是老公的活儿，何元盛缺席，陈小兰挣扎着要自己下来，被林丽制止了，说："小兰你别动，小心卵巢的伤口破裂，让天鸣帮你挪床上。"

陈小兰脸红了，说："不用，不用，我还是自己来吧！"话音未落，身体已经被闻天鸣抱起来，还没等她反应过来，就已经轻轻落在了病床上。

黄新娜帮她垫好枕头，急切地问："怎么样？疼吗？"

焦云也从金碧辉煌的蚊帐中探出头来，林丽知道她竖着耳朵在听。

"只取了两个卵，没打麻药，疼了两下也就过去了。"

林丽知道陈小兰素来强悍，但是让一根粗大的钢针戳破阴道，再扎破卵泡，抽取卵子，不打麻药还真是需要勇气，她说："小兰，你太厉害了。我可不行，从小就特别怕疼，我得要全麻。"

黄新娜也说："我更怕疼，我三十几个卵泡，最少得扎三十多次吧，我也得打麻药。"

闻天鸣说："对了，在你进手术室的时候，我见到何元盛了。"

陈小兰双眼放光，问："他……他顺利吗？"

"挺好啊，我看他气色还不错，那个也很顺利。"

闻天鸣含糊其辞，没有说得很具体，但陈小兰已经心领神会，说："太好了，我一直担心他出不来呢。"

"放心吧。"闻天鸣安慰道。

"57 床，林丽，换好衣服没有？"

林丽一迭声应道："换好了，换好了。"

"戒指摘了！上手术台不能戴首饰！"护士说，"昨天不是都跟你们说过了吗？"

林丽麻溜儿地把婚戒和项链摘下来，递给闻天鸣，脱掉外面的长披肩，小心翼翼地抓着病号服，爬上带轱辘的活动病床。那病号服就是一条短袖围裙，前面看着很正常，可是后背就靠几根小带子捆着，一活动就露屁股。

林丽遮头护臀地爬上活动床，有些悲壮地跟闻天鸣说："老公，我去了，你自己保重！"

闻天鸣同样郑重地回答道："同志，您就放心去吧，其他事情都交给我！"

林丽扯扯嘴角，玩笑话也没能缓解她的紧张。她躺在病床上，看着天花板上的日光灯一盏一盏往后溜去，很快就进了手术室。手术室里温度很低，护士给她盖上好几层绿色的布，上身倒是暖和了，只是暴露的下身冷飕飕的。胸口处放上了架子，护士将遮盖用布搭在架子上，林丽完全看不到医生操着什么工具、在捣鼓什么。

一个长得挺帅的年轻男大夫上来，核对了姓名后，让林丽签手术协议。林丽一眼也没看内容，抓起笔就潦草地签下了名字。她感觉到有人在自己大腿外侧擦拭，凉丝丝的。

“现在要给你打一针，如果有什么不舒服，你尽管告诉我。”护士柔声说。那个“我”字话音未落，针就扎了下去。

林丽猝不及防，“哎哟”一声叫出来，还没叫完，针已经抽出来了。

麻醉师开始有一搭没一搭地跟她聊天：“你是今天第八个做手术的。”

“哦，您辛苦了。”林丽回应道，“听说全麻会死脑细胞，人会变傻，是不是真的？”

麻醉师哧地笑出来，很认真地回答道：“麻醉剂都是按体重给的，一般不会影响到脑细胞，会很快通过尿液排走。”

林丽咯咯笑起来，说：“会不会麻得都不会小便了？”

大夫也笑起来：“应该不会。如果拉不出来，还可以用尿管。”

“尿管！哈哈哈哈。”林丽大笑起来。

她听到自己的笑声在手术室里回荡，眼前麻醉师的微笑显得有些意味深长。几秒钟后，她深深地陷入了梦中。

林丽从沉睡中醒来，小腹处阵阵隐隐作痛，望着天花板，一时间想不起来自己在什么地方。只听旁边闻天鸣正轻声和陈小兰聊天。

闻天鸣八卦地说：“刚才孙晓伦说，黄新娜一次把三十多个都取了，有点腹水。”

陈小兰既羡慕又地惊叹，问道：“闻大哥，什么是腹水？”

“就是肚子里面有好多不该有的液体吧。”闻天鸣不是很确定地说，“听说他们这个周期不能移植了，要把胚胎冻起来，等腹水消了才行。”

“唉，看来取卵太多也不好。”陈小兰惋惜道，“我前面的那个大姐，一个都没有取出来。”

“哪个？”闻天鸣问。

“就是那个四十多岁的，要二胎的。”

两个人一起摇头：还是年龄最重要。

“天鸣，”林丽虚弱地问，“我取了几个？”

“老婆，你醒了？”闻天鸣赶过来说，“大夫说你取了12个。”

林丽吃了一惊，不甘心地说：“怎么才12个？我、我不是有15个吗？”

“可能会有损耗，或者不好取吧，毕竟不是在正常的环境里面。”闻天鸣安慰说。

“不行！”林丽挣扎着要下床，“我得去找医生，她得把卵子取完了！长这些我容易吗我。”

“哎，你！干什么？！”护士在门口喝止住林丽，“给我躺回去！谁给你说卵没取完？”

“我有15个卵泡，才取了12个，就是没取完嘛。”林丽说。

“谁告诉你卵泡里面就一定有卵子？”护士问。

“这……”林丽和闻天鸣面面相觑，“还能有空的啊？”

护士直撇嘴，说：“没有点专业知识，就知道瞎嚷嚷！你也不想想，如果还有卵子，医生能不给取出来吗？快点躺好了！”

林丽被护士这一顿好说，心里反而高兴点了。要怪也只能怪自己肚子不争气。

不一会儿，黄新娜也被推回来了，她躺在床上，还没醒过来，孙晓伦把她抱到病床上。

没一会儿，焦云也回来了。直到现在，林丽也没见过她老公，倒是两个保姆被呵斥着忙前忙后地伺候她。

护士进来给她量了个体温，说：“焦云，今天取了12个卵。”

焦云点点头，问道：“大夫，她取了多少个啊？”她手指点着林丽。

林丽一脸黑线，焦云不问她反而去问护士，直接把林丽等人当成透明的吗？

护士对焦云态度好得出奇，跟刚才呵斥林丽相比完全变了个人，她甚至有点温柔地说：“她也取了12个。”

焦云过了几秒钟才反应过来，对于报仇雪恨的好机会，她自然不会放过。她满脸得意，小声说：“看来长那么多卵泡也没用啊，照样取不出来。”

林丽拉长了脸，针锋相对地说：“你不也就12个卵嘛，有本事取13个啊！咱们走着瞧，看谁笑到最后！”

“走着瞧就走着瞧，who 怕 who 啊！”焦云不甘示弱。

闻天鸣听林丽起说过医院有个看不顺眼的病人，没想到两人这么不对付，眼看林丽和焦云都快吵起来了，想要出言劝架，还没开口，旁边护士倒是开腔了：“好了，你们两个！卵取得多也不一定能怀上，各人情况不同，有啥好争的？！外面走廊墙上贴的注意事项，你们看过没？”

她的话里虽是不偏不向地说吵架的两个人，脸却朝着林丽道：“要想做成功，首先就是要放松心情，你们这么争强好胜，那是放松状态吗？！”

被护士这么一说，林丽只得偃旗息鼓闭上嘴巴，躺回床上闭目养神。吵架的时候没感觉有啥不适的，这一放松，立马觉得下腹两边针扎一般的疼痛，不禁大声呻吟出来。

闻天鸣吓了一跳，连声问：“怎么了，怎么了？哪里不舒服？”

“老公，我肚子疼啊。”有人关心，林丽自然不放过撒娇的机会，肚子疼的人，怎么可能放松心情呢？

闻天鸣紧张地问：“疼得厉害吗？要不让医生再给点麻药？”

“还打麻药，你不怕我变傻啊？”林丽说。

“或者，我去给你买止痛片？”

“不用啦，你帮我轻轻揉揉就行了。”林丽撒娇说，拉着闻天鸣的手，放到自己小腹上。

“太轻了，都没有感觉啊。”看着闻天鸣战战兢兢的样子，林丽不禁好笑。

“我是怕揉重了，该把伤口又揉破了。”闻天鸣说什么也不肯加大力度了。

陈小兰看着两人的亲密举止，不禁脸红。焦云在一边见两个人打情骂俏地晒幸福，心里很不是滋味，只把两个保姆指示得团团转，一会儿让倒水，一会儿让去买水果、一会儿让把削好的水果用温水热了喂给她吃。

黄新娜醒来，听说自己腹水了，不能移植胚胎，觉得有些无趣，说：“好吧，等我生了娃，是比你们两个的娃小呢，还是一样大呢？”

“当然得叫我们的娃哥哥姐姐了！在肚子里开始长的时间不算数的，都只认从肚子里头生出来的时间！”林丽说，“以后他得叫我儿子叫哥！”

在床上百无聊赖地躺了两小时后，护士让大家去办理出院手续。孙晓伦开车带黄新娜回家，闻天鸣则开车载着刚做完手术的陈小兰和林丽两个女人回家。

“小兰家近，我们先送小兰吧。”林丽说。

“得令。”

闻天鸣扶着陈小兰，顺着楼梯来到地下一层。他从来不知道一栋普通居民楼的地下室可以放这么多东西：自行车、杂物、燃气灶、鞋子，当然还少不了暗无天日、空气混浊、鸽子笼一样的小房间。

陈小兰的家就是这些鸽子笼中的一个，八平方米的小黑屋里，塞了一张大床、一张饭桌和一个破旧的立柜后，几乎没有下脚的地方了。闻天鸣放下陈小兰的布包，环视四周说：“小兰，我帮你打扫一下吧？”

陈小兰脸红了，说：“闻大哥，谢谢你，不用了。”

“真不需要我们帮忙？元盛可不放心你了。”闻天鸣想起早上何元盛的嘱托。

“真的不用。”见闻天鸣在房间里东瞧瞧西看看，陈小兰催促道，“闻大哥，你快上去吧，别让丽丽姐久等。”

“好吧，有什么需要就给我们打电话。”闻天鸣不放心地说。

取完卵，林丽继续秉承三天打鱼两天晒网的传统，在家里躺得百无聊赖了，才去公司遛一趟。即使在公司，她的神经也一直没法放松，坐卧不安，又盼着又害怕着医院的电话。

手机一响，她的心脏就狂跳，电话铃声如重锤般砸着她脆弱的小心脏。看到来电号码，她不禁来气：“老公啊，跟你说了打座机，你怎么又打我手机？待会儿医院来电话该打不进来了。”

闻天鸣道：“哎，我忘了！就是想问问你医院来电话没。”

“还没呢。”

“哦，知道了，我挂了。”闻天鸣匆忙挂断了电话。

挂了没两秒钟，电话又响了。林丽一看是陌生电话，心里不禁又是一阵狂跳。

她声音颤抖道：“你好！”

“你好，我这里是邮局快递专线，您有一个包裹投递失败，想要知道包裹详情，请按 1……”

骗钱的！林丽没好气地挂断了电话。

“叮叮叮……”电话铃再次响起。

还是陌生号码。

“喂？！”林丽没好气地说。

“是林丽吗？”

“我就是，你哪位？”

“我是华弘医院生殖中心。你的胚胎培养成功了，请你明天早上六点到医院接受移植手术。”

林丽欣喜若狂，嘴巴都快咧到耳根了，马上自动脑补了十二个小宝宝并排躺在试管里的可爱模样。

电话那头发现没声了，说：“喂喂喂，还在吗？”

“啊，在！那个，我想问，老公需要一起去吗？早上可不可以吃饭？还有什么要带的？”她激动地连声吐出了一堆问题。

“老公可以不来，但是手术完了，最好有人照顾送你回家。”电话里的女声快速回答道，“早上不但要吃饭，而且要吃饱吃好。”

“好的。”林丽高兴得不知道说什么好了，结结巴巴地问，“我宝宝养成了几个啊？”

“明天到医院医生会告诉你的。”

林丽挂了电话，赶紧把好消息告诉了闻天鸣，强调要他请好假，明天一起接宝宝回家。然后给陈小兰打电话：“小兰，医院刚才通知明天去移植了，你有没有接到医院的电话？”

“我也接到电话了，刚想告诉你。”陈小兰说。

“太好了。”

想着自己的宝宝们正在茁壮成长，林丽再次乐出声来，生活真他妈的太美好了！

胚胎移植比取卵要轻松愉快多了，林丽躺上手术台，护士再次核对姓名后，两分钟的时间就搞定了。医生一边撤下手术器具，一边说：“林丽，这次培养了八个胚胎，移植了两个最好的，一个八细胞，一个七细胞，质量都不错。”

双胞胎！林丽激动万分，要是一男一女就完美了！

医生接着说道：“剩下的六个胚胎，是不是需要冷冻起来？”

“当然需要，需要得很！可别把他们扔了。”

医生笑道：“剩下的再培养两天，分成两管冻起来。一会儿你去把冷冻的钱交了，先交一年的费用，如果不到一年就用了，费用可以退给你。”

“好好好！”林丽一迭声说：“最好这次就成功，冷冻的永远也用不上。”

她猴急的样子，搞得医生护士都笑起来。医生夸道：“有你这么好的心态，相信一定可以成功。”

出手术室进了病房，林丽才发现做胚胎移植的病人爆满，除当月取卵做试管婴儿的以外，还有解冻胚胎做移植的。病房里面十多张病床靠墙排开，每张病床上都躺着刚刚往肚里放了小宝宝的准妈妈。大家都一水儿地平躺着，小心翼翼，谨慎万分，话不敢大声说，尿急也不敢上厕所，生怕一起身，只有几个细胞的小宝宝就从子宫里面掉出来了。

林丽抬头搜寻了一圈，“敌人”焦云不见踪影。哈哈，没准儿她一个胚胎也没培养成，在家里砸电视发飙呢。

每过半小时护士就来赶人，那些躺着超过两小时的准妈妈们，都十分不情愿地离开，把病床让给一拨又一拨后来的病人。个别病人抱着多躺一会儿是一会儿的想法，怎么催也不走。护士也不能把病人直接从床上揪起来扔出病房。眼看着后面的病人又来了，护士说了好几遍，都没人让出床位。

新病人已经到病房了，护工为难地看着躺在活动病床上的人，不知道如何是好。林丽眼尖，发现活动病床上躺着的正是“仇人”焦云，马上闭上眼睛假寐。

护士在病房里走了一圈，最后在靠窗边的病床旁站定，对床上黑衣服小个子女人说：“你不是第一波的吗？怎么还躺这里，赶紧回家去吧。后面还有病人要用床呢。”

小个子女人说：“我不是不想走，我老公来接我，还有十分钟就到了。”

护士看看病床旁边的大包，勉强说：“好吧，再给你十分钟。十分钟后不管有没人接，你都得把床让出来。”

小个子女人点点头。

林丽看着焦云躺在高高的活动病床上，等待别人让出床位来，她幸灾乐祸地想，焦云你有本事现在作啊！有本事你怎么不自己买张新床放病房啊？正得意着，只听见门口又有响动，却是护工又推了一个病人回来。这时，每个床上的病人都假装没看见，没一个人自愿起身把病床让出来，毕竟，多躺一会儿，宝宝在肚子里就更安全。

见焦云还躺在活动病床上，护工说："你怎么还不下去啊？！手术室就两个活动床，一会儿病人做完手术，我们推床没到位，又要扣我们奖金了。"

焦云翻翻白眼说："你以为我想躺这床上啊？那边病人老不走，我有什么办法？"

护工说："那不行，我后面还有十几个病人呢。病人出不了手术室，下一波病人就做不了手术啊。"

焦云说："那我也没办法！做不了也不是我的责任。再说了，我们交了手术费，医院凭什么不提供病床？"

护工见她不是个好惹的主儿，只有劝说另一只活动床上的陈小兰："大姐，要不，你先下去，让我把这床推回去？"

陈小兰面带难色，犹豫着要不要答应护工。她取的两只卵只有一只成功长成了胚胎，今天就只移植了这一只宝贵的胚胎。看着护工也不容易，不能及时推床回去要被扣奖金，她心里特别不落忍。

正犹豫着为难着，听见有病人喊："小兰，到这儿来！"

陈小兰定睛一看，正是林丽。

"丽丽姐，你别让我，自己躺着吧。"陈小兰推让道。

林丽扑哧一乐，说："谁说我要让你了，这么宽的地方，完全够我们俩躺了。"

"对啊，我怎么就没想到呢？"陈小兰笑道。

护工也眉开眼笑，把陈小兰推到床边，帮着她挪到林丽的床上。护士风风火火地进来，催促着小个子女人离开，一看林丽和陈小兰躺在一起，也笑起来道："哟，两个人躺一块儿了，好！"

林丽和陈小兰并排躺在一起，交换了各自培养成功胚胎数。

"没关系，一个就够了，没准就成了呢。"林丽安慰道，"小兰，你要不要纸尿裤？"

“纸尿裤？干什么用？”陈小兰好奇地问。

“免得上厕所啊！你想啊，宝宝好不容易在咱肚子里面刚安家。结果咱们左颠右晃，上厕所还挤肚子，让宝宝怎么待得住？一不小心没准就滚出来了。”

“没有这么严重吧？”陈小兰有点紧张地说，“医生说只要不剧烈运动就可以了啊。”

“医生也就那么一说。听说有好几个怀上的，移植完了至少在床上躺了三天三夜，上厕所都在床上。反正小心点没有坏处。”

隔壁床的病人不满地抗议道：“喂，你们！能不能别说了？！”

陈小兰和林丽莫名其妙地对视一眼，她们说话的声音并不大啊。林丽耸耸眉毛，只有闭嘴，百无聊赖地看天花板。

隔壁床不安地在床上平躺、左侧身、右侧身、收腿、把腿吊到床外面，终于忍不住，动作像乌龟样，缓慢地从床上爬起来，哀怨地看林丽她们一眼，捂着肚子上厕所去了。

林丽和陈小兰这才恍然大悟，敢情隔壁这位早就想上厕所了，本来还能勉强忍住，结果听到林丽她们大声讨论尿不湿，更勾起了上厕所的欲望。

“听护士说，焦云只有两个胚胎做成了。”陈小兰悄声说。

“是吗？”林丽高兴起来。

“嘘，别让她听见了。”

“那怕什么，她不是要跟我比吗？现在不行了吧？！”林丽丝不但没有放低音量，反而更加提高了嗓门，眼睛斜看着远处的焦云。

“丽丽姐，算了，她也是个可怜人。”陈小兰悄声说。

林丽道：“小兰，你就是心肠太好，别人欺负你，你也不记仇。”

陈小兰：“大家都不容易。我是觉得不管有钱没钱，女人生不出孩子，哪个心里能舒服了？看别人有孩子，都觉得低人一等，都可怜啊……”

陈小兰说着，眼睛都红了。

“好吧，小兰，看你的面子，我就不跟她计较了。”林丽看陈小兰说得都快哭了，想着她是最不容易的，老公在监狱蹲着，自己一个人，连个端茶送水的人都没有。

“哎哟，我想上厕所了，小兰，你帮我挡着点，我把尿不湿垫下面。”林丽说。

窸窸窣窣之后，只听见轻微的水响。不一会儿，林丽表情轻松地从身下取出个飘出着尿骚味的纸团，与陈小兰相视地会心一笑，偷偷丢到床下。

闻天鸣在手术区外等得焦急，看见林丽和陈小兰慢慢挪着脚步出来，赶紧上去扶住她，说：“姑奶奶，情况怎么样？”

“你俩儿子已经在我肚子里了。”林丽笑说。

“行行行，姑奶奶，你说儿子就是儿子。”闻天鸣喜上眉梢，“车已经在外面备好了，我送你们回家吧。”

“那就谢谢你了，天鸣哥。”陈小兰这次倒是没有推辞，道了声谢，就跟着闻天鸣上车了，她一点也没有注意到，闻天鸣和林丽狡黠地交换着眼色。

“哎，我说！”林丽躺在座椅后排道，“以你这速度，啥时候才能到家啊？比乌龟爬还慢！”

“我的姑奶奶，我的责任重大啊。”闻天鸣飞快地看一眼副驾驶上半躺着的陈小兰，又从后视镜看了一眼后排平躺的林丽，说：“你说车上两个孕妇，三个小宝贝，再加上我，这车拉了六口人，不小心着点哪行啊！一不小心把宝宝给颠出来，我的罪过就大了！”

“哪那么容易啊。再说，我肚子都饿了，赶快回家吧。”

闻天鸣闻言，稍稍加快了点速度，汽车从蜗牛爬变成了乌龟爬。

陈小兰眼看着自己住的那条街从旁边开过，闻天鸣却没有停车的意思，便提醒道：“闻大哥，我家在那边。”

“知道，知道。”闻天鸣嘴里敷衍应着，却不拐弯，继续径直朝前开。

见他丝毫没有停车的意思，陈小兰问：“闻大哥，是不是应该停一下车啊？”

“不用，不用。”闻天鸣没有停车，把陈小兰住的那条街甩在了后面。

陈小兰急了：“闻大哥！”

后排的林丽发话了：“咳咳，那个……小兰，我跟天鸣商量，反正你回家也没人照顾，还不如去我家住几天，我也好有个伴。”

陈小兰心里一暖。林丽一直很照顾她，从未因为是农村人就看不起她。她知道城里人都不喜欢别人上家里去，她干活的老万家，家里明明有空房，亲戚来了还掏钱让他们住酒店呢！

陈小兰说："那……那太打扰你们了，还是送我回家吧。"

"小兰，你就不要推辞了！"林丽说，"住我们家，对小宝宝只有好处没有坏处。这么金贵的娃娃，要好好对待它啊。家里反正有多的房间，你在我也好有个伴。"

阳光充足的现代化楼房，与阴暗潮湿到处是老鼠和蟑螂的地下室相比，完全是一个天上一个地下。只是，她这一住进去，不知道要给林丽两口子带来多少麻烦。

"可是……"

"小兰，别可是啦，就这么定了！"林丽不容反驳地说。

"丽丽姐、天鸣哥，你们对我太好了！不过，我就住几天好不好。"陈小兰始终不愿意给人添麻烦。

林丽鼻子发痒，含含糊糊道："唔，再说吧，唔……阿……阿、阿嚏！"

一个喷嚏打出来，林丽呆了，亏得她一直那么小心翼翼地保护肚子，减少震动，这个喷嚏对于子宫来说，只怕不低于八级地震吧！

"你，"闻天鸣脸色转阴了，"打喷嚏怎么不忍着点？！"

"这是忍得住的吗？"林丽不高兴了，"让你别在车里放香水瓶，就是不听！"

"这还怪我咯？！"

"不怪你怪谁啊！"林丽反击道。

陈小兰在一边看得有趣，农村女人怀孕了照旧干农活，现在城里人为了金贵儿，连打个喷嚏都不准了，她出言相劝道："没事的，医生说正常的活动完全没有问题的，闻大哥。"

闻天鸣还想说什么，话到嘴边还是咽下去了。

移植完后的三天，林丽全是躺在床上度过的。

陈小兰却不安生，每次想溜下床，都被林丽一句话呵止："你不想要宝宝啦？！"

闻天鸣则像只勤劳的工蜂，不停地往家里搬运吃的。早饭是庆丰包子铺的豆浆包子油条，中午是大酒店定的炒菜和饭，晚上则是亲自下厨做的清凉小炒。水果买了六七种，削好皮、切好块儿放在床头，供林丽和陈小兰随时享用。每天都要打的黄体酮针，也都是请附近社区医院的护士上门注射，因为是两个人一起打，护士还给打了个折。

林丽的种种奢侈安排，尤其是闻天鸣这个大老爷们儿亲自伺候，让陈小兰内心不安至极，总想着要做点什么来报答。所以林丽规定的三天必须躺床上的时间一到，第四天早上，陈小兰就起了个大早，做了一顿丰盛的早饭。最高兴的是闻天鸣，他不用大清早跑老远去排队买包子了。

“小兰啊，”闻天鸣满足地吸溜着皮蛋瘦肉粥，一边夸奖道，“这粥的味道很地道啊！”

见闻天鸣喜欢自己的手艺，陈小兰微微红了脸，说：“闻大哥，你尝尝俺做的鸡蛋西葫芦饼，也不错的。”

闻天鸣尝了一口，更是大赞道：“好吃！”

陈小兰高兴地盛了碗粥，再用盘子装了点小菜和饼，给林丽端到床边去了。林丽有点不好意思，说：“小兰，我自己来，你也吃点。”

闻天鸣狼吞虎咽吃完早饭，出门上班去了。林丽坐在床上吃完盘子里面的饼，称赞道：“小兰，你的手艺比名饭店还强，好吃得停不下来啊。”

林丽端着空盘子到厅里，见饭桌上的饼也早已被闻天鸣消灭个精光，不乐意地说：“他咋那么能吃啊？都不知道给宝宝留点，真是！”

陈小兰笑道：“这个容易，俺再做点就是了。”

林丽拉住她，说：“算了，我其实已经饱了。”

陈小兰收拾完桌子，拿上自己的布包，说：“丽丽姐，那俺就走了啊。”

林丽正在洗手间捯饬头发，听她这句话，急急从洗手间出来问：“你去哪儿啊？”

“上班啊。”

“你还上班啊，肚子里的宝宝不管了？”

“没有不管啊，”陈小兰说，“没事的。在俺们乡下，女人差不多都是大肚子干农活到生，打扫卫生、做饭这点小活儿不算啥。”

林丽无可奈何地说：“那你悠着点啊，我跟老万说说，让你早点下班！今天回来想吃什么？让天鸣去买。”

陈小兰为难地笑，她知道林丽留自己是一番好意，但是金窝银窝不如自己的狗窝，在这儿生怕哪里做的不合适让人嫌弃，地下室的家虽破，但在里面自由自在，反而感觉舒服得多。

她犹豫说：“这……俺给你和闻大哥添了这么多麻烦，俺还是回去住吧。”

“小兰！”林丽叫道，“你还跟我客气！”

“丽丽姐，你和闻大哥是好人，但是俺有俺的生活，你们也有你们的日子要过啊。”陈小兰声音柔和却又坚决地说。

林丽见她主意已定，只好说：“那好吧。天鸣跟元盛信誓旦旦拍胸脯保证要照顾好你，所以每天你都得电话报平安，有事儿不许一个人扛！”

陈小兰心想，男人从来都百事不往心里去的，如今在监狱里，还挂念肚子里的这个娃儿，极少感受到来自男人温情的陈小兰，不禁眼睛湿润了。

日子过得飞快，闻天鸣在老万的安排下，开始跟一个大单子，每天早出晚归。生活似乎又回到了原来的轨道。

移植完胚胎的第七天，林丽没忍住，买了两个试纸，连着测了两天，都是大白板。到第十一天，又没忍住，再次买了两个试纸，晚上躲在厕所里偷偷地测，开始的时候都不敢看，过了大概十分钟，才拿起试纸查看。这一看，心里忍不住的惊喜啊：试纸上隐隐约约恍恍惚惚有淡得基本上看不出来的测试线。

她坐在马桶上，立马就分别打电话给黄新娜和陈小兰报告了好消息。黄新娜高兴之余，建议明天早上再测一下。第二天早上，她再次偷偷测试，结果还是两条线的“中队长”。习惯了“诈和”的林丽，决定这次要证据确凿才向闻天鸣宣布。她于是去药店一口气买了十个试纸，过半小时就测一次，待到把试纸按时间顺序一字摆开，可以看出，测试线真的是越来越明显。

看着桌子上一溜漂亮的试纸，林丽咧嘴傻笑了十分钟，才抓起电话把这个消息告诉了闻天鸣。

果然不出所料，他将信将疑地说：“你确定吗？”

确定！肯定！以及一定！林丽心里说，嘴上还是要谦虚一下：“我也不知道喂，晚上回来，你自己看吧。”

陪老万和客户吃完饭K完歌，闻天鸣到家已经十一点多了，在楼底下看见家里黑灯瞎火，他知道林丽已经早睡了。

自打移植了两个宝宝，林丽对自己的身体爱护得不得了：吃东西只吃有营养的，对原来喜欢的甜食、薯片、可乐这些垃圾食品，看都不看一眼；奉行饭后百步走活到九十九，每天至少散步一小时；塑造前凸后翘好身材的性感紧身衣全部压箱底，衣服只穿纯棉宽松款；不管困不困，十点半必须上床睡觉。

刚进客厅，闻天鸣一眼就看见了饭桌上摆着整整齐齐的一溜试纸，试纸上的测试线由浅到深逐渐明显，最后一根试纸上的两根线几乎一样的深红。

巨大的幸福感，如微微的月光，慢慢在周围荡漾。

闻天鸣桌旁坐下来，眼睛盯着试纸，内心被突如其来的喜悦填满，他咧开嘴无声地笑起来。餐桌上那排试纸，是他闻天鸣生命延续的信号，是他的宝宝发出的最强音符，这音符震动着他身体里的每一个细胞，它们在他身体的每个角落，都高亢地哼唱着欢乐的生命颂歌。

林丽在睡梦中被一只大手摸醒。黑暗中，看不清闻天鸣的表情，她模模糊糊地问：“老公，你看到桌子上的试纸没？”

闻天鸣没有回答，而是轻轻抚摸她的小腹，声音低不可闻：“我们有宝宝了。”

没等她有所反应，他的双手环抱住她丰满的躯体，温柔而小心翼翼地不让自己压到她。他慢慢低下头，把脸放到她的颈窝处，不再动弹。

好久没有跟老公好好拥抱的林丽，伸出双手反抱住他，享受这难得的温存。

颈窝处有温热湿润的液体流下。

“你哭了？”她轻轻问。

“没有！”闻天鸣嗡着鼻子说。

“你就是哭了。”

“就没有！”

“我都感觉到了。”林丽轻声说。

“错觉！”闻天鸣在她颈窝里模模糊糊地说。

“让我看看你的眼睛。”

“不让！”他就是不肯抬头。

林丽幸福地叹口气，抱着这个死不肯承认流泪的男人，不再说话。

第十七章
双喜临门

想象一下，一个没有吃过饱饭的乞丐，夏睡公园、冬睡地铁、春秋睡地下通道的家伙，突然继承了一座五星级酒店，他穿着破衣服，蹲在酒店门口，看着进进出出的客人，那些人纵然有头有脸衣冠楚楚，但住酒店就全得听他的，那是什么感觉？

林丽此刻就是那继承五星级酒店的乞丐，肚里揣着两个宝贝，内心窃喜，走起路来也是昂首挺胸，春风得意。

验血室门口排队等着抽血的人熙熙攘攘，如早市般热闹，陈小兰已经在等着林丽了。林丽在验血室门口的机器上刷了就诊卡，刷卡器上方屏幕显示，前面还有103位病人。

陈小兰羡慕地望着林丽的肚子，说："丽丽姐，天鸣哥肯定高兴坏了吧？"

"高兴坏了？他都乐疯了，早上起来都找不着北了，让他去给我倒杯水，结果他一头钻到厕所去了！小兰，你用试纸测过没？"

"还没有呢，反正今天要查血的。"陈小兰想着自己只移植了一个胚胎，生怕测出来没怀上，晚点测还可以多高兴一会儿。

排队抽血的人多如过江之鲫，但抽血室四个窗口全开，护士们手法娴熟，队伍缩短得相当快，自动叫号机不停地喊人进去，也不停地有人卷着袖子用棉签按着胳膊出来，很快就轮到陈小兰和林丽了。

对于陈小兰，等待验血结果的两小时是最难熬的。

"小兰，你别一会儿坐下一会儿起来的行不，看得我都头昏了。"林丽抱怨。

陈小兰只得坐下来不动了。

“麻烦你啊，小兰，腿没事别摇晃好吗？咱俩的椅子是连一起的，你一动，我就开始筛糠啊。”

陈小兰站起来，焦虑地说：“丽丽姐，我实在太紧张了，我先上个厕所。”

林丽无可奈何地看着她的背影——三万块钱是不是打水漂，答案马上就揭晓。

“九点以前验血的病人，现在可以来拿结果了。”护士在广播里喊道。

护士站前又开始最热闹的排队。护士念到名字的人，纷纷挤上来领取化验结果，真是几家欢喜几家愁，验血结果阳性的无一不是大大的开心笑脸，没怀上的，有个别的当场就哭起来了。

“陈小兰！”

“这儿！”林丽叫道。与此同时，人群的那边也有人喊：“哎！”

“你们俩，到底谁是陈小兰啊？”

“她是，她是。”林丽指着陈小兰说。

陈小兰拿到检查结果，瞬间呆住了，眼泪像打开的水龙头，哗哗往下流。

坏了！林丽的第一反应是：三万块钱打水漂了。她太知道一次次失败那种绝望的感觉了！这时候，任何安慰的语言都是苍白无力的，作为朋友，只有陪着她一起度过这艰难的时光。她抓起书包，从人群里挤过去。

“小兰。”好容易挤到陈小兰身边，林丽开口准备安慰她。

陈小兰抬起泪脸，哽咽着说：“丽丽姐，我怀上了。”

“啊？哈哈哈哈！”林丽诧异地尖声笑起来，无比喜悦，“你可吓死我了！真是太好了。”

“林丽！”护士叫道。

“来了来了！”林丽回答说，挤到护士台处。

她抓过验血单，看了一眼，上面用签字笔画了两个大大的加号。

“这是什么意思？”她诧异地问道。

护士看了一眼单子：“双胎！”

林丽睁大眼睛，艰难地咽下一口口水，结结巴巴地问：“两个？”

护士没理她，开始叫下一个病人。

林丽完全没注意到周围投射过来的目光，充满了羡慕嫉妒恨。她开始打电话通知各有关“部门”：闻天鸣已经高兴得失去理智，老是怀疑林丽在骗他；单位领导很开明地准了她两个月的假，反正她上班也是有一搭没一搭的，这样乐得只发她基本工资；远在老家的老妈马上提出要来照顾她，要求被拒绝后，啰啰唆唆讲了一大堆注意事项。

林丽和陈小兰各自拎着一大包注射用黄体酮药水，兴高采烈地从医院出来。天是那么蓝，街上嘈杂施工的电锤声是那么动听，地上随意丢弃的垃圾是那么恰到好处，门口牛皮糖般跟着人推销住店的大妈是那么可爱，焦云高端大气上档次的LV包一点儿也不令人讨厌。

林丽好心情地打招呼：“嗨，焦云，你好！”

焦云回过头来，素颜没有化妆的脸显得有些憔悴。她皱着眉头，看到林丽和陈小兰手提的塑料袋，里面隐隐映出“黄体酮”字样。

陈小兰友好地说：“我们刚看完医生，这次老天可怜，我们两个都怀上了，丽丽姐还是双胞胎呢。”她看着焦云手里一模一样的塑料袋，高兴地说：“你也怀上了？太好了，这次的成功率还挺高的啊。”

焦云脸色阴沉，完全没有以前的趾高气扬，目光如锥子般扫视林丽的肚子，尖声说：“怀上了又怎么了，照样留不住老公，白搭！”

说完挎着她的LV包，扭头就走。

看着焦云远去的身影，林丽感觉到一阵寒气从脚下升起，莫名其妙打了个寒战，说：“神经病！小兰，我们走。”

刚怀孕的林丽，把一个吃货的本质表现得淋漓尽致。闻天鸣经常被她半夜支出去买各种吃食：到24小时不打烊的肯德基、麦当劳买薯条和菠萝派是最容易的了，有几次晚上十一点被逼着去一个叫“未上架”的餐馆买花蟹粥，还有半夜饿醒要求吃臭豆腐和麻辣烫的。当然，街边那些不卫生的吃食要求，都被闻天鸣义正辞严地拒绝了。

为了减少半夜被推醒，去替林丽这个吃货找稀奇古怪的东西的次数，闻天鸣买了一大堆吃食塞到冰箱里面，林丽一叫唤，马上变戏法样拿出来堵她的嘴。

每天晚上十点半，是林丽雷打不动的加餐时间。她坐在电视机前，一个人吃光了一斤美国进口提子后，还意犹未尽，喊道："老公，你儿子女儿要吃酱猪蹄！"

闻天鸣哈哈一笑，幸亏他有先见之明，知道林丽爱猪蹄，在超市买了好几个囤着。

"行啊，咱就一人一个，谁也别抢，就怕你妈妈肚子装不下。"闻天鸣得意地拉开冰箱。

"咦，前两天我买的东西呢？猪蹄、话梅、豆腐乳还有一大罐柚子茶。"闻天鸣打开每一层抽屉翻找。

"你儿子女儿都给消灭了。"

"别逗我了！"闻天鸣压根不信，两天时间，满满一冰箱的吃食，四个大男人也消灭不了。

林丽一本正经地说："我没逗你。"

她越正经，闻天鸣越不信："我知道，你肯定给藏厨房了。"

林丽轻抚肚子，看着他兴奋地冲进厨房，橱柜开关声不绝于耳。几分钟后，闻天鸣两手空空走出来。"哼哼，是不是藏阳台了？"话音未落，林丽听到阳台传来阵阵窸窸窣窣的声音，好像一只老鼠钻进了垃圾堆。

想着闻天鸣在一堆散发臭咸鱼味的鞋子中翻找吃食，她叹口气。都说女人生个孩子傻三年，这还没生孩子呢，男人的智商就开始直线下降：会有人把吃食藏到臭鞋堆里么？

"你别找了，真的全进我肚子了。"

看着林丽坐在沙发上，紧绷的T恤下高高鼓起的肚子，闻天鸣这才意识到林丽这吃货趁着怀孕，大吃特吃，食量已经到了令人恐怖的程度了。

此刻，她无辜地眨巴着大眼睛，委屈地说："我饿了。"

"别人怀孕都有反应，闻不了饭味儿，有的还吐个不停。你怎么跟别人不一样啊？不但不吐，吃得比平时还多！要不咱们别吃猪蹄了，改吃点热量少的？"闻天鸣说。

林丽的眼睛停止了可怜兮兮的眨巴，她柳眉倒竖，双手叉腰，看着闻天鸣冷冷地"哼"了一声。闻天鸣哪能被一个孕妇给吓唬住啊，他脖子一梗，义正辞严地说：

“小家伙，你们吃这么多，待会儿把你们老妈的胃撑坏了，看我怎么收拾你们！”说完他雄赳赳气昂昂地开门，去踅摸酱猪蹄了。

看着老公出了门，林丽打开淘宝网，开始有条不紊地下单，买小衣服、小裤子、婴儿床、奶粉、纸尿裤、奶瓶、婴儿吸鼻器、喂药器、围嘴等一堆稀奇古怪的东西。

公司不要求销售人员坐班，闻天鸣这段时间都在家打打电话，更主要的任务是服侍林丽，他嘘寒问暖、端茶倒水、揉腿捶背，外加食品采购和大厨，每天尽琢磨怎么给林丽吃足够的优质蛋白质、蔬菜和水果，同时让她远离垃圾食品。

老万对闻天鸣的迟到早退睁只眼闭只眼，只要每个月能完成销售任务就行。

这天，闻天鸣正穿着围裙在厨房炒菜，白晓玲来电话：“老大，你在什么地方？老板要见你。”

闻天鸣老大不愿意：“现在啊？都已经快下班了，再说我还在拜访客户，回不去。你跟他说，我明天一早到他办公室。”

“闻天鸣，你小子赶紧给我回来，不回来我扣你奖金！”老万夺过电话，嚷嚷了一句。

白晓玲笑道：“老大，老板明天要跟重要客户谈合同，现在正没头绪呢。”

还是奖金重要，闻天鸣去书房跟林丽请假。林丽正趴电脑上，给小家伙下载胎教音乐呢，听说闻天鸣晚上要出去，心里暗自高兴。

“老婆，我帮你把饭做好了就走，可能会晚回来，你就别等我，先休息。洗碗拖地的事情都留着，我回来搞。”闻天鸣不放心地说。

“好啦，知道了。”林丽巴不得他赶紧走。

闻天鸣前脚出门，林丽后脚就下了楼，买了一大堆麻辣烫回来，闻天鸣在家这不让吃那不让吃，可憋坏了。

闻天鸣不慌不忙地到了公司，已是下午六点。老万在办公室等他，见他和白晓玲进来，说：“闻天鸣，你最近不怎么在公司啊？”

闻天鸣：“老板，我这不是拓展市场吗，到得处跑客户啊。”

老万笑骂：“你小子我还不知道，全市就那些医院，你还能挖出什么客户来？老实交代，平时都干吗去了？是不是有小三了？”

闻天鸣：“天地良心，我闻天鸣是那种人吗？！”

“那你没事都去哪了？不说我扣你奖金！”老万威胁。

闻天鸣哀号：“老板啊，你能不能别没事就扣奖金啊？我们一家四口还指望那奖金生活呢。”

“一家四口？”老万张大眼睛，“怎么多出来两口？你老婆怀孕了？”

白晓玲脸色一变，转头看闻天鸣。

闻天鸣嘴巴咧得都合不拢了，说：“是啊，刚怀上。”

“双棒啊，好，好好！你小子有本事，不怀就不怀，一怀就来俩。”

闻天鸣嘿嘿一乐，说：“所以啊，老板，你就别动不动就扣我的奶粉钱了。”

老万一瞪眼睛，说：“你要是能拿下这个单子，我再多给你百分之一个点。”

“说话算话啊，小白，你作证，到时候老板可不许耍赖。”

一般销售也就两个点的奖励，能多拿一个点，那是天大的面子了。

“你还记得多瑙河医院吗？”

怎么不记得？那是闻天鸣的滑铁卢，上次把总部的技术总监搞来谈了一个星期，连亚洲总裁都过来签了战略合作协议，最后却被名不见经传的内地民营企业给搞下去了。

“还记得啊，怎么？”

老万幸灾乐祸地说：“今年他们正式开张了，你猜怎么着？原来的设备有一半都坏了，那维修的钱够买半台设备的了，他们这才知道便宜没好货，又来找我们了。”

闻天鸣说：“除了我们，可能还找了别人吧？”

“是啊，这次招标，几个国外厂商的代理都收到通知了。昨天刚发的，明天就让我们去面谈。”

白晓玲递过来一份文件：“这就是他们的招标书。”

闻天鸣捡关键的几页迅速浏览了一下，说：“这次的招标书的技术指标，好像要比上次的要高一大截，小白，你一会儿做个详细技术指标对比表。”

老万说：“对，要仔细分析。上次我们给了他们很低的价格，已经露了底，这次可能也没法报高价了。”

闻天鸣和白晓玲出了老万办公室，白晓玲抱来一大堆鼓鼓囊囊的灰色塑料袋，堆放在闻天鸣桌子上。

“这是啥？”闻天鸣看着眼前大大小小贴着快递单的塑料袋问。

“你的快递，今天上午送来的。”白晓玲说。

闻天鸣莫名其妙地撕开一个塑料袋，里面掉出几只粉红色的小袜子来，那袜子只有闻天鸣的小手指那么长，粉嘟嘟地落在招标书上。

看来是林丽在网上订购的婴儿用品。

看到那只小袜子，闻天鸣想象一只肥胖白嫩的小脚丫，装在那只可爱的粉红袜子里面，突然，他的心融化了。

看着闻天鸣面露近乎痴呆的笑容，旁若无人地把袜子贴在自己脸上，变态地上下摩挲着，白晓玲都快要吐出来了她拉长了脸，“唰”地从袜子下面抽出招标书，气鼓鼓地回自己座位去了。

闻天鸣自然丝毫没有注意到白晓玲的举动，他拨通了林丽的电话：“老婆，你在干吗呢？”

“在看电视啊。”

“你买的婴儿用品已经到货了，晚上我就拿回去啊。那个小袜子好可爱啊，这么小，咱们家大宝、二宝能穿得下吗？”闻天鸣说。

林丽说：“能。我还买了两套爬服，一个是小猪形状的，一个是企鹅的，那才可爱呢。”

“上电脑别累到自己啊。晚上想吃什么消夜？我给你买。”

“我想吃老莫的黑森林蛋糕了。”

“老莫啊，这个简单，交给我好了。”闻天鸣恋恋不舍地挂了电话，又看着粉红袜子发了一阵呆。

白晓玲见闻天鸣双眼定定地看着桌子上的小袜子，脸露痴呆的微笑，心里一阵烦闷，不禁讥讽道：“闻经理，您笑得嘴角都快流哈喇子了。”

闻天鸣把袜子小心翼翼地收入塑料袋里，对白晓玲的讥讽不以为意，心想大概是因为这段时间自己经常不在办公室，她工作量变多，才发牢骚的吧。

“小白啊，最近我家里事情多，工作的事情你多上点心，我先谢谢你了。下回你生孩子，办公室的事情都交给我，咱们互相帮助，啊？”

白晓玲心里有苦说不出，自然没好气：“我才不要你帮呢！”她“啪”的一声把文件拍在桌子上，说：“这是两次招标书的技术对照表。”

闻天鸣被白晓玲的怒气搞得莫名其妙，自问最近除了给她的工作量有点大外，没给她穿过什么小鞋啊。转念一想，女孩子心眼小，没准别人得罪她，没地方出气而已。想到此处，他释然了，也不跟她计较，翻开文件，细看两次招标技术指标的对照表。不得不说，白晓玲这小家伙尽管情绪不对，工作还是做得很认真的，除了列出技术部分的不同外，把商务条款也做了对比。

专心工作的男人最有魅力，闻天鸣紧蹙眉头，用笔在文件上写写画画，和平时吊儿郎当的形象完全不一样。白晓玲看着这个男人，有些挪不动脚步了，心里的愤懑也渐渐消失了。

闻天鸣终于看完文件，抬头起头来，意外地说：“咦？你还在这儿？”

白晓玲不禁红了脸，恨不得把自己的眼珠子挖出来。自己神经一样地盯了这个男人近半小时，难怪他奇怪。

看见白晓玲脸色古怪、一言不发地掉头就走，闻天鸣连忙说：“你先别走，跟我到老万那儿去商量一下。”

老万看见闻天鸣和白晓玲进来，说：“刚才我又跟总部联系了一下，他们特批在上次报价的基础上，再低三个点，要不然战略合作协议签了，一个单子都没划拉到，大老板的脸上不好看啊。技术部那边也打好招呼了，到时候给我们A级支持，这次的订单我们志在必得！”

闻天鸣说：“万总，我有个想法，不知道该不该说。”

“你说，你说！”

“从这两次招标书的对比看，后一次技术指标比第一次提高了很多，同时要求提供美国检测证书，基本上把国内小厂家的产品都排除在外了。这次在商务招标书上，有个很变态的要求，就是公司必须从事此类设备研发十五年以上，基本上把国内最近几年发展得强劲的大厂家也排除了。”

听到这里，老万面露喜色。

闻天鸣接着说：“在国内的代理，除了我们，只有另外两家符合商务条件，一家是欧洲厂商，一家是以色列的，我看这次应该不会低价中标。这种情况下，我们再最低价出货，是不是太亏了？”

老万疑惑地问：“你的意思是？”

“这三个厂商中，我们的产品市场口碑最好，价格适中。但是多瑙河医院明显想要的不是价格低廉的产品，而是最专业的。所以，”闻天鸣看一眼老万和专心倾听的白晓玲，继续说，“我建议在总公司给的价格的基础上，加价百分之五十。”

“百分之五十。？你疯了？”老万不可思议地摇头。

“老板，你相信我，加价百分之五十。非常合理，因为我们公司提供的是最好的产品。”闻天鸣坚定地说。

“最好的是没错，但是我们上次的报价在那儿摆着，而且竞争对手都很强。”老万疑惑地说，“你是不是想塞红包？这个是公司反对的，要塞都是个人行为啊，出了事你得自己兜着。”

闻天鸣一笑，说：“多瑙河是私人的医院，最终决策人是私人老板，给他塞红包，无非是把左边口袋的钱换到右边，而且相当于告诉他我们的价格还有水分。当然不能给老板塞红包！”

老万看着闻天鸣说：“那你怎么能让他们买咱们的产品呢？”

“我自有办法。”闻天鸣说。

老万：“小白，你怎么看？”

“要不就赚一大笔，要不就颗粒无收。”白晓玲分析说，“顶多签不了单，大老板那边丢面子，对我们也没有坏处，下次没准能拿到更低的出厂价。我知道，南方代理拿到的价格就比我们低。”

白晓玲的分析很有逻辑，闻天鸣不禁对她另眼相看。

老万沉思了一阵，说：“好吧，就依你们，赶紧做投标书吧。不过我可警告你们，要是这次单子签不回来，我扣你们的年终奖！”

出了老万办公室，闻天鸣说：“小白，谢谢你支持。相信我们一定会拿下这个单子。”

白晓玲脸色冷冷地说：“我没想帮你，我不过是实话实说。”

闻天鸣吃了个憋，心里一动，说：“那我也得谢谢你。你最情绪不好，是不是那个来了，如果需要，明天你可以休息一天，材料我先来准备。”

白晓玲睁大眼睛，简直不敢相信自己的耳朵。突然，她哭了出来：“你才来那个了呢？你们全家都来那个了！”

目送着白晓玲哭着远去的背影，闻天鸣搔搔脑袋，自言自语道：“糟糕，拍马屁拍到马腿上了！”

传说中的孕期反应终于来了。

天刚蒙蒙亮，闻天鸣在睡梦中被惊醒，他听到林丽奔向洗手间沉重的脚步声、在洗手间压抑着的干呕声以及冲马桶的声音。林丽头昏脑涨地回到床上，刚躺下没两分钟，又起身冲向洗手间，这次他听到的是她大声呕吐和漱口的声音。

林丽再次有气没力地回到床上，闻天鸣看着她菜色的脸，担忧地说：“老婆，今天去医院，要不你顺便再看个消化科？”

“不用，吐了以后舒服多了。”

“你总这么吐，两个宝贝会缺营养的。”

“没事啦！你多给我做点好吃的就行了。”

“得令！”

面对满桌的豆浆、菜包子、肉包子、八宝粥、黄桥烧饼、锅贴以及凉拌黄瓜，林丽尽量每样都吃了一点。早上吐完以后，肚子确实有点空，肚子吃饱了以后，她还努力又往里面又塞了半个黄桥烧饼和半碗稀饭。

闻天鸣满意地看着她狼吞虎咽，第一次发现有个不挑食的老婆还真不错。

“我不行了，太撑了，我得躺一会儿。”林丽放下碗，半躺在沙发上打嗝。

“没事啊，你先躺着，我收拾下就出门啊。”闻天鸣殷勤地说。

待收拾完厨房，闻天鸣顺手端了碗剥好的荔枝，说：“再来几颗水果吧。”

林丽嘴上说：“你想撑死我啊？！”手上却接了过去，把碗放在肚子上，又塞了几颗荔枝进肚，两人才诡诡然出门。

电梯里碰到楼下老太太出门遛狗，满是皱纹的脸上，一双小眼睛不住地在林丽胖肚子上逡巡。最后终于忍不住问：“哟，怀小人儿了啊？怕是有五六个月了吧？”

林丽满头黑线，只得说："快五个月了。"

老太太："我就说嘛，看着显怀了。现在起要小心些，肚子大了动作要慢些才好。"

"哦。"林丽敷衍地回答道。

闻天鸣在一边憋笑，憋得双肩直抖，出了电梯，他才大笑出来。

林丽"啪"的把手包拍在闻天鸣背上，说："这是什么眼神啊，我才怀一个多月，就算双胞胎也不至于五个月啊。还不都是你，跟填鸭一样喂我！"

闻天鸣更是笑不可抑，原本就不瘦的林丽，在闻天鸣的精心饲养下，短短一个月，像只气球一样吹了起来，尤其腹部更是惊人。

"你还笑，从今天起我要节食了！"林丽恼了，威胁道。

听到她这话，闻天鸣只用了半秒钟就收起了大笑，一本正经地说："老婆，别听那老太太的话，你这样不胖不瘦，正合适！"

闻天鸣穿着衬衫、西裤和皮鞋，打着领带，在大厦门口与老万和白晓玲会合。据闻天鸣私下"勾兑"的结果，这次公司投了一个最高价，某国产厂家仍然是最低价，价格几乎只有他们报价的一半，另有一家东欧公司报价居中。

白晓玲看见闻天鸣，仍然臭着一张脸，鼻子不是鼻子脸不是脸的。看来因为上次说她大姨妈的事情，气还没消。

闻天鸣一行刚到会议室门口，正巧碰上之前中标厂家的几个人从里面出来，脸色不是很好看。闻天鸣凑到老万耳边，小声说："设备没到两年坏了一大半，他们还敢来投标，真佩服他们的勇气。"

老万哈哈一笑，进入会议室，闻天鸣惊异地发现，曲连虎亲自参加了会谈，双方寒暄已毕，直接进入谈判。曲连虎翻着面前的投标书，态度轻松地说："这次你们公司的报价是最高的啊，比上次招标又高出了将近百分之五十。"

他看着投标书，渐渐皱起了眉头。

老万但笑不接话，只拿金鱼泡眼看着闻天鸣，那意思是：你闻天鸣非得报个高价，自作孽不可活，你自己解释吧。

闻天鸣从文件夹中抽出张纸，双手递给曲连虎，说："曲董，这是两次招标的技术参数和提供的后续服务对照表，以及我们公司的报价变化，请您过目。”

闻天鸣接着说：“这次招标书的技术参数要求，几乎是和顶级设备的要求一致。据我们调查，符合招标条件的产品，已经量产并用户量最多的，只有我们公司。”

曲连虎似笑非笑地说：“那你的意思是？”

闻天鸣沉下一口气，说：“估计别的厂商在投标书中，声明他们都响应了招标书，甚至有的公司还能提供设备检测报告，但是国内目前根本就没有相关标准，检测部门的报告只能作为参考。”

曲连虎微微变了脸色，这没有逃出闻天鸣的眼睛，他接着说：“对于没有国家监管的检测结果，想必您也知道，有时候是可以操作结果的。另外最重要的一点，招标书中的部分技术，只有我们公司才有。”

曲连虎旁边的一个技术人员坐不住了，招标书就是他组织搞的，本来是想提高技术指标，把大部分低质量产品挡在外面，没想到闻天鸣居然说只有他们公司才有这个技术。在曲连虎的目光压力下，他反驳道：“只有你们公司有这个技术，怎么可能？你有什么证据这么说？别的公司的产品，都已经生产出来了，而且已经在市场上用了！”

闻天鸣微微一笑，道：“如果没有充足的证据，我也不会这么说的。这是我们公司的技术专利书，请你们看看，围绕这个技术，我司有 65 项发明专利。如果其他公司说他们有这种技术，只有两种可能，一个是他们说谎，另一个是侵犯了我公司的专利权，当然，我公司会保留起诉的权利。”

曲连虎身边的男士脸色发白，他知道，很多厂商，尤其是国内厂商，总是不把知识产权当回事。谈判形势此时已经发生了逆转，原来多瑙河医院一方作为业主，是完全占据主动的，而闻天鸣出示的专利证书，直接宣布另外两家参与投标的厂商侵权。曲连虎知道，如果用了另外两家的产品，闻天鸣公司一定会提起诉讼，而多瑙河医院用的检测仪器一旦被曝出有问题，不管是什么问题，一定都会给医院的声誉蒙上阴影的。

对于多瑙河这样的民营医院，声誉是直接和利润挂钩的。

曲连虎目光凌厉地看一眼身边的技术人员，尽管房间里冷气充足，那技术员额头上的汗水却涔涔而下。

白晓玲用崇拜的目光看着闻天鸣，这个讨人厌烦的冤家，怎么就那么聪明呢？！

曲连虎尴尬一笑，说：“就算你说的完全正确，但是这么高的价格，我们实在是难以承受啊。”

闻天鸣说：“曲董，不知道您的心理价位是多少？”

漫天要价，就地还钱，本来就是谈判的目的。

“如果低 30 万，我们觉得还可以接受。”曲连虎说。

“曲董说笑话了，我公司产品的原产地都在欧洲，工人的素质、生产环境、材料都是最好的。”老万说。

“好吧，考虑到欧洲的成本高，单价低个 20 万差不多吧。”曲连虎勉强说。

“曲董，我给您算个账。一般检测设备的使用年限是十年，我们能质保二十年。而且由于产品质量可靠，平时几乎不需要维护，也很少出故障。多一倍的寿命，再加上节约的维护和维修的工作量，您只需要每天多付 27 块钱，就能得到这么好的服务，多合算啊。”

看着曲连虎眉头舒展开来，闻天鸣接着说：“且不说其他，就是咱们的设备一台顶两台的使用时间，就算价格贵一倍，您也不亏啊。按这个品质，我们的报价绝对是最低的了。”

闻天鸣巧舌如簧，说得曲连虎不由得笑起来，连老万也不由暗暗称赞：这小子行啊，都快赶上我的水平了。

“不瞒你们说，我们实在是一下子拿不出这么多现金。你们也知道，前身黄河的成本还没收回来呢，又得重新跑手续。”

“这个好办，”老万说，“你们可以分期付款，先付百分之四十，余款两年内付清就行。”

告别曲连虎一干人出来，几个人都兴奋得很。

“万总，没事我先回去了。”闻天鸣说完想溜，被老万一把抓回来。

“不行，今天大家辛苦了，我要请你们吃烤肉。”

“那个，吃饭下次吧，我家里还有事。”闻天鸣推脱道，还不知道林丽检查结果呢。

“小闻，今天是集体活动，不得缺席，你要敢走，我扣你奖金。”老万瞪着眼睛说。

“老大啊，你能不能有点创意，换个惩罚方式啊？每回都是扣奖金。”

“你小子居然说我没创意？”老万眼睛鼓得更大了，“那就扣了奖金，再扣工资！”

“老大！”闻天鸣哀号道。

“闻经理，你就一起去吧，难得老板出次血。”白晓玲挤挤眼睛说，“这回你立了大功，老板说什么也不会请咱们吃粥餐厅了，再怎么也是个海鲜城啊。”

“小白，你倒是会顺杆爬！好，海鲜城就海鲜城。”老万咬牙肉疼地说。

席间，老万要了红酒，“没酒那就不叫庆祝。”老万说。

白晓玲给大家斟满酒，端起酒杯，对老万说：“万总，您是大领导，我先敬您一杯，祝公司在您的带领下，早日完成考核目标。您随意，我先干为敬。”

她一仰脖子，满满一杯红酒直接下了肚。

“好，小白是个爽快人，我也干了。”老万眉开眼笑地喝了一杯。

白晓玲把老万和自己的酒杯添满，又举起杯子，对闻天鸣说：“闻经理，谢谢您一直以来的直接指导，我也敬您一杯，祝多瑙河的订单旗开得胜。我先干为敬！”

不等闻天鸣回答，白晓玲一仰脖，又一杯红酒下了肚。

闻天鸣也把杯中酒喝干了，一分钱一分货，十五年的葡萄酒口感醇厚，缓缓顺着喉咙滑下，他口腔里的每一个细胞都欢悦起舞。封山育林很久，都快忘记酒的滋味了。

“小白还挺能喝的嘛，”老万惊奇地说，“酒慢慢喝，来，先吃点菜。”

两杯红酒下肚，白晓玲满脸发烧，双颊红里透白，连脖子都红了。她坐下吃了两口菜，又端起杯子，对闻天鸣说：“闻经理，再敬您一杯。今天您是双喜临门，一个是嫂子怀孕了，另外一个是多瑙河的单子志在必得。工作上我有做得不好的，你多指教，我先干了！”

见白晓玲喝起酒来就跟喝水一样，又一杯酒下了肚，老万有点肉疼，那瓶酒的价格不便宜。

“来，小白，别光顾着喝酒，来块红烧肉，对女孩皮肤有好处。”他夹了两块肉给白晓玲。

白晓玲拿筷子尖戳戳红烧肉，并没有吃下去，而是又端起了杯子：“万总，您对我这么照顾，还专门给我夹红烧肉，来，我再敬您一杯，谢谢您！”

老万不得已也跟着喝了两口，郁闷地看着那瓶昂贵的红酒已经被白晓玲折腾得见底了，心想，这小丫头喝酒的才干被埋没了，以后拼酒，放她一个人出来都可以了。闻天鸣微笑，似乎知道老万在想什么，两人交换了个会心的眼神，都闭嘴不再劝菜。

白晓玲此时的脸红得快冒出火来，一双眼睛含情脉脉地斜瞟着闻天鸣，看得他后背一阵阵发凉。果不其然，她又端起了杯子……再有几杯酒下肚，白晓玲说话开始舌头打结，老万和闻天鸣才明白过来，敢情这位不是酒量过人，而是成心要把自己灌醉。

老万是肉疼至极，而闻天鸣则无心吃饭，想早点回家。两个人配合默契，不顾白晓玲再开一瓶的要求，匆匆结束了饭局。

白晓玲自然是得由闻天鸣送回家，她歪歪扭扭地上了闻天鸣的车，一屁股坐在副驾驶座上。

“天鸣哥，我还是第一次坐你的车呐！”

她喷出的酒气让闻天鸣皱起了眉头。

“最好还是叫我闻天鸣，或者闻经理。”

白晓玲歪头瞅着闻天鸣，那眼神让他心里发毛。

“嘿嘿，我就偏叫你天鸣哥，鸣哥，天鸣……有本事你咬我啊，你敢么？！”白晓玲赖皮地说。

闻天鸣当然只有说：“不敢。”

他猛踩一脚油门，汽车飞驰在空旷的街道上，

“真没胆儿，胆小鬼！这你都不敢，还不如我呢，看我，我敢！”白晓玲说着，以迅雷不及掩耳的速度，狠狠地在闻天鸣胳膊上重重地咬了一口。

闻天鸣猝不及防，方向盘几乎脱手而出，高速行驶的车头猛地偏离车道，直接冲上了人行道。幸好天色已晚，街上行人不多，饶是如此，闻天鸣也惊出了一身冷汗。

“你疯了？”四周查看没有撞到人后，闻天鸣压抑不住火气，朝白晓玲大吼道，“怎么跟一只狗似的？！你不想活我还想活呢！”

“我是疯了。”白晓玲低声喃喃道，“我为你疯了！”

“你说什么？”闻天鸣莫名其妙。

白晓玲却紧闭嘴巴，不再说话。闻天鸣也没有继续追问，隐隐约约感觉到，她的异常怕是跟林丽怀孕有关，想到被她莫名其妙地喜欢，心里莫名其妙地一阵得意和自满，对白晓玲那些古怪的、不怎么友好的表现也就释然了。

第十八章

飞来横祸

秋天是最好的季节，天高云淡，大雁南飞，中午明亮的太阳，把明媚而并不热辣的阳光投向大地。黄新娜家的后花园里，林丽坐在婆娑的树影下，抓起一颗无籽葡萄，丢进嘴巴里，陈小兰坐在她对面的一只藤制沙发上，手里拿着只香蕉在吃。

陈小兰环视周围成荫的绿树、怒放的各式鲜花，啧啧道："在我们乡下，哪家的房前屋后都种有东西，要树有树，要花有花，要菜有菜，鱼塘只怕比这个还大些，怎么到城市就成了富人才能享受的咧？"

林丽看着不远处一个小水池，那水池里种了几枝莲花，下面几条黑色肥大的鱼，在荷叶间优哉游哉地游动，听到陈小兰的话，笑着说："这些树啊、花啊、鱼啊，都不值钱，就是这土地值钱。你别小看那个鱼塘，如果在这儿盖栋二十几层楼的房子，鱼塘那点面积，只怕一层楼都够两家人住了，二十几层楼算下来能住上四十来户人呢。你想想，为了让几条鱼有地方游泳，开发商少赚了多少钱啊。"

陈小兰第一次听说还有这种算法，恍然大悟道："还真是的，城里土地金贵。"

两个人正议论着，听到黄新娜的声音从屋里传来："前天的豆腐还能吃啊，都酸了！老张，老张！"她大声叫司机，"你去超市买块新鲜的豆腐来，顺便帮我把干洗的衣服取回来，晚上让小秦再熨一次，明天我上班要穿的。"

林丽和陈小兰相视一笑，那个前一阵子因为腹水而垂头丧气的黄新娜，像只打不死的小强，顽强的风格又回来了。只见黄新娜穿着套粉红的运动衣，从远处分花拂柳而来，后面跟着她家的两个阿姨，手上都端着装满食物的大托盘。

“来来，看看，这是我专门给你们两位孕妇准备的大餐，安胎的鲫鱼姜汤、海参粥、黄豆炖猪蹄。这个是防吐的香辣土豆泥。凉拌菠菜，补叶酸最好。莲子桂圆山药粥。还有这个，海带烧羊肝，补血，生下来小家伙眼睛会更明亮！”

黄新娜眼光停在一罐黄色小米粥上，说：“这是什么？”

托盘上，紫砂罐里盛着貌不惊人的小米粥。

林丽笑起来：“这是小兰专门给你熬的，叫……”她拉长声音，“十全大补小米粥。你别看它不起眼，修复你的卵巢、子宫功能可是一流啊。而且，你不知道，熬这个粥，要两天的时间啊。”

就是平平常常的小米粥嘛，说得包治百病似的，黄新娜明显不信：“是吗？”

陈小兰有点不好意思地说：“这是我们乡下流行的，我稍微改了一点配菜，城里人不爱油腻，我加了柠檬汁，你试试。”

黄新娜抓起勺子尝了一口，说：“也就是小米粥嘛……！”

她突然停住了，回味嘴里复杂的味道：香糯之后，有一点酸酸的清新，还有一点果香，咸鲜之外，有一些微甜，口腔里复杂而醇正的味道，就像是孕育的希望。

林丽看了她的表情，知道她喜欢，说：“我上次摘了卵巢后，吃了一个多月的这个粥，百吃不厌。怎么样？不错吧。”

黄新娜矜持地说：“还行吧。那个，你们两个孕妇赶紧吃啊，这个粥只适合我，那我就不跟你们抢别的了。”

看着她抱着罐子不撒手，林丽笑起来，说：“好好，谢谢你准备这么多好吃的。”

黄新娜又尝了一口粥，说：“要说谢谢，我得谢谢你们啊，做你们的病友很愉快啊。”

林丽举起汤碗，豪爽地说：“来，让我们以汤代酒，为黄新娜小姐下一阶段做试管婴儿的成功干杯！”

黄新娜也举起粥碗，向着陈小兰说：“为我们的友谊！”

陈小兰怯怯地说：“友谊长存！”

林丽：“干了！”

三个人豪爽地喝下自己碗里的粥和汤，只有陈小兰喝得太急，呛咳起来。

黄新娜说：“我们三个中间，丽丽姐，你是最幸福的了。”

林丽往嘴里塞进一块海参，说：“这话怎么说？”

“你看我啊，才二十多岁就得做试管婴儿，跟我同龄啊那些女生，哪个不是很顺利就当上妈妈的？虽说跟你们比我是在年龄上有优势，但谁会想到卵泡多了还会引起腹水，那些胚胎冷冻以后质量怎么样还很难说。小兰，你就比我幸福一些了，虽然老公在监狱，但做一次试管就成功了，肚子里面宝宝正在茁壮成长。”

陈小兰微笑点点头。

“而你，丽丽姐，你老公把你当成太后一样服侍，你肚子里面的宝宝还是双胞胎，不要太让人羡慕哦，你还有一份可以三天打鱼两天晒网的工作，你现在是啥都不缺了。”

听她这么分析，林丽还真的觉得自己幸福得很，嘴里还是要谦虚一下的：“哪里哪里，我不过苦尽甘来，运气好而已。”

黄新娜话锋一转，向陈小兰道：“小兰姐，你想不想做一个更幸福的女人？”

陈小兰傻傻地看着她，刚才她说了，除了老公在监狱，自己没有什么不幸福的地方啊。难道她还能帮自己把老公弄出来？

林丽的反应也是一样：“咦，难不成，你要帮她把老公捞出来？”

黄新娜挥挥手说：“不是啦！小兰现在家里、工作的地方两头跑，宝宝大了，身子不方便，有个三长两短怎么办？不如到我这里工作。”

“到你这里？”林丽上下打量黄新娜说，陈小兰也一头雾水地看着黄新娜。

“在我这里帮着做做饭就好，我这边地下室还有个单间，冬天有暖气，夏天有空调，生活环境肯定比你现在的好。再说平时你只管做我吃的东西，其他人都不用管的，比你现在要轻松吧？”

林丽“咕”的一声笑出来，说：“你是想天天吃她熬的小米粥吧？她的拿手菜多得很呢，我现在长这么胖，有她一半的功劳呢。”她朝陈小兰挤挤眼睛，“小兰，好机会啊。”

陈小兰憨笑着，说：“你们别拿我开心了。”

黄新娜急了，说：“没拿你开心，你现在的工资多少钱？”

“这个……三千五。”陈小兰说。

“我给你五千一个月，包吃包住，只管做我的饭，一周休息两天，怎么样？”

林丽在一边煽风点火："待遇不错哦，小兰，你真的可以考虑一下。老万那边，你别说是我表妹挖人就行。"

陈小兰看看林丽，虽然她从来不催着自己还钱，还老是说不急不急，欠钱的事情，总是挥之不去的隐形重压，让她难以轻松，她真的有点心动了。

"可是，我和万经理签了一年的合同，合同还没到期呢。"她为难地说。

"没关系。"黄新娜好人做到底，"违约金多少？我帮你出！"

"半个月工资。"陈小兰说。

"不就是一千多块钱吗，小意思。"黄新娜说，"要不你现在就给老万家打电话，说好了明天就过来。"黄新娜用银色小勺子，小心翼翼地刮起罐子底部的粥，生怕浪费了一点点。

陈小兰犹豫地拿起手机，一边看林丽的脸色。老万家的活儿是林丽介绍的，如今要换东家，怕还得看她态度。林丽知道陈小兰的担忧，挥挥手，说："人往高处走，你又没有卖给老万家。"

老万的老婆许菲正跟几个闺蜜在美容院做脸，接到陈小兰的电话，待她期期艾艾说出不在她家做了以后，许菲自然不答应，说："小兰，你不要有顾虑啊，怀上了宝宝我们都没有嫌弃你啊，再说家里的事情也不多，你晚来早走我都没有说过你。"她绵里藏针地说，"你可不要拿孩子当借口，怀上了就趁机跳槽啊。"

这番话说得陈小兰哑口无言，许菲虽然脾气不小，但对自己还是很不错的，平时经常跑医院耽误工作，也没有扣过工资。听她那口气，好像是说陈小兰拿她家当跳板，怀上孩子就远走高飞了似的。陈小兰本来就不善言辞，此刻期期艾艾，有些不好意思再坚持了。

林丽在旁边看得着急，双手比画着，小声提醒道："工资、工资！"。

陈小兰在电话里磨磨唧唧半天，许菲明白了，说："是不是钱不够用？好吧，每个月给你加八百，怎么样？"

陈小兰犹豫了一下，想到人家都提出加工资了，自己只怕是更不好拒绝了。

许菲说："那就说定了啊！"

陈小兰挂了电话，黄新娜满脸失望，林丽却笑眯眯地说："不管怎么说，涨工资是件好事啊。娜娜，最近市区雾霾太严重，你陪我去乡下住两天吧，我想死山哥那儿的野味了。”

一听有好吃的，黄新娜眼睛都亮了，说：“姐夫不去啊？”

“他最近忙着挣奶粉钱呢，天天加班。”林丽说。

许菲挂了陈小兰的电话，立马拨通了老万的手机。

老万办公桌上的烟灰缸，烟头都堆成尖尖了，整个房间烟雾缭绕。他红着眼睛，瞪着眼前的一叠投标书，这回有家国有医院设备招标，他们遇到了强有力竞争对手——美国M公司。两家公司都是外国公司，实力不相上下，但是对方的价格压到了几乎不可能的低。

许菲的电话打断了他的仇视，他搓搓脸，勉强换上一副笑脸，说：“菲菲啊，今天我不回家吃饭，你可以多泡会儿温泉啊。”

“老公，今天我可是专门买了一套黑丝睡衣哦。”

老万艰难地吞口唾沫：“明天投完标，我早点回去，看看它结实不结实。”

“老公，你这几天都几点才回家啊，让人家独守空闺！”

老万对这个年轻自己十几岁的媳妇宠爱有加，说：“菲菲，我加班不也是为了你嘛，手下的几个走得比我还晚呢，不信你问问闻天鸣，他每天都几点回去的。等你老公拿下这个大单子，我们去国外旅游，你想去哪儿就去哪儿，啊。”

菲菲转嗔为喜：“这还差不多。对了，老公，我答应给小兰加工资，你别忘了每个月给她多打八百块啊。”

老万一听，不禁说：“这保姆的工资，比我们这儿大学生的还高啊。”

“就这样，人家干得还不安心呢！”

这时，白晓玲推开老万办公室房门，浓烈的烟味熏得她皱起了眉头，她说：“万总，晚报的陈副主编来了，在会议室。”

“哦，好，你让闻天鸣先接待下，我这里打完电话就来。”

白晓玲一瞥嘴，说：“那个，万总您还是直接跟闻经理说吧，我一个下属哪能命令顶头上司！”说完，她闪身消失在门口。

老万气哼哼地说：“嘿，你这丫头，闹什么别扭？我的话都不听了！”

许菲耳朵尖，在电话那头警觉地问："什么丫头？"

老万忙说："没什么，没什么！老婆，穿睡衣等我啊，我先去忙了。"

陈主编是个头发花白、表情严肃的男人，和老万相识多年。此刻他坐在会议室中，一边喝着上好的绿茶，一边看着闻天鸣给他的材料。他从眼镜后面瞄了闻天鸣一眼，心里暗想，老万不知道哪根神经搭错了，请了这个胡子拉碴、瞪着一双兔子眼睛、哈欠连天却又跟打了鸡血一样干劲十足的胖子。闻天鸣自然不知道陈主编的腹诽，一边嘴巴念念有词，一边飞快地看着手里的一大堆材料，时不时在材料上画上两笔。

老万热情洋溢的声音从门外传来："哎呀，陈主编，贵客贵客啊。"一边握手，一边叫白晓玲："晓玲，你把我最好的那个绿茶给陈主编沏上。"

白晓玲抿嘴笑："万总，他喝的就是您那最好最宝贝的茶叶。"

老万说："好好好！陈主编，你已经见过销售部闻经理了，我们这么多年的老朋友，所以这材料是给你独家的啊，其他媒体我们都保密的！"

陈主编说："独家当然好，但是我说老万，这材料有看点没错，关键是你得保证真实性啊。如果爆料的新闻真实性有问题，人家会起诉我们的。"

"你放一百个心！这些材料可不是我们编的，有国家权威部门出具的报告，走到哪里都经得起验证的。"

"好，我今天拿回去，争取明天见报。"

"陈主编，这么好的新闻，就不要争取明天见报了，明天一定见报啊。晚一步，别的媒体得到消息，小心新闻变旧闻。"

陈主编有点为难："明天报纸的各版块都满了。"

老万干笑道："新闻，它也有个轻重缓急嘛。哎哟，这都到吃饭的点了，我们先吃饭，晚上再轻松一下，晓玲，去备车。陈主编晚上不开车，再带几个五粮液，外面餐馆就是假酒多。"

闻天鸣摇摇晃晃站起来说："万总，我这边投标书还没整完，就不陪你们了。陈主编，您慢走。"

老万笑道："好，你辛苦了，一定要保证标书万无一失。"

陈主编在老万和白晓玲的陪同下，先品尝了海鲜，然后去了夜总会。白晓玲陪着唱了几首歌，一直玩到九点多。五粮液灌下肚，陈主编和老万勾肩搭背，咬着耳朵不知道说了些什么，两个男人发出一阵阵猥琐的笑声。白晓玲心里惦记着两天两夜都没有睡觉的那姓闻的，琢磨着自己出来陪吃饭，标书预算的最后审核不晓得又落到了哪个倒霉鬼身上，见两人醉醺醺的样子，估计接下来的节目少儿不宜，更不耐烦陪他们，于是不动声色地告辞回办公室了。

刚进办公室，就听见那个让人心烦的姓闻的在满地找速溶咖啡。白晓玲没搭理他，径直回了座位。闻天鸣并没有放过她，把一叠标书扔到她桌上："我重新调了预算，你核一下。"

白晓玲翻开标书，失声惊叫："怎么又涨了一百二十万？"

闻天鸣等的就是她这个反应："要感谢陈主编啊，不能白白浪费咱们的五粮液。"

他朝她挤挤血红的兔子眼，哼着歌，心情愉快地继续去别人桌子上翻速溶咖啡去了。尽管两天两夜没有合眼，累得跟只狗一样，但闻天鸣还是心情愉快，热情高涨。

想想看，两个娇嫩的小生命，正舒舒服服地住在媳妇肚子里，每天都变得越来越强壮，没有比这更激动人心的了。再想着即将到手的大笔奖金，可以尽情给小家伙们买玩具、昂贵的进口奶粉和进口尿布，他就觉得浑身充满力量。

现在唯一不太和谐的音符就是白晓玲这小丫头，自打上次在车上表白之后，她就躲着自己，工作上的事情不得不说话，也都别扭着，眼睛望别处，把他闻天鸣当成透明空气。不过得承认，白晓玲经过他的训练，现在是把干活的好手，他可不希望因为这种奇怪的别扭弄得小丫头另觅高就，所以，他有意把态度放得柔和了点，不跟她一般计较。

不幸的是，搜索完所有的办公桌，也没找到一袋咖啡，在堆积了两天的瞌睡虫的袭击之下，闻天鸣扛不住了，跟白晓玲说："小白，你审完了到会议室找我。"

白晓玲照例不回答，脑袋几乎不可察觉地微微动了下，如果不是看到她耳边的两根发丝飘动，闻天鸣还以为她完全没有听见。

闻天鸣和衣躺在会议室的大沙发上，才感觉到背部酸疼，他舒服地呻吟一声，只用了一秒钟，就沉入了黑甜乡。

闻天鸣是被老万的大嗓门吼醒的："闻天鸣呢？都几点了，还没到？"

闻天鸣睁开眼睛，发现自己的鞋子和外套不知什么时候已经被脱掉了。鞋子被擦得崭新锃亮，整整齐齐地摆放在沙发边，外套也规规矩矩地搭在旁边的椅背上，自己身上盖着条花花绿绿的大围巾，厚实的羊绒很是保暖，他认出那是白晓玲冬天经常围的。

老万在外面咋呼："赶紧的，把标书先搬上车。那谁，给闻天鸣打个电话，看他到哪儿了？"

一会儿一个男声回答："闻经理电话关机。"

老万急了："怎么回事？关键时刻掉链子？看我不扣他工资！"

闻天鸣穿上鞋、披上外套，出了会议室，说："万总，我凌晨一点多就到会议室了，您怎么才来？哎哟，您的脸色不太好啊，夜生活过得不错吧。"

老万松了口气，笑："你小子话里有话！昨天又没回家？好！走吧，早点去现场！晚了就该堵车了。"

闻天鸣把围巾还给白晓玲，低声说："谢谢你！"

白晓玲脸一红，抢过围巾塞在抽屉里。她已经回家换了衣服，此刻穿了套很职业的深蓝色套装，配同色高跟鞋，脸上画了淡妆，脸颊粉红。

投标过程十分顺利，一共七家投标人，闻天鸣他们的价格排在中间。接下来是评技术标和商务标，对于已经搞定陈主编的老万，美国公司报得再低也没有放在他眼里。

投完标，老万宣布所有人放假一天，引得众人一阵欢呼，在会议室外瞬时间便作鸟兽散。

闻天鸣喜气洋洋地开车回家，路上想着一会儿林丽从山哥那儿回家，中午可以带她去吃顿大餐，下午一起去婴儿用品专卖店购物。开门进屋，家里略显凌乱，地上堆着林丽的鞋子，卧室里床上的被子混乱地揉成一堆，她的名牌包包也张着嘴巴立在沙发上。

闻天鸣先冲了个澡，换上干净衬衫，喷上林丽喜欢的古龙水，这才掏出手机给林丽打电话。他拿出手机，发现手机已经没电关机了，他略有些点纳罕，难怪整个上午手机都这么安静。手机充上电，闻天鸣给抓起家里的座机，再次拨打林丽的手机。她的手机响了，但是没有人接。他拨了黄新娜的电话，这丫头也没接，估摸着她正开车往城里赶呢。

刚放下电话，座机响了。

电话那头，黄新娜带着哭音说："姐夫。"

闻天鸣："娜娜，你们到哪儿了？"

黄新娜呜咽着说："姐夫，你总算出现了！赶紧来县医院妇产科吧，丽丽姐出事了！"

闻天鸣心里一紧，问："她怎么了？"

对方却已经挂了电话，闻天鸣抓起车钥匙，冲出了门。

林丽躺在白色被子下，脸上罩着呼吸罩，像个破布娃娃般，没有一丝活力。

"宫外孕，子宫破裂，大出血。县医院医疗条件有限，只有摘除子宫，保住孕妇生命。幸好及时就医，不然可能会有生命危险。"医生冰冷的话语还回荡在闻天鸣耳边。他颤抖地握住她冰凉的手，哽咽着在她耳边说："宝贝，我来了。"

林丽睁开眼睛看了他一眼，那眼神，没有喜怒哀乐，没有生气，里面什么都没有，只有无尽的黑暗，无尽的空洞。闻天鸣抱住她，把脸埋在被子上，无声地抽泣起来。

黄新娜看着姐夫，那个魁梧的男人，全身颤抖，悲痛地哭得像一个孩子，她的眼圈也红了。

接下来的两天里，闻天鸣固执地一秒钟也不肯离开林丽。她惨白的脸、毫无生气扎着输液管的手，是吸引他目光的磁石，他的目光一直流连在上面，偶尔掠过她已经瘪下去的腹部，更是哀痛地哽咽，悲伤得无法抑制。

黄新娜从来没有见过姐夫这么无微不至的男人：他每次都能掐着在药水滴完前的最后半分钟把护士找来拔掉针管；每过六小时给林丽翻一次身，每十二个小时给她洗脸、擦身，不管是否是半夜；他低声诉说着，悼念那两个短暂经过的弱小生命；他在她耳边喃喃低语，要她尽快好起来……

闻天鸣憔悴得很迅速，眼圈发黑，面容枯槁，胡子拉碴。他的全部身心完全扑在了床上毫无生气的林丽身上，除了偶尔上厕所，他无法容忍林丽离开他的视线，哪怕半秒钟。

林丽对眼前的所有一切都视而不见、听而不闻。有时候闻天鸣知道她醒来了，然而，她对他的任何话语、任何触摸、任何动作都没有反应。她关闭了所有与外界的连接，完全沉浸在自己的世界中。

那个世界，只有黑暗，无穷尽，看不到头。铺天盖地、深渊般的黑暗。

黄新娜和陈小兰都急得不行，且不说死气沉沉的林丽是完全陌生的，光是不吃不喝不睡不上厕所的闻天鸣，就够让他们头疼了。在花了几小时劝说闻天鸣回家休息让她们来照顾林丽无果后，黄新娜只有让自家保姆小秦专职照顾闻天鸣，到点送饭，定时给他喝水。

黄新娜不知道这种让人崩溃的状况要持续多久。最后，来自老万的电话终于打破了僵局，这个电话锲而不舍，在被闻天鸣掐断三次后，终于接通了。

老万对闻天挂断电话的行为毫不以为意，在电话那头兴高采烈地说："小闻，我们中标了，今天晚上答谢宴会，在海鲜大酒楼，七点钟，迟到一分钟罚一杯！"

闻天鸣还来不及拒绝，老万就挂断了电话。

黄新娜好容易等着这个机会，说："去吧，姐夫，丽丽姐有我们呢，保证出不了事！再说，你总得回家睡睡觉洗个澡吧，要不等丽丽姐好了，你却挂了，那咋办啊？！"

闻天鸣红着眼睛，无限怜惜地看着毫无生气、苍白的林丽，要求一直照顾她到晚饭时间。黄新娜高兴地答应了，马上开车回家，去拿晚上值夜需要的东西。陈小兰知道，兵马未动，粮草先行，黄新娜只怕会带上一大堆晚上要用的东西。

喂林丽吃过流食后，闻天鸣仔细给她擦了嘴，替她掖好被子，握住她的手，低声道："宝贝，今天晚上我回家睡一觉，明天一大早就来陪你，你一个人在这里要乖乖的啊。"

林丽苍白的脸上，没有任何反应，连眼睫毛都没有颤动一下。

闻天鸣沉重地一声叹息，还是坚持道：“宝贝，记住，我爱你。”

林丽苍白的脸，仍然没有一点反应。

闻天鸣把胡子拉碴的脸贴在林丽的手上，那只手已经被他捂热，但还是没有任何生命的痕迹。它毫无力量地耷拉着，任由闻天鸣摆弄。闻天鸣叹息一声，他真想念那个充满活力的林丽啊。睡意袭来，他扑倒在林丽柔软的被子上，进入了沉沉的梦乡。

梦中，他回到了小时候，又变成了一个无助的小男孩，缩在妈妈怀里撒娇。妈妈干燥、温暖而慈爱的手，在他头顶抚摸，那温暖穿过头发直达全身。他渐渐收缩得更小了，安心地蜷成一团，缩在黑暗温暖的深处，听着妈妈稳定有节律的心跳。忽然间，一把冰冷锋利的钢刀，无情地插进他和妈妈中间。惶惑中，他再次用力靠近母亲温暖的怀抱，那怀抱却已血肉模糊，他骇然地呼喊起来，那把散发着血腥味的冰冷钢刀迅速调转刀口，毫无怜悯地猛插进了自己幼嫩的身体。

闻天鸣粗重地喘息着醒来。梦中那无尽的恐惧，叫天天不应、叫地地不灵的无力感裹满了全身。他发现自己掌心里握着的林丽的手放到了自己的头上。林丽的脸色仍然苍白，但闻天鸣总觉得上面有了一丝不易察觉的红晕。她的手很温暖，正如梦里妈妈的手。

在黄新娜的一再催促下，闻天鸣回家洗了个澡，换下臭烘烘的衣服，这才开车去赴庆功宴。

走进包厢，老万已经和曲连虎、施伟等甲方几个人酒过三巡。见闻天鸣进来，叫道：“迟到的人，自觉点，先自罚三杯！”

施伟等众人在一旁起哄，曲连虎也笑嘻嘻地看闻天鸣。闻天鸣本来就万念俱灰，看到酒，恨不得溺死在其中，当下红着眼睛，仰脖连干三杯。

施伟满意道：“行啊，闻经理很爽快啊，今天得喝个一醉方休。”

闻天鸣二话不说，又干了个底儿掉。闻天鸣这首插曲过去之后，席间众人又开始说笑着，互相敬酒，一时间觥筹交错，热闹非凡。白晓玲坐在闻天鸣一侧，闻着他身上带点辛辣的香水味，看着他连喝四杯的气势，心“怦怦”直跳。

真没出息，她暗骂自己。

难得请到曲连虎出来吃饭，老万这次是下了血本，第一个主菜——美国进口鱼子酱，被服务员端了上来。

老万站起来布菜，一面说："亚马逊河的鱼子酱产量现在是越来越少，城里没几个餐馆有原装的，市面上假货多，这个货真价实，是有进口许可证的。来，尝尝。"

闻天鸣红着眼睛看那鱼子酱，个个颗粒饱满，晶莹剔透，仿佛活物般。曾经住在林丽肚子里小家伙们，小时候估计长得比它们还可爱吧。见鱼卵被一张张嘴巴吞咽下去，他不禁一阵反胃。

闻天鸣端起酒杯，向着曲连虎说："曲总，感谢您对我们公司产品的信任，这杯敬您，我先干了！"

曲连虎蛮高兴闻天鸣的爽快，也干了一杯。

老万眉开眼笑，闻天鸣真不愧是他的头牌销售经理，在酒桌上没让人失望。他转眼瞟着白晓玲，那意思是，闻天鸣喝过了，该你白晓玲了。白晓玲被老万那小眼睛一瞄，哪能不知道他什么意思，但她故意装糊涂，用公勺舀了鱼子酱放到闻天鸣盘子里，说："闻经理，喝酒不着急，您先吃点东西垫垫肚子。"

施伟端起酒杯，说："我先敬下咱们的美女。白小姐，感情深，一口闷，喝多少就看你自己的了。"

白晓玲大方地一笑，端起果汁杯，说："施院长，我可是对多瑙河充满感情的，这杯我全喝了。"

施伟不干了："这果汁不算数，红的白的，白小姐你自己选。"

白晓玲说："不好意思，我今天开车了。"说完自己坐下了。

施伟碰了个软钉子，桌面上一时间有点尴尬。这帮供应商，刚中标就开始不把自己放在眼里，以后还不得翻天！今天无论如何也得压压那丫头的傲气，施伟脸色阴晴不定，正要发作。

闻天鸣站起来，用装果汁的大杯倒了大半杯酒，说："现在警察厉害，酒驾被抓捞都捞不出来。我来敬施院长，我这大杯，满满的都是对多瑙河的感情！"

说完，他仰脖，咕嘟咕嘟，一口气都喝了。

"现在警察是厉害啊。"老万打圆场说，"不过警察工作还是很辛苦的，晚上还得加班罚人。”

“是啊。”曲连虎也笑着说，“上回我们一哥们晚上吃完饭回家，遇上下大雨，看见一男的站在路中间，就上去问：‘晚上这么黑，下这么大的雨，你一个人站在这不傻吗？这边车这么多很危险的，有什么不高兴的别憋在心里，可千万别想不开啊！’这哥们是想做好事，谁知道，那男的说：‘走开，你再妨碍我指挥交通，我就拘留你了’”。

众人一起哄堂大笑起来，施伟虽没跟白晓玲喝成酒，但销售经理代她喝了，也不算丢面子，便也作罢了。

在觥筹交错，欢声笑语中，闻天鸣红着眼睛，脑海里全是林丽苍白的脸。他神色麻木地看着一桌子的菜：椒盐烤乳鸽，一只只都是挣扎的姿势——他的宝贝们，那两个虽未蒙面，他已经深深爱上了的宝贝，在妈妈肚子里，也是如此的不甘被残忍地取出来吧；清蒸石斑鱼，恐怖地睁着眼睛，张开的嘴在无声地呐喊——那孤立无援的小宝宝们，面对冰冷的手术器械，会是怎样的恐惧和无助啊；蒜蓉鱼翅扇贝，被从中间破开，暴露出肚子里的一团肉，被一张张流油的嘴巴吞下——刚为成长而欣喜的小生命，被恶狠狠地从母亲温暖的身体上撕开……

闻天鸣抹了一把润湿的眼睛，强忍呕吐的冲动，再次斟满了自己的酒杯。

晚宴在欢快的气氛中圆满结束，老万照例带着一帮男人，到会所继续延续到午夜的节目，这节目照旧是妇女与儿童不宜。

护送烂醉如泥的闻天鸣回家的任务，自然落在了白晓玲身上。白晓玲驾着车，穿过华灯闪烁的街道。一路上，躺在后排的闻天鸣发出均匀的呼声，他喝醉后品相还不错，没发酒疯，也没有胡言乱语，只是安静地沉睡。她看一眼后视镜，黑暗中，闻天鸣巨大强壮的身躯塞满了狭窄的后座，双腿蜷缩着耷拉在地上。他身上的香水味混杂着酒气，弥漫在车内小小的空间，她仿佛能感觉到从他身上发出来的热力。

白晓玲想起上次自己喝多了没忍住向他表白的情景，恍若隔世。自那次以后，她就采取了鸵鸟政策，尽量避免和他的接触。而此时此刻，在车里狭小的空间中，只有他和她，他全无防备，伸手可及。

白晓玲把车停在闻天鸣家楼下，看着后座上的他，心情复杂。今天他异常的情绪，白晓玲都瞧在眼里：整个晚上几乎没见他动筷子，酒是一杯接一杯，替白晓玲喝，替老万喝，最后居然还替曲连虎喝上了，他是不把自己喝趴下誓不罢休。

现在，该把他还回去了。白晓玲拨通了闻家的电话，铃声响了很久，也没人接。她只好自己动手，靠近闻天鸣的身体，她不禁一阵颤抖。对于一个中年男人，他算得上是肌肉结实的，香水和酒味混合后的味道很要命。白晓玲一面骂自己没出息，一面用力扛起他沉重的胳膊，半抱半拖地把他弄上了电梯。

到家门口，她从他裤袋里摸出钥匙开门，这个动作又让她一阵脸红。家里果然没人，白晓玲目光挑剔地看着周围，也不得不承认家居布置很温馨——到处是红的、粉的花朵，拖鞋上、桌布上、窗帘上、相框上。看得出来，女主人为家庭布置很花了些心思，墙上挂着结婚照，他穿着领子浆得硬挺的白衬衫，头发梳得一丝不苟，朝镜头微笑，旁边的女人身材丰满，也在笑，一双大眼睛看着画外的自己。

白晓玲直接把闻天鸣扔到沙发上，给他脱掉鞋子，从卧室抱出一条被子，盖在他身上。

家里到处是女主人的痕迹，让她浑身不自在，她只想要尽快逃离这个地方。

“那啥，没什么事儿，我先走了啊。”说完她迅速走到大门边，打开房门走了出去，就在门要关上的一刹那，她听到沙发上的闻天鸣嘟哝了一声，她站住了。

“你说什么？”

他又含混地说了一遍。

“什么？”白晓玲只好走回屋里，问道。

“求求你，别走！”

猝不及防间，闻天鸣伸出双手，蛮横地把她拉进自己怀里。一双大手摩挲她的脸，急切地地声道：“别不理我，宝贝，求求你。”

白晓玲霎时蒙了。

他双手捧着她的脸，轻柔至极，好像捧着稀世珍宝，怕一使劲就碰疼了她，他的大拇指在她的脸颊上反复摩挲，温柔至极。他鲜红充血的双眼凝视着她，眼里有那么多的深情，那么多的热望，那么多的怜惜，那么多的疼爱。

他声音沙哑，快速喃喃低语道：“宝贝，我会保护你的，没有任何人能伤害你。留下来！宝贝，留下来！”

白晓玲突然想哭，巨大的幸福感淹没了她。不管这醉话是不是说给自己听的，她无力抵抗他深邃的眼神，晕眩着任由自己陷了进去。她的理智告诉自己应该推开他，却伸出了手，却给了他一个拥抱。

闻天鸣抱着着魔般动弹不得白晓玲，抵挡不住胃的翻腾，“哇”的一声吐了出来。

第十九章
你向左我向右

黄新娜不耐烦地用脚轻踢着房门，一面扭头对身后的陈小兰说："要拿的东西清单在你那儿吧？"

陈小兰憨笑着，晃晃手里的纸条。

门开了一条缝，闻天鸣光着上身，探出头发蓬乱的脑袋来，惊奇地问："咦，你们怎么来了？"

"来拿丽丽姐在医院要用的东西啊。换洗用的内衣裤、擦脸油什么的，还有女人专用的那个。"黄新娜推门欲进来。

闻天鸣说："要什么，我来准备吧，你们也不知道在哪里。"

黄新娜笑着说："当然是你来准备，我们都到门口了，你不让我们进去坐坐？"

她用力推开门，长驱直入，进了客厅。陈小兰冲闻天鸣笑笑，把手里的清单给他，也进了屋，说："闻大哥，如果有东西找不到，我可以帮着找。"

"对，小兰在这儿住过。姐夫，你可不要趁机找丽丽姐的私房钱啊！"黄新娜开玩笑说。

闻天鸣笑："我家的钱都是她在掌管，她那是公房钱，我的才是私房钱。"

这话说得几个人都笑起来。

就在这时，卧室房门突然打开，一个头发湿漉漉的年轻女人走了出来。她穿着闻天鸣的条纹白衬衫，只在腹部扣了两颗扣子，洁白的肩膀和大半乳房都露在外面，下面更是露着两条光溜溜的大腿，透过白衬衫隐隐约约能看见黑色蕾丝内裤。

客厅里的三个人都惊呆了，闻天鸣和黄新娜更是眼球突出，死死瞪着她的半截子胸部。

女孩开门发现有客人，吐了下粉红的舌头，赶紧关上了房门。

气炸肚子的黄新娜，飙高音吼道："好啊！闻天鸣，你干的好事！！"

闻天鸣也傻了，头像要炸裂般地疼痛起来，他想破头也不明白，白晓玲怎么会穿着他的衬衣，躲在卧室里，明明刚才被敲门声吵醒时，他还是一个人躺在床上的。

黄新娜爆炸了："闻天鸣！丽丽姐还躺在医院，你就这迫不及待啊？！合着这几天，你都是装的！我姐真是看走眼了……"

闻天鸣结结巴巴地说："等等，我也不明白这是怎么回事。你等等！"

他隔着门，高声问："小白，你怎么跑我家来了？"

白晓玲这次只把门开了条缝，半露红红的脸蛋，含羞道："闻经理，看你说的！昨天是你非要我留下来的啊。难道你想不承认？"

丢下这句话，白晓玲又把脑袋缩回去了。闻天鸣翻着眼睛拼命回忆，只记得昨天晚上忍着恶心，喝得不少，最后的记忆是桌子下面的各式皮鞋。转脸看见黄新娜鄙夷的斜视、陈小兰痛心的眼神，他竟然无言以对。

林丽出院回到家里，完全摒弃了语言功能和听觉功能。无论闻天鸣说什么、问什么，她都没有任何反应，她如母鹿般的眼睛，再也不肯与闻天鸣对视一下。

她一改以往上班三天打鱼两天晒网的习惯，每天早走晚归，按时上下班，有时候甚至还加班。闻天鸣曾打车跟踪她，看她是真上班还是干别的去了。结果让他吃惊，她真的是很规律地上班，偶尔与黄新娜和大着肚子的陈小兰一起在外面吃饭。闻天鸣远远看见三个人在一起的时候，基本上都是黄新娜一个人在说，陈小兰偶尔开口，而原来话多得滔滔不绝的林丽，大部分时间都沉默着在想自己的心事，她吃得也很少。

原来基本都是林丽做的家务事，她也明显分出了界限。做饭只做一人份儿的，偶尔有吃不完的放在冰箱里，被闻天鸣吃了，她也不问，只是下次做得更少了。原来两个人的衣服混在一起洗，现在她只洗自己的衣服，任由闻天鸣的衣裤发臭。

闻天鸣等着她来问与那天白晓玲的事情，也想好了如此这般的解释。但林丽话都懒得说，自然不会追问任何问题，这种家庭"冷暴力"让他如坐针毡，比跟他大吵一架还难受。

闻天鸣终于憋不住了，这天一下班，他就早早回到家里，做了一桌子丰盛的菜，然后坐在沙发上，开了电视，心神不定、眼巴巴地等林丽回家。门锁“咔嚓”一响，歪坐在沙发上的闻天鸣一激灵，端坐了起来。林丽开门进来，在门口换拖鞋，对满桌的菜和沙发上的闻天鸣，眼皮都没抬一下。

闻天鸣讨好地说：“丽丽，回来了？”

林丽没有听见似的，自顾自向卧室走去。

微笑僵在了闻天鸣脸上，他上前拉住林丽的手，说：“你别再躲着我了，我们两个好好谈谈，行吗？”

林丽的手像被火烫了似的，猛地缩了回去。她脸上的表情，像摸了翠绿色肉乎乎软不拉几的菜青虫一样，充满了说不出的厌恶。

闻天鸣讪讪收回手，说：“我们到沙发上谈吧。”

林丽低垂着眼帘，沉默着坐到了沙发上。闻天鸣也坐回沙发，特意小心翼翼地离她远点，生怕离近了让她不舒服，影响谈话效果。

“那个，”闻天鸣期期艾艾地开口道，“我知道，娜娜和小兰一定跟你说了那天早上的事情。情况是这样的，我头天晚上喝多了，这个老万和多瑙河医院的一大堆人都可以作证，回家后发生了什么，我自己完全都不知道。”

他仔细瞅瞅林丽的表情——她脸上没有任何表情。

“我保证，对白晓玲没有任何意思……我只爱你。那天晚上的事情，绝对只是个意外，我完全记不得发生了什么，在她冒出来之前，我甚至根本不知道她在家！不然我会傻到让黄新娜他们进屋，被她们抓个正着吗？”

他再仔细瞅瞅林丽的脸——她脸上还是没有任何表情，至少没有摸菜青虫的那种厌恶，有门儿。

“喝完酒以后，我们那个……从来都没成功过。所以，那天晚上我和白晓玲根本不可能发生任何事情。老婆，我知道刚失去了小宝，你特别伤心，我也特别难过！但是，你要相信我，除了你，我从来都没有过其他女人。老婆，你一定要相信我！不然我就太冤了！！”

闻天鸣激动地说完这番话，再仔细瞅瞅林丽——她黑色的长睫毛轻轻煽动了一下。

在闻天鸣的注视下，她轻启朱唇，细声说："明天，让白晓玲亲口告诉我，和你没有发生任何事情，我就信你。"

闻天鸣喜笑颜开，说："好的，老婆！我就知道，你最通情达理！"

第二天是周六，闻天鸣上午就出去了，出门前显得兴高采烈。林丽看在眼里，心里琢磨：没准他真的和那姓白的没有什么，但一想到姓白的裸体穿着闻天鸣的衬衫，心里又跟吃了苍蝇一样。

茶餐厅的环境十分优雅，一棵巨大的仿真树矗立在大厅中央，粗壮的树枝向上伸展到天花板，再沿着天花板向四周蔓延开去。棕色麻绳从树枝缝隙处垂落下来，麻绳下端悬吊着摇摇晃晃的靠背沙发，沙发上放着大大小小软绵绵的垫子。

闻天鸣皱着眉头坐在吊椅沙发上，不停地看表。他特意选了离白晓玲住处很近的这个餐厅，约定时间过了半个多小时，连她的影子都没见着。

姗姗来迟的白晓玲见闻天鸣在座位上抓耳挠腮的着急样，心里暗笑。她真的不是故意想迟到的，接到他的电话，她兴奋不已，就马不停蹄地洗头、做发型、配衣服、配鞋子、配包包、化妆，紧赶慢赶，还是晚了半个多小时。

白晓玲的出现，让闻天鸣松了口气。他殷勤地为她拉开沙发，伺候她入座，还贴心地把一个小靠垫塞到她腰后。

"想吃点什么？"他热情问道。

"随便。"白晓玲说。成熟男人的一系列动作让她心里十分受用，有了那晚的亲密后，他没事总躲着她，思念都快把她搞疯了。

"让我看看。"闻天鸣煞有介事地拿起菜谱，仔细翻看，说，"这家店不行啊，连'随便'这么受欢迎的菜品都没有。"

白晓玲"扑哧"笑出来，娇声说："讨厌！"

看她娇羞的样子，闻天鸣脚跟发软，头皮发麻，莫非自己真的跟她那个了？

"秋天容易上火，女孩子脸上最容易长包包，给你来个清蒸梨膏吧。"

他抬眼看了一下白晓玲，她的脸上红红白白，仔细化过妆，闻天鸣脚跟又一阵发软，还是硬着头皮继续拍马屁："你皮肤这么嫩，应该不需要消火，不过预防一下也没坏处。”

他又点了几样女孩子爱吃的清淡菜品和小甜点。在等上菜的时候，两个人东拉西扯，讲了讲公司的事情，又探讨了下年终奖的额度范围。闻天鸣做销售多年，说起话来是天南海北，滔滔不绝。自始至终，白晓玲都感觉自己飘在云上——暗恋已久的男人终于主动约会自己了，简直是久旱逢甘雨，让她中人欲醉。

闻天鸣却始终牢记着今天的任务。

寒暄已毕，闻天鸣终于提起那天晚上的事情：“晓玲，上回我喝多了，谢谢你照顾我，把我送回家。老万说我那天一个人喝了至少有一瓶，有那么多吗？”

“何止一瓶！”白晓玲瞪大眼睛，那天酒桌上他畅饮百杯都不惧的豪气浮现在眼前，“你抢老万的酒喝，抢我的酒喝，还抢施伟的酒喝，连曲连虎的酒都被你抢了两杯。”

闻天鸣笑：“有这么厉害？我都没啥印象了，只记得最后溜到桌子底下，看见老万居然穿了一双 Hello Kitty 的袜子。”

两个人笑了一阵。

闻天鸣道：“我醉得这么厉害，你一个人怎么把我搞回家的啊？”

想起自己半拖半抱、他庞大的身躯压在自己肩上的感觉，白晓玲脸上飞起两朵红霞：“还好啦，你还没有完全失去移动的功能。”

“功能”两个字，在闻天鸣听来十分别扭，他说：“谢谢你啊，我知道，一喝多我基本上就成了植物人。这个，在我家，我没有那个你吧？”

白晓玲脸上的红霞简直要燃烧起来，她装傻道：“‘那个’是什么？”

“我……我没有侵犯你吧？”

这就是他今天约自己出来的目的吧，白晓玲想，他真的什么都记不得了，如果发现他们之间没有任何事情，这场一相情愿的约会，就会变成同事之间答谢帮忙的请客。她盯着闻天鸣的下巴，那里刮得铁青，透着男人特有的味道。

千载难逢的机会不能放过，白晓玲低头细声说：“我把你放到床上，你抱住了我……”

闻天鸣心里暗暗叫苦，硬着头皮问：“我、我们，没有那个、那个，更进一步吧？”

白晓玲沉默着。

闻天鸣的心提到了嗓子眼，就等着白晓玲的嘴里吐出那几个至关重要的字。然而白晓玲双颊绯红，就是不肯开口。

“那个，晓玲，我晓得我喝醉了是什么德行。喝多了，我做不了那事，所以，我们没有那个，是吧？”

闻天鸣紧盯着白晓玲的脸，生怕错过一个微小的表情。她的脸红得像熟透的苹果，双眼盯着面前的盘子，好像盘子正在放映一部精彩的电影。最终，闻天鸣听见她低不可闻地轻声“嗯”了下。

闻天鸣心里的一大块石头终于落下了。

他夸张地拍拍自己的胸部，说：“幸好，要不然我就太该死了。”

听到这话，不知道为什么，白晓玲心里很有一点不舒服起来。

这时候，闻天鸣说话也顺畅起来了：“那天喝多了酒。酒后乱性。如果我做了出格的事情，你就别往心里去。我给你道个歉，请你原谅我，好吗？”

如果他们只是普通同事，闻天鸣这番话，自然没有任何问题，但他忽略了，对于暗恋他许久的白晓玲，见喜欢的男人要自己原谅两人之间的亲密动作，心里自然不是滋味。

见白晓玲低头不答话，闻天鸣凑近她，口气越发真挚地说：“好吗？晓玲？”

不好又能怎样呢？难不成因为男人抱了你，就得从此对你负责吧？白晓玲只得说：“好吧。下次你别喝那么多了，很伤身体的。”

闻天鸣指天发誓：“不喝了，绝对不喝了，老万的酒就让他自己喝好了！”

白晓玲憋不住，“扑哧”笑了。

见尴尬气氛渐渐消散，闻天鸣决定乘胜追击：“那天早上，我老婆的两个朋友见到你在我家，我老婆都一个星期都不肯跟我说话，做好的饭都不肯给我吃一口。你看……能不能跟我老婆解释下，我们之间不是她想象的那样？”

“这个……”白晓玲面带难色，“就不用了吧？”

“求求你了，晓玲。你忍心看我天天吃不饱穿不暖，像只流浪狗一样吗？”

看他可怜兮兮的样子，白晓玲心一软，算了，好事做到底吧。

见白晓玲同意，闻天鸣大喜过望，马上打电话把林丽叫了过来。

林丽和白晓玲两人都面带微笑，互相上下打量着。一袭昂贵黑裙的林丽，在白晓玲眼里，是个衣着华丽但已经上了年纪的中年女人，脖子上、手腕上的首饰都不是便宜货，光是手里的那只包包就抵得上她两个月的工资，但是再好的服饰也掩盖不住她的憔悴，脸上松弛的脂肪、眼角的细纹和下撇的嘴角，都是岁月的痕迹。

在林丽眼里，白晓玲也就是个清汤挂面女孩，马尾巴、休闲 T 恤、牛仔短裤、白球鞋，简单的衣着，掩盖不了辐射出的青春活力，白里透红的皮肤，是任何化妆品都敷不出来的。

白晓玲笑着说："百闻不如一见啊，嫂子果然很有气质。"

林丽故作亲热地把手搭在闻天鸣胳膊上，也努力挤出个微笑，说："哪里，过奖了。谢谢你在公司对天鸣的支持，他经常跟我说，你对他的工作帮助很大呢。对吧，天鸣？"

闻天鸣很长时间都没有见过林丽的好脸了，此刻她居然主动搭着自己的手臂，只觉得受宠若惊，那只胳膊连动都不敢动，听见林丽问他，连忙点头。两个人的亲密动作看在白晓玲眼里，心里自是黯然。

闻天鸣接着林丽的话说："晓玲不光工作上很出色，那天我喝醉了，她还送我回家，还照顾了我一晚上。这也得感谢她啊，是吧？"最后两个字是问白晓玲的。

白晓玲苦笑一声，说："是啊。闻经理喝醉了，什么都不知道，一动都动不了。嫂子您又不在家，照顾下他也是我尽同事之谊，不用客气。"

她把"同事"两个字咬得很重。

林丽笑道："他呀，就是这个样子，一喝多就瘫倒，跟堆烂泥一样，走不了路，坐都坐不起来，啥也干不了了。"

闻天鸣赶紧顺着两个女人说："是，是，下回说什么也不能再喝多了，太丢人了。"

三个人各怀心事，都笑了起来，闻天鸣趁机抓住了林丽的手。

两个人的小动作看在白晓玲眼里，心里难过得撑不下去了，起身说："我下午还有事，我就先走了。"

"我们也走吧？"闻天鸣望着林丽说。

雨过天晴，这么久以来，林丽第一次肯正眼看他，说：“好。”

闻天鸣屁颠屁颠地说：“你们等我一会儿，我先去结账。”

看着闻天鸣离去的背影，白晓玲知道，自此她与这个男人再也无缘了，他宽厚的肩膀与自己无缘了，他怕碰碎瓷器般温柔的拥抱与自己无缘了，他深情得让人无法自拔的凝视也与自己无缘了……自己永远只能做他生命中的一个过客了。

她的心突然绞痛，一句话冲口而出：“嫂子，你让闻经理千万不要开除我，好吗？！”

林丽挑起眉毛，惊奇地问：“什么？”

白晓玲可怜兮兮地说：“闻经理要我跟你说的话我都说了，求你让他别开除我。”

林丽的眉毛竖了起来：“你是说你们……”

白晓玲垂下眼睛，低声说：“他说，如果把我们那天上床的事情告诉别人，就要开除我。可是，我好害怕……照他的话说了……他还是会开除我……”

她的下巴快抵到胸口了，声音也渐渐低不可闻。

林丽怒极而笑，说：“好，很好！”

“什么很好？”闻天鸣结完账过来，问道。

白晓玲用一双水汪汪的眼睛，可怜巴巴地望着林丽。

林丽咬着牙说：“你选的这家餐厅，很好。”

毫不知情的闻天鸣笑说：“是吗？那下次我们再来。”

闻天鸣的生活几乎恢复了正常，每天有干净衬衫穿、回家有热饭热菜、晚上有床可以睡。美中不足的是林丽始终不让碰，哪怕是摸摸手、拍拍脸，她都轻描淡写地躲了开去。闻天鸣也没往心里去，想着那可能只是醉酒事件的后遗症，过一阵就好了。

多瑙河医院的设备已经到货，验收、安装的事情虽有技术工程师，但出了小问题或者稍有摩擦，他也还要跟踪解决。和白晓玲的关系也恢复了正常，她不再躲着自己，说话也不再阴阳怪气、话中有话。有时候，闻天鸣总感觉她在偷偷地观察自己，但每次转过头去看她，却发现她其实在看别处，几次之后，他反而觉得自己疑神疑鬼挺好笑的。

生活的波澜似乎就这么过去了。对于失去的两个宝贝以及林丽因此拿掉的子宫，闻天鸣尽量不在她面前提及，只是轻描淡写地说没孩子也没啥关系，领养一个就好，要跟他过一辈子的是她林丽，而不是孩子。

早晨，闻天鸣在煎蛋的香味中醒来，粉红碎花窗帘透射的晨光，在屋里投下一块块金黄。他惬意地伸个懒腰，掀开被子起床。床边沙发上，摆放着林丽准备好的熨烫整齐的干净西裤和衬衫。

他穿上衣服走出卧室，餐桌上已经摆好青菜肉沫粥和油条，还有两只精致雕花玻璃盘中装着的小菜。他走进厨房，从后面给正忙碌着煎鸡蛋的林丽一个熊抱。

受到突然袭击，林丽丰满的身体肌肉僵硬，在他怀里一动不动。

他用嘴唇轻轻吻了吻她散发香味的秀发，说："老婆，早。"

林丽匆匆忙忙回了一声"早"，挣开他的环抱，说："去刷个牙，我马上就好。"

闻天鸣恋恋不舍地放开她，听话地去了洗手间。挺好，这次有进步，至少她没有直接把自己推开，每天多抱她几次，抱啊抱的，她很快就习惯了，估计再过不了几天，就会再次跟自己缠绵了。

餐桌上，闻天鸣毫不客气地消灭了三个煎蛋、一碗粥和两根油条，林丽却只是细嚼慢咽，吃得很少。闻天鸣问："中午我正好在你们公司附近办事，要不要一起吃午饭？"

林丽低头喝粥，听到这话，并不抬头看闻天鸣，过了良久才说："不了，我今天也要出去。"

"好吧。"闻天鸣不以为意地说，"哎，我吃得太饱了。老婆，你做的煎蛋绝对是世上一绝！"

林丽仍旧低头，并不答话。要在之前，她绝对会顺杆爬，自我吹嘘一番。

闻天鸣知道，不管多么活泼乐观的女人，都不可能轻易迈过切除子宫这道坎。不过以林丽那么旺盛的生命力，她肯定比一般人复原得要快得多。他所要做的，就是尽快恢复她心底的生命热忱，把她暂时尘封的活力尽早开启出来。

也许，把她哄上床是开启生命力的一个好办法。

"我先上班去了。老婆，今天晚上你别做晚饭了，我早点回来，给你做最拿手的红酒牛排和奶油蘑菇汤，好吗？”闻天鸣充满怜爱地看着她低垂的脑袋。

她终于抬起头，看着他，轻声说：“嗯。”

哄她上床，就在今天晚上！闻天鸣决定了。

他探过身体，想把自己的嘴唇印在她丰满而有点苍白的双唇上，她却轻轻别转了头，闻天鸣只好把嘴唇落在了她的脸颊上，脸颊的皮肤滑腻、冰凉，犹如对他的态度。

闻天鸣为晚上的诱惑计划废了不少脑筋。他软磨硬泡地从老万处骗了瓶好酒，中午去超市买了上好的牛肉和洋葱等配料，搅拌在一起，冻在公司的冰箱里。如果腌牛肉的时间达不到三小时，味道进不到牛肉最里面，牛排的口感会差很多。

一下班，他就以最快的速度回到家里，煎洋葱，煎牛排，做奶油蘑菇汤，给饭桌披上碎花桌布，翻出很久不用的雕花玻璃杯，斟上红酒，最后再点上两根香氛蜡烛。

一切齐备，只等林丽回家了。

等人的时间过得特别缓慢，走廊里的每有个响动，他都会趴在猫眼上张望一番。多长时间他没有做过这拿手菜了，两年？三年？好像“造人”成了恼人的事情后，他就再没有心思做过这道麻烦的菜了。

他等着林丽清脆的高跟鞋声响起，想象着她进门后的惊喜，以及美味的牛排和红酒后的温存……胡思乱想中，时钟已经指到了七点半，窗外的天已经黑尽，桌上的牛排也透心凉了。

她是在办公室加班？还是忘了晚上的约定，和朋友一起吃晚饭了？

他开始打电话。她的手机关机，办公室电话无人接听。陈小兰说没跟她在一起，黄新娜也说已经好几天都没见到林丽了。闻天鸣突然发现，尽管最近跟踪过她几次，但是对她在与什么人交往、心里到底在想什么，都一无所知。

晚上九点，还是不见林丽踪影。闻天鸣厚着脸皮给林丽的同事打了电话，同事说林丽今天正常上班，正常下班，一切正常。

九点半，闻天鸣给林丽父母打了个电话，拐弯抹角地问林丽在不在，她父母对失去孩子的事毫不知情，还兴致勃勃地说过段时间要来照顾怀孕的林丽。

晚上十点，饿着肚子，又焦急又担心的闻天鸣打了 110 报警。对于失踪了不到

24 小时的人，110 自然不予立案，建议闻天鸣耐心等待，继续联系。如果明天还是联系不上，再到最近的派出所报案。

午夜，零点过半，桌上的蜡烛燃尽，冒出最后一股难闻的黑烟。闻天鸣看着精心准备的已经凉透的牛排和蘑菇汤，突然有种不祥的预感。

凌晨才入睡的闻天鸣被一阵密集的敲门声惊醒。林丽终于回来了！他跳起来，连拖鞋都没穿，冲到客厅里打开房门。

“你总算回来……”话没说完，他愣住了。门口站着位高个子的年轻人，身上穿着红马甲，上面印着“顺丰快递”。

“是闻天鸣先生吗？”

“我是。”

“有一封你的快递，请签收。”

闻天鸣草草地在快递单上画下自己的名字。关上房门，他的心“咚咚”直跳，信封上寄信人一栏字迹模糊，收信人的信息却十分清晰。他颤抖着撕开信封，不小心把内页的信纸也捎带撕破了。他拉出信纸，眼光扫视之下，信纸上的文字，如一把重锤砸在脑袋上，他完全懵了。

“……起诉离婚已立案，请你于某年某月某日到法院进行开庭前调解。”

闻天鸣丢下信纸，冲回卧室，打开衣橱，原来塞得都关不上柜门的衣橱，现在空空荡荡的；他又冲进洗手间，满洗手台的瓶瓶罐罐也全都不见了踪影。

闻天鸣如坠落寒冷深渊，突然脱力，这一切都是有计划、有预谋的。

闻天鸣胡子拉碴、头发蓬乱地坐在桌边，血红的双眼紧盯着从门口走进来的林丽。她不施粉黛的脸有点蜡黄，从进门起，她就一直低垂着眼帘，母鹿般的大眼睛，没有朝闻天鸣看上一眼。

法官宣布开庭，然后说了一堆话。闻天鸣强迫自己不去打断法官，待法官话音刚落，他就猛地站起来，手撑会议桌，身体探过去，连声质问林丽：“为什么？你为什么要离婚？！我有哪点对不起你？！还是你有其他人了？那天晚上，你到底去哪儿了？！”

律师拉住他，提醒道：“别激动，慢慢说。”

闻天鸣甩开搭在自己胳膊上的手，怒火冲上头顶，继续追问道：“要跟我离婚，你就不能自己跟我说吗？搞这么一帮不相干的人来，干吗？”

看着仍然低垂着眼睛的林丽，他再次摔开又搭上来的手，高声问：“林丽！你敢看我一眼吗？！”

林丽慢慢抬起眼睛，看着他，曾经温暖如母鹿般美丽的眼睛，此刻只有陌生和冷淡。

就这样，闻天鸣居高临下地与林丽对视着。他的眼里是不解、焦急和愤怒，而她眼里只有冷冰冰的陌生和疏离。从林丽眼里，他看到，她不是一时兴起要离婚，她的眼里完全失去了以往的热情，充满了太多的理智、太多的清醒和太多的距离。他泄气地坐下了。

法官开腔了：“原告，你提出的离婚原因是什么？”

跟林丽一起来的律师说：“林丽和闻天鸣二人夫妻感情破裂，我的当事人无法再与被告生活。”

还没等闻天鸣律师发话，闻天鸣已经叫起来：“你胡说，什么感情破裂？！前几天早上她还给我做了早餐、给我准备衣服、帮我挤牙膏！感情破裂能干这种事吗？！”

“那不过是因为我的当事人一直习惯于照顾你罢了。”林丽的律师说。

闻天鸣恨不得给他皮笑肉不笑的脸来上一拳。

“被告请保持安静。”法官说，“原告律师，感情破裂的证据是什么？”

“尊敬的法官大人，我们有证据表明，被告在他妻子住院期间，与另外一个女人发生了不正当的男女关系。”

众人的目光一起集中在闻天鸣身上。闻天鸣急了，不顾律师的阻挡，把事情的经过详细说了一遍，然后急赤白脸地朝林丽高声质问道：“我不是让白晓玲跟你解释过了吗？你怎么还揪着这事不放啊？这样没完没了，有意思吗？”

林丽嘴角挂着讥讽的冷笑，回答道：“是啊，不按你的意思说，你就要开掉她，她敢不说吗？！衣冠禽兽！”

闻天鸣瞪着她，不知这话从何说起。

“那么，被告，你是否同意离婚。”

“不同意！”闻天鸣恨恨地说。

“原告？”

“原告坚持要离婚。”林丽的律师说。

“调节无效，双方等开庭通知。”法官宣布道。

开庭那天，闻天鸣很早就到了法庭，他西装革履，坐在长条桌边，时不时地向后张望。庭审是非公开的，只有稀稀落落几个人坐在后面的观众席上。

挺着大肚子的陈小兰见闻天鸣看她，勉强挤出一个歪斜的微笑。开庭前这段时间，闻天鸣没少骚扰她，请她帮忙说服林丽不要离婚，陈小兰为此大着肚子专程赶到黄新娜家，在她家等了好久，直到天都擦黑了，林丽才回来。陈小兰迎上前去，说：“丽丽姐，又加班了？”

林丽见她，满脸疲惫地说：“是啊。”

黄新娜在一旁插嘴道：“丽丽姐现在是工作第一，都升部门副主任了呢。”

林丽苦笑着说：“俺们一个没老公、没孩子的中年女人，总得有点自己的追求吧。任何人都是靠不住的，唯一靠得住的是自己。”

陈小兰劝道：“丽丽姐，其实闻大哥对你还是挺好的，你在医院的时候，他照顾你可尽心尽力了。也可能他真的是被那个白晓玲冤枉了呢。”

林丽脸上掠过一丝的复杂表情，说：“小兰，我是一个以后再也生不了孩子的女人。在婚姻里，女人只有两种，一种是能生孩子的，一种是不能生的。对于想要孩子的男人来说，我就是一个不合格的妻子，我和天鸣继续下去，就剥夺了他有个自己的孩子的权利和机会。他的情深义重，是无法对抗没有孩子这个缺陷的。无论他是否和白晓玲有苟且之事，我和他都已经继续不下去了。你……你明白了吗？”

黄新娜在一边说：“小兰，开始我也劝过丽丽姐给姐夫一个机会，只是即使给了他机会，他会甘心这辈子都没孩子吗？这种不甘心一定会在两个人的婚姻里表现出来的，那时候丽丽姐还会幸福吗？与其长痛，倒不如现在就痛下决心。”

陈小兰面对这两个想得通透的女人，想要劝慰的话，居然一句也说不出来。

没有完成闻天鸣交给的任务，陈小兰心里很不好受。此刻看到闻天鸣，想到他过去对自己和何元盛的种种照顾，就觉得特对不起他。

她旁边坐着黄新娜，她就没有陈小兰那么友好了，鼻孔朝天，冷眼斜视闻天鸣，满脸都是不屑。闻天鸣知道林丽一直住在她家，他几次想进去都不得其果。

林丽在律师的陪同下走了进来，穿着他熟悉的套裙和高跟鞋。闻天鸣毫无忌惮地盯着她——这个熟悉又陌生、亲近又疏远的女人。

法庭的气氛不像上次调解那样剑拔弩张、唇枪舌剑。在堪称友好的气氛中，双方律师为论证夫妻感情是否破裂，阐述了各自的观点，出示了证据。闻天鸣的律师把林丽给他新买的底裤都秀出来了，以示夫妻感情还没有破裂。而按林丽律师的说法，那不过是林丽很久以前趁着网店打折的时候买的，收到货后一直丢在办公室柜子里，清理柜子的时候才发现。想起林丽满柜子网上淘来的便宜衣服，闻天鸣觉得这个说法可能还真是真的。

争论的焦点最后仍然集中在闻天鸣是否和白晓玲有私情。

陈小兰和黄新娜分别出庭作证，讲述了那天早上看见白晓玲半裸着出现在闻天鸣卧室里的情形。闻天鸣看着林丽阴沉的脸色，内心忐忑，毕竟这可不是什么光彩的事。

“没事。”闻天鸣律师悄声安慰道，“只要没有当事人白晓玲证明说跟你上了床，你咬死不承认，就没有办法认定出轨的事实！”

律师话音未落，法官开口道：“下面，请原告方证人白晓玲出庭作证。”

闻天鸣律师僵住了：“你不是说她休假出国旅游了吗？”

闻天鸣也觉得奇怪：“没错啊，她跟我说坐游轮去韩国玩儿了，不可能提前回来啊。”

他们两互望一眼，都有一种不祥的预感。

白晓玲大方地站到证人席上，说：“我发誓，我所说的证词都是真实的。”

原告律师说：“白晓玲，请你如实回答，你和闻天鸣是什么关系？”

白晓玲看一眼被告席上的闻天鸣，说“闻天鸣是我们部门的经理，是我的上司。”

原告律师说：“闻天鸣平时在工作中，也没有对你表示过超出工作关系的其他意思？”

白晓玲咬着下嘴唇，看看闻天鸣，又看看林丽，沉默了。

法官说："证人必须回答这个问题。"

白晓玲继续咬着嘴唇，低声说："没有。"

原告律师并不放弃，道："10 月 24 日，你是否和闻天鸣一起回了他家？"

白晓玲说："是的，那天他喝醉了，我送他回家。"

律师说："那天晚上，他妻子是否不在家？"

白晓玲说："是的。"

原告律师说："那天晚上，闻天鸣是否对你做出了亲热的举动？"

白晓玲脸红了，她小声而又肯定地说："是的！"

闻天鸣蒙了，白晓玲怎么张口胡说呢？明明她承认他们间没有任何事啊。

他"噻"地站起来，爆声喊说："我没有！我什么都没做！"

林丽律师说："我们都知道，一个喝醉了的人，是不可能记住自己干了什么的。既然你喝醉了，怎么知道什么都没做？"

闻天鸣嘴硬："我就是知道。"

跟我玩儿逻辑，哼！林丽律师冷笑。

"如果您知道，就不可能是喝醉了。请问您装醉，让一个女子送回家，而家里又没有其他人，您的目的是什么？"

闻天鸣瞪着双眼，张口结舌。

法官说："请原告律师继续询问。"

林丽的律师问道："白小姐，请你描述一下当晚，他都干了些什么？"

"送他回家后，我本来要走。他……他……"白晓玲的脸已经是深红色了，"他拉住我，抱了我，还吻了我，还……"白晓玲说不下去了。

那深情的眼神，足以淹死自己一百次。

林丽律师说："事实已经很清楚，我没有什么要问的了。"

闻天鸣律师站起来："我有几个问题，想问一下白小姐。"

白晓玲点点头。

"刚才白小姐说闻天鸣平时对你的态度完全是同事之间的正常态度，那白小姐你对闻天鸣是否有超越同事的想法呢？"

白晓玲垂下了头，并不答话。

闻天鸣律师：“我可以提醒一下白小姐，在你送闻天鸣回家前的一个月，你是否向闻天鸣表达了你对他的爱慕之情？”

原来这里面还有隐情，林丽转头看闻天鸣，闻天鸣正低头看面前的桌子，似乎对白晓玲的回答毫不关心。

白晓玲沉默了几秒钟，点头说：“是的。”

法庭上一阵骚动，闻天鸣听到黄新娜在听众席上大声骂道：“骚货！”

闻天鸣律师说：“那闻天鸣当时是怎么回答你的？”

白晓玲抬起头，勇敢地直视着闻天鸣说：“他拒绝了。”

闻天鸣律师说：“那请问，白小姐，你喜欢他有多久了？”

白晓玲仍然迎着闻天鸣的目光，深情地说：“第一次看见他，我就一见钟情了。”

闻天鸣明显呆住了，白晓玲表白失败后，她就一直躲着自己，连工作上必需的正常联系都主要靠邮件完成，而今在法庭上，在众目睽睽之下，她如此直白地说出对自己一见钟情，任何一个男人都会飘飘然的。

见两人隔空打望，林丽心里涌起一股怒意，不禁“哼”了一声。虽然她已经下定决心把闻天鸣这个出轨男人踢出家门，但并不表示她能忍受奸夫淫妇的当众对视。听到林丽熟悉的一声冷哼，闻天鸣打了个激灵，抽回了自己的视线，转而投到林丽身上。她拉长的脸如霜冻过，青一块白一块。闻天鸣想：她好像还有点在乎我的。

闻天鸣的表情自然被白晓玲看在眼里，她心里涌起强烈的醋意：他并不在乎自己公开的表白，而是生怕他老婆有一丁点儿不高兴。她思绪万千，想起无数个为他的不眠之夜，想起自己卑微地关注了他很久，似乎只有在法庭上，他才真正对自己正眼相看。

或许，这是个改变局势的千载难逢的机会，白晓玲想。

闻天鸣律师说：“如此说来，白小姐你已经喜欢闻天鸣一年多了。我相信一年多暗恋的感情，应该不可能一时半会儿就能改变。那么，白小姐，你应该知道，闻天鸣在喝醉以后有个特点，他没法行使做男人的功能。”

法庭上骚动更大了，众人的目光齐刷刷地聚焦在闻天鸣身上，看得他恨不得找个地缝钻进去。

白晓玲红着脸说：“那天的情况好像正好和你说的相反。他在床上很勇猛！”

林丽再也无法忍受了，她猛地站起来，冲出了法庭。白晓玲心里得意，最好她冲出去就再也别回来，闻天鸣就是自己的了，她含情脉脉地把目光紧紧地缠绕在闻天鸣身上。

法官宣布暂时休庭。

闻天鸣后悔得吐血。当初就不该打这该死的官司，如果当时同意庭外和解，就不会让人把这些丑恶的东西放到台面上，展现给不相干的人看。而现在，就像用一把大勺从化粪池的最底部捞出一堆散发恶臭的大便，里面还蠕动着一条条白胖的蛆虫。这一切除了恶心林丽、恶心自己以外，没有任何用处。这离婚官司，他不想再打下去了。

半小时后，林丽终于再次回到法庭上，无论是站立着还是坐着，她永远侧身背对闻天鸣，好像他是一堆散发臭味、会传染瘟疫的臭肉。

闻天鸣律师说："法官，鉴于我方当事人在醉酒失去意识的情况下，确实做出了有损婚姻关系的事情，我方当事人同意离婚。"

法官："既然如此，双方当事人对财产分割有什么想法？"

林丽律师拿出早已准备好的文件："说，这是家庭财产清单和我们提出的财产分割方案。既然男方有过错，我方建议财产分配向女方倾斜。"

闻天鸣知道，近期做试管婴儿花了不少钱，又有部分钱借给了陈小兰两口子，家里的现金几乎都花光了，值钱的就剩两大件：房和车。车已经用了五年，尽管保养得很好，折旧以后也值不了几个钱。而自打买了房以后，房价一路上涨，现在市面价格已上百万了。

双方律师就最大头的房产分割，开始了唇枪舌剑，闻天鸣对此却充耳不闻。他只是一个劲地看着林丽，她依然侧着身子，只给他个后背。

结婚时白头偕老、海枯石烂的誓言已经逝去，他们的婚姻已经千疮百孔。两家律师对房产的争夺战扯下了最后一块遮羞布，把原有的一丝温情变成了赤裸裸的财产之争。闻天鸣在两家律师快言快语的交锋中站起来，大声说："你们不要再争了，我什么都不要，我愿意净身出户！"

在他的注视下，林丽转过头来，红眼睛下的脸颊，都是泪痕。这个女人，抓住青春的最后一点尾巴嫁给自己，为了哺育一个自己的孩子，失去了卵巢，失去了子宫，失去了做母亲的最后机会；没有了家庭，没有了丈夫，她剩下的，也唯有一点点钱而已了。

闻天鸣慢慢走向林丽，林丽的律师如临大敌，紧张地站在他面前，闻天鸣轻轻推开他，双眼直视林丽，说："丽丽，如果我让你伤心了，请让我说声对不起。相信我，那绝对不是我是本意。"

他深深低下头，朝林丽鞠个躬："对不起！"

说完，闻天鸣大步走了出法庭。他听见哪个曾经是他妻子的人，在身后轻轻抽泣……

第二十章
雇佣男友

＊＊＊＊＊＊＊＊＊＊＊＊＊＊ 四 个 月 分 界 线 ＊＊＊＊＊＊＊＊＊＊＊＊＊＊

老万斜靠在沙发上，心不在焉地对着电视，朝里屋喊：“菲菲，你已经够美了，再不出发就要迟到了。”

许菲扭着腰肢走出来，嗲声嗲气地说：“老公，我打扮得美美的，你在朋友面前不是更有面子嘛。稍微等我一会儿啊，乖……”

她只穿着紧身上衣、丝袜和高跟鞋，老万看着她吞了口口水。

许菲弯腰对客厅里的大镜子一边涂口红，一边说：“老公，最近好像你加班少了好多啊。”

老万紧盯着她半透明黑丝袜下若隐若现的丁字裤，笑道：“前段时间，闻天鸣封山育林那会儿，出去连酒都不喝。他离婚后，喝个酒那是小菜一碟，陪客户到半夜也没人管，晚上不加班到十一点不回家。你猜怎么着，半年，只用了半年，就把全年销售额都搞定了。”

“你们公司真应该多招几个离婚的，那个白晓玲和他后来怎么样了？”

老万的目光始终没有离开过许菲修长的双腿、圆润的臀部，以及从镜子里深不可测的乳沟，他突然觉得口干舌燥，嗓子冒烟。

“我也不知道，白晓玲辞职了。小兰，帮我倒杯茶过来。”他说。

陈小兰在厨房里答应一声，不一会儿，她挺着大着肚子，端着托盘和茶杯走进客厅，她费劲地弯腰把托盘放到老万面前的茶几上，然后直起了身子。

突然只听响亮干脆的“扑”的一声，皮球被戳破的闷响之后，陈小兰的身体僵住了。

老万看到她双腿站立的地方莫名其妙地出现了一摊水，这摊水源源不断地迅速扩大着的地盘，很快就把茶几的一只脚给包围了。老万和陈小兰都不知所措，大眼瞪小眼地面面相觑。许菲瞥了一眼这两人奇怪的表情，在看见地上那摊黏黏糊糊的液体后，尖叫起来：“小兰要生了！”

陈小兰不知道为啥那么多女人把生孩子形容得很恐怖，她躺在产房病床上，只是感觉自己的腰很胀很胀，要断成两截似的。她跟着接生医生的命令，一次一次地使劲，几分钟后，一个小家伙用洪亮的哭声宣布了自己的到来。

何家有后了！看着护士抱过来的那个皱皱巴巴的小东西，陈小兰激动地想。

陈小兰被推出手术室时，家属等候区只稀稀落落地坐着几个人。护工看一眼她手腕上的牌子，大声喊道：“陈小兰的家属！”

没人应答。

护工再次喊道：“谁是陈小兰的家属？！”

还是没人回答。

护工抱怨道：“你家里都谁来了，怎么没人管你啊？你老公呢？是不是都跟孩子跑了？你家里人的电话号码是多少？我给打电话去。太不像话了！都围着小孩转，病人都没人管！”

公婆都没有手机，陈小兰正在想该给谁打电话，就听到黄新娜特有的带颤音的尖嗓门大叫道：“小兰，小兰！你都出来啦。”

她从床上费力地抬起身体来看，却不是黄新娜是谁？！她身后的林丽也笑眯眯地望着自己。

黄新娜得意地对林丽说：“我说不能跟那帮人跑吧？！”

她转头对陈小兰说：“我们刚到医院，就看见你公公婆婆，还有老万和他老婆，四个人屁颠屁颠地跟着抱小孩的护士下去了，林丽也差点跟着他们跑了。”

林丽哈哈一笑，上前握住陈小兰的手。她的手温暖异常，给虚弱的陈小兰莫名的力量。

黄新娜还在自我表功：“我就说了，不行，小兰还没出来呢，咱们得上产房门口等小兰去。”

林丽双眼闪光，用手着比画着说：“他好小啊，小胳膊只有这么细，小拳头还没我的俩手指头粗，皮肤好光滑啊。”

陈小兰看着这两个兴高采烈的女人比自己还兴奋，不禁心里暖洋洋的，有这样的朋友，何尝不是她陈小兰的幸运。尤其是林丽，她以前没有生气的眼睛里，此刻熠熠闪光。陈小兰冲口而出问道：“小宝他，像元盛还是像我？”

两个争抢着叽叽喳喳说话的女人，不约而同地闭上了嘴巴，面面相觑。半晌，林丽才严肃地说：“恭喜，小兰，长得像你！”

黄新娜也故作沉痛地说：“我必须要告诉你，这辈子，我都没见过长得这么难看的婴儿！”

这话一出来，三个女人都乐不可支。

“不说笑话了，小兰，孩子的名字取好没？”

“为怀上他，俺们足足花了十万块钱啊，元盛说，生的娃就叫何十万好了。”

听到这么直白的名字，林丽和黄新娜你看我我看你，一起哈哈大笑起来。

* * * * * * * * * * * * * * * 一 年 分 界 线 * * * * * * * * * * * * * * *

夏日的夜晚并不宁静，路边小餐馆趁着城管下班，纷纷把店堂里的桌子摆到了街边，好让纳凉吃饭的人们能在人行道上就着汽车尾气喝啤酒、剥毛豆、啃小龙虾，天南海北地胡侃。白晓玲和两个大学同学围着一张方桌而坐，女孩子吃得相对清淡些，几盘蔬菜就着猪蹄和鸡爪，啤酒却也是少不了的。三个年轻漂亮的女子坐在人群熙攘的路边，自然引来不少目光，也少不得有男生上来问这问那，试图搭讪。

“哎！”小桔说，“刚才那男孩还挺帅的，我是没机会了，我家那位最爱吃醋。晓玲，你还有机会，看见男神不要放过啊。”

坐在白晓玲左边正认真啃猪蹄的胖姑娘，瞄了一眼刚才过来问时间的男孩，说：“她？只怕有机会也不会上，人家心里早有人了。”

“那怕啥，有心上人又不是有男朋友，还是可以上的。”小桔鼓动道。

白晓玲把手里的鸡爪骨头扔到桌子中间的垃圾盘里，抽了张纸巾擦擦手，说：“不行啊！我也没有机会了。”她冲着胖姑娘一笑，说：“小肉肉，只有你能上了。”

听了这话，小桔和小肉肉都是一惊，“三八”之心瞬间被触动，一起强烈要求：“不会吧？滚床单了？你行啊！”

白晓玲谦虚道：“一般一般，宇宙第三。”

小桔八卦道：“他不是有老婆吗？”

白晓玲得意地说：“本小姐太有魅力了，他不要老婆，投奔我来了。”

胖姑娘小肉肉有些担忧：“你不会做小三了吧，当心大婆找人打你啊。”

白晓玲白她一眼：“我是那种做小三的人吗？他不离婚，我才不会跟他在一起呢。”

小桔佩服得五体投地：“上回我们聚的时候，你还一把鼻涕一把泪的，控诉说你怎么喜欢他可他就是不领情呢，怎么这么快就把他拿下了？赶紧介绍介绍经验，让小肉肉多学学。”

胖姑娘小肉肉不屑一顾地说：“我才不学呢！挖了半天墙角，就挖到一个离过婚的二手货，本人不感兴趣。”

小桔对胖姑娘的这番言论不以为然，嗤之以鼻：“你可不知道二手货的好处，就像穿旧了衣服一样，看起来不怎么光鲜，但是肯定比新衣服柔软舒适，贴身贴心。要不然，你以为大叔为啥都那么抢手啊。”

白晓玲笑着说：“人家小肉肉才不在乎舒适不舒适，人家只要外表光鲜。”

胖姑娘撇撇嘴，说：“谁说外表光鲜的衣服，穿起来就一定不舒服了？人家穿过的旧衣服，多多少少总会有点儿洗不干净的汗渍、黄斑什么的，穿起来会有心理障碍吧？！”

“这倒也是啊，”小桔说，“晓玲，你那件旧衣服上面有没有污渍啊？

“放心吧！他已经离婚了，一年都没有见过前妻一面，财产上也没啥纠葛，没有孩子。他就是一件洗得干干净净、柔软舒适的白衬衫。”

小桔举起酒杯，说：“为白衬衫干杯！”

食饱饭足之后，在胖姑娘小肉肉的提议下，三个人又去泡酒吧。

就在白晓玲坐在酒吧室外的桌子旁，一边看着波光粼粼的湖面，一边和同学一起聊天时，闻天鸣正办公室里，为明天投标忙得焦头烂额，白晓玲发给他的酒吧照片也没时间看。

三个女生喝到十一点多钟，同学聚会终于要结束了。小肉肉和小桔对闻天鸣都好奇得很，在她们的强烈要求下，白小林给闻天鸣打了电话，要他过来接她。

闻天鸣说：“晓玲，你就自己回家吧！我这边的事情还没完，还不知道会干到几点呢！”

白晓玲有一点点喝多了，舌头打结，说：“不嘛，人家喝了酒，开不了车嘛！”

“这好办，我帮你找个代驾司机。”

白晓玲对着电话扭扭身子，要赖说：“不嘛！人家要你亲自送回家嘛。”

闻天鸣为难地说：“晓玲，你别闹，我今天晚上真的是忙不过来，又发现了投标书的好多错误，办公室一大堆人都在改呢！”

白晓玲生气了，就闻天鸣那态度，哪是件柔软舒适的白衬衫啊！

“反正我就在这儿等你，你要不来，我就不回家！”

闻天鸣听见手机里传来嘈杂的音乐声，还有喝醉的男人五音不全的歌声，叹了口气，跟旁边假装啥都没听见的同事说：“我有点儿事，去去就来，你们接着干。”

在胖姑娘小肉肉看来，白晓玲的那件白衬衫，除了个子大点、穿得笔挺点外，实在没有什么可取之处，而且他对白晓玲的态度也绝非柔软舒适，甚至还很生硬。他皮笑肉不笑地朝白晓玲旁边的两个同学点点头，扶着走路歪歪斜斜的白晓玲就离开了，没舍得花一点点时间跟其他两个女孩寒暄几句。

闻天鸣一直搞不明白，白晓玲怎么会喜欢像酒吧那种乱七八糟的地方，喝着兑水的劣质酒，听着耳欲隆的嘈杂音乐，在男人色眯眯的眼光中把自己灌得七荤八素，她那两个同学，看样子也喝的不少，但是他才没时间把她们挨个儿送回家呢！

他有些粗鲁地抓住白晓玲的胳膊，半抱半架地把她弄上车，不耐烦地躲开白晓玲送上的喷着酒气的嘴唇，用安全带把白晓玲捆在座位上，驾车径直朝他们租来的住处驶去。

第二天一早，白晓玲迷迷糊糊地睁开眼睛，只看见闻天鸣正打开冰箱，从里面端出隔夜饭，放进微波炉里。她沙哑着嗓子问："你怎么起这么早啊？"

闻天鸣斜眼看她，她脸上画的妆已经一塌糊涂，假睫毛开胶了，有半截都飞了起来，眼线晕染开来，黄黑深一块浅一块地糊在眼睛周围，完全成了熊猫眼，其实说熊猫眼都是美化她，准确地说，就像一只睁着惨不忍睹、乌青两眼的吸血僵尸，自我感觉良好地看着闻天鸣。

隔着老远，都能闻到她呼出的酒气。

闻天鸣皱着眉头，大步走到窗前，"哗啦"一声猛地拉开了窗帘，打开窗子通风。刺眼的阳光下，白晓玲的脸更是调色板一般，五颜六色，看不出个所以然来。闻天鸣想不通，原来一个干干净净清清爽爽的小女孩，怎么就变成这个样子了？还是她其实本来就是这样？

他皱着眉头，说："晓玲，你这么天天闲着也不是个事儿，还是找个工作比较好。"

都说会撒娇的女人最招人爱，见闻天鸣不是很高兴的样子，白晓玲使出她最常用的一招。她扭着身体，腻声说："昨天喝得有点多了，对不起啊，老公，让你受累了。我以后再也不跟同学出去喝酒了，昨天主要是庆祝我追到了男神，才喝多的。工作的事情，我会去找的。但是人家不也是为了你才辞职的嘛，人家那么好的工作都不要了，你就别再生气啦啊。"

想到白晓玲和自己的事情，公司里有人风言风语，她二话不说就从公司辞职，算是义无反顾地保全了自己的位置，闻天鸣稍微气平了些。和林丽死硬的脾气相比，白晓玲要会看眼色多了。也不晓得林丽过得怎么样了，闻天鸣想，只怕房子、车子和票子，也无法填补她身体中缺失的器官，更无法填补心灵上的空洞。

白晓玲见他发呆，只道他还没原谅自己醉酒，她从床上爬起来，说："老公，真的，我知道错了，上次你就教导我喝酒的危害了，我下次再也不会犯了。为了补偿你，周末我陪你去温泉山宾馆，我们租个房间……"白晓玲拖长了声调，"泡个私汤，天当被，地当床，就着星星和月亮……”她再次拉长了声调。

闻天鸣无可奈何说：“好吧，你快点去洗个澡，我来订房。”

白晓玲微笑着进了浴室，打开水龙头开始洗澡。男人，全是感官的动物，只要在肉体上给足甜头，就能把他摆弄在掌股间。她相信，闻天鸣这件柔软舒适的旧衬衫，反复下水揉搓几次，会变得越来越柔顺的。

白晓玲洗完澡，愉快地走出卫生间，问闻天鸣：“老公，房间定好了没？”

闻天鸣没有回答她的问题，只是坐在书桌前，两手交叉握着手机，双眼茫然。

“嗨，你发什么呆呢？酒店定好没有？”

“啊？”闻天鸣这才反应过来，说：“没，没有，没有房间了。”

“是吗？”白晓玲把湿淋淋的脑袋凑近去，想看看屏幕。

“真的没有了！一间都没了。”闻天鸣“啪”的一声合上电脑，一双眼睛向左斜上方瞟去，“可能是要接待会议吧，没关系，我们顺延一下，我定了下周末的房间。”

想当初，白晓玲常跟着他出去跑客户，知道他每次撒谎的时候，都控制不住眼睛瞟向左上角。白晓玲眼珠一转，说：“好吧，老公，你也去洗个澡吧。”

这段时间投标，闻天鸣每天都早出晚归，做标书，请客吃饭，陪着晚上消遣，回家后累得贼死，好几天都没洗澡了。他依言抓起两件干净衣物，走进了浴室，不一会儿，卫生间响起了“哗哗”的流水声。

白晓玲飞快打开电脑，恢复了刚才的上网页面，迅速地查询了一下温泉酒店的剩余房间。查询结果让她倒吸一口凉气，屏幕上赫然显示：还有35间空房，日式榻榻米和欧式装修的房间都有，现在预订还能打七折。是什么让他放着心仪的酒店不住，非要留在家里呢？行动异常，非奸即盗。他心里到底藏着什么不可告人的鬼主意？

手机！

白晓玲飞快划开闻天鸣的手机，翻出短信记录，在她洗澡的时候，刚收到的一短信条写道：“天鸣哥，明天何十万一岁生日，准备办个生日宴，请你有空来。元盛弟”。

白晓玲仔细把短信逐字逐句看了一遍，跟闻天鸣做同事的时间不短，两个人在一起也快半年了，闻天鸣从来没带她见过自己的朋友，她不知道那个叫“元盛弟”的是何许人也。不过，这难不住她白晓玲，她用自己的手机拨通了发短信的电话，电话响了半天，一个带外地口音的女人接了。

那女人说：“你找元盛啊？稍微等一下啊。”

白晓玲听见电话那头的女人扯着嗓子吼了一声：“元盛，你的电话。”

电话里背景声很嘈杂，小贩的叫卖声此起彼伏，等了好一阵儿，一个男人才在电话那头说：“我是何元盛，你是哪位？”

白晓玲压低声音道：“何先生，我是闻天鸣的秘书。他让我问一下，明天的生日宴在什么地方？”

“哦，我忘记告诉地址了。在翠林花园18号，生日宴下午两点开始，闻大哥看方便吧，啥时候来都行。”

就在这时，白晓玲听见洗手间门响，来不及说声谢谢，就以闪电般的速度把电话放回了原处。看着头发湿漉漉赤裸着上身的闻天鸣，白晓玲心里七上八下的。对一个快四十的中男人来说，他的身材还算不坏，但白晓玲此刻完全没心思注意这个，只想着这个何元盛到底跟他是什么关系，那个过生日的破小孩又是谁，能让他舍弃和自己浪漫的机会。

想到这里，她扬声说：“老公，你还记得我有一个同学在旅行社吗？

闻天鸣不置可否的“嗯”了一声

白晓玲说：“刚才我打电话给他，他还挺神通广大的，帮我们搞到了一个温泉酒店的房间。”

闻天鸣的眉头不易察觉地皱了皱。

白晓玲撒娇道：“老公，你好像并不怎么高兴嘛！？”

闻天鸣强颜欢笑，说道：“没有啊，我挺高兴的。只是，只是，老万让我明天加班。”

白晓玲歪着头看着闻天鸣，他的双眼又瞟了一下左上角，她说：“老万太过分了，刚没日没夜的投完标，周末还不让人轻省！我给老万打电话，让他给你放假一天！”

闻天鸣赶紧阻拦道："别，别！大家都在加班，我一个人休息怕是不太好。"

白晓玲斜眼看着闻天鸣，他完全可以说实话，直接告诉自己要去参加朋友的聚会，自己又不是不讲道理的人，把浪漫周末推后一周也没什么关系。除非……除非他不想让自己知道的事情！想到这里，白晓玲做了个无可奈何的表情，说："唉，好吧！我老公真是一个爱岗敬业的好经理，到时候记得让老万给加班费啊！"

闻天鸣明显松了一口气，笑道："老万啥时候给过加班费啊！"

白晓玲天真地说："明天我陪你一起加班吧？虽然我好久都没在那儿上班了，但是给你打个下手应该没啥问题吧！"

在她意料之中，闻天鸣果然忙不迭地拒绝了。

星期六早上，白晓玲笑眯眯地看着闻天鸣一大早就在镜子前左顾右盼，比最爱臭美的娘们照镜子的时间还长，他至少试了三条领带，两件衬衫，居然还给头发打上了发胶，一直折腾到十点多钟才出门。

闻天鸣到了办公室，心不在焉地点开各种网页，在网上闲逛。离婚后，林丽是打定主意要让自己在他的世界里消失，所有的文件签署都由律师出面，闻天鸣给她打电话也从不接。一开始闻天鸣还幻想着做不了夫妻还可以做朋友，但她显然不这么想。慢慢地，闻天鸣的心也冷了，这才跟白晓玲在一起了。内心深处，他也说不出对林丽是个什么感觉。

凭着林丽和陈小兰亲如姐妹的感情，何十万的生日宴，她一定不会缺席的。

正在胡思乱想之际，闻天鸣听见一个熟悉的声音："老公……怎么只有你一个人加班呐？"

闻天鸣哆嗦了一下，只见白晓玲浓妆艳抹，踩着平时不穿的高跟鞋，出现在空无一人的办公室门口。

"那个，他们都出去吃饭了，还没回来。"

"哎哟，现在大家挺节能减排的啊，中午吃饭这会儿还把电脑都关了。"白晓玲说。

"对对对，这是老万的新要求，谁不关电脑，就要被扣奖金。"

"哦，是吗？"白晓玲根本不相信，"老公，办公室没人，正好我可以在这里陪陪你。”

“不用啦，他们一会儿就回来。你今天自由安排吧，记得你好久都没去美容院了。”

白晓玲心里暗暗说，想支走我，没门！她上前拉住闻天鸣的胳膊，轻轻摇晃道：“我就是很无聊啦，你又不在家陪我。”

闻天鸣决计不打算带白晓玲去参加何十万的生日宴，他一个人去，林丽能不能给好脸色还不一定呢，要是带她一起去，不是相当于直接打林丽的脸吗？！

“那个，一会儿我送你回家吧？下午我还要访一个客户，就不陪你了。”闻天鸣一边说着，一边开始收拾东西。

白晓玲撅着嘴说：“我一个人待在家有什么劲儿啊？我要跟你去。”

“我跟客户谈重要的事情，你在旁边像什么话？”

“没关系啊，我可以在外面等你，等你忙完，我们一起回家。”

白晓玲眯着眼睛看着闻天鸣，心想，我今天就跟着你，你到哪儿，我就到哪儿，看你怎么办？！

闻天鸣有些傻眼了，心想，白晓玲是不是察觉到什么，今天非得牛皮糖一样贴在身上，甩也甩不掉。他不露声色地说：“既然你没事儿干，陪我一起也好，走吧，去新区医院。”

两个人来到新区医院，周末看急诊的人还不少。闻天鸣把自己手上的公文包递给白晓玲，说：“你先帮我拿着，我上个厕所。”

白晓玲柔顺地抱着公文包，看着厕所门口来来去去的病人和家属，左等右等，只看见不同的男人进了厕所又出来，就是不见闻天鸣的身影。时间一分一秒过去，她不禁焦急起来，掏出手机给他打电话。电话是通了，但是没人接，也没听到厕所里有手机响。

白晓玲焦躁起来，不顾众人诧异的眼光，在男厕所门口大叫道：“闻天鸣！闻天鸣！吱个声啊！”。

厕所里静悄悄的，没人回答。她只好抓住一个急匆匆欲进厕所的男人说：“大哥，麻烦您帮我叫个人出来，他长得这么高，有点胖，戴眼镜。”

那男人正尿急，匆匆点点头，急急忙忙进了男厕所，没一会儿，他出来说：“厕所一个人都没有啊。”

白晓玲惘然地看着那个男人，不明白他何出此言，她亲眼看着闻天鸣进了男厕所，难道还能插翅飞掉不成？！

黄新娜家后院架起了烧烤架，烟熏火燎中，专业厨师不停地往各式肉串和玉米棒子上刷着烤肉酱。靠近三层别墅的花坛旁，摆了一长溜的桌子，桌上堆满了各式沙拉、蛋糕和饮料。

孙晓伦成功拿到了风投的A轮投资，计划在美国建厂，黄新娜做了几次冷冻试管婴儿移植都不成功，打算跟着孙晓伦去美国继续尝试造人，今天既是何元盛的一岁生日聚会，也是孙晓伦两口子的告别Party。

何十万步履不稳、踉踉跄跄地走在草地上，能控制自己行进方向令他异常欣喜。绿油油的草地上，一只白色蝴蝶扑闪着翅膀，轻轻落在前方的黄色雏菊上，它奇异的形态吸引了何十万，他笨拙地调整方向，迈开肥胖的小短腿，跌跌撞撞地向蝴蝶走去。

还有三步，两步……蝴蝶毫无知觉，仍然停在小雏菊上。最后一步！何十万站立不稳，倒身扑向了蝴蝶。

“哎呀！”一个苍老而尖细的声音响起，何十万的身体被抱离了地面。他挥舞着短胖的小胳膊，圆滚滚的小腿在空中乱蹬，身体扭成条泥鳅，嘴巴不满地呜呜叫。

“别乱动！看你都差点摔了。”何十万奶奶使出吃奶的力气，用力抱紧这个扭得像麻花一样的小家伙，“快点跟叔叔和漂亮阿姨打招呼。”

“都长这么大了啊。”许菲伸手在何十万小脸上捏了一把。

“小兰，小兰！”何元盛娘扯着嗓子叫，“万老板来了。”

陈小兰急匆匆小跑过来，见老万和穿得花枝招展的许菲，高兴地说：“万总，许小姐，欢迎啊。”

老万笑眯眯地把一个鼓鼓的红包递过去，陈小兰有些不好意思地说：“万总，平时您对我已经够照顾的了，哪能还要你们的红包啊。”

许菲捏着何十万滑腻的脸蛋不舍得松手，说：“这不是给你的，是给我们十万的，拿着！”

陈小兰听许菲这么说，只好说：“那我替十万谢谢你们了。“

老万环视小花园里成荫的绿树、怒放的鲜花和小小的喷泉，说：“小兰，这地方很不错啊。”

“这是林丽姐的表妹家。”

何元盛娘在旁边大声说：“万老板，许小姐，你们先到那边坐，吃点点心，喝点饮料。”

许菲恋恋不舍地放开何十万的小脸，挽着老万，朝花园边放满水果蛋糕的餐桌走去。

“老公，那是不是闻天鸣的老婆？”许菲嘟起火红的嘴，朝左边努了一下。

老万顺着她指的方向看去，只见林丽身着一条紧身黑裙，正忙着指挥小保姆模样的年轻女孩，给几张放在草坪上的桌子摆餐具。

“是前妻，当初小兰还是她介绍过来的呢。”老万上下打量林丽，她好像瘦了，身材变得苗条了，长发披肩，很有女人味儿。闻天鸣这小子艳福不浅，前妻是个美人儿，现在天天黏着他的白晓玲虽不如林丽漂亮，但胜在年轻有活力。

许菲好奇地说：“他老婆挺漂亮的嘛。现在离婚了，只怕也有好多男人追。”

老万用肥胖的手拍拍许菲说：“再漂亮，也没我老婆漂亮！”

许菲抛个媚眼，腻声道：“所以啊，老公，你最有福了。”

何十万没了许菲捏脸蛋儿，又想起了刚才的蝴蝶，小眼睛骨碌一转，发现刚才的蝴蝶已经无影无踪，“哇”的一声就哭了出来，直哭得一把鼻涕一把泪的，两只肥胖的小胳膊使劲捶着奶奶的肩膀。

何元盛娘叫道：“哎哟，我的小祖宗哎，今天是你一岁生日，那多人都来看你，给你送红包，你哭啥啊？快别哭了！”

听见奶奶居然剥夺了自己哭的权利，何十万哭得更卖力了，一面扭动身子，一心要挣脱奶奶这个“坏蛋”的掌握。听到何十万的哭声，林丽匆匆放下手里的东西，走到何元盛娘身边，说：“万万，今天是你的生日，今天要哭了，就得哭一年的啊。”

何十万正哭得梨花带雨，看见自己最喜欢的干妈来了，“咿咿呀呀”地扑向她。林丽笑了，跟何元盛娘说：“我抱他一会儿吧。”

何元盛娘悻悻地放开何十万，抱怨道："这小崽子，我一抱，他就哭！"

"那是他照顾您，二十来斤的小人儿，老抱着能累死个人。"

十万最喜欢干妈了，她身上总是香喷喷、软绵绵的。从奶奶手里一换到干妈身上，他马上就止住了哭号，伸出嫩白的小手，抓住干妈胸前的白色项链坠子不撒手。林丽在他嫩滑的小脸上亲了一下，说："走，干妈带你去吃好吃的去。"

闻天鸣刚进别墅大门就在人群中看到了林丽，她抱着一个粉嘟嘟的小人儿，朝花园边的餐桌走去，她抱着小家伙的动作很娴熟，脸上满是温暖宠爱，整个人都在散发着母性的光辉。恍惚间，闻天鸣觉得那仿佛是她的孩子。

林丽右手抱着何十万，伸出左手在蛋糕上刮下一块奶油，放到小家伙嘴边。小家伙迟疑着尝了小一口，然后伸出粉红色的小舌头，把手指头上的奶油舔得的精光。看着小家伙的小舌头在林丽白皙、柔若无骨的手指头上舔来舔去，闻天鸣没来由地一身燥热。

"闻大哥，你来了？"何元盛看见闻天鸣，热情地迎了上来。

何元盛还是一副瘦而结实的样子，照例穿着整洁的白衬衫，因为刚从监狱出来不久，头发还没长起来，短短的头发钢针似的立在头上。

"元盛，恭喜恭喜啊，小家伙转眼就一岁了。"闻天鸣笑着说，摸出红包。

"大哥，你这是干什么？借你的钱都还没还呢，哪能再要你的红包啊。"何元盛说着，从裤兜里掏出一个信封来，说，"当时如果不是你的钱救急，就不会有万万，您和林丽姐是我们的大恩人啊！您借我的钱先还给一半，剩下的过几个月再给您。"

闻天鸣道："要说恩人，我这条命还是你们两口子捡回来的呢。所以，这红包你拿着，那借的钱，也当我送给十万的红包好了。"

何元盛急了，脸红脖子粗地嚷嚷说："大哥，你这就是瞧不起我了。说好是借钱，不还钱算个啥事儿啊。"

闻天鸣只好投降，接过他递过来的信封，说："好吧，还的钱我收了。咱们兄弟俩，谁也不能说瞧不起谁的事情，是不是？"

何元盛见他把信封妥妥的揣到兜里，这才展颜说："那是那是，闻大哥，您里面请。”

闻天鸣却并不迈开脚步，只笑眯眯地说：“今天是我兄弟儿子一周岁生日，你说我不给红包，算不算瞧不起人？”

何元盛不知该如何回答，只是瞪眼看着他。闻天鸣伸手把刚揣进兜里的信封拿出来，从另一个口袋里又掏出个红包来，合在一起递给何元盛，说：“我的救命恩人兼兄弟的儿子过生日，我理该封一个大红包！你要是不收，就是瞧不起我！”

这话说得何元盛哭笑不得，他说：“闻大哥，不是我瞧不起您，我知道您跟林丽姐离婚的时候什么都没要，净身出户，您手上也不宽裕，您人来了，就是一份厚礼了。”

“宽裕不宽裕，你就不用操心了，反正这红包，你要不拿，就是没把我当兄弟，瞧不起我闻天鸣！”

何元盛说不过他，只得伸手接了。

却说林丽和何十万，你舔一下我手指，我亲一下你脸蛋，玩得不亦乐乎，这幅景象让闻天鸣看得心痒痒，他倒没有注意到，旁边也还有一个男人也看得入神。黄新娜跟几个熟人聊完天，看到林丽和小家伙玩得正嗨，不禁批评道：“丽丽姐，你这当干妈的，跟小家伙一起抢奶油吃，羞不羞啊？”

林丽调皮心起，顺手把一团奶油抹在黄新娜脸上，没等她尖叫出来，就抱着何十万上去，指挥他舔奶油，何十万细嫩的小舌头舔得黄新娜一阵酥麻。黄新娜尖叫：“要死啦！林丽，赶紧把他抱开！哎哟，痒死我了！”

林丽不但没把小家伙抱开，还干脆把何十万塞到黄新娜怀里，黄新娜跑也跑不掉，又不能把手上的小家伙扔在地上，只是左躲右闪，连连尖叫。林丽在旁边笑得弯了腰，口水都笑出来了，等她直起身来，却发现一个貌不惊人的中年男人，正满眼笑意地望着自己。见有外人在场，林丽收敛了表情，不好意思地擦擦嘴角。

黄新娜一边躲闪着何十万的舌头，一边介绍说：“丽丽姐，这是老季，孙晓伦的朋友。”

林丽垂下眼帘，勉强装出端庄的样子，伸出葱白般细嫩的手，跟老季握了握。

老季笑着说：“刚才我在旁边看，林小姐对付小家伙很有一套啊。”

林丽淡淡地说：“他妈妈忙，大半时间都是我在带他。”

嘴上应付着老季的闲聊，林丽的眼神却滑向不远处，闻天鸣穿着笔挺的工作装，头油抹得倍儿亮。一年没见，他除了瘦了点、头发有点点白外，倒没其他变化。他站立的地方，正好有一缕阳光透过树叶照射下来，整个人都闪着微光。

过去的一年，林丽已经把和闻天鸣曾经的爱恨情仇统统埋在了心底，本以为自己早已波澜不惊，此刻看到闻天鸣，心底还是涌起一股说不出来的情愫。她听说闻天鸣和白晓玲在一起了，心里暗暗为自己当初坚持离婚的正确决定喝彩，另一方面却又心有不甘。

林丽低头迅速扫视一遍自己，黑色连衣裙还算是高级货，只是胸口已经被何十万这个小家伙抹上了星星点点的奶油。她收腹挺胸，凑近老季，低声问："想不想在五分钟内挣一百块钱？"

老季愕然地看着她。

"只占用您五分钟，装成我的男朋友，就给你一百块钱，怎么样？"林丽低头看着他都穿变形了一双手工黑布鞋，低声道。

老季把头凑过来，也低声说："如果我拒绝，这钱是不是就给别人挣啦？"

"没错！"

"再加二百，保证提供超值服务！"

"不加！五分钟一百，已经超预算了。"

老季语气极其温柔地威胁道："那我就告诉所有人，你男朋友是花钱雇来的。"

林丽咬牙："你这是抢劫！"

老季狡猾地一笑。

林丽狠狠地瞪了他一眼，说："好吧！三百就三百，货到付款！"

"先付百分之五十，完事儿再付百分之五十。"

林丽瞪着他说："我怎么晓得你拿了钱不会跑掉？"

老季有些哭笑不得，说："孙晓伦是我朋友，他总可以担保吧。"

林丽哼了一声，看看左右无人注意，肉疼地从钱包里抽了一百五块钱，用两根手指头夹着递给老季。老季伸手去接，却接了个空。

"又怎么啦？"他愕然地问。

"我丑话说在前头，表演得不好，我是不会给尾款的。"林丽看看老季的白底黑布鞋，和手腕上的A货金表，“第一，你得装成有钱人，什么房子、名车、基金股票啊，得张口就来；再有，你得表现出把我当成宝，没我不行的样子！”

老季拍胸部保证道：“没问题。”他伸手抓住两张钞票，塞进裤兜里。

林丽还是不放心：“等等，先说几个名词，看你装不装得像。”

老季：“对冲基金、纸黄金、天使基金、A轮融资、B轮融资，楼面地价、得房率、容积率、共有建面分摊系数，保时捷、法拉利、迈巴赫、阿斯顿马丁、布加迪威龙。”

林丽表示基本满意，补充道：“别忘了奔驰、宝马。”

老季虚心地说：“说得是，说得是。”

闻天鸣一路跟熟人打着招呼，一路向花园边的餐桌走来。靠林丽越近，他越紧张，手心不停地冒汗。和一年前相比，林丽瘦了点，其他基本上没啥变化，也许是长时间未见的原因，闻天鸣甚至觉得她好像变年轻了，有垂感的黑裙子勾勒出她前凸后翘的曲线，丰厚的头发披散在肩上，上面还沾着白色的奶油，闻天鸣小心翼翼地控制着自己想伸手把奶油挖来吃掉的冲动。

两个人无言地对视了一会儿，闻天鸣低声问：“你过得还好吗？”

林丽发出短促、尖利的笑声，说：“我过得还不错。哦，不对，对于一个老公出轨，离了婚，而且又失去了生育能力的女人来说，我算过得相当不错的了。”

一时间气氛尴尬，见过无数大场面的闻天鸣，此刻竟然手足无措。林丽解气地看着他的脸青一阵白一阵，说：“听说你过得不错啊，又升职了。”

闻天鸣心里一阵高兴，林丽这么说，看来她还没完全忘记自己，哪怕是因为恨呢。他苦笑着说：“我老是不由自主地想起你，想起我们以前一起经历的事情。我……我总感觉很对不起你。”

“哦，这个啊，我早就翻篇了。”林丽勉强一笑，转过身去，准备介绍老季，“这是……”

她身后连个鬼影都没有！

人呢？

这千杀刀的，居然拿着她的一百五元预付款跑了。

“算了，”林丽偃旗息鼓道，“过去的事情就别提它了。”

闻天鸣吞吞吐吐地说："希望你不计前嫌，做不了夫妻，希望还能做朋友，有什么需要我帮忙的，你也别客气。"

林丽心里冷笑一声，未等她开口回答，就听见花园门口传来一阵涡轮发动机的低沉咆哮，一辆形状怪异的白色敞篷跑车，沿着花园一侧的青石路，冲了进来，"吱"的一声在草坪边来了个急刹车。

这辆车吸引了所有在场人的注意，不少人好奇地围了过去，只见车表面的白色金属漆闪闪发光，车身比一般的轿车要长出一大截，前排座位上的车顶闪着幽光，后排座上方却最诡异地空空如也，车屁股上鼓着一个狭长的白色大包，想必是顶棚了。

"这是什么车啊？太酷了。"

有识货的看了车标，说："迈巴赫啊！我在杂志上见过，哇噻，没想到原来它有这么大啊！"

"这车不便宜吧？"

"肯定比奔驰、宝马要贵！"

"切！奔驰、宝马？怎么也得跟法拉利一个级别！"

"说什么呐？这车的一个轱辘都够买辆法拉利的了"

众人一阵惊呼："那得多少钱啊？"

"140万！"

"啊？！"惊呼声更大了。

"美元！"

"啊？！"

"这还不算进口税！"

所有人都闭嘴沉默了。这么贵的跑车很难见到，大家不约而同纷纷取出手机来拍照，有直接照车的，也把车当背景手指做V字照大头照的。

林丽远远地看着这堆忙着自拍的家伙，不晓得是黄新娜的哪路朋友有钱又骚包到这种地步，她的全部身家只怕连这车的半只轱辘都买不到。林丽斜眼看一眼闻天鸣，别看他打着发油穿得人模狗样，只怕他的全部身家更是连四分之一个轱辘都买不到。

车门缓缓打开，在大家屏息静气的注视下，伸出一只变形的黑布鞋来。

缓缓从车里钻出来的不是别人，正是貌不惊人的老季。当场就有几个女孩围上去，搭讪要电话号码，老季却彬彬有礼地拒绝了她们，他双眼发亮，表情欣喜地朝林丽和闻天鸣走来。

闻天鸣不是没见过有钱人，看这男人貌不惊人，穿着看似普通，但自有一种轩昂的气势。老季腋下夹着个纸盒子，径直走到林丽身边，微笑着朝闻天鸣点点头，闻天鸣见这低调财主跟自己打招呼，不禁有点受宠若惊，赶紧也冲他点了点头。

让闻天鸣始料未及的是，他的前妻林丽，居然飞起一脚，将高跟鞋狠狠踩在那男人的黑布鞋上，伴随着他扭曲的表情，闻天鸣似乎听到了布鞋里面的脚趾头发出的惨叫声。

林丽笑盈盈地转过来，对瞠目结舌的闻天鸣说："这是老季。老季，这是我前夫，闻天鸣。"

老季伸出指甲修剪得体的手，跟闻天鸣握了一下，这才转向林丽，语调异常温柔地说："这是我专门在王府饭店定做的蛋挞，怕冷了味道不好，所以赶紧给你拿过来。路上遇到堵车，还是有点凉了，你赶快吃吧。"

林丽嗔怪地看老季一眼，说："这次就算了，下次可不许迟到了啊。"

她瞪着老季，确定他收到自己警告的眼神，这才接过蛋挞。还没等她撕开外面烫金的精致包装纸，老季已经变戏法似的拿出了湿纸巾、银质小勺和一条丝绸手绢，他先把湿纸巾递给林丽，待她擦完手，马上送上丝绸手绢，待她把手擦干，这才递上雕刻着复杂花纹的小勺子。

林丽挖了一块蛋挞，文雅地送进嘴里。这明明就是花园餐桌上的蛋挞嘛，只是加了个外包装而已。

老季怜爱地看着林丽文雅地吃着蛋挞，一边轻轻用手指刮下她头发上的奶油，把手指头放进自己嘴里舔干净。

闻天鸣默默地看着这一切，原来以为离了婚的林丽孤独凄惨，没想到她早找到了男友，而这个男人比自己有钱一万倍，对她还温柔体贴，比自己对她也不知好上多少倍。他本来应该替她高兴的，但不知道为什么，心里却发酸，嘴里发苦，很不是滋味。他原来还曾想过什么时候约林丽一起喝喝咖啡，缓和下关系，没准哪天还能重新在一起，现在看来，自己完全没有这个机会了。

老季用手环抱林丽圆润的香肩，把她轻轻搂在自己胸前，看看闻天鸣，笑着说："我一直想着要感谢你。"

闻天鸣以为自己听错了："什么？"

"感谢你以前照顾她。你放心，丽丽这么美好的女人，我这一辈子都会好好待她的。"

闻天鸣苦笑着，不知所云地说："不客气，这是我应该做的啊。"

老季笑道："过两个月，我们准备办个订婚仪式，到时候请你一定来啊。"

眼前林丽和老季甜蜜美满的景象，仿佛一根锥子扎在闻天鸣的胸口，他连装样子都装不下去了，强颜欢笑地匆匆告辞后，急忙忙向花园大门走去。刚走到门口，就看见白晓玲蹑手蹑脚、探头探脑地朝里面窥视，他粗鲁地抓住她的胳臂，将她拖开，一边暴怒地说："你偷偷摸摸在后面监视我吗？走，赶紧回去，别在这儿丢人现眼了！"

闻天鸣的身影一消失，林丽假笑的脸就耷拉下来，甩开了老季搭在肩膀上的手。

老季厚脸皮笑着，道："怎么样，我没说错吧，我的表演绝对超值。"

林丽很好奇："你从哪里搞来个怪模怪样跑车的？"

老季搔搔脑袋，说："找做汽车改装的朋友借的，你要啥样子的跑车，他们都搞得出来，发动机和底盘统一用的是长安小面的。"

"那马力呢？"林丽想起发动机低沉的怒吼声。

老季笑："那个更简单，直接把消音器去了就行。"

林丽笑了一阵，从钱包里抽出张钞票，递给老季，说："那，给你尾款。"

老季接过一看，抗议说："不是说好的一百五的吗，怎么只有一百？"

林丽把脸一拉，道："谁让你乱搭胳膊的，想白吃豆腐啊？！"

老季不甘心，还想说什么。

林丽眼睛一瞪，伸手道："你要不要？不要还我！"

老季一迭声说"要要要"，一边动作麻利地把钞票装进了裤兜。

第二十一章
绑架者的警告

陈小兰推着食品车从别墅里出来，车上放着她亲手做的双层蛋糕，上面装饰着白色雕花奶油、粉蓝色的小屋，还有两只仰面朝天躺着的憨态可掬的小猪——何十万是属猪的，蛋糕中央燃烧着一只红蜡烛。

林丽大声招呼道：“大家都过来一下，要切蛋糕了。”

草坪上三三两两聊天的人们纷纷围拢过来，何十万作为主角，也被他爷爷抱了过来。

黄新娜说：“来，我们先唱生日歌。祝你生日快乐，预备，起！”

二十多个男男女女，声音高高低低，一起唱起来：“祝你生日快乐，祝你生日快乐……”

陈小兰眼里噙着泪水。当初跟何元盛从乡下来到城市，他们曾是两眼茫茫、举目无亲，而现在，有稳定的工作，有这么多朋友，有了何十万这个宝贝儿子，何元盛也刑满释放，一家人和和美美地生活在一起。她想，不晓得上辈子积了什么德，老天爷对自己实在是太好了。

今天的主角何十万小朋友，早被干妈林丽用各种零食喂得肚儿滚圆，对奶油蛋糕一点儿也不感兴趣，两只大眼睛只紧盯着摇曳闪烁的烛光。

欢乐的生日歌中，大家都没有注意到，几个男人推开虚掩的花园门，鱼贯而入。何元盛娘正好在门边，她没跟着大家唱那音调古怪的生日歌，城里人就是会搞花样，过生日要唱完歌才能吃蛋糕，生日宴上就几样冷冰冰的蔬菜，煮都不煮就端上来给人吃，哪有乡下大摆宴席大吃大喝爽快啊。见新进来的几个人，她高兴地想：又有给红包的上门了。

“哎呀，来得早不如来得巧，你们刚好赶上切蛋糕，几位怎么称呼啊？”

走在中间的男人用狠辣的眼神上下打量何元盛娘，并不答话。看着那男人，何元盛娘没来由打了个冷战，突然想起了先前在村头遇到的一只狼，那狼看人的神情，就跟眼前这个男人一模一样。

旁边的一个胖子介绍说：“这是我们大哥，何元盛在吗？”

几个男人留着清一色的寸头，何元盛娘猜，他们大概是儿子监狱里的朋友，笑着说：“原来是元盛的朋友啊，请进请进。”见几个人并没有给红包的意思，她有意无意地提醒道：“今天是我孙子的一岁生日，一起来吃点蛋糕吧。”

中间的大哥看了一眼绿油油的草坪和欢乐地唱着生日歌的人群，以及后面装饰豪华的别墅，说：“怎么，有钱买别墅，有钱买跑车，就是不还钱！还吃你妈的蛋糕！”

何元盛娘脸上挂不住了，说：“你骂谁呢？”

旁边的胖子突然变脸，说：“就骂你！我还打你呢！”他一掌推向何元盛娘。

何元盛娘一个上了年纪的老太太，哪经得住这个，猛地往后跌倒在地。她躺在地上哭叫起来：“你个千杀刀的，我孙子过生日，你不给红包，还打人！哎哟，我的腿啊！”

她这么一叫，围着分蛋糕的一群人纷纷往这边看。众人还没反应过来，胖子三步两步蹿到餐桌边，一用力，把桌子给掀翻了。蛋糕掉落到草地上，一片狼藉。看着漂亮的生日蜡烛被扣在乱七八糟的蛋糕下，火也熄了，何十万“哇”的一声大哭起来。

人们都将惊愕的目光，集中在这几个来者不善的男人身上。

“何元盛，你给我出来！”胖子嚣张地叫道。

没有人回答。

林丽迅速扫视一圈，刚才还看见何元盛站在花坛边上，这会儿不知道溜哪儿去了。

老季慢慢从人群中踱出来，说：“你们几位，想必不是何家的朋友。你们可知道这是私人领地，未经主人同意，不得擅自闯入的？”

黄新娜见老季如此说，也插嘴说："对，你们哪儿来的，再不走我就报警了！"

听到有人要报警，掀桌子的胖子瑟缩了一下。老大却面不改色，阴冷地说："今天何元盛的儿子、老婆、父母都在，你们转达他，告诉他，一个星期之内，把欠我的赌债还了！要不然，让他吃不了兜着走！"

何元盛爹哆哆嗦嗦地问："欠你多少钱？"

大哥横眉竖眼地说"本金我是给了他30万，再加上一年半的利息，一共是60万。赶紧还钱，要不然，别怪我不客气！"

被推倒在地上的何元盛娘，躺在地上老半天都没缓过劲来，刚慢慢从地上爬起来，听到自己儿子欠了天文数字的赌债，胆战心惊地叫了一声，又跌坐在地上。

站在人群中的林丽，实在看不惯这群小混混，大哥耀武扬威，小弟狐假虎威，他们还以为是旧社会呢？像黄世仁一样逼债！不晓得现在世道变了，欠钱的人都是大爷吗？！

她冲口而出道："你说欠钱就欠钱啦？有欠条吗？有借款合同吗？"

大哥狼一样的眼睛，狠狠地盯着人群里的林丽，他怪笑一声，说："这位大姐，你还挺懂法律的嘛！"他的声音突然拔高，像金属摩擦一样，刺激着众人的耳鼓膜："你当我是傻子？！借钱给人，一张欠条都不要？老子不但有欠条、有合同、有何元盛的签字，还有他摁的手印儿！"

林丽被噎得没话说了，过了一会儿，才想起来："一年半就翻了一番多，你的利息有多少啊？得有三分了吧！"

旁边的胖子阴阳怪气地说："哟，这位大姐，脑袋转得挺快的嘛。"

黄新娜说："那你这不是高利贷嘛！你知道放高利贷是违法的吗？你那借款合同，拿到法院，那就是张废纸！"

大哥有恃无恐地说："法院？老子就是法院！不还钱，老子就卸胳膊卸腿儿，到时候别怪我没警告你们！"

黄新娜那边已经在拨报警电话了，她大声说："喂，你好，我想报案……"

听到这话，大哥用阴森森的眼神环视大家，在吓得忘了哭的何十万身上停留了至少三秒钟，这才狠狠地说："告诉何元盛，一个星期不拿钱来，有他好瞧的！我们走！"

他一挥手，几个男人气势汹汹地跟着他走出了大门。切蛋糕前欢乐祥和的气氛已经荡然无存。何元盛娘受了惊吓，惴惴不安，面如土色，何元盛爹早就气急败坏暴躁地开骂了，而陈小兰手足无措。

林丽还算镇定，说："怎么办？还钱是不可能的，狮子大开口，以为我们是印钞票的呢？"

黄新娜也尖着嗓子说："对，怎么也不能给他钱。他开地下赌场不说，还放高利贷，走到哪儿他也没理！我还得接着报警！"

老季阻止她说："先别着急报警，等何元盛来了，问清楚情况再说，反正还有时间。"

众人都附和着，很多人生怕麻烦上身，饭也没吃，匆匆地告辞离去。人都走得差不多了，闹剧的主角何元盛才提着一把水果刀匆匆出现。何元盛娘絮絮叨叨地把刚才的事情添油加醋地讲了一遍，而何元盛爹又把刚才骂何元盛的话重新复习了一遍。陈小兰在一旁抱着何十万，沉默不语。

林丽直撇嘴，何元盛这个没有担当的男人，是怎么在监狱里混过来的？刚才黑社会来要账的时候，他跑得那叫一个快，现在人家走了，他倒是出来装英雄。她尖锐地问道："元盛，这个钱是你背着小兰赌钱输了欠下的，你准备怎么处理啊？"

何元盛心不在焉地玩着手上的刀子，说："我能怎么办？要钱没有，要命有一条，只有报警呗！"

然而，接警的警察问清楚人家只是来要债，而何元盛娘并没有受什么严重的伤之后，只提出"欠钱要还，借高利贷违法"的原则外，帮不上别的忙。

黄新娜见状，偷偷把陈小兰拉到一边，说："明天我跟晓伦就坐船去美国了，要不我给你留点钱吧，先把这一阵儿对付过去再说。"

陈小兰心想，黄新娜和林丽两姐妹一直对自己照顾有加，对何十万更是疼爱得不得了，动不动就买好多玩具、奶粉和衣服，这如山的恩情，不知何时才能还完，对黄新娜借钱给自己，自然是百般推脱，坚决不要。

何十万生日的第二天，林丽就同时接到了两个约会邀请：一个来自老季，他请林丽吃晚饭，顺带参观他朋友的车辆改装厂。另外一个邀请，是闻天鸣小心翼翼的试探，他邀请林丽在方便的时候一起喝咖啡。

“喝咖啡？！”林丽打个哈哈，“好啊！我今天下午就有时间。”

闻天鸣在电话那头愣住了，显然，他没有料到林丽会答应得这么爽快。

“怎么啦？别告诉我今天你没时间！”

“有时间，有时间。”闻天鸣连声说，“那个，那个，你还带别人来吗？”

林丽在肚子里面暗笑，看来给老季那二百五十块钱没白花，假男友的表演很成功。

“你希望我带别人来吗？”。

“哦，没有，没有。”闻天鸣喜不自胜。

黄新娜和孙晓伦坐在林丽车里，奔驰在去港口的高速公路上。黄新娜百感交集。离开了这个喧嚣的城市，她有一点点不舍。在这里，她洒下了无数的欢笑和眼泪，埋葬了第一个没有成长机会的孩子，留下了一群无比闹腾的造人同盟军，而他们其中最失败的一个，为了造人失去卵巢和子宫的女人林丽，正驾着车送他们去港口。

听到林丽毫不犹豫地答应了闻天鸣的约会，黄新娜不禁嚷嚷：“姐，你疯了？！那种人渣，你还理他干什么？！”

林丽笑：“就是因为他够渣，我才跟他见面。”

黄新娜马上明白了：“你想怎么整他？”

林丽笑而不答，对着后视镜里的黄新娜做个飞吻，说：“娜娜，你可真是我肚子里面的蛔虫啊！我太舍不得你走了！”

黄新娜翻翻白眼，说：“世界上哪有我这么年轻美丽又才华横溢的蛔虫啊？你说是不是，老公？”

一直在旁边沉默的孙晓伦但笑不语，只是更加握紧了黄新娜的手。

林丽看着远处热闹的港区，说：“还真是的，坐游轮去美国，这种天才想法，只有你才想得出来。”

到了港口，离别的时间到来了，林丽拥抱了黄新娜，强笑道：“经过北边的时候，看着点大冰块啊，别让它们把船给撞了。”

黄新娜伸手去揪林丽的脸颊，说：“赶紧呸呸呸，你这乌鸦嘴！”

林丽挣扎着躲她伸过来的魔抓，两个人闹成一团。突然，黄新娜再次抱住林丽，不肯放开了。

林丽笑道："喂，小心你老公吃醋啊。"

黄新娜的眼睛都湿了，说："丽丽姐，谢谢你，在最难的时候陪着我！"

林丽反手也抱着她，说："这句话应该我说才对。你那么爱我，别忘了每天给我打电话，报告行程啊。"

黄新娜抠门地说："船上没手机信号，无线上网死贵死贵的，资本主义太黑了！我到岸再电话你吧！"

从港口回来，林丽直接去了咖啡馆。闻天鸣有点不敢相信她真的会来，喜出望外，站起来帮她拉开椅子，服侍她坐下。她的皮肤还是那么白皙柔嫩，一双小鹿般的眸子，还是那么明亮。

他柔声说："还是卡布奇诺？"

林丽点点头，"嗯"了一声。

看着眼前的林丽那些熟悉的神情和动作，闻天鸣有些恍惚，仿佛她还是他的妻，只是去到远方做长途旅行，现在又回来了。

林丽从大皮包里掏出一份文件，递给闻天鸣说："前两天华弘来电话，说我们冻的胚胎到期了，问是继续冻还是不要了。我看没有必要再交钱了，这是协议书，你签个字吧。"

闻天鸣拿过文件，眼睛看着上面"继续保存""放弃保存"两个选项，脑袋发懵，发了一阵呆，才说："那天十万生日宴，我一直在想，如果我们的那两个孩子活下来，也跟何十万一样，都会走路了。"

林丽垂下眼睛，"嗯"了一声。

闻天鸣柔声说："当时没了孩子，你知道我有多难过吗？天都塌下来了，整个世界都崩溃了，他是我们的孩子，那么小，那么虚弱，那么无助。我空有一身力气，却一点也保护不了他，也保护不了他们的妈妈，我……我太无能了……"闻天鸣的声音渐渐低下去。

两个人木然地看着眼前的那几张纸。

闻天鸣声音颤抖地说："现在连这几个宝宝，我也没能力保护他们……"

没了子宫，没了宝宝成长的小房子，这几个冷冻起来的宝贝，也只有被残忍地杀死。

林丽沉默着。在她最脆弱的时候，闻天鸣背叛了她，她对闻天鸣只有恨。在仇恨的支配下，她席卷了所有财产，让他净身出户，她从来都没有想过，原来他竟然是如此爱两个尚未出世的孩子，她也从来没有想过，失去孩子，给这个貌似没心没肺的男人带来的创伤。林丽心情复杂地暗自思忖，也许，自己做得有点过分了？

闻天鸣心情沉重地在文件上签下自己的名字，签下了宝贝们的死亡判决书。

"您点的卡布奇诺，是哪位的？"服务员端上了咖啡。

闻天鸣做个手势，服务员把咖啡放到林丽面前。

林丽的目光落在了闻天鸣挽起袖子的衬衫上，这是她送给他的生日礼物，质量上乘，价格不菲，也正是这件衬衫，在她住院时，穿在一个年轻女人的裸体上。想到这里，刚变得柔软的心，瞬间冷硬了，原本充满忧郁的温柔双眸变得冷冽犀利，林丽的嘴角突然下撇，露出讥讽的微笑。

她麻利地把文件收入皮包，说："我们不计前嫌，一起签字杀死了我们的孩子。这个时刻应该纪念一下，一起照张照片吧？！"

闻天鸣愕然，还来不及反应，她就迅速坐到闻天鸣旁边，举起手机，自拍了一张两人的合影。然后她抓起皮包，说："没别的事，我先走了。"

闻天鸣还来不及阻止，她已经快步走出咖啡馆。闻天鸣瞠目结舌地看着她的背影消失在雕花玻璃门后面，半晌回不过神，服务员端上了果盘，他才注意到，对桌上冒着香气的卡布奇诺，林丽自始至终也没看一眼。

林丽紧绷身体大步出了咖啡馆，往前走过街角的拐过弯处，这才放慢了脚步。这一放松之下，突然感觉全身脱力，她双腿发软，靠在路边的一棵树上。

眼泪，毫无控制地流了下来。

手包里的电话响了，她也懒得去接，直到电话响第二遍，才擦擦眼泪，打开接听键，瓮着鼻子说："小兰。"

电话中传来陈小兰变了调的语无伦次的声音。

"小兰，你慢点，我听不清楚你说啥。"

陈小兰带着哭音，颤声说：“十万，不见了！”

林丽风风火火地赶到位于城乡接合处的一个菜场，捂着鼻子进了大棚，冲过两边摆着杂乱菜摊的狭窄通道，大老远就听见何元盛娘沙哑的哭声：“哪个千杀刀的，趁我买菜，把我家孙儿偷跑了哇！十万啊，我的宝啊，你在哪里啊？没了你，让你奶奶怎么活啊？！”

林丽挤进人群，只见何元盛娘坐在地上，一边扑打着地上的灰尘，一边凄惨地哭喊。看见林丽，何元盛娘见到救星般，一骨碌从地上爬起来，用树皮般干枯的老手抹抹脸上的眼泪，抓住林丽的胳膊，叫道：“十万干妈，你一定要帮忙把十万找回来啊！我就这么一个孙儿，他要是丢了，我就不活了……”

林丽对何元盛娘从来没啥好感，但此时她的鼻涕眼泪一股脑全都涂在了自己的真丝连衣裙上，非但不以为意，还拉着她的手，安慰说：“你先别急，说说是怎么回事？”

何元盛娘说：“我经常带十万来买菜，哪次不是好好儿的，我看这茄子还新鲜，上手掐了几下，挑了几根嫩的，想着中午做个凉拌茄子。谁晓得一回头，十万就没了！我这个急啊，想着他是不是去别的地方玩儿了，找遍菜场都没见到啊，问旁边卖菜的人，都说没注意到……”

说到这里，她眼泪像断线的珠子一样掉下来，又开始了车轱辘话：“哪个千杀刀的……”

林丽无奈地看着陈小兰，说：“报警了吗？”

旁边一个卖菜的大婶说：“报警了，警察说再过五分钟就到。”

何元盛和何元盛爹几乎跟警察同时赶到。让人意外的是，这么破烂的一个菜市场，居然还有监控录像。在警察指挥下，市场管理人员调出了监控录像。看了录像，何元盛娘这才知道，自己和何十万一直被个穿黑衣服、戴黑棒球帽的男人跟着，他们走走停停，那个男人也走走停停，有时他也假装拿起番茄、菜花看看，但是始终不远不近地跟在他们后面。何元盛娘在一个菜摊前蹲下，左一根、右一根地开始掐茄子，何十万在后面百无聊赖地东张西望，那个男人走上前来，迅速抱起何十万，朝反方向走去。

录像定格了，屏幕上，男人抱着何十万正要走出画面。林丽盯着何十万胖乎乎、藕节一般的小腿，心里猫抓一样的难受。想着那个落在歹徒手里的小人儿见不到爸爸妈妈、见不到爷爷奶奶、见不到干妈，不晓得是怎样的害怕呢。

警察把录像带和何元盛娘等一干人带到警察局，做了笔录。警察说："偷的小孩一般有两个去处，一个是拐到别的地方卖掉，还有一个可能就是仇家寻仇。你们家有有仇人没有？"

何元盛娘自吹道："我家人缘好得很，到处都是朋友，哪有什么仇人！"

何元盛倒是实话实说，把前几天放高利贷的人来逼债的事情说了。

警察留下了放高利贷人的姓名地址和电话，说："如果是放高利贷的绑架了孩子，一定会联系你们要赎金的。只要你们有任何消息，就赶快跟我们联系。"

陈小兰应了一声。

没别的事，警察打发大家离开，林丽不死心地问："小孩丢了，有多少能找回来啊？"

警察说："这个要看具体情况。但是你们放心，我们会努力的。"

一听这话，何元盛娘又号开了："哪个千杀刀的……"

何元盛紧咬后槽牙说："娘，你别喊了，我一定会把十万找回来的。"

几个人从派出所出来，陈小兰胆战心惊地看着男人冷冷的表情。从监狱出来后，何元盛像是换了个人，比以前要顾家多了，为了补偿不在家的一年，对何十万几乎是有求必应，溺爱得不得了。然而今天男人脸上的表情，让她想起了他的另一面：耍帅，好勇斗狠，狠辣。

陈小兰心惊胆战地说："元盛，你别干傻事啊！"

何元盛说："我有我的办法，你就别操心了。"

正在此时，何元盛手机响了，他一看，是个不认识的固定电话，他打开了免提，说："喂！"

"何元盛，你儿子在我们手上。想要回儿子，把赌债还了，再加 10 万拖延费！一共 70 万！"

何元盛咬牙切齿地说："你个浑蛋！"

“再骂人，骂一句加两万！我警告你，别报警，别想耍花样，惹恼了我们，就撕票！”

何元盛道：“我凭什么相信你？！”

“你等着！”电话沉响起一个稚嫩的哭声，口齿不清地喊，“娘……干……”

那正是何十万的声音，他还只会说几个简单的字，娘倒是喊得顺溜了，干妈还经常说不清楚，经常就喊一个“干”字。

听着儿子凄惨的哭声，何元盛心如刀割，忙道：“你们别乱来。”

“三天，记着，等我们通知！”对方挂断了电话。

何元盛一家人再加上林丽，都面面相觑，一筹莫展。何元盛看着面前这几个人，不是女人就是老人，家里唯一能扛起这件事的，也就只有他自己了。在监狱里，他还交了几个朋友，他马上打电话把那几个朋友叫了出来。

二狗子刚一开始还拍着胸部，信誓旦旦地说：“没问题，你说打谁，都包在我身上。”后来一听说是要对付的是本市最大的赌场老板“大哥”，立马畏缩了：“那个，元盛，不是我不帮你，跟大哥对着干，不会有什么好处的啊！他要搞我们这种没背景的人，就跟碾死只小蚂蚁一样。为了全家人的安稳，我劝你还是赶紧想法把钱还了吧，花钱买平安，啊！”

几个朋友都是上有老下有小的，慑于“大哥”有钱有势，不敢帮何元盛直接出面，但是打探消息还是可以的，很快，就探明了录像里抱走何十万男人的去处。

这次，何元盛决定豁出去了。

夏日的傍晚是一天中最惬意的时候，太阳像个巨大的鸡蛋黄缓缓落下，天空的云彩一层叠一层，有火红，有金黄，有浅紫，还有粉红。微风袭来，卷起街上凌乱的纸屑，临街的居民纷纷搬出小桌子小椅子，就着桌子上两三碟小菜，喝着稀粥，聊着天，好不热闹。

在拥挤的街道上，一个身材瘦削的男人，敲响了街边居民楼一扇紧闭的铁门，他头戴棒球帽，脸上架着遮了半边脸的墨镜，墨镜下是两撇小胡子。铁门上的小窗开了，一个满脸横肉的男人在小窗后面，警觉发盯着门外的男人，粗声问：“什么事？”

身材瘦削的男人掀动胡子，说："草头，怎么？不认识我啦？"

小窗后面的男人疑惑地歪着头，说："你是？"

门外男人说："我是老五啊，前阵子去海南了，赶紧开门啊，我手痒得不行了。"

铁门开了一个小缝，自称老五的男人闪身而入。满脸横肉的男人上下打量他，淫笑着说："到海南……就晓得自己身体不好。你小子这么瘦，是不是被女人掏空了身子？"

老五嘿嘿一笑，道："是有点吃不消。"

那个叫草头的满脸横肉的男人在老五身上摸索，说："不好意思啊，老规矩。"他的手在老五屁股上鼓起的口袋上停住了，说："拿出来看看。"

老五从屁兜里掏出一个牛皮纸信封，里面满满的全是百元大钞。两个人都笑起来。老五说："一会儿赢了，请你喝酒啊！"

草头看着老五消瘦的背影消逝在通往地下室的楼梯处，冷冷一笑。从他面前经过的，无一不是钱包鼓鼓地进去，瘪瘪地出来，没一个例外的，喝酒的事情当个笑话听听也就罢了。

老五穿过两道厚重的铁门，推开第三道包着海绵的实木门，热浪和声浪带着强烈的酒气扑面而来，这个地下赌场和一年多以前一样热闹。刚入夜，来赌博的人还不是太多，老五在赌场转了一圈，没有找到要找的人，便在旁边餐吧买了一份盒饭，一边吃，一边留意从大门进来的人。

进入赌场的人，三教九流什么样的人都有，有趿着拖鞋剔着牙酒足饭饱的附近居民，有戴着眼镜夹着公文包的小白领，也有财大气粗带着马仔一起来的大老板，还有几个穿金戴银结伴而来的阔太太。

到了九点多钟，老五终于等来了他要找的那个人，他上身穿着黑T恤，下面一条半长的牛仔短裤，走路有点外八字。老五的心狂跳起来，手心出汗。应该就是他了。

黑T恤跟碰到的几个赌场的工作人员打了个招呼，直接走进厕所后面的办公区。老五不紧不慢地跟在他后面，见左右无人，伸手敲响了办公室的门。

"请进！"

老五推开房门，走进办公室。办公室并不是很大，摆着四五张桌子，黑T恤正坐在一张桌子后面。

“你找谁？”他问。

“请问老大什么时候来？”老五问道。

黑T恤警觉地反问：“你找老大什么事？”

老五笑着掏出屁兜里的牛皮纸信封，说：“我是来还钱的。”

黑T恤紧绷的身体放松了，笑着说：“老大今天要晚点来，你有时间就等着，没时间交给我也可以。”

“我先给你吧！这钱在我裤兜里待不住，老想蹦到桌子上去玩两把。”

黑T恤也笑起来，说：“一共还多少钱？我给你开张收据。”

“一共是四万五。”老五一边说着，一边从裤兜里往外掏东西。说时迟那时快，只见寒光一闪，他掏出一把锋利的匕首，架在了黑T恤脖子上。

黑T恤假笑着说：“兄弟，别乱开玩笑。”

老五沉声说道：“谁跟你开玩笑！”

黑T恤慌了，说：“你想干什么？要知道外面全是我们的人！”

老五手上一使劲儿，黑T恤的脖子上马上出现一道血痕。

“说！你们昨天绑架的那个小孩在哪里？”

“我、我不知道！这事儿不是我干的。”

何元盛冷笑一声，说：“你趁老太太不注意，把那个小孩抱跑了，爽得很吧！”

“冤枉啊！真的不是我！”

何元盛手上一用力，鲜血顺着黑T恤的脖子流下来，他发出杀猪般的尖叫，尖叫声被厚重的实木门隔绝，并没有引起他人的注意。

“快说，那小孩藏在哪儿了？”何元盛恨恨地说。

“我……”黑T恤本还想顽抗，看见流到胸口的血，一下子软了下来，“在荷花小区。”

“具体地址？”

黑T恤说了一个地址，然后哀求道：“我发誓，绝对没有骗你，你放了我吧！”

何元盛冷笑着说：“等我找到小孩就放了你，不然有你好瞧！”

赌场保安见黑T恤跟刚进来的老五勾肩搭背从办公区出来，跟他打招呼：“刚上班，这要去哪里呀？”

黑T恤全身绷紧，没有回答。何元盛搭着衣服的那只手暗暗使劲，刀尖突破阻力扎到了肉上。黑T恤“啊”的一声压抑着叫了出来，只得苦笑着回答说：“现金不够了，我再去调点儿。”

何元盛松了一口气，微微收回手中的匕首，搂着黑T恤，磕磕绊绊地绕过各色赌桌，迅速地往大门走去。他没有听见保安在身后喃喃自语：“今天邪门了，还没开始上人呢，怎么这么早的就没现金了？”两个人勾肩搭背，眼看快到门口了，突听后面保安一声大喊：“有人打劫，抓住前面的那个瘦子！”

何元盛扭头看见保安抽出电棒，跳过赌桌，朝自己奔来。还没等他转过头来，被黑T恤一个倒拐子砸在肋骨上，黑T恤同时向后猛地跳开了。眼看功败垂成，到嘴的肥肉飞了，何元盛狠狠地咒骂了一声，强忍肋骨的剧痛，撒腿就往楼梯上跑。

看门的草头见到他，笑说：“这么快就赢钱了？要请我喝酒了？”

何元盛闷头不答，直接奔到他跟前，扬起匕首把子狠狠地给了他一下，拉开铁门，撒开脚丫子狂奔而去。在狭窄的街道上，何元盛东躲西藏，好容易摆脱了后面几个人的追赶。他来到荷花小区，却发现早已人去楼空，郁闷之中，又怕赌场的人直接找上门来收拾自己，也不敢回家，便跑到二狗子家住下了。

何元盛心惊胆战地在外面躲了两天，给陈小兰打电话，知道家里没有任何异常，才回到租住的地下室。这两天他也没闲着，一边到处寻找何十万的踪迹，一边借钱。当初做试管婴儿的时候，已经跟乡下几个哥们借过一轮了，到现在都没还上。而看守所的几个朋友，都才刚出来开始找工作，手上哪有什么积蓄，最后不得已又跟闻天鸣借了点，加上何十万生日收的红包，拢共都还不到10万块，剩下的60万的缺口，实在不晓得该怎么办了。

阴暗潮湿的地下室里，陈小兰、何元盛和何元盛爹娘在昏黄的灯光下，围着一张折叠桌吃饭。每个人都心事重重，沉默寡言。陈小兰根本没心思做饭，只简单地炒了两个素菜。

何元盛爹吃了几口，犹豫地说：“这盘菜是不是没放盐啊？”

何元盛夹了一筷子炒黄瓜放进嘴里，说：“是呢，没味道。”

陈小兰道：“哦，我忘了。”

她起身拿过来盐罐，放了一大勺盐。

何元盛娘说："再加点酱吧，十万最喜欢……"

她的话戛然而止，没人接下句，屋里的人都小心翼翼，避免说出那个名字，那是扎在心口的一根刺，稍微动一下，都会引起心绞痛。

陈小兰看着摆在桌子上的不锈钢小碗、小盘子，以及曾经被肉乎乎的小手抓着四处挥舞的小勺子，想起那个满脸粘着白饭粒、满地地乱扔饭菜的咋咋呼呼的小人儿，她心里一酸，泪水无声地流了下来。

在陈小兰无声的抽泣中，大家都沉默着，食不知味。

"何元盛，快递！"有人在楼梯口喊。

何元盛诧异地放下饭碗站起来，他从没有给人留过地下室的地址，也从来没人寄快递给他，他用探寻的眼光看看陈小兰，她也是一副茫然的样子。快递员交到手上的是一只棕色牛皮纸盒子，何元盛心不在焉地在快递单上签了字，拿着盒子回到房间，用钥匙划开上面缠绕的透明胶带。

何元盛爹娘和陈小兰都好奇地凑了过来，四个人八双眼睛盯着他打开了纸盒子。昏暗的灯光下，盒子里安静地躺着一只弯曲的小棍子，棍子上面有细微的横纹，底端切口整齐，抹着暗红的颜料，一部分已经发黑，棍子尖的一端，有一个半圆形的透明物体。陈小兰紧盯着那个小棍子，看了半天，也没看出来那是什么东西，只觉得形状有些眼熟。等等，那好像是被连根切断的小孩幼嫩的手指。

"啊……"何元盛娘捂住嘴巴，狂号起来，凄惨的号叫声响彻了整个地下室。

何元盛目眦尽裂，用颤抖的手从盒子里轻轻拈起小手指，心如刀绞。是啥样狠辣的人，才能忍心把如此稚嫩可爱的小手残忍地切断啊？！那个天真爱笑的小人儿，是怎么承受这非人的疼痛啊？！

纸盒底放着一张纸条，上面撒着点点滴滴已发黑的血迹，纸条上歪歪扭扭用圆珠笔写着："再耍花样或者报警，等着收尸吧！"

第二十二章
代孕

天天跟何十万腻在一起的林丽在失眠两天后，快要崩溃了。她很清楚，已经欠了一屁股债的陈小兰一家根本不可能拿出赎金来，她唯一的办法就是不停地催警察，一天好几个电话。

接到陈小兰的电话，她以最快的速度赶到了她家。陈小兰正披头散发地坐在昏暗的灯光下发呆，见林丽来了，双手抽筋般抓住她的衣服，放声号哭着道："他们要杀了十万！我不活了！我要去跟他们拼了！"

林丽用手搂住她恐惧得颤抖的肩膀，一双眼睛却愤怒地看着何元盛。不是因为他滥赌，也不会有今天的事情！何元盛木着脸，咬着后槽牙，对方的残忍更激起了他男人的雄性斗志。

"报警了没有？"林丽问。

"不能报警啊，不然他们会撕票的，明天我去找钱，把十万赎回来。"何元盛说。

林丽哼了一声。为了做试管婴儿，他爹娘把棺材本都拿出来了，他家早就穷得叮当响了，但凡有点办法能找到钱，也不会走到今天的地步，这时候还嘴硬说大话。

看着盒子里那失血干枯的断手，她心如刀割。没有了婚姻，没有了生孩子的机会，她早已把何十万当成自己亲儿子在养，除了工作，一颗心都扑在这个小家伙身上。何十万最黏最亲的人也是她，他就像是从林丽身上掉下来的一块肉，她决不能让他有任何的闪失。

多说无益，只怕只能自己想办法了。

林丽被一阵激烈的敲门声吵醒，才发现自己坐在沙发上睡着了。想起刚才的梦魇，她不禁打了一个冷战。

漫天迷雾中，何十万那个可爱的小人儿，不知跑到哪里去了，而自己心乱如麻，跌跌撞撞地在迷雾中寻找，想放声高喊他的名字，然而无论怎样使劲，却像哑巴般发不出一点声音。不知走了多远，终于在昏暗的迷雾中，看见了一个小小的身影，她欣喜若狂地奔跑过去，抱住小人儿，把他转过身来，正是自己日思夜的十万，她狂喜地蹲下身子，看着小人儿的眼睛，那眼睛没有往日的机灵淘气，却空洞无神，视线似乎穿过自己的身体，落在远处的浓雾上。悬着的心终于放了下来，林丽拉着小人儿的胳膊准备回家，不料轻轻一扯，居然把小胳膊从身体上扯了下来，断口处鲜血直流。林丽惊骇地大叫一声，再蹲下身去，想把小人儿软软的身躯抱起来，没想到胳膊刚搂住他，幼嫩的身体断成了两截，上半身带着血淋淋的创口向后倒去，小肚子里面白花花的肠子，流得满地都是……

林丽惊惶地按着自己的胸口，心脏在胸腔里像是要跳出来一般。敲门声越发急促了，有人在外面喊："林姐，在家吗？"

林丽爬起来打开房门，中介的工作人员带着一拨人拥了进来。她已经记不清这是第几次有人来看房子了。中介熟门熟路，不需要她说一句话，便带着客户四处查看，一面妙舌生花、巧舌如簧地介绍房子的好处："这么好的房子，这么好的地段，这么好的小区，市场价最少也得八九十万，现在业主急着用钱，70 万就卖了。"

看房子的人用探询的眼神看着林丽，林丽点点头。

中介接着说："最近几天，我已经带了十几拨人来看房子了。昨天有一家看中了这房子，说是明天要过来交定金呢！这么白菜的价格，过了这个村儿就没这个店儿了。你们要满意，得赶紧定下来！"

陈小兰红着眼睛，抱着家里仅有的几万现金，紧盯着眼前的手机，她已经三天没有合眼了。

钱！到哪里去搞到钱？

林丽和闻天鸣那里已经借了十几万还没还。跟老万开口提过一次，老万只是打了个哈哈，不说借也不说不借，只问自己打算什么时候还。明眼人都知道，这笔巨款，没有个几十年是无法还清的。老万没说啥，只说可以提前预支半年的工资，一共不到两万块。村里的亲戚朋友问了个遍，也就凑了一万多。

穷途末路了。陈小兰眼里充满了绝望。手机突然响起来，陈小兰打了个哆嗦，看着何元盛接通了电话。

“何元盛，钱都准备好了没？”电话里还是那个男人的声音。

何元盛期期艾艾地说：“那个……能不能再宽限两天？”

电话里男人吼道：“宽限？给你宽限一年多了！今天要是见不到钱，你就等着给何十万收尸体吧！”

何元盛急了，说：“别、别、别。我们都准备好了，在哪儿碰头？”

“在引水渠三岔路口！下午三点！只准你一个人来！一手交钱，一手交人！你老实点，敢耍花样，就别怪我们撕票！”

挂了电话，何元盛一家四口人你看我我看你，一筹莫展，无计可施，何元盛爹双手捂着胸口，满脸愁容地唉声叹气。陈小兰吞吞吐吐地开口道：“要不，还是报警吧？”

何元盛爹气冲冲道：“报警？你还想十万被砍脚趾头，还是怎的？”

陈小兰辩解道：“我、我没有。我只是想，除了报警，也没有更好的办法了。”

何元盛爹急气攻心，吼道：“到时候抓不到坏人，十万没了，怎么办？怎么办！”

陈小兰被吼得不敢作声了。何元盛看着女人憔悴的脸，再看着爹焦急愤怒得都变形了的表情，出声安慰道：“爹，你别着急，钱不够我来想办法。”

何元盛爹吼道：“你能有什么办法？两天才搞了几万，莫不是还盼天上掉钱下来？”

此刻，压抑的空气里弥漫着火药味，每个人都担惊受怕到了极点，紧张的神经稍微一用力就会绷断。

何元盛提着黑色行李袋，准时赶到指定地点——一个城乡接合部的空旷的马路边。刚到没一会儿，一辆金杯车停在了路边，黑T恤和一个胖子从车上跳下来，看到何元盛，黑T恤摸摸脖子上贴的胶布，眼露凶光。

何元盛也狠狠地回瞪着他，双眼快要冒出火来。这个亲手绑架了儿子的禽兽，他真后悔上次没有一刀结果了他。那个胖子便是生日宴会上打了何元盛娘的家伙，横着走路的样子，绝对也不是善茬。

胖子机警地看看周围，一个人都没有，他开口用沙哑的声音说："钱带来没有？"

何元盛把沉重的行李袋丢在地上，说："70 万，都在这里了。"

黑 T 恤朝胖子使个眼色，胖子走上前来拉开拉链，提包里面整整齐齐地码着红色老人头，一沓沓都用红色塑料绳捆得很结实。胖子弯下腰挨个儿点了下数，又随手打开一沓仔细翻了翻，见都是不连号的旧票子，满意地点点头，拉上拉链准备把黑包提走。

何元盛伸腿踩住黑包，冷冷地说："一手交钱，一手交人！"

黑 T 恤朝金杯车打了个响指，金杯车的门打开了，一个男人抱着何十万从车里钻了出来。看见爸爸，何十万"哇"的一声哭了，他消瘦了不少，憔悴的小脸上挂着晶莹的泪珠，他向何元盛伸出小手，用幼嫩的声音叫道："爸爸……"

看见他小小的左手上胡乱包扎着渗血的纱布，何元盛心都碎了，他伸出双臂，眼看着就要把小人儿搂入怀中，黑 T 恤突然开口说："等等！胖子，你再检查一下包里的钱。"

何元盛脸色突然变了。

胖子再次拉开旅行包的拉链，蹲在地上，挨个儿把捆扎人民币的塑料绳扯断，一沓一沓地仔细检查。

"这钱有问题！"胖子抓出一叠钱来给黑 T 恤看，前后两张是真钞，里面夹的是黄纸。黑 T 恤脸色大变，咬牙切齿地说："妈的，何元盛，你敢耍花样，是嫌何十万活得太久了吗？胖子，撕票！"

胖子二话不说，以和自己身形完全不匹配的速度，把何十万往地上使劲一摔，掏出一把寒光闪闪的刀子，就朝他圆鼓鼓的小肚子扎去。看见营救儿子的行动功败垂成，何元盛目眦尽裂，狂喊道："不要！"

匕首停在了半空，黑 T 恤看着何元盛说："我最后问一遍，你到底给不给钱？！"

何元盛双膝一软，跪倒在地，哭着说："我求求你了，再给我一点时间吧。"

黑 T 恤鄙夷地说："都快两年了，还给你时间？！我呸，穷鬼！动手！"

"住手！"远处传来一个女人的断喝声。

见换人现场来了个外人，黑T恤恼羞成怒，说："何元盛，你他妈居然带别人来？！胖子，撕票！"

何元盛张口结舌地看着突然出现的林丽，她背上背着一只黑色马桶包，头发散乱地狂奔过来。"你们还想不想要钱了？"林丽喘息着，把一个马桶背包扔到黑T恤脚下，"这是65万现金，一分不少。你要是敢动孩子一根毫毛，我让你吃不了兜着走！"

黑T恤拾起背包，匆匆点了点钱，说道："这还差不多，怎么不早点拿出来。放人！我们撤！"

几个放高利贷的黑社会迅速爬上面包车，车的轮胎摩擦地面，发出刺耳的尖叫，面包车调转车头，绝尘而去。林丽不顾一切地冲了过去，从地上抱起何十万，温软的小身子入怀，幼嫩的小脸贴在她脸上时，林丽才发现自己的身体一直颤抖个不停。何元盛脚软手软地从地上爬起来，走到林丽身边，将何十万全身上下检查了一遍，确认除了左手外，没有其他的伤，这才放下心来，心有余悸地说："丽丽姐，如果不是你及时赶到，十万就被撕票了。你……你哪来的那么多钱？"

还没来得及回答，就听见林丽的手机就响了，她接通手机，电话里面一个男人气急败坏地大喊道："林姐，你去哪儿了！这边买家都快急疯了，你拿了现金，撒腿就跑，连收据都没给，房产证也拿跑了，他们现在嚷着要报警呢！"

林丽含泪笑道："你让他们别着急，我不是说急着用钱吗？我马上就回去！"

陈小兰和何元盛都不敢相信自己的耳朵，齐声问道："啥，你把房子卖了？"

林丽伸手摩挲着何十万的小脸蛋，说："这个小人儿啊，要是有个三长两短，我也没法活了！把没生命的房子，换他一条命，值了！"

她看着呆望自己的何元盛两口子，笑了，说："好了，不说了。你们赶紧回去吧，我也得赶紧回去给人卖家写收据去，一会儿还得去医院交停冻胎的协议书呢，医院都催好多回了，这几天忙着卖房子，哪儿也没去成。"

听到这话，陈小兰从何十万柔软的身体上抬起头来，和何元盛对视一眼，两人都知道对方在想什么，他们默契地相互点点头。陈小兰开口说："丽丽姐，那几个冻胎，你应该留着。"

林丽讪笑道："你忘了，我子宫都没了，留着有啥用啊。"

陈小兰认真地说："你没子宫，我有啊！"

林丽像被电击般，直愣愣地看着陈小兰，然后艰难地转头再看看何元盛，后者对她笑着点点头。林丽的泪水决堤般涌出了眼眶，她慢慢走到陈小兰面前，狂喜地一把抱住了她！

林丽专门选了二楼靠窗的咖啡座，把一本过期的《人之初》杂志放在桌子上最显眼的地方，她要了免费白开水，注视着窗外来来往往的人群。自从电视台曝光了本市的一家代孕公司后，原来半公开的代孕服务都转入了地下，为谨慎起见，跟客户第一次见面必须是在公众场所。

"你好，是丽丽吗？"一个三十多岁的男人问道。

"您是？"

"我是在QQ上跟你联系的。"

"你挺准时的嘛，请坐。"

李强上下仔细打量这个女人，她穿了条大花连衣裙，打扮入时，咖啡店里幽暗，她取下墨镜，眼角有几条鱼尾纹。李强注意到她身上有几样名牌：香奈儿眼镜、古奇包包，脚下金色尖头平底鞋闪闪发亮，虽然他不知道是什么牌子，但贵是一定的。

丽丽旁边还坐着一个身材瘦小的女人。

李强有些诧异地说："这位是？"

"这是小兰，我们一起的。"林丽说，一双长着长睫毛的眼睛毫不掩饰地上下打量李强，李强对此早就习惯了。涉及几万、几十万的生意，买卖双方谨慎点是很正常的。

"那么，是哪位想要做代孕呢？"

"我。"林丽简短回答道。

"哦，根据您的需求，我们可以给您量身定制一套代孕方案。现在我们公司提供的服务主要有这么几种：基本型，只提供代孕妈妈，用的是客户自己的胚胎。如果需要供卵，可以选择黄金档和钻石档，钻石档的供卵人都是大专以上学历、二十五岁以下、身高一米六以上的健康女大学生，供卵的女生您可以面试。也有客户要求高，比如要求供卵人有研究生学历，身高超过一米七，长得美，那需要单加钱。走到找代孕这一步，想必您已经去医院做过检查了吧？能不能给我看看你的检查结果呢？”

林丽瞪他一眼，说：“我还没有决定跟你合作呢！你这么着急看检查结果，怕是有别的原因吧？！”

李强有点不好意思道：“听您说话，就知道您是个明白人，我也就不跟您绕圈子了。说实话，干我们这行的，不能说完全合法，经常有记者暗访，公司要求我们时刻警惕，您别见怪。”

林丽打个哈哈，道：“这事儿不完全合法，所以如果你骗了我，我也没法去告你，不瞒你说，我也是提心吊胆的，事情办得好，钱都好说，就怕拿了钱不好好干事，破了财，耽误了时间，还浪费了感情。”

在遇到的各种客户里，李强最怕的就是砸锅卖铁凑钱来找代孕的，这种人往往一上来就流泪诉苦博同情，然后斤斤计较，讨价还价，恨不得让你赔钱免费服务。听林丽说“钱都好说”，他心里一喜，道：“大姐，您是个爽快人，我也就不藏着掖着了。在 QQ 上已经跟给你报过价了，不晓得你想选哪个套餐？”

林丽道：“你那些套餐都不合适。我有冷冻胚胎，也不需要你们帮忙找代孕妈妈，小兰帮我代孕，只需要你们帮忙联系胚胎移植手术就好。”

李强有些失望，这种“包工不包料”的赚头最小，只是最近生意不好做，苍蝇再小它也是肉啊！

“包清工啊，您找我还真是找对了！我们用的是正规医院，绝对不是那些在居民楼搞个房间当手术室的中介能比的。我们请的医生都是三甲医院的主治大夫，不像其他中介用一般的医生，有些甚至连行医执照都没有。我们的价格虽然贵点，但是做手术的人少受罪，成功率高，很划算的。”

林丽扬起眉毛，说：“听着不错。那今天能不能参观一下你们医院和做手术的地方呢？”

李强嘿嘿一笑，道：“参观嘛，您得先交完订金，才能带您去。不是我不信任您，我们实在是被查怕了。”

“不带我去看，我怎么能放心交给你订金呢？看完了我不满意你退钱吗？你约我见面在咖啡馆，连个固定办公室都没有，订金交给你，你跑了，我上哪儿去找你啊？！”林丽连珠炮般抛出一堆问题。

李强苦笑道：“前两天刚有电视台记者假装客户，曝光了代孕公司。当然不是我们，我们一直都很谨慎的。那家公司最后只有撤出本市，跑到南方去了。现在风声特别紧，卫生局查得严得很，我们不是没有办公室，是没有确认您是真正的客户前，不敢带您去啊。”

“我跟你保证，我不是记者，是真的想找代孕的。”

“这个嘛，”李强说，“我们公司有规定的，要不您少交点定金？”

“你对我们这么不信任，我看咱们也没法合作了。小兰，我们走！”林丽说完，抓起手袋，起身作势欲走。

眼见这单生意要黄，李强连忙阻止道：“这样吧，我看您也挺有诚意的，我今天带您去客服办公室看一下，如果您觉得没有问题呢，就先把两万块订金交了，我明天安排您参观医院，如果您觉得不满意，定金我退给您，怎么样？”

林丽犹豫着。

“您就放心吧，我们一年做好几千万的营业额，不会为拐您这么点钱就跑了的。”

林丽想既然有办公室，谅他一时半会儿也不能跑了，便道：“先看看你们办公的地方再说。如果我愿意交订金，你得写个收条，把可以退款写清楚。”

李强答应了，跟着林丽上了她的车。

狡兔三窟，代孕公司在市区有好几个客户接待点，一来可以避免客户相互见面尴尬，保护客户隐私，更关键的是要防工商、防警察、防卫生局，还得防那些无孔不入的记者。

林丽把车停在CBD办公楼的地下车库，跟着李强上了电梯。CBD办公楼的房租不便宜，代孕公司门口有前台接待员，大厅里摆着土豪金沙发，地上铺着大花图案的长毛地毯，靠墙有好几间用磨砂落地玻璃隔出来的客户接待室。

李强把她们带进客户接待室，捧来冒着热气的绿茶，打开资料夹，说：“我们是正规的大公司，在工商局有注册的，这是我们公司的营业执照，注册资金就有两千万。所以您二位放心，我们提供的服务绝对一流，说实话，我们做代孕的成功率是本市数一数二的。”

林丽见那营业执照上印着“兆仁高科技股份有限公司”，笑道：“兆仁？是制造人的意思吗？”

李强也笑了，道：“没错，就是取的这个意思。这是我们公司的服务产品手册，您二位看一下。”

林丽和陈小兰接过印刷精美的画册，封面上印着一堆裹在毯子里或张嘴哭或熟睡的胖乎乎的白嫩婴儿。翻开画册，上面从48万的基本套餐、七十八万的两年包成功套餐，到100万的两年包男孩成功套餐，从单代孕妈、双代孕妈、高级手术、钻石级手术……应有尽有，每个套餐后面都有密密麻麻的不同阶段付款时间和付款明细。

林丽仔细看了画册，说：“我自己有冷冻胚胎，不用供卵；代孕也不需要你们找人，就是做个手术，你们也没啥成本，这个价格应该比你手册上最低的一档还便宜吧。”她把画册“啪”一声放到茶几上，“我接触过几家其他代孕公司，你们的报价怎么都比别人高啊！”

李强听到这话，心中暗暗叫声苦，心想这回碰到个懂行的，代孕市场竞争激烈，套餐的价格都是市场价，叫得太高只怕这单生意就要飞了。

“看您说的，我们不跟人比价格，要比就比服务质量。我们公司用的是最好的医生、最好的医院，正规的无菌手术室，药物、手术安排都是顶级的！别家公司是便宜，但是在居民楼里，随便抓个没执照的医生给您做手术，您敢去吗？况且多失败一次，怕是更浪费钱。您是个明白人，这个就不用我多说了。如果您非得要便宜的，我也可以安排，但是成功率肯定低，关键是还浪费宝贵的胚胎。”

林丽和陈小兰交换了一个眼神。

李强拿起计算器，在上面按了一阵，算出个数，说：“这样，大姐，我给你成本价，所有的都按最好的安排，这个数，怎么样？再低我们就没办法做了。”

林丽和陈小兰心里其实早已有了选择，林丽还装作勉强地说：“那……行吧！”

这三个字在李强听来，比仙乐还美妙，他说：“那好。这样，您先交两万块订金，我们这里都是有正式合同的，您完全可以放心。”他把合同递给林丽，一边叨叨：“手术的医院我们安排在高档的五星级医院，比公立医院的装备和环境要好得多，病房可以一人一间，我还可以给您安排带套间和专业护理的……交完订金我明天就带您去看。”

林丽从来没有听说过医院还有五星级，对这话一只耳朵进一只耳朵出，粗粗看了一遍合同，无非是要求做代孕的人对代孕联系人、服务办公室、孕妈地址、医院和医生信息保密什么的，她注意到最后有不满意订金可退的条款，便挥笔签下个难以辨认的名字。

李强压住兴奋问："您是交现金，还是刷卡呢？"

陈小兰的生理周期正好合适，第三天就可以做冷冻胚胎移植手术。

早上，陈小兰把何十万送到幼儿园门口，陈小兰拉着十万白嫩的小手舍不得放开，说："十万今天要乖乖的。来，抱一个！"

何十万用软软的胳膊搂着陈小兰脖子，在她脸上香了一个。目送十万没心没肺地走进幼儿园，小小的身影消失在拐角处，陈小兰这才恋恋不舍地转身。她赶到李强指定地点——一栋楼顶立着"多瑙河医院"的大楼前，总感觉这地方似曾相识。

进了铺着豪华大理石地板的大厅，见到十分眼熟的收费处和服务台，陈小兰突然想起来了，这不是"莱茵河"吗？那个吸干了病人的血汗钱，连点骨头渣都不吐的医院。除了名字不一样，其他什么都没变：收费处、楼梯、走廊，甚至笑容可掬的导医小姐。陈小兰不由自主地左顾右盼，没见到巧舌如簧的张助理。

"小兰！"林丽早就到了，此刻正坐在大厅的真皮沙发上，冲陈小兰挥手。

"丽丽姐，你这么早就来啦？"陈小兰走过去，亲热地拉着她的手说。

"小兰，我昨天一晚上都没怎么睡着，我是太激动了。回想我的前半生，为了生个孩子，我结婚，做手术，又做了试管婴儿，在造人这条路上我使出了全部招数，都没有要上一个孩子。现在你突然意愿帮我怀宝宝，我总是不敢相信这是真的。小兰，你真的想好了来帮我做代孕吗？你如果现在反悔，我也不会怪你的。"

陈小兰环顾四周。四年过去了，和林丽一起做试管婴儿的点点滴滴好像就在昨天。想当初让莱茵河医院骗光了钱，如果不是林丽和闻天鸣的慷慨资助，也不会有何十万这个小家伙的出生，后来发生的一切，如果没有林丽不顾一切卖了房子赎出何十万，后果更是不堪设想。

陈小兰动情地说："丽丽姐，我们全家欠你的太多了，不帮你，我良心上如何能过得去？以后哪还有脸见你呢？只是丽丽姐，你自己想好了没有，闻大哥知道不知道代孕的事情？还有，娃娃生下来就没有爸爸，都需要你自己一个人辛苦带大的啊！”

林丽含泪笑道：“闻天鸣已经签字放弃了这些孩子，从他签字的那一刻开始，这些孩子跟他就没有任何关系了，他们只有我这个妈妈，还有你这个说不清道不明的干妈。小兰，以后再有什么困难，总会比‘造人’的时候经历的那些痛苦和绝望要强吧？一个人带孩子再辛苦，那也是一种甜蜜的痛苦啊！这是我唯一能有孩子的机会了，你觉得我会放弃吗？！”

尽管陈小兰是第二次做移植手术，她还是有些紧张。她躺在手术台上，护士过来盖上一块绿色的布，挡住了下身。陈小兰感觉到护士在替自己冲洗消毒，然后一个男人熟悉的声音，带着安抚和口吻说：“解冻了一管胚胎，有一个停止发育，这次移植两个。不用紧张，不疼，手术一会儿就完。”

江大夫！

陈小兰差点叫出声来，她想抬起上半身看看到底是不是他。旁边的护士紧张地大声道：“躺下，别乱动！公司没有跟你说过吗？别打探医生！”

陈小兰只得又躺下来，为防止她再次偷看，旁边的胖护士拿起一块绿色的无菌布，当眼罩给陈小兰绑在头上了。

不到五分钟，手术就完成了，陈小兰被抬到活动床上，推回病房，病房有专门的护工把她抱下床来。林丽坐到陈小兰身边，轻轻抚摸了一下她的肚子，她开心得不得了地说：“我有预感，这回是龙凤胎！”

第二十三章
尾声

* * * * * * * * * * * * * * * 五 年 后 分界线 * * * * * * * * * * * * * * *

何十万坐在飘窗上，出神地看着楼下小区的路。一辆奇形怪状的小跑车，慢慢行驶在狭窄的路上，最后在楼下停住了。

“哥哥。”一只小小的胳膊拉住了他的左手，“过来帮我搭积木。”

“哥哥。”另一只细细的胳膊拉住了他的右手，“过来帮我画画。”

“小小，兰兰，你们两个小家伙，不许欺负哥哥，听到没有？”一个女人柔声说。

两个粉嫩可爱的小女孩撅起了嘴巴，异口同声地说：“妈妈，我们哪有欺负哥哥啊！”

“没有就好！”林丽笑道，“你们乖乖在家，要听兰兰干妈的话啊。”

两个小家伙又异口同声地说：“知道了。”

小小说：“妈妈你今天好漂亮！”

兰兰问：“妈妈，今天你又要去跟季叔叔约会啊？”

林丽把兰兰小家伙搂在怀里，撅起嘴，她的小脸蛋上亲了一下，说：“你猜……”